2017 年度
公安文学精选
（短篇小说卷）

编外警官

全国公安文联◎选编

代表本年度中国公安文学最高创作水平

一年一度的中国公安文学盛宴

群众出版社 · 北京

图书在版编目（CIP）数据

编外警官：短篇小说卷/全国公安文联选编．—北京：群众出版社，2019.3

（2017年度公安文学精选）

ISBN 978-7-5014-5909-4

Ⅰ.①编…　Ⅱ.①全…　Ⅲ.①中国文学—当代文学—作品综合集②短篇小说—小说集—中国—当代　Ⅳ.①I217.1

中国版本图书馆CIP数据核字（2018）第286317号

编外警官

全国公安文联　选编

出版发行：群众出版社

地　　址：北京市丰台区方庄芳星园三区15号楼

邮政编码：100078

经　　销：新华书店

印　　刷：三河市荣展印务有限公司

版　　次：2019年3月第1版

印　　次：2019年3月第1次

印　　张：9.5

开　　本：880毫米×1230毫米　1/32

字　　数：268千字

书　　号：ISBN 978-7-5014-5909-4

定　　价：38.00元

网　　址：www.qzcbs.com

电子邮箱：qzcbs@sohu.com

营销中心电话：010-83903254

读者服务部电话（门市）：010-83903257

警官读者俱乐部电话（网购、邮购）：010-83903253

文艺分社电话：010-83903973

出版说明

为深入贯彻党的十九大精神和习近平总书记在文艺工作座谈会上的讲话等系列重要讲话精神，积极落实公安部关于推动公安文化大发展大繁荣的实施方案中提出的“推出更多公安题材优秀文化作品，出版年度公安文学精选”的要求，进一步加强公安队伍思想文化建设，服务公安现实斗争，着力打造公安文化品牌，推出公安文学精品，发现和扶持公安文学创作人才，满足新时期公安民警对公安文化的新期待、新需求，同时更好地满足广大读者对优秀公安文学作品的阅读需求，全国公安文联和中国人民公安出版社决定继续选编、出版“2017 年度公安文学精选”。

由全国公安文联选编的“年度公安文

学精选”迄今为止已出版了二十三卷，即“2011年度公安文学精选”共三卷，含中篇小说卷《特殊任务》、短篇小说卷《结案风波》、纪实文学卷《追捕始于新婚之夜》；“2012年度公安文学精选”共四卷，含中篇小说卷《归案》、短篇小说卷《编外神探》、纪实文学卷《亮剑湄公河》、散文诗歌卷《我的贺年卡》；“2013年度公安文学精选”共三卷，含中篇小说卷《命运之魅》、短篇小说卷《沙堡》、纪实文学卷《追捕深海“掠食者”》；“2014年度公安文学精选”共四卷，含中篇小说卷《派出所长》、短篇小说卷《无处可逃》、纪实文学卷《“猎狐”行动》、散文诗歌卷《心中有座百草园》；“2015年度公安文学精选”共五卷，含中篇小说卷《风住尘香》、短篇小说卷《神算》、纪实文学卷《刑警“803”》、散文诗歌卷《秘密》、网络文学卷《背后有眼》；“2016年度公安文学精选”共四卷，含中篇小说卷《绑架》、短篇小说卷《罪案病理》、纪实文学卷《铁笼沉湖》、散文诗歌卷《我的警察兄弟》。以上作品出版后，受到了广大读者，特别是全国各级公安机关民警的欢迎和喜爱。

“2017年度公安文学精选”的入选作品，均为发表后受到读者广泛好评并产生较好社会效益的优秀公安文学作品，代表2017年度中国公安文学在中篇小说、短篇小说、纪实文学、散文、诗歌体裁中的最高创作水平，在思想性和艺术性方面具有突出特色，是奉献给广大关心和热爱公安文学的读者的精神大餐。

“2017年度公安文学精选”共出版四卷，即中篇小说卷、短篇小说卷、纪实文学卷、散文诗歌卷。

这是中国公安文坛第七次举办全国性“年度公安文学精选”的征集选编活动。该活动由中国公安文学精选网协办。

“年度公安文学精选”编委会办公室
2018年8月10日

目 录

编外警官

楸 立

一

在我们局合同制民警并不多，统共有十五六个。这些人不在公务员职级，不授予警衔，没有警号，不隶属于警官编制，更没有执法资格，这些工勤人员来源渠道有两种：一是县民政部门隔两三年安置进来的具备专业特长的退伍军人，如司机，这种人大多分在局机关后勤。二是二十世纪九十年代初期从乡镇先是借调过来管理流动人口的合同工，后来又与公安局签订合同的人员，老徐则属于后一种。

老徐说老其实并不老，二十世纪七十年代初

期生人，比他所在派出所现任所长吕纪海长两岁，自打局里成立开发区派出所，老徐就从下边乡镇调了进来，十几年来所长换了四茬儿，驻地迁了三个地方，铁打的营盘流水的兵，鉴于身份的原因，老徐则岿然不动，在所里算是老红军资格了。

老徐文化水平不高，初中毕业，让他打个笔录、写个材料不行，他对电脑一窍不通，打五个字出一身汗，可基层工作经验丰富，辖区犄角旮旯、特情重点都在他蓬松不堪的头发丝里装着。哪任所长都拿老徐当圣人敬着，大事小情的都和他商量，老徐这个人也是知无不言、言无不尽，挺敬业。

老徐的工作特点就是能圆事儿，不管多难的民事纠纷，轻微治安案件，哪怕稍有影响的群体性事件，老徐上阵，百分百化干戈为玉帛，扶大厦于将倾。局里没和老徐共过事儿的、打过交道的人，或多或少的不相信、不服气，可真亲眼目睹过或是了解过老徐的，都被老徐的工作经验所折服。

现在的公安派出所工作能和八十年代一样吗？

二十世纪九十年代中期以前，人民群众进了派出所都是毕恭毕敬的，犯点儿错事抻脖瞪眼、规规矩矩地接受专政处理。自打进了二十一世纪以后，风向就变了，人们见了警察就跟见了欠账户似的，瞅哪个警察不顺眼，找个茬子就投诉你。社会上的地痞流氓也不拿警察当爷对待了，碰到个什么事儿还故意挑衅，他们没有什么把柄在你手里，任你干瞪眼也没多少辙。刑警部门还好些，腰里别着五四、六四的，门口也硬，不法分子还心存忌惮，派出所可不行，一个小治安案件，即使处理也是小猫小狗的案子，能奈人家几何？所以呀，现在从警，干啥也别干派出所，当然只要是干派出所的，没有凡人。

这段五分钟的话是老徐说的。

新招进来的郭子挺不尿老徐的，自己名牌警官学院毕业，觉得老徐有点儿倚老卖老。派出所有什么呀，勤快点儿，热心点儿，耐心些，秉公执法，为人民服务……不就结了，有什么呀！

这天刚上班，社区民警郭子在考勤机上扫了脸，瞅了一眼正在值班室抱着煎饼果子大快朵颐的老徐，上了二楼办公室，他前脚刚进去，后面晨星里居委会路大妈小脚刷刷地推门进了派出所。老徐问，路大姐，你这么早干吗来呀？路大妈说，我要见所长。老徐吃着煎饼果子问，路姐，你又想奏谁一本呢？

路大妈说，老徐，我们社区那个新从监狱放回来的吴二肥成天喝多了在小区物业那里耍酒疯，弄得小区里乌烟瘴气，小郭去了两次降服不了他，我得找所长想个法子，这样可不行。

要是一般人这事儿谁都不揽，把路大妈往所长室里一指得了，让所长看着处理去。老徐眨了眨眼，又咬了口五香大煎饼，说，路大姐，别给我们所长找事儿了，你这么一找，也是埋汰郭子呀，你先回，我一会儿和郭子过去。

路大妈说，成，扭头走了，算是给了老徐个面子。

老徐吃完煎饼，到楼上喊了郭子下来，说，咱俩会会那个二肥去。

郭子说，去了有什么用，这小子就是喝多了坐在物业门口唱歌玩，瞎折腾，咱打也不能，治安管理处罚法也没处理条款，去了也就是劝，这小子软硬不吃，找了他爹妈，家里也管不了，估计这小子就是闲的，过两天也就没事了。

老徐说，也不能不管呀，居委会都找咱所里来了，没个交代不是个事儿。

郭子说，要不咱多带几个人去？

老徐说，不用，也不是抓人。

俩人溜达着就去了明泰小区，进了吴二肥家里的时候，二肥裸着上身套着个大花裤衩趴在床上睡得正酣。二肥妈就喊：肥子，起来，起来，徐所长来了。侧脸又问郭子和老徐，他没犯什么事儿吧？

郭子皱着眉头，说，你家二肥，一天到晚喝个酩酊大醉，喝完就在小区闹，前天到昨天我们所接到十多次群众报警，要照这样，这110都成你家开的了。

这时吴二肥在床上蒙眬着眼，抬头见两个穿警服的人在面前站着，先是一愣，随后起来掐着腰坐在床上，揉揉肉泡眼说，操，我喝点儿酒尽尽兴，碍着谁肚子疼啦？谁报的警？我找他没完。

郭子说，你是领导呀，谁报警还得跟你说，起来，跟我们去派出所。

吴二肥"噌"地一下站起来，凭嘛让我去派出所，我喝酒是寻衅滋事还是抢劫了，犯了哪条哪款？有种你铐下爷试试。说完，双手并着伸到郭子面前。

郭子血气方刚，气得牙根儿一咬，手就向腰里伸。

老徐忙给郭子使了个眼色，从口袋里拿出一根烟，先是自己点上，吸了一大口，然后一口烟雾吐到吴二肥脸上。

二肥，看你个德性。

吴二肥后退了一步问，你怎么骂人？

老徐"嘿嘿"一笑：吴二肥，我就说你德性，当着你妈我也说，看你个德性，你老大"黑头"都对我们低头哈腰的，你才出道几年呀，我现在给他打电话过来，让他抽你一通，你信吗？

吴二肥脖子一梗，你们警察有能耐，你来抽我！

二肥妈在一旁心慌得够呛，插言说，肥子，你当年在看守所里没受罪，还不是你徐叔给你在看守所找的人。

二肥一听身子缩了半截，咂摸了一下，噢，是凯庆叔呀。

对，老徐姓徐字凯庆。

二肥的"叔"字刚吐出来，老徐的气势就上来了，把烟头"啪"地摔到地上，嘴里恶狠狠地说，叔你个蛋，瞧你这没出息的样儿，以为我们不敢收拾你是不是，当年就应该让你在号里掉层皮，才出来几天，就装大瓣蒜！

二肥妈上来就给老徐说好的，他叔，你别和孩子着急，他不通人性。

老徐把二肥妈推到一边，用手点指着吴二肥的脑门，正气凛然，说，你小子是想再进南沧（监狱）改造改造？还是换个活法？想进去，我回所给你摞摞事儿，想重新做人呢，在这儿先给你郭哥道个歉。

二肥弄不清这凯庆叔多大的能量，彻底给唬住了，一个劲儿地给老徐作揖，叔，叔，我以后不给你们惹麻烦了，我好好做人，好好做人，郭哥，郭哥，你消消火，别和我一般见识。

老徐这场戏演得挺好，台词也杠杠的：吴二肥，你都二十几的人了，也在里面镀过金了，接受过革命教育了，你想想，你现在要是死了，除了你爹妈谁能念想你？人活着要是没人念想了，你这一辈子就是个行尸走肉，活着还有什么劲儿，天天和这个喝和那个喝，有哪个和你真好呀？

吴二肥包括吴二肥的妈被老徐说得羞愧难当，不吭一声。

从那天起，吴二肥再也没有喝过一滴酒，晨星里小区一直平平安安的。

闲谈的时候，郭子问过老徐是不是真给吴二肥在看守所活动过。

老徐反问郭子，你是不是看电影《监狱风云》看多了，咱这儿是那样儿吗？

郭子说，我觉得不可能。

老徐点了点头，我只不过搭了句话，可老吴家包括吴二肥心里一直念想着。

徐哥，你说话够损的，对吴二肥挺有效果，近一年了，这小子表现挺好，前几天路大妈还张罗着给吴二肥介绍对象呢，郭子说。

这小子本质还是不坏的，老徐说。

这件事其实并没多少亮点，对于合同警老徐再寻常不过了，只不过吴二肥一年后勇救落水儿童不幸罹难。出殡那天，老徐给吴家上了五百块钱的礼账，在吴二肥遗像面前，老徐深深地鞠了三个躬。

按老徐的话说，吴二肥这个孩子，没白活，让人念想。

二

老徐自己没有亲小舅子，有个叔伯小舅子叫齐大胜，三十多岁，是爱人老叔家的孩子，村里人给他起了个外号叫“齐天大圣”。齐大胜有空没空就爱往所里跑，弄得老徐挺烦，还不能明说，怎么也是小舅子驾到，得高看一眼。

这齐大胜爱惹祸，一年到头怎么也得麻烦麻烦老徐，并非小舅子觉得派出所有人就可以为所欲为，而是天生就有这个毛病，不出点事儿都对不起他那个绰号。

半年前，齐大胜晚上和几个哥们儿喝酒，三杯酒下肚，话就没有把门儿的了，结果和一个哥们儿闹翻了，三下五除二，两人就动了酒瓶子，齐大胜四肢发达，把对方就给开了。开完傻眼了，要不这种人就是这样，爱招惹是非，胆子还特小，对方一流血自己酒也醒了。怎么办？自然想起四姐夫来了，大晚上 11 点多，给老徐打电话。老徐前一晚统一行动一宿没怎么睡，白天又连轴转，就够累的了，本来想睡个安稳觉，齐大胜一个电话打过来腻歪得够呛。爱人一看是自己的娘家兄弟，也不能怠慢了，两口子到了医院，掏钱给人家看病检查。对方知道老徐在派出所上班，没好意思说什么，越这样越让老徐觉得过意不去，把小舅子拉到角落里劈头盖脸地训了一通。说也说了，闹也闹了，事情总得解决呀。老徐又找熟人论亲戚，赔不是，讲道理，好不容易才把事情解决了，当然这个还不能让老丈人和叔丈人知道，包括赔了对方三千块钱，老徐让齐大胜拿了两千，自己搭了一千。能说搭吗？不能。

齐大胜每次去派出所大家也爱和他开玩笑，大胜，又给你四姐夫添乱来了？大胜，又干什么大事业了？是不是来给你四姐夫分红来了？大胜，你得隔三岔五让你四姐夫请你，他不巴结你，等他再去村里给他个好看。

齐大胜高兴，心里美，到派出所就跟到家里一样，从上到下都拿自己当贵客待。他自己给四姐夫添事儿不说，还没少招揽多余的活儿，什么自己女同学的孩子上户口了，什么媳妇儿的表哥在外地被人骗了多少钱了，哪哪的哥们儿被人揍了或者揍了人了，咨询怎么个程序了，都会找到老徐或者来电咨询。老徐这个烦呀！老徐也挖苦几句这不着调的小舅子，开玩笑说，胜呀，你有空也请请我啊！

老徐一说这话，小舅子小眼珠滴溜一转，眨了又眨，使劲儿点头，四姐夫，没问题，改天，改天。

齐大胜对自己大方，但对别人包括他这个四姐夫可是轻易不出手。

这天早晨老徐刚到单位，民警郭子就在楼下喊他，徐哥，徐哥。

老徐下了楼，看到郭子向他摆手，老徐走过去问郭子有什么事儿。郭子压低声音说，徐哥，你小舅子在咱们所呢。

我小舅子？大胜？

对，就是“悟空”。郭子不喊“齐天大圣”，他单起了“悟空”的绰号，说这个外号较有内涵。

昨天晚上去歌厅唱歌，10 点多钟和几个同学出来去面馆吃饭，结果有个酒鬼言语调戏女同学，你这小舅子就和对方动了手，现在对方住了医院，你小舅子脸上也花了，现在在留置室呢，昨天给你打了一宿手机，你手机关机呢。

老徐下意识地拿出手机一看，黑屏，原来没电了。

老徐说，这次小舅子也算是伸张正义，对方有事吗？

郭子说，没有明显外伤，我过会儿去医院看看，你小舅子这边你看着处理吧。

老徐清楚郭子的好意，这种案子派出所天天接，都是问完笔录，双方验伤，等火气消了就是大事儿化小、小事儿化了，毕竟是人民内部矛盾。

老徐进了留置室，见齐大胜正耷拉着脑袋趴在留置椅上睡觉，老徐过去把齐大胜弄醒。只见齐大胜脸上紫一块青一块的，看到老徐赶紧喊了声：四姐夫。

老徐说，你看你，让人揍成这样儿。

齐大胜说，我昨天给你打电话，你怎么没开机呢，郭子太不对了，为什么把我关一晚上，不关对方呢。不是警察说的嘛，看到不公就得挺身而出，没人管这个社会不就乱了？

对，你管了，就管成这样了。老徐扭头出了留置室，不和小舅子理论。

所长在门外听了个全，等老徐进了屋后，问，大胜这是怎么回事儿？

老徐就一五一十地把经过说了一遍。

所长清楚老徐现在心里挺纠结的，就说，留置一晚了，时间也快到了，我看大胜脸上的伤也需要处理，把材料问完就开个验伤委托，让他随传随到吧。

老徐明白所长这是给自己解套，喊人把齐大胜带到所长室。齐大胜和所长也熟，进屋也不见外，跟所长打了个招呼。

老徐黑着脸不理他。

所长说，大胜，你先回去，该做验伤做验伤，你也老大不小的人了，还跟小孩子似的真不行，以后少惹点事儿，别总以这样的方式来派出所。

齐大胜点头哈腰，说要不今天请几位吃饭。

老徐斜了他一眼，你先回去，等事情处理完了再说，懂点事儿，别让家里人不放心。

齐大胜龇牙咧嘴答应着。

等齐大胜走了后，所长和老徐又聊了会儿近期县局部署的严打工作，所长的手机就响了，是郭子打来的。

郭子电话里说，所长，先别放老徐的小舅子走。

怎么了？所长忙问。

我在医院呢，对方肠破裂。所长脸色立马变了，肠破裂，重伤呀！

老徐听得真真儿的，他抢过所长的手机，问郭子，确定是肠破裂吗？

确定，我和主治医生正在谈话，现在对方正在手术室做手术。齐大胜没放吧？郭子有点儿急躁。

老徐脸上汗也下来了，所长的双眼正平视着他。老徐挂了郭子的电话，又在手机上拨了一串数字。

大胜，你走到哪里了？

四姐夫呀，我才到商贸街，怎么了？

你回来吧，今天所长正好有空，你过来请大家一顿得了。

好嘞，好嘞，那头齐大胜答应得非常痛快。

所长在屋里踱来踱去，老徐的心脏突突直跳，墙上的挂钟嘀嗒嘀嗒走得那个重呀……

十分钟过后，齐大胜一步跨了进来，嘴里还喊呢，今天我说嘛也得请请四姐夫……

三

因为一个二等功城区派出所差点儿闹出乱子。

首先交代一下这个二等功怎么来的。

根据县局十八大安保工作会议部署，城区派出所应该抽调两名正式民警去进京检查站执勤。当时所里上报的名单是民警郭嘉和所长吕纪海，执勤日期是每周的周二和周五。

第一回执勤，所长和郭嘉带着三名协勤去的，二十四小时下来后到下班交接没遇到什么事。到了周五，所长就对老徐说，徐哥，你今天代替我去吧，我在所里把一些工作处理处理。

老徐就和郭嘉几个人去了检查站。上午半天都很正常，到了中午，郭嘉省警院的同学来县里办案，给他打了个电话。郭嘉一想同学好不容易过来一趟，怎么也得见个面招待一下，就跟老徐说，徐哥，中午这阵我看车量也不多，你盯会儿，我去和同学吃顿饭，也不喝酒。老徐就答应了，别看老徐平常大大咧咧，但一上任务从不打马虎。

郭嘉走后，老徐给协警们分了班，轮流换班，自己则拿了瓶苏打水守在岗上。

就在12点半左右的时候，从县城方向过来一辆蓝色马自达，本县牌照。老徐从远处就觉得这车开得有点不对劲儿，他相信自己的直觉，几步跨到检查站警戒线的中间。等马自达车进入检查区域后，老徐挥手让两名交警和协警过来，四个人就将这辆车的前后左右圈住了。

司机是位三十多岁的男人，脑袋中秃，属于典型的沙和尚发型。司机打开车窗对老徐说，本县，本县的，检查什么呀？

老徐赔着笑，老弟，特殊时期没办法，我们也不乐意查。

司机瞄了老徐一眼，突然情绪就上来了，脚下一给油，车就向前动了下，就顶在了老徐的膝盖上。你让开行吗？司机对老徐喊。

老徐火就上来了，你给我关掉钥匙，给我下车，老徐吼了一嗓子，没管用，对方还是僵持在车里。

旁边的协勤李伟一拉车门，伸手就把对方的车给灭了火，想把车钥匙拔下来，这司机就在车上和李伟撕扯起来。老徐挡在前面，厉声问：你想干吗？

弄死你们！

另一个协警上去，和李伟两个人就把对方给拽出车来，摁地上了。老徐说，没见过你这么混账的人。

老徐心里是有点儿腻歪的，觉得遇到这类人，处理起来也不好说，走到对方车后面，老徐掀开这车的后备箱，后备箱一敞开，老徐眼睛顿时给闪了一下，一杆单管猎枪出现在他眼前。

老徐高喊一声，有枪，把那小子弄住喽。

李伟才把司机拎起来，一听有枪，又一下子将那司机给压倒在地上。

老徐心里既兴奋又紧张，想想这个不能越俎代庖，给所长打了电话。所长正调解一个案子，一听检查出枪支来了，扔掉活儿开车风是风火是火就往这赶。郭嘉那头也不陪同学了。局党委班子接到所长的通报后，也迅速集结，反恐小组也全副武装杀到。

经过突击审讯，这个司机叫刘国永，因虚开增值税发票被河南警方网上通缉，昨晚住在县城哥们儿家吸食冰毒溜得五迷三道的，中午准备回乡下老家，没想到被老徐几个人给摁了。枪支来源也是从一社会老大那里借来的，准备去企业里收账用。这次事件上报给省厅后，省厅高度关注，同时对执勤民警予以表彰和奖励。这下问题出来了，老徐是合同制民警，在省厅都没这一号，但事儿是人家老徐干的，局里想把这个功劳记到正式民警身上，给所长记个一等功，给郭嘉记个二等功。谁都明白这事儿有点不地道，但只能这么做，上头让所长做老徐的思想工作，所长也怵头。可偏偏老徐这个什么都明白的人，这次也不知是真糊涂还是揣着明白装糊涂，对所长说，你是所长，你一等我二等也行，哥也算是为公安事业这些年没有白奋斗。所长看老徐口咬得挺紧，也不好说什么只有干嘬牙花子。郭嘉那里抓耳挠腮但没有办法，几个协警还不乐意呢，李伟和交警那几个协警，非得找政治处评评理，我们也是玩命儿了，怎么也得给个安抚。局里这一下就难住了，上边紧着催上报立功者名单，这边迟迟不能拿出名单，担心出了娄子再闹出个事件来。

这样僵持下去肯定不行，政治处李主任和老徐是莫逆之交，也是城区所出来的。李主任的媳妇还是老徐爱人的表妹，俩人是表连襟。李主任下午给老徐打了个电话，说晚上小酌几杯呀？老徐还以为是庆祝自己二等功的事儿呢，说，好，太好了。李主任晚上拎着俩凉菜到了老徐家里，俩亲戚你一杯我一杯的，等喝得差不多了，李主任兜了好大的圈子，翻回来折回去，这个那什么，那个这什么，老徐就咂摸出味儿来了，说贤弟，你今天不是串亲戚来了，你是做鲁肃来了吧？

李主任一看也别绕了，笑了一下，说，徐哥，你说你要个二等功和不要这个功有什么区别，哪个活儿不是你干的，所里不都是仰仗着你吗？

老徐脸色不好看，说，这个二等功，也是圆了我一个当初从警的梦呀，自己这辈子也算没白干警察是不是？穿这个警服其实不是警察，这次拿命换来个功劳，以后给儿孙们一说，也是个骄傲。

得，对你来说，别说对你来说了，这个二等功、一等功现在就是对我这个主任来说，也就是个形式了，给别人没准顶个用，给咱有什么意思呀？就是以后这二等功给你弄成了正式警察，你还能干多少年？你怎么这么幼稚呢？你快点儿好人做到底，送佛送到西，把这个二等功给郭嘉吧。

老徐这个不是滋味，心说凭什么给他呀，但嘴里没吱声。

李主任接着说，郭嘉找了我好几次了，想直接和你提，知道咱俩是实在亲戚，就委托我来了，局领导也是这个意思，但还不能勉强你，要我说，二等功给他算了，让年轻人多个机会。

老徐脸色阴得快出水儿了，李主任看也说得差不多了，抬屁股就走，临出门时又说了一句，这个派出所你将来怎么也得离开，王政委说了，将来行政科科长这个位子给你留着，工人身份也没问题。

老徐送李主任出门，直到李主任没了踪影，啐了口唾沫，这个工人没地方说理了。

二等功最终给了郭嘉，名单报上去那天，郭嘉和他父母拎着几盒礼品专程去了趟老徐家里。郭嘉妈是中学校长，高级教师，真是太能说了，简直口吐莲花，把老徐捧得脸都红成大苹果了。

郭嘉后来和所长去省里开表彰会，协警李伟偷偷地看到老徐那天在宿舍里闷闷地吸了一整天的烟。

四

老徐夫妻就一个孩子，男孩儿，长相随老徐，性格上随他爱人，内秀，踏实，学习好，在南京财经学院读书。老徐和谁要提下一代，张狂得不得了，我儿子那脑子，我儿子那面相，我儿子……

儿子大学毕业后被市里一家国有银行录用了，可老徐的惆怅事儿也就来了，怎么也得给孩子在市里买套房呀。儿子相中了市区新开盘的九十平方米的房子，老徐嫌小。老徐有自己的想法，这个想法不无道理。他掰着手指头对儿子说，儿子，你不能光想着自己住，等你结了婚有了孩子，我不来，你妈也得给你看孩子，买个两室一厅的房子怎么住？买就买大点儿的，儿子和老婆一听有道理，可钱从哪里来？钱呢？一提钱老徐就麻爪儿了。老徐一个月也就两千多块钱，爱人是教师月薪三千多，这些年吃喝拉撒人情随往，老徐这个人又是个死要面子活受罪的人，人情来往密切，这一个月的薪水老徐每月剩不下多少铜板，加上这几年孩子上学，根本没多少积蓄。

爱人就想找娘家哥借去，可是因为前一段叔伯小舅子齐大胜的事儿，娘家人对老徐有点儿看法，老徐也放不下那个面子。不光是面子问题，借了拿什么还，什么时候还？按说老徐在辖区有个人缘，向各个企业老板们哪个张张嘴，应该也能凑上，可老徐不愿意。老徐还是有原则的，他知道没有钱上的交往，多牛的人都看得起你，如果你伸手沾了人家钱了，人家以后看你就不一样了。

可光要面子房子怎么解决呀！老徐蔫了。这心情不舒畅自然带到工作上了。

话说辖区有家新开的歌厅，叫“盛世豪门”，气派堂皇，有钱人都爱在这地方消遣娱乐。这种地儿自然就是是非之地，隔三岔五的总会给派出所添点事儿，民警对辖区这类场所都非常硌硬，可硌硬应归硌硬，人家正常经营，也不涉及黄赌毒的，该为人民服务就得服务。

这天晚上，老徐和郭子一班，白天有几个非警务警情都打点过去了，到了夜间十点多，老徐才脱衣服上床，那边指挥中心派警电话就到了，称盛世豪门歌厅有人闹事。

老徐他们几个人就又穿好警服，驾车到了歌厅，进了门口，就看一楼大厅内被人砸了个乱七八糟，遍地狼藉，地板上有点点滴滴的血渍。

老徐问，怎么啦，怎么啦，谁报的警？

歌厅服务生不敢说话，有个胆子大的偷偷地指了指里屋。

老徐一脚就迈了进去。

歌厅老板正拿着一团面巾纸给一个光膀子文身的小子擦血，再细瞅这小子手腕子破了往外冒着血。

老徐一眼就认出来了，这小子是县里胡副县长的公子，社会上都称其为“胡闹”，就是经常惹事、闹事儿的意思。老徐这个场合有经验，假装不认识对方，就问：怎么回事，刚才谁报的警？

这一问，县长的公子不干了，要不说酒壮怂人胆呢，平常这个“胡闹”不喝酒也不闹，喝了酒就成了“胡闹”。

“胡闹”把歌厅老板往旁边一推，说，谁让你们来的？滚蛋。

老徐先是压了压火，清楚现在的大形势，警察只能装孙子。

老徐把脸一绷，你喊什么喊，这东西谁砸的？

我砸的，你能怎么地？

你砸的就处理你了！在众人面前，老徐从不畏缩，更不能在气势上被对方压倒。

你算老几了，我扒了你的皮。领导家的狗“旺旺”几声都比别人家的响，县领导的“衙内”火气自然也更大。

郭子也认出对方是谁来了，就用手在后面拽老徐的胳膊。

老徐肝火“腾”就蹿起来了。

我看你找收拾，说罢，老徐上去就拽对方的胳膊，想把对方带走。

“胡闹”个子莽壮，练体育出身，光着膀子老徐也不好控制，这小子抬手一拳就打在了老徐的脸上，顿时老徐鼻子的血迸出老远，人当时就仰面倒在地上。

“胡闹”打完人夺门而逃，撒腿就跑，几个协警抬腿想追，郭子喊，先送徐哥去医院吧。

老徐在医院住了将近半个月，所长和主管局长先是过来殷切探望、嘘寒问暖，所长在病床边说了一筐子豪言壮语，不把这个胡闹抓起来我对不起哥们儿弟兄，过了两天口气就见软，坐在老徐床前说，伤情鉴定了，轻微伤，盛世豪门的东西损失程度也不够立刑事案件的，老板也不想报案。

老徐问，不构成妨碍公务吗？所长吭哧了半天，说，你身份不是民警，法制审核说够不上。

老徐的爱人一个劲儿地骂老徐越干越傻，半民半警的还在前头卖命干吗，让那些正式的、立功的上呀，弄得所长在一旁脸白一阵紫一阵的。

老徐的爱人非去市里上访去，说，人打了不能白打，咱不窝囊了。老徐拦了，说，不窝囊，等等看。

又过了几天，老徐的七大姑八大姨的关系都来了，都是副县长那边托来的，包括局里一些个别领导，都赶到医院，明着是探望老徐，其实都是做说客。

人们都以为按照老徐的脾气这次得分个高低，可惜结果让大家颇感失望，事情不了了之。有人说对方给了老徐十多万块钱，也有的说还多，郭子和所里同事说老徐挨一拳头弄了半处楼，真的假的不得而知。

老徐出院后，又来所里上班，晚上主管治安的副局长亲自带着治安系统的头目给老徐接风洗尘。老徐在酒桌上依旧如常，谈笑风生。

就是郭子端杯敬老徐酒的时候，老徐侧着身好像是故意似的，视而不见。大家听老徐和所长说，这年头就这么回事儿，不经风雨怎么见彩虹呢。

五

歌厅事件平息后，大约过了两个月，局里举一反三、引以为鉴，将执法一线科所队的工勤身份的人员全部调离，安排到文职以及后勤部门。老徐自然在所里不能继续干下去了，所长以为老徐肯定要耍耍性子、卖卖资格，给他出个难题，结果非常意外，老徐主动打好被窝卷来了个说走就走，出了门口连头都没回。

半年后，所里分配过来的两名警校生，其中郭子平地提了副所长。郭子帽子稍微大了些，烧得就有些难受，说话不管不顾，办事就有些飘，极力否定老徐的那套工作作风。在所里和辅警侃起来就有些“大”，说老徐也就是个半民半警，警服都是满处找退休的民警要来的，带个三督的衔，这么大人也不嫌寒碜，早就不应该在执法单位，问个笔录也得写别人的名，不走干吗。真还如郭子所说，这个地球少了谁都能正常运转，一个所里少了老徐多了新力量，一如既往。

日子真快，转眼过了半年，局里让派出所配合乡镇村街拆迁，所长就让郭副所长带队配合，开始还比较顺利，拆到白马河北关村段时，北关坐地户叶老六一家死活不同意镇里的补偿政策，和干部顶起牛来。镇里一看没辙了，就让派出所的过去震慑震慑，郭所长腰里插着新领来的六四手枪，掐着腰过去，几句不和就和叶老六争论了起来。叶老六六十多岁了，人老性子烈，在北关街上也是说说道道的主儿，公安局怎么回事儿也是门儿清，嘴里一百个不服气，一点儿都不给副所长面子，站在挖掘机吊臂下边死活一个价。郭所长和对方理论几句就怒发冲冠，伸手几下就把叶老六摁地上了，拿出铐子就把人给反背手铐上了。这下可不要紧，叶老六的家族在北关户大人多，这本来就对政府拆迁工作不满意，这下派出所把人无故给铐上了，这还了得，上来几十口子人，把派出所几个人就给围了，人也给抢走了。几个家族上年纪的人圈住郭副所长，这个一句那个一句，说你凭什么铐人？你不是想铐吗，来，全铐上吧。

这一个将军，把郭子给挤兑住了，赶紧给所长打电话，要求支援。所长一听脑袋都大了，这不是给局里惹事儿吗？拧着眉头给主管局长打电话，要求增加警力。主管局长电话里问清怎么回事，对所长说，增加个屁，让咱们配合，不是让你执法去。

所长陪着主管局长去了现场，好说歹说，郭子几个人都给解放出来了，可铐子人家就不给了。叶家人出动了二十多辆车，搀着叶老六准备去北京上访，非得问问拆迁凭什么公安就敢铐人。

郭副所长这下子捅了大娄子，也蔫头耷脑了，主管局长和大局长作了通报。大局长一脸铁青，说，和对方谈吧，如果真去了北京，给县里惹了事儿怎么办，工作做不通，谁造成后果追究谁的责任。

主管局长又努力了几次，回来汇报，谈不下来。

局长说，我就不信连个铐子都摘不下来，局里有没有和叶家有关系的。

所长脑子一闪，刚才看到吴二肥的妈在现场，叫叶老六六哥，开口说，行政科徐哥和叶家人不错。

主管局长瞥了所长一眼，怎么不早说。

主管局长就给老徐打电话，说徐哥呀，你忙什么呢？

老徐那头稀里哗啦真像忙的样子，说，领导，您有什么指示？

主管局长就在电话里把刚才的事儿说了一遍，又说，听说你和叶家有关系，不行你跑一趟。

老徐一听交流更加正式了，领导，我一个工人身份的人，没有执法权，您真是开我玩笑，所里那么多高人，局党委班子个个法力无边，快别耍笑我了。

主管说，徐哥，这不是开玩笑，事到如此，唯有你能把对方说服了。

老徐那头打着哈哈，得了，领导，您别和我逗了，开玩笑，开玩笑呢。

主管局长说，这是咱们大局说的，这是命令。

老徐那头更利索了，大局认得我是谁呀。

大局长早就不耐烦了，夺过副局长的手机，徐子，你立马到我办公室。

老徐一身休闲装进了局长屋，低头哈腰，局长，您好，您好。局长斜着瞥了老徐一眼说，徐子，这事儿你办好了，想要什么条件都行。

老徐一看局长铁青个脸，明白不能儿戏了，腰拔个倍儿直了，局长，我现在就要条件。

你说，局长瞅着他。

事儿成了我还回派出所。

大家顿时一愣，局长沉默了十秒钟，好，没问题，今天把铐子摘了，后天我去政法委找程书记，给你特批一个聘用制副所长。

不用，让我到派出所上班就行。

老徐一身便服坐上所长的车就去了现场，到了现场一看，好家伙，人群熙攘、摩肩接踵，那阵势甚是壮观。

郭子见救兵来了，迎过去，想和老徐说句客气话，喊了声徐哥，表情挺可怜的。

老徐说，郭子，你忘了好多东西。说完，大步流星走到叶家人面前，喊了句，叶伯在屋里不？

好多人认识老徐，徐子来了，徐哥来了，在，在里面呢。

老徐在众目睽睽之下进了叶家族长的大院，门哐当关上了。镇里的干部、局里的领导和民警你瞅我一眼、我瞅你一眼，满是疑惑的表情。

大约过了一个多时辰，老徐手里拎着一副明晃晃的铐子走出院子，叶家族长在后面笑模呲地送出来。

郭所长一看铐子终于解开了，差点儿给老徐跪下。

晚上郭子和所长找了大饭店，自己花钱宴请老徐，上的都是硬菜。郭子流着泪说，徐哥，兄弟有对不住你的地方，你大人有大量，原谅我。

所长说，徐哥，我知道你忘不了咱这个所，以后还是和以前一样，我当家你说了算。

老徐开始没吱声，低头一杯接一杯地“干拉”。那俩人像开所务会似的，你说一段，他讲一段的，后来都不说了，三人举杯就干，喝着喝着就拢不住了，就哭，三人哭得天昏地暗的，尤其老徐，那天像个小孩子哭得相当壮烈。

饭店老板姓任，叫学文，绰号“老文”，山西五台人。他和老徐处得挺铁，听说老徐又调回所里了，挺高兴，兴冲冲地准备过去敬老徐杯酒，推门一看，被这场面吓得要命，带上门转身捂着胸口对人们说：额的个亲娘，当警察的恁还这样，额的个亲娘……

（原载《啄木鸟》2017年第10期）

可以公开的私人日记

李治邦

一

片儿警小刚子三十岁，一直在搞对象，但始终没有搞成。原因很多，主要是他长得太砢碜了，个头不低，就是有点儿像外星人，脑袋大，脖子细，眼睛小，嘴巴大。后来，所长对他说，你知道你怎么搞不上对象吗，就是你找的都是漂亮女人，毁就毁在这儿了。

小刚子特别爱写日记，每天都写点儿什么。他每次搞对象都给人家看自己写的日记，人家看看，都会说，你写得不错啊。小刚子就得意地笑，可每次人家都离他而去，说他有写日记的时间干点儿什么不好呢。

所长也对他说，你写日记我不反对，可你这么痴迷，就剑走偏锋了。小刚子不理解所长的话，辩解，我写日记就是写咱们片儿警的生活啊。所长说，你写的是你自己的生活，片儿警不像你那么生活。你就留着自己看，不要给人家看，特别是给和你搞对象的人去看。小刚子不服气，说，我又没有泄密，我怎么不能给她们看了。所长不高兴，说，我介绍我外甥女和你搞对象，是我对你的处境表示同情。可她看了你的日记对我说，舅舅，你们当片儿警的怎么这么馋呢。你写的都是你喜欢吃的菜，没一句正经的东西。

小刚子不说话了，悻悻地走了，回头对所长甩了一句，我喜欢吃又不是错，怎么就不正经了！

日记一：××××年××月××日，下午六点

今天我们警官学院的几个同学找我，他们都是我的桌友，其实就是一帮子吃货。我还没有下班，就让他们在外边等我，他们都是有脾气的人，居然能在外边耐心地等我。半个小时后，我下班走出去，见他们在那儿嬉皮笑脸的。我就问，找我不就是吃饭吗，直接到饭馆见不就得了。

大强说，我们要到你负责的片儿里吃小老的炖牛窝骨。我不知道这小老何许人也，就跟他们打听。大家吃惊地看着我。郭子问我，你不知道小老？我摇头。郭子接着问我，你不知道你这个片儿里有个好吃的炖牛窝骨？我依旧摇头，告诉他们，我负责的片儿里餐馆有四百多家呢，我哪能记得每一家饭馆呢。大家泄气了。大强说，你连小老的炖牛窝骨都不知道怎么能算合格的片儿警呢。我听完笑了，于是按照大强几个人说的，去了西马路那家清真利德顺小老饭店。

我们去的时候日头斜了，饭店里的桌子都坐满了，但马上有人过来带着我们坐到饭店外边的桌子前。不一会儿，香喷喷的炖牛窝骨端上来，大家香津津地吃着聊着止不住嘴。

吃到半截儿，听到邻桌人戳戳点点，好像说老板小老来了。我看到一个壮实的男人一进来就忙碌着，相貌普通，穿着也很简单，不断跟老熟客打着招呼。

大家快吃完了，大强突然说，怎么服务员都是男的，而且上岁数的不少？我这才发现，真的都是老爷们儿在端盘子记菜谱，如进了农村的大车店。这些人没有多余的寒暄，谁要是要多了，这些人还提醒，你不用要这么多，我们给的实惠，吃不了你再剩下。一个顾客说，吃剩下我们带走，你们操什么心。老爷们儿咂咂嘴走了。

郭子说，绝了，在别的饭馆都是年轻的女服务员，在小老这儿都是一帮子老爷们儿操持着。大强小声对我说，我看他们怎么都像是从监狱里边出来的呢？我一惊，郭子也说，我觉得也是，我可是监狱里的，有一个我看着面熟。

几个同学打着哈哈站起来，我去结账时愣住了，怎么这么便宜。大强说，人家早看出你是片儿警了，谁敢得罪你呀。

出门后，郭子说，我这眼睛就是贼，那个面熟的叫二球，在我管的监狱里待过，别看我不是他的看守。我说，你别瞎咧咧。郭子说，也可能是我看走眼了，二球是偷东西的，小老怎么会找一个偷东西的到自己店里呢。我没有理会，郭子不依不饶地跟我说，你可以提醒一下小老。我说，我神经病啊。

早上一上班，所长就把小刚子喊去，问，你昨天去小老那儿吃炖牛窝骨了吧？小刚子不乐意了，问所长，你盯我梢。所长笑了，你是谁呀，我就盯你梢？是有人看见你了，跟你说，你不要去你管的片儿里吃饭、买东西，免得你说不清楚。

小刚子没有说话，他知道所长说得都对，可要想办到这点不容易。他管的这片儿是商业街和食品街，全市的人都跑这儿消费，他怎么能躲得开。

小刚子陡地问所长，你去小老那吃过炖牛窝骨吗？

所长说，去过，吃过好几次。

小刚子说，怎么你能去，我就不能去呀。

所长说，局里也让我盯着他们点儿，你不知道那儿的服务员都是从监狱里出来的？

小刚子愕然。

所长拍了拍他说，你刚过来分管这片儿，也多替我看着点儿。

小刚子迷惑了，说，他们要闹事吗？

所长摇头，说不上闹事，就是觉得那是个火山口，不知道什么时候就爆发。你想啊，二十几号人，犯抢劫罪的三个，偷东西的七个，杀人未遂的两个，还有吸毒的一个，打架斗殴的三个，赌博的四个。

小刚子问，这些个你怎么不早跟我说呢？

所长说，我怕吓着你。小刚子噘着嘴，说，我怕什么，我就是管这个的。

所长说，你慢慢去观察，反正现在还没有什么事，打过几次架，都是客人之间，但是他们也有人掺和。

日记二：××××年××月××日，下午七点

郭子和大强又找我，说吃炖牛窝骨吃上瘾了，忍不住还想去吃。

我说，不去，我负责这片儿，我总去吃，人家以为我想干什么呢。

大强说，你能干什么，你吃饭不是也给钱嘛。

我说，废话，我凭什么不给钱。

郭子说，告诉你，那个人就是二球，他是打架斗殴进去的，给人家打折了一条腿，还把迎面骨给敲碎了。

大强对我说，知道这个小老吗，也是刑满释放的，也是因为打架。

我掉脸子，说，你们是吃饭来了，还是给我添堵来了。

大强笑嘻嘻地说，我们也是职业习惯，我就是有兴趣，你不知道最近我调到“安帮办”了？

我没有听明白，就问什么叫“安帮办”。

大强说，全称叫安置帮教办公室，就是管这些刑满释放人员的，你以为放出来就完了，我们得接着管。今晚吃饭，我还带一个女的，她就是管你这片儿的。

我看着大强，郭子说，我见过这个女的，很漂亮，叫莉莉。

夏天，晚上七点了，天还那么亮堂。

我们三个人到了小老那儿，看见莉莉在一张空桌上等着我们。我走过去，觉得莉莉像我初恋的女朋友。头发乌黑，眼睛挺大，皮肤水嘟嘟的像是刚出锅的豆腐。莉莉跟我握了握手，我觉得她的手太软，好像没有骨头。

我们坐下来，我说，今晚我请客。

莉莉笑着，你是这片儿的片儿警，当然你请了。

我仔细看了看菜谱，菜价还真不贵，再看这些服务员对每一个人也没有横挑鼻子竖挑眼的，都是客客气气，像是到家里吃饭那样不外道。

我们吃着，莉莉对我说，我知道你坚持天天写日记，挺怪的。

我没说话。

大强说，莉莉比咱们小三届，她听过你在学校朗诵你写的日记。我问莉莉，觉得怎么样？

郭子说，没意思，都是家不长里不短的。

莉莉说，我喜欢。

这句话，让我听得麻酥酥的。大强和郭子都笑着。

莉莉一本正经地说，我真的喜欢。

那个叫二球的走过来站在郭子跟前毕恭毕敬地喊了一声，政府，我是二球。

郭子看了他一眼，问，在这儿怎么样啊？

二球说，小老对我挺好的。

郭子说，我问你怎么样啊？

二球说，也挺好的，每个月三千多块钱，还有一千在小老那儿给我存着。

郭子说，你是离婚了吗？

二球低着头，上个礼拜又复婚了，是小老撮合的。说着，二球又站在莉莉跟前鞠了一躬，说，政府，你好。

莉莉笑了，出来就别政府政府的了，小老呢？

二球回头招了一下手，那个小老不知道从哪儿冒出来，走了过来，也喊了一声，政府好啊。说完，看了我一眼笑着说，政府，今晚的单我买了。

我说，你买了，我以后就再也不来了。

小老说，好好，那您买单，我添个菜行吗？

我说，不行！

二

下雨了，虽然不大，但整个城市都湿漉漉的。

莉莉邀请小刚子喝咖啡，小刚子感到很突然，但又觉得特别温馨。他已经一年多没有和哪个女人见面了，他觉得有些厌烦，不知道厌烦自己，还是厌烦无休止地被介绍对象。

在一个不起眼的咖啡馆，两个人坐在硕大的玻璃窗前，看着窗外撑着伞匆匆行走的人。莉莉给自己要了一杯卡布奇诺，问小刚子要什么。其实小刚子喝茶，不喝咖啡，就说，你看着给我要吧。莉莉给他点了一杯美式咖啡，说，味道重了些。

两个人坐在那儿有些没话，还是莉莉先说，你跟大强那么要好，他结婚你怎么没去呀？

小刚子解释，那天执行任务，有一家人的汽车在小区里丢了。

莉莉问，那天你对小老印象怎么样啊？

小刚子想了想说，没什么特别的印象，人还算不错。

莉莉说，我跟小老接触有两年多了，随着我跟他不断地接触，慢慢觉得他身上好像有磁铁，能把周边的人都吸在他身上。他用自己的热量和人品融合着周边的人，散发出一种你逃不脱走不掉的吸引力。

小刚子有些意外，他没有想到莉莉找他是说小老，多少有些失落，但他还是装着挺有兴趣的样子听着。

莉莉说，他有四个姐姐和一个哥哥，因排行最小，西马路那一带的人喊最小的叫老疙瘩，家里人和邻居们就称呼他小老。小老打懂事起就开始受苦，因为家里孩子多，都等着吃饭，都盼着穿衣，可家长就那么点儿钱。

小刚子看见莉莉跷着一条长腿，由于穿着长裙露出来一小截腿，白白的，跟白藕一样。正如所长说的，小刚子喜欢漂亮女人，尽管他自己长得不好看。还有就是他喜欢皮肤白的，他母亲就皮肤白，告诉他，一白遮全丑。有一次他跟一个女人谈得不错，就是因为对方皮肤太黑了，忍痛跟人家分手。人家问他因为什么啊，他撒了一个谎，说，自己是片儿警，对方是一个白领，门不当户不对。

莉莉慢慢喝着咖啡，姿态很优雅，但还是在小老的话题上。她说，小老这个人命不好，父亲早逝，母亲重病在身，还没有上完初中就被迫辍了学，帮助家里做小买卖，贴补家用。穷人的孩子早当家，这句话放在小老身上最适合。小老在街头做小生意，用一点点儿积攒下来的资金，花了高价租了现在四马路的一间特别狭窄的门脸，开了这家小老饭店。饭店开了好久，没有多少人光顾，天天大眼瞪小眼，可每天开门，大师傅、服务员的工资得给，房租得付，方方面面的事情得打点，小老陷入困境。小老虽然没有什么文化，写自己名字都歪歪斜斜，只能自己看明白。但他有一种人格魅力，那就是对谁都能掏心窝子，都能说到做到，而且不论对年长的还是年幼的，一碗水端平，不看人下菜碟。小老对我说，你们说是我人性好，但我就是从小听我娘的，按照我娘的做事方式去做。我比我娘差远了，我就是我娘的一根小指头。凭借着朋友指点，他到处寻访高师，吃过多少次闭门羹，也遭遇过别人对他的白眼不屑。但小老横下一条心，那就是相信世上没有过不去的坎儿，那么多苦都受过来了，还有什么能挡住他的。

小刚子看见莉莉说得很兴奋，原来说一会儿喝一口咖啡，后来就一直滔滔不绝地说着。

小刚子笑着问，你是不是喜欢上小老了？

莉莉一怔，有些不高兴，但也没觉得很反感，就顺嘴说，是有些喜欢，我是喜欢他的为人。

小刚子问，你是不是单身呢？

莉莉瞥着他，你这么说有意思吗？

小刚子忙赔笑，说，我可能当片儿警习惯了，总爱这么问人。

两个人闷了一会儿，窗外的雨一直下着，好像大了些，因为窗玻璃不断地在划着浓重的水痕。

小刚子抱歉地说，你别介意，我听大强说过，你丈夫也是片儿警，在追捕逃跑嫌疑人时牺牲了。

莉莉说，他本来可以不死，第一枪打中了他的胳膊，他还追。第二枪打中了他的腹部，他还追。第三枪打中他的心脏，他想追也追不了几步了。

莉莉说得很平静，好像是说别人，小刚子感觉她在抑制着自己。小刚子觉得自己心里乱糟糟的，他看见窗外有一个男人给女人打着雨伞，结果雨伞被风吹跑了，那男的去追，女的在后面笑着。他有些心酸，这么多年就自己过着，没有女人笑自己，也没有女人哭自己。

莉莉看着他说，你怎么还不找呢？

小刚子笑着，说，没有喜欢我的，我可能讨人厌。

莉莉说，你确实不招人喜欢。

小刚子笑了，说，今天别争执，我买单。

莉莉说，你就应该买。

小刚子说，怨我，不该提你不想说的。

莉莉说，过了某一个坎儿就会发现，再想遇到一个喜欢的人实在很难了。

日记三：××××年××月××日，下午三点

小老饭店门前的两辆车被人划了，而且划得很深。两辆车的车主报案，我去解决。

小老有摄像头，我看了是一个农村模样的中年人划的，那人手里攥着一把改锥。

我问小老，你认识这个人吗？

小老摇头说，不认识。

我问，你能知道为什么吗？

小老说，可能我的店火，别的店嫉妒吧。

我再问，你估计哪个店的可能性大呢？

小老眯缝着眼睛，说，不知道，真的不知道是谁，平常我们在一起有吃有喝的。

我问他，你是怎么琢磨出来的炖牛窝骨啊？

小老觉得我说的话题跟破案的事情风马牛不相及，有些迟钝，我看着他。

他说，牛窝骨是端不上菜桌的，一般都是扔掉，人看见白乎乎肥腻腻的倒胃口。但炖牛窝骨怎么做，是一道难题。我就觉得应该搁点儿中药，对朋友们说，朋友们都笑了，说你小老大字不识几个，你懂什么中药。你要是懂中药你就别开饭店了，你就开药店了。我这个人不信邪，跑到医院找中医大夫，中医大夫既好气又好笑，说我们给病人开药方子，没听说给你的炖牛窝骨开方子的。大夫经不住我的软磨硬泡，给我开了一份药单子，里边配的什么中药我就不跟你叨叨了。

小老说着，这时，我看见莉莉走进来。

小老冲她笑了笑，继续对我说，我就开始折腾这份药单子，一边尝试着做。做的时候我就调整这份药单子，哪个有效，哪个不行，就像给人看病一样。朋友们说我入魔了，我姐姐们也心疼我这个小兄弟，担心地说，你这么炖出来的牛窝骨别吃伤了人家。后来我觉得光靠自己不行，于是请大饭店的老厨师给我指点烹饪技法，老厨师避而不见。朋友们说，你过去就是一个在街上耍混的人，现在开饭店，人家不放心你小子。再说你现在口袋里能有几个钱，你能给人家搬来金山银山啊。我没什么文化就效仿刘皇叔，我也三顾茅庐，后来老厨师经不住我软磨硬泡帮了我。再后来，这位老厨师去世了，可我一直忘不了他。

三

那天小刚子和莉莉一起从小老饭店出来。

莉莉说，你要破案，找到那个划痕的人。

小刚子点头说，一定，这是我的事。

两个人聊着天，也不知道朝哪儿走。走着走着，小刚子发现走到了“安帮办”，也就是莉莉的单位。

莉莉说，去我那儿坐坐吧？

小刚子有些犹豫，莉莉说，我们“安帮办”也是你那片儿的。小刚子走进来，看见不少人在看他，弄得他有些不好意思，脸居然红了。

莉莉跟他说，你还知道脸红，现在知道脸红的男人太少了。小刚子进到莉莉办公室，见里边收拾得很干净，桌上有一张莉莉和一个穿着警服男人的合影，那男人很精神。小刚子知道那就是莉莉的丈夫，比自己帅多了。

刚坐下不久，郭子一晃身走进来。小刚子有些意外。

郭子诡秘地笑着，我没打搅你们吧。

莉莉说，今天让郭子过来就是想知道小老在监狱里怎么回事。

郭子坐下来对小刚子说，我老婆想给你再介绍对象，一个护士，比你小三岁，很漂亮，就是离过婚的。

小刚子没有说话。

莉莉说，咱能不能先不说搞对象的事啊。

郭子说，你们俩都是单身，搞对象对你们很重要啊。

小刚子扑哧笑了，说，护士有孩子吗？

郭子说，有，归那个男的了。

小刚子问，因为什么离婚呢？

郭子说，这护士跟你一样，天天没白天黑夜地上班，陪不了他，他就出轨了。

小刚子说，王八蛋逻辑。

莉莉沉下脸说，谈正事行吗？

郭子说，其实那天吃饭我没说，我就是小老的管教。他刚进来的时候天天跟丢了魂儿一样，我开始慢慢开导他。小老是一个能听进别人话的人，也是懂得感恩的人。当初他谈恋爱，老丈人死活不同意，扬言要打断女儿的腿。但女朋友要死要活跟着他，非他不嫁。他对女朋友说，我知道你父亲为什么这么反对我，换我也不同意。是我没有出息，没有个正当营生，天天在街上混日子，你父亲能舍得把闺女嫁给我吗？说来，小老救过他女朋友的命，这才让女朋友信得过他，才能这么死心塌地跟着他。两个人就这么走到一起，小老觉得自己成家了，就应该顶天立地地做事，不能再让老丈人这么不放心。小老在监狱里想得最多的就是出去怎么见他女朋友，怎么去跟他未来的老丈人解释。他是有脸有面的男人，这个纠结让他撞了好几次墙。

小刚子问，你怎么开导的？

郭子得意地说，我一句话让他开了窍。

莉莉好奇地问，你说什么了？

郭子卖关子地说，你得问小老啊。后来，他出去的时候，我对他说，你出去以后，不但要自己做好人，也要帮助你的朋友们做好人，好人在一起才能做成好事。

小刚子哼了哼，你不是对所有出去的人都这么说吗？

郭子说，我这句话在他身上起作用了，出狱后的小老重新回到他的饭店，重新回到养他育他的亲人身边，然后痛定思痛。他跟大家捶胸顿足地说，我不能再做混事、坏事、不懂脸面的事了，我再做你们就拿刀砍我。后来我跟莉莉去过，见他的饭店开始火爆起来，他发现来的老顾客没有谁歧视他，也没有谁说过一句进过大牢这样戳他肺管子的话。

小刚子笑着说，这主要是莉莉的工作做得好。

郭子啧啧着嘴，你小子真会捧，嘴真甜。

莉莉说，小刚子这话没说错，就是我帮的他。

郭子不服气地问道，那我呢？

莉莉撇着嘴，在监狱里是你，出了门在社会上就是我。

走出“安帮办”的门，郭子有事急匆匆走了。

小刚子眨巴着眼睛问莉莉，你把我叫来，又让郭子过来，就是让我听小老这些事情吗？

莉莉说，是啊，你不是片儿警吗？

小刚子问，还有别的吗？

莉莉说，你什么意思？

小刚子想说什么又说不出来。

莉莉问，你是不是说我喜欢上小老了？

小刚子坏坏地笑着，说，我知道小老有老婆了，我是想问你是不是喜欢上我了？

莉莉用力拍了下小刚子的肩膀说，你想象力真丰富。

小刚子距离莉莉很近，能感觉到一股女人的水气弥漫过来。他看见莉莉白皙的脸上潜伏着那一股股蓝脉，那么清纯，不由怦然心动，脸瞬间就红了。

三天后，小老饭店门口汽车划痕的案子就让小刚子破了。是对面一家烧烤店的老板找了一个外地民工干的，就是因为小老饭店抢了他不少生意。他给了这个民工一千块钱，这个民工后来被小刚子通过一系列的摄像头跟踪找到了住地。

小刚子告诉莉莉，莉莉笑着说，你告诉我干什么，你告诉小老就行了。

小刚子悻悻的，你不是让我有消息就告诉你吗？

莉莉继续笑着，我是这么说的吗？

小刚子觉得听莉莉的笑声也是种享受，银铃一般，敲击着自己心口。

日记四：××××年××月××日，晚上八点

小老给我打电话，说什么也要请我吃炖牛窝骨。

我说不去，做片儿警的就怕跟人家找便宜，同行里为这个倒霉的也不少。

我去了小老的家，找到了小老的老婆小惠。找小惠不是为了别的，是那片楼的居民跟物业打起来了，嫌物业不修路。楼里的小路都坑坑洼洼，其中一个坑半尺深，不少老人在那儿跌了跟头。小惠是那片楼的居委会主任，她几次打电话让我必须过去，说要不然出人命就是我的事。

我去了以后解决完问题，小惠说，你到我家坐坐，我给你讲讲我丈夫小老。我一愣，跟小惠打过几次交道，她长得粗粗拉拉，说话也是风风火火，跟小老不言不语的性格反差很大。之前我不知道小惠是小老的老婆，世界上事情就是这么巧。我觉得有些遗憾，因为我原先想的小老的老婆属于比较清秀型的。

到了她家，房间里也没有什么像样的家具，就是普通人家。

我问小惠，小老挣了多少钱？

小惠说，一两千万有了吧。

我一下子愕然。

小惠说，那钱都让他散财了，他就像是观音。他以前就有一家店，因为这道炖牛窝骨吃的人你传我，我传你的，成了他的大招牌。他原先的门脸只有六张桌子，后来成了十几张桌子。再后来他就开了两家分店，开一家火一家。我嘱咐他要低调，他就是死活不听，以为自己有多大能耐。一次因为他朋友交通事故与别人发生了口角，他听说后出于义气去帮忙，几句话没有说完，就和人家发生冲突。他容不得谁戳着他鼻子骂人，更不懂得如何忍耐，血往脑门儿上一涌就没有了克制，结果一块砖头下去就给人家开了脑袋。因寻衅滋事罪，被判处有期徒刑六个月入了监。他就是屁憋的，就是属于要胳膊根儿那种。

我对小惠说，他也后悔，是因为你才挺过来。

小惠撇撇嘴，别听他的，他就惦记着他的店，惦记着他的哥们儿。你想想，他手下这么多服务员都是从里边出来的，吓人不吓人？知道吗，就是因为判了他六个月，他老娘就在这当口走的，后事都是我一手料理的。他老娘死前对我说了好多话，最多的话就是嫌弃小老不争气，给她丢脸。小老回来在坟头上大哭，我跟他说你哭顶屁用，你娘就是让你气死的。结果他左右给自己扇嘴巴，扇了十几个。我也不拦着，他要是不扇，我也替他扇。

我问小惠，小老收留这些从监狱里出来的人是为什么呢？

小惠凑近我说，你信吗，他说是为了让这些人跟他一起走正道。

我点点头，说，我信啊。

我离开后一路想，觉得她请我去家里也就为了说这番话。也不知道是说小老好呢，还是为了数落他一身不是。

四

开斋节这天，所长组织了小刚子等七八个民警协助维持秩序。小刚子负责的这片西马路是回民居住区。

莉莉打电话给小刚子，说，小老每次开斋节都主动给大家租好大巴车上坟，安排吃的喝的，能想到的他都想周到了，你去吗？

小刚子说，去吧，你去吗？

莉莉说，去啊，小老带着他二十几口子去呢。

小刚子问，小老是回民？

莉莉说，他是回民你不知道吗，他的饭店就是清真的，你去了没有看到吗？

小刚子被莉莉这一番迫击炮似的问话问怔住了。

莉莉继续说，你是这片儿的片儿警，你就不能上上心吗？

说完，莉莉挂断了电话。小刚子不明白自己一句他是回民会惹来这么多话，他就觉得一沾上小老，莉莉就亢奋。他是一个很有自尊的男人，这么多年搞不成对象，其实有一半是他的自尊闹的。如果对方强势了，他肯定是离去，他不愿意强势的女人在面前指手画脚。有一次郭子给他介绍了一个小学音乐老师，两个人见面都觉得不错。后来走动了几次居然有了感情。就是因为一次听交响乐，他睡着了，那音乐老师埋怨了一句，这么好的音乐会你怎么能睡着呢，你是不是一点儿艺术细胞也没有啊。他本来想解释，说执行任务晚上就睡了两个小时，还没来得及，那音乐老师就不高兴先走了。他给她发了一条短信：到此为止。后来他也后悔，因为他喜欢那个音乐老师，说几句软话其实就能过去的。

开斋节那天一早，他跟几个同事也上了小老租的大巴，上面坐满了人。坐上车才知道小老租了十几辆，光买矿泉水就是上百箱。到了地方，小老组织人忙碌着，小刚子跟大家也一起照应着。

莉莉自己开车过来，见了他说，这几年，小老为回民群众的节日活动提供免费车辆、资金和人力，捐赠的款物就超过了百万元。

小刚子不说话了。

莉莉说，我说你几句不高兴了？

小刚子笑了笑，抿抿嘴，我不至于那么小肚鸡肠。

所里的几个同事围过来，跟莉莉开玩笑，说，你们“安帮办”做什么事都得表扬，我们做什么事总受批评。

莉莉也说，你们是想尽一切办法把人送进去，人放回来就不管了，我们却总是想尽办法帮助他们。

小刚子说，好人都让你们做了。

莉莉白了他一眼，坏人还让你们给抓了呢。

正说着，小老走过来拱着手，麻烦你们了。

小刚子打着哈哈，也谢谢你呀，给稳定做贡献。

小老憨厚地笑笑，说，我就是想给回民老表做一两件简单的事儿。

走之前，他没有跟小刚子这些人握手，就是捏着莉莉的手好一会儿，两个人嘀嘀咕咕的。

有个同事对小刚子说，小老有点儿老板的派头了，你的莉莉也是他的高参啊。

小刚子瞪他一眼，谁的莉莉。

大家起哄，你的莉莉呀！

走的时候，莉莉让小刚子上了她的车。

七月的阳光虽然热，但不毒辣。阳光在车玻璃上映出一圈橘红色的光，显得很温馨。

小刚子透过车窗看见小老在一块墓碑前跪着，就说，小老组织这么多人过来是想干什么，弄得我们也跟着紧张，他自己过来看看老娘不就得了。

莉莉说，他是想让手下的人多做点儿为社会服务的事情。

小刚子笑笑，你总是把他拔高了说。

莉莉说，我们今天不较劲行吗？

车行驶过一片树林，能隐约地看见很多鸟在里边歇息。

莉莉说，小老做得最多的就是吸纳刑满释放人员就业，他还手把手传授谋生技能。

小刚子说，所以他给你们"安帮办"塑造出一个典型。

莉莉不悦了，不是说好了不较劲吗？

小刚子说，我做什么事情都要知道为什么，小老让我奇怪，我就不能说说吗？

莉莉说，你就是看谁都不是好人的思维，不跟你说话了。

车子开回市区已经是中午了。

小刚子说，一起吃个饭吧？

莉莉赌气地说，不吃了，吃了也不觉香！

日记五：××××年××月××日，中午十二点

为了防止下午困，中午写日记。这几天去了小老饭馆，都是下午三点钟左右，就是为了躲开饭口。跟小老的助手聊天，他是唯一不是从监狱里出来的人，上过两年商业大学。他对我说，我多次劝小老别都收从监狱里出来的，躲他们都躲不及，你还让他们到你这儿来。

我问这个助手，这些人究竟都是什么人？

助手说，有曾经游手好闲的街头闹事混混，还有在牌局上输掉几间房子的红眼儿赌徒，也不乏因为打架伤人被判刑的，甚至还有死缓的重刑犯，还有贩毒吸毒的。这些人到小老的饭店能干什么，即便能干什么，顾客来了会怎么想。我跟小老说得很直接，你不是一个慈善家，你就是一个饭店老板，挣钱是你的唯一目的。你是跟钱过不去，还是跟你自己过不去。

我问助手，小老的反应是什么？

这个助手苦笑着回答，他不是没想过，但他觉得自己不能光顾自己。这些人有的他认识，是过去的老街坊，有的他不是很熟，但是奔着他来的。他们刑满释放后，因为跟社会长期脱节，没法儿适应现在的商业社会了，也不能为家里人接纳，更不为社会大众所接受。出狱后都面临着无家可归、无亲可投、无业可就的局面。

我和助手聊天，小老过来看见我就是笑笑，问我喝什么茶。

我说，我待会儿就走不用麻烦。

又有一次也是下午，我跟小老手下一个刑满释放的人聊天，他是因为盗窃进去的。他深有感触地对我说，他出来后父母不理他，亲人们都躲着他，他连一个落脚的地方都没有，不奔着小老来能去哪儿呢？小老不是孤军作战，也不是他一时兴起，他是经过了深思熟虑的。他知道判刑后在里边待着什么滋味儿，也知道出来后什么感觉。多少人因为这个心结解不开就一蹶不振了，或者干脆又回到监狱里边。有人跟他说，你不收我，我只能回去了。

五

天气热起来，日头有些毒了。

小刚子负责的居民区连续几天发生入户盗窃案，都是大半夜进去的。

所长跟他说，现在居民都人心惶惶的，你得当个重点。需要谁帮助你，你点名我给你派。

小刚子比谁都着急，脸色也是灰灰的。

所长冷不丁问他，你是不是跟“安帮办”的莉莉搞对象呀？

小刚子问，谁和你说的？

所长说，你不是跟她牺牲的丈夫很熟悉嘛，以前在一个所里。

小刚子没理会。

所长瞪着眼睛说，关心你小子，你小子不买账啊。

小刚子走了，回头甩了一句，我跟她丈夫认识的事别嚷嚷。

郭子曾经告诉过他，在小老饭店里有一个盗窃释放的曾经是这片儿的霸主，人称飞三。郭子这句话给小刚子开了一个窍，他到小老饭店里找到这个飞三。

他找飞三前先跟小老打了一个招呼，小老很爽快，说，没问题，需要我做什么你就说话。另外，小老还透露，让他找莉莉帮忙，因为莉莉对飞三有恩，飞三出狱后的复婚就是莉莉帮忙的。

小刚子有了兴趣，问小老，莉莉那么帮助你，你不好好谢谢呀。

小老点头，说，人家给我们刑满释放的办过渡性低保审批手续，还积极争取给我们饭店实行税收优惠政策，给我行方便。我真不知道怎么感谢，你给我出个主意？

小刚子一时有些懵。

小老说，人家是真心对我，只要我有了难题，就找莉莉解决。说句比喻的话，莉莉就是我的娘家人。不过我觉得莉莉对你比对我还好，听说你也是单身，莉莉也是单身，其实你们在一起才是郎才女貌，天生一对。

小刚子看着小老那张憨厚微笑的脸，觉得他就是一肚子心眼子。

小刚子问，你说莉莉对我不错，哪儿看出来的呢？

小老想了想说，以前你没来过我们店，莉莉总来。现在你也总来了，莉莉看你的眼神就迷迷怔怔的。

小刚子笑了笑，他打电话约莉莉过来给他当策应。莉莉说太忙，小刚子说，这个案子对我很重要的，你就不能也帮帮我。莉莉那头笑了，真不容易，你也知道说软话了。

上午十点多，小老给小刚子和莉莉找了一个单间，让飞三也过来。三个人在单间里，小老过来打开空调，对飞三说，这事看你的，你做好了我就给你提领班。说完走了。

小刚子跟飞三简单说了说，让飞三提供线索。

飞三精瘦，一看就知道是一个身手敏捷的人。

飞三低着头说，我从十四岁就开始偷东西，前前后后入狱了七八次，每次出来都因为没有正当的生活来源，为了活着，我就又开始偷，后来还到人家里去偷。我老婆下定决心跟我离婚，儿子也不愿意和我来往。去年，我刑满释放后走投无路，知道小老这儿能收留我这号人，就舍了脸面找到小老。小老接纳了我，手把手教我做事做人，而且很信任我。我每月能开工资四千多，小老还给我每月存一千多。莉莉还给我老婆做工作，让我们复了婚。儿子也跟我说话了，我真的不会再做偷东西的事了。

小刚子笑了，说，不是说你，我是让你帮助我们找找线索，你估计这事是谁干的？说着，小刚子拿出来居民拍的照片，黑乎乎的看不清楚，只能看见背影，还有侧脸。

飞三问小刚子，你能说说他都是怎么偷的，就是怎么进去的，都拿了什么，又从哪儿出来的，偷了多长时间？

小刚子又说了一些细节，飞三怔怔地不说话了。

莉莉在旁边说，是不是有些做法和你一样？

飞三诧异地看了莉莉一眼，又低下头。小刚子和莉莉也不问了，飞三就这么低头坐着，一言不发。

突然，小老推门进来，对飞三大声喊着，你他妈的倒是说话呀，你以为你不做坏事就完了？你得给政府做好事，你得赎罪，懂吗？

小刚子有些吃惊，他没有见过小老发火，因为每次见到他都是憨憨厚厚，没有脾气的样子。

莉莉想制止他，小老虎着脸，说，你不说我也知道是你那圈里人干的，你这就是包庇他们知道吗？我知道这几天有人找你，也知道你没有动摇你不干坏事的想法，可你这么怂包不行啊！你怕得罪他们，你就不怕得罪我吗？你对得起莉莉对你的那份帮助吗？你现在下班住哪儿，不是跟你老婆住一起吗？你以前住哪儿，不是就在店里这个床睡吗？谁给你撮合的，你王八蛋还有良心两个字吗？！

飞三站起来，两只眼睛里都含着泪水，哽咽着说，你别说了，这事是耿四干的，我没有想到他一个月前刚放出来就接着这么干，而且还跑到我待的这片儿干，他小子太不仗义了。

小刚子纳闷地问，你怎么知道是耿四干的呢？飞三吞吞吐吐的，他这手活儿只有我知道，那是我教给他的。

小老说，你早说不就得了吗，至于那么费劲！说完他拧身出去了，把门摔得山响。

日记六：××××年××月××日，晚上九点

盗窃的案子破了，抓耿四很艰难，最后在甘肃天水抓到的。

抓到他，他说了一句话，我找小老，他不要我要飞三。那好，我就给他点儿厉害看看！

跟小老接触多了，知道他虽然文化不高，但很有脑子。他根据这些刑满释放人员的具体情况，采取了不同的措施。有一技之长的，会做饭的就安排在后厨，脑子灵活的就去前台收银，年轻一点儿的端盘子上菜，身体实在不好的，不能长时间干活的，就让他们打杂，临时看看外卖窗口。对那些脾气不好，沾火就着的，就传授给他们技术，比如做酱牛肉啊，炒果仁儿啊，让他们自己当老板，摆个摊位干小买卖。他怕这些人不好卖，就对他们说，用我名字做买卖，做小老酱牛肉，小老炒果仁，小老焖酥鱼，卖好了是你们的，卖坏了算是我的。说来，这些摊位都是小老无偿提供的，不收取品牌和使用费，就这一项他这几年投资了一百多万元。对那些身体有残疾的，一般不让他们干太多的活儿，就接个订餐电话，叮嘱他们说话要热情，人家不是讨债的。小老对这些人不会指手画脚的，在他眼里都是弟兄，都是交心的过命朋友。往往不用多说，话点到就行了。甚至连话都没有，有一个眼色递过去就得了。有时我去了，看不出他是老板，他也端盘子上菜，也跑到后厨抡大铁勺，流一身臭汗。

后来，我知道小老有“三没有”，那就是没有手机，没有小车，没有不良嗜好。我跟他下边的人聊天，大家都不好意思地说，老板能这么带头做，我们不能再有私心杂念的，眼睛迷乱了，做事就容易走偏了。我经常看到他骑着一辆破电动车，遇到事了，在几个连锁店之间跑来跑去的，看上去像是收破烂的。对他不用手机，我不以为然。

他呵呵一笑说，没有手机好啊，有那玩意儿太牵心，不用也能图个清静。

我问他，那人家找你怎么办？

他说，要想找我，那还不容易。

我问他什么叫不良嗜好。

他憨厚地抿抿嘴，说，不打牌，不找女人，不酗酒，不赊账，不欺负人家。

我好奇地接着问他，这些你是怎么做到的？

他回答很简单，我娘教我的。

说起小老的娘，小老这个不爱动情的人总是泪水在眼眶子里打转转。小老的娘在街上是一个慈眉善目的老太太，对谁都热心，谁的事，都主动伸手帮忙。在这条街上没有人不为老太太挑大拇哥的，给小老留下了深刻印象。那年，老娘去世，惊动了所有人。送葬的时候，人们几乎把整条小街挤满了，大家都为小老娘掉眼泪。小老知道后十分感动，他觉得做娘的儿子太有脸面了，其实老娘普通得没法儿再普通了。

他跟我说过多次，我娘干的事，我一辈子也学不过来，差远了去了！说我帮助别人，那别人还帮助过我呢，比如莉莉。

六

中伏了，蝉不断地在叫。

大强找到小刚子，说，你当个说客，我想请请小老。

小刚子问，因为啥呀？

大强说，我中学同学吴建强在他那儿，那天我们同学聚会说起小老，我才知道小老对吴建强有救命之恩。

小刚子摇头，说，我不管。

大强瞪着眼，为什么？

小刚子说，小老是我片儿里的，我不想弄得公不公私不私的。

大强说，嘿，你还给我板起脸了。

小刚子说，你让你同学吴建强自己跟小老说不就完了。

大强说，废话，他要能说还找我干什么？

小刚子说，你找莉莉呀，你让莉莉跟小老说，小老听莉莉的。

大强不高兴了，说，我找你说，你推莉莉干什么？

小刚子突然问，听说你追求过莉莉？

大强怔了怔，问，这个事情你怎么知道的？

小刚子说，我就想知道最后怎么不行了？

大强不好意思地说，人家喜欢的是你曾经的同事大梁啊。

小刚子眯缝着眼睛好久才说，我怎么不知道大梁和莉莉好着呢，我和大梁这么哥们儿。

大强说，有些事情是不能说的，比如你现在追求莉莉。

说完，大强扭搭扭搭走了。

莉莉约小刚子晚上在西马路一家电影院看电影。

小刚子说，知道一个男人和一个女人在一起看电影什么意思吗？

莉莉说，没什么意思，我就是闷得慌，今天是我丈夫的忌日。

一场电影两个小时出来，天黑透了。两个人觉得饿了，就去一家重庆小面馆吃面。

小刚子说，大强找你了吗，说他同学吴建强想感恩小老？

莉莉说，没有啊，我知道他和大强是高中同学。

小刚子问，吴建强是哪个，我怎么没有印象。

莉莉说，就是那个掌勺的，胖子，两只眼睛特别大，像两只灯泡。

小刚子说，想起来了，他不爱说话。

莉莉说，他曾因故意伤害罪被判刑十年，后来减刑两年释放。他出来后完全无法融入社会，家中房屋被他亲属因为赌博变卖了，年迈的父母被搁置在郊区一间危陋房屋中。他的房子没了，温暖的家也没了，两位老人独守在破房子里边，没有人照顾，周边的亲人，喊谁谁都不应。这事传到了小老耳朵里，他受不了这个，就找到老吴动员他到自己饭店里。老吴问小老，你需要我吗？小老点头，老吴感激地说，那好，以后你打架出头不方便，我上手。小老哭笑不得，但他能体会到老吴那份感恩。小老主动到郊区找到老吴的父母，并且把两位老人接到自己腾出来的住房，而且悉心照顾。老吴感动了，他不太理解这世上怎么能有这么好的人，他不知道自己怎么干才能报答小老。

莉莉说完，小刚子就直愣愣地这么看她。

莉莉说，我知道你想什么呢。

小刚子问，我想什么了？

莉莉说，你不就是想说我怎么沾着小老的事情这么上心、对他这个人怎么这么了解。

小刚子笑了，说，我知道这是你的工作，我就是不明白你这么投入想干什么？

莉莉的眼圈红了，我没了丈夫，他是我的一切，我需要找一个替代的。

小刚子脱口而出，那你就找小老替代了？

莉莉说，你混蛋，你就是坏人，你应该进监狱，关你小子几年就好了。

小刚子握住了莉莉的手，觉得她的手好像无骨一般，那么柔软。

小刚子抱住了莉莉，莉莉挣扎着，但没有摆脱小刚子强有力的臂膀。

日记七：××××年××月××日，早上七点

今天起得早，一直沉浸在和莉莉的那个拥抱中。我从不失眠，昨晚却失眠了。

昨天去了小老饭店，跟小老说起吴建强的感恩。小老不善谈，哪次跟他聊天，他都找个借口溜走。

小老说，谢什么，老吴人不错，炖牛窝骨就是靠他烹出来的。

我问他，你手下这么多人都是刑满释放的，你怎么管的？

小老说，你问莉莉，她比我总结得好，我不懂，就知道对他们真心实意。

其实，我发现小老善于观察这些人的异常言行，一旦发现有反常的表现，他会采取有针对性的措施及时解决他们的问题。看谁神情恍惚了就主动放半天假，与他喝点儿酒，聊聊天，梳理他的问题，知道谁遇到经济困难了，就量体裁衣地帮他渡过难关。有的得病了，小老就出医药费。他还为一些人租房，帮助这些无处安身的人有房子住。小老说，哪怕是一个单间，他们也觉得这是自己家。

我问他，你怎么舍得拿出来这些钱呢？

小老也总爱这么回答我，舍得，我娘就这么教我的，什么也舍不得，你就什么也得不到。

我和店里一个因为吸毒最后走上贩毒道路被判刑的人聊过，那人黑瘦，但精神很饱满。他对我说，小老不是什么人都接受的，比如耿四。他不愿意接受我这号吸毒的人，最后接受我也是他下了决心，不想让我再复吸走到死路。我在这儿干，他总是找人背地里看着我，怕我禁不住诱惑。确实，我总能在饭店门口看见那些吸毒的人走来晃去。我不是一点儿心都不动，但我看到小老那双希望我能走正道的眼神，我就克制住了自己。

今天，我脑子比较乱，都是让莉莉弄的，我想以后不写日记了。

七

小刚子上班就接到报警说，一个顾客的包在小老饭店那儿丢了。

所长跟小刚子说，要赶紧查，我就担心那里会出事。

小刚子急急忙忙赶到了小老饭店，他觉得心跳得厉害，确实如所长说的，那帮子人难免会出事的。到了小老饭店，里边已经站了几个人，小老和莉莉，还有那个飞三，老吴也在里边，还有一个穿西服的男人和一个打扮很时髦的女人。

小刚子走过去，那个穿西服的男人严肃地说，是我报的案，我昨晚在这儿吃饭带了一个提包，里边有现金。今天中午我发现提包没了，肯定是被这里的人拿了。

飞三和老吴都想说话但被小老拦住了，莉莉也很平静，大家看着小刚子。

小刚子问，你怎么知道这个提包是在这里被拿走了呢？

穿西服的男人说，是我太太提醒我的。

那个很时髦的女人说，我清楚地记得他离开这个店时就没有拎着提包。我提醒他报案，他才恍然大悟。

小刚子问，既然提包里边有现金，怎么睡了一夜才想起没有了呢？

穿西服的男人咂咂嘴，我是做生意的，没有把这件事看得那么重要。

小老插话，这件事对我们很重要呀！

小刚子问，你怎么就能断定这提包是被这里人拿走的呢？有没有可能是你自己忘了拿走。

穿西服的男人说，他们这里都是什么人，我一早就知道。

莉莉问，他们都是什么人？

很时髦的女人说，有些事情不要说得那么清楚，你们还我就行，我们不计较。

小刚子再问，你们是不是认定不是你们自己遗失的，而是他们拿走的？

穿西服的男人和很时髦的女人异口同声地说，对！

小刚子看着小老，小老拿出遥控器按了一下开关，在屋角的屏幕上看到一段录像，那个穿西服的男人和很时髦的女人吃完饭就走了，提包就在椅子上。然后是飞三过来拎着提包喊着追出去的身影，后来飞三拎着提包重新回来，对小老说，老板，他们走了。小老说，看看里边都有什么，等着他们回来取。于是，几个人过来，看小老从包里拿出来一沓沓的钱，大家仔细数了数，小老说，不少呢，六万呀。飞三问，是不是跟片儿警小刚子打个招呼，以免人家误会。小老说，不用了，这样的事情不少，咱们别给小刚子添麻烦。老吴过来说，万一人家要是不知道哪儿丢的找不到，或者不来了呢？小老说，咱们就给他们留着，久了不来，就给小刚子。

录像放完了，穿西服的男人和很时髦的女人尴尬地愣在那儿，飞三拎着那个提包黑着脸递过去，一本正经地叮嘱，你最好当着我们面儿数一数，你放心，我们也放心。

那天晚上，小刚子和莉莉走出西马路，沿环城河走着，在一个小码头站住，能看见河边泊着几条乌篷船。月亮很圆，月光透过云层洒落下来，照在河面上星星点点的。小刚子发现自己始终攥着莉莉的手，有些羞涩。

莉莉说，幸亏小老安了好几个摄像头，要不跳进黄河也洗不清。

小刚子说，他就是为了证明什么才这么做的。

莉莉看着小刚子陡地问，你和我丈夫大梁曾经是同事吗？

小刚子点点头，在一个所里待过一年。

莉莉说，大梁被逃犯击中了，最后是你背着去了医院，弄了一身血。而且，那个逃跑的嫌疑人是被你击中的，要不然他还要打大梁的脑袋。

小刚子说，你怎么知道的？

莉莉紧紧抱住了小刚子，哽咽着，我就知道有这么一个人，后来听大强说才知道是你，你为什么不让我知道是你？

小刚子狡黠地笑了笑，我怕你把我当成大梁的替身。

小刚子和莉莉上了一条乌篷船，小刚子自己摇着橹，在河里荡着走着，划出一道道水痕。

莉莉说，你还写日记吗？

小刚子说，有你就不写了。

月亮隐藏在云层里，河面上依旧星星点点。

小刚子说，那就是地上的灯。

莉莉说，女人总得有一盏灯。

小刚子说，男人也一样，没有灯，道路黑暗，容易走入死胡同。

小刚子亲了莉莉，亲得很深，深得都不能再出来。

（原载《啄木鸟》2017 年第 2 期）

馅饼（外一篇）

曹乃谦

我加了一夜班儿，有点儿饿了。早晨在巷口的饼铺买了三个现烙出的糖饼，进了圆通寺。

平时我是要打鸡蛋汤的，可我想早早吃完上炕睡一觉。我说，妈，咱们就用开水就着吃吧，我不想做汤了。我妈说，又熬夜了？我说，妈，昨晚我又破了个案子，早起刚把人犯送到看守所。

我妈说激激蹦蹦的一个人，叫你就给弄班房去了，你在这里吃糖饼，尔娃们在里头喝糊糊。

我妈用“尔娃”这个词，我听得出，因为人犯“在里头喝糊糊”，她有点儿同情了。

我说谁叫他违法了呢？我妈说，你如果不破了这个案，那他就还在外面。我说谁叫他运气不好，碰上我了呢？

我妈说，听说老古时在砍头前，官家要给犯人吃一顿好的，还给喝酒，你说为啥？我说，算是种人道主义吧。说完心想，我妈不一定懂得啥叫“人道主义”。

我正想着换种说法，我妈又说，招娃子，我是想跟俺娃说个事。

我看着我妈。

她说，你往进送尔娃们时，能不能也给尔娃们吃上一顿？我说，您说让我请他们吃上一顿？

我妈说，我就是说这个事，尔娃们也是个人，叫你就给捉进去了，在里头喝糊糊。我说，您莫非真的是想让我给人犯吃肉喝酒？

我妈说，倒不是说要给他吃肉喝酒，可你总得给尔娃们吃顿好饭，再往进送。我说，妈，您可真是好心肠。

我妈说，尔娃们也是个人，再说了，是你把尔娃们捉进去的。

我说，行，妈，听您的，不管是谁，只要是我往进送他，就给他吃顿好的。

我妈说，妈给俺娃钱，算是妈请客。

我说，不用不用，不用您的钱，我保证能做到。

我妈说，给他买上五张馅饼可要叫他吃个好。我说，那万一他不吃荤呢？

我妈说，招娃子你又死相呀。

我说，不死相不死相，到时我问问他，你要是不吃肉馅饼，那我叫我妈给你烙鸡蛋韭菜合子。

我妈笑，又说，招娃子，妈还得跟你说说，不论是谁犯法是犯在国法里了，又不是犯在了你的手里，你说上个啥，也不能打尔娃们，人挨了打有时候就要胡说，你打得尔娃们胡说了，那就把尔娃们冤枉了。

我说，妈，您以前不是就跟我说过了，我也答应过您，不打人。再说，您看您招娃子像是个打人的吗？

我妈说，按说招娃子不像是个打人的，可你得给妈下个保证，不能打。我举起右手看着墙上的毛主席像说，我向毛主席保证。

我妈说，这妈就放心了。

我从来不打人犯，这是肯定的。

自那以后，我真的是听我妈的，破了案抓住人犯，无论是往进送谁，我都给他买馅饼吃。我创作时，还专门写到过。

下面的这篇小小说就写到过给人犯买馅饼的事：

我把钱给了内勤，打发他到饭店买馅饼。屋里只剩下我跟那个人犯。

我坐在办公桌前，对面有把椅子，空着。那是我给人犯搬的。可他说圪蹴惯了，便靠墙蹲下。他的头上盖着个旧黄帽。帽顶上有个洞，一撮花白头发从洞口探出，想瞭瞭洞外啥样子。他那枯瘦得如猿猴爪似的脏手，十指弯曲着捂在满是皱纹的脸上。这脸让我想起耕过的土地。他的下巴抵住前胸，不时地狠狠吸一口气，然后就“唉——”地呼叹出来。

“兄弟，”他把手从脸上松开，“这是不是真的就不叫我回家啦？”

他那土灰色的眼珠凝视着我。

我点点头。

“兄弟呀兄弟，可做不得呀兄弟！”他连声急急地说，说完，那惊恐悲戚的老脸又一下子显出笑意。

“兄弟你哄我呢……你……你看，我就知道兄弟你哄我呢。”他说。

望着他那可怜巴巴又带着乞求和期盼的神色，我摇摇头。

他“唉”一声，又将原先也没离开脸有多大距离的十指，重新捂在脸上。

屋里极静，远远地传进外面街市上热闹又嘈杂的声音。

“多会儿才叫我回村？”他又抬起头把脸露出来，问。

我又摇摇头，没回答。

他是内蒙古农村的，前些时搭顺脚车来大同卖葵花籽，有几个小孩儿问他要不要废铜，他说要。先后共收了四次，最后一回在废品收购站出卖时，被我们侦破组给逮住了。他怎么也想不到，那些被孩子们烧得焦黑烂污的铜丝，原来的价值竟有五千元。工厂库房的损失由孩子们的家长赔偿，他，我们决定逮捕法办。根据案情，估计最少也得判他两年。要知道，他正好赶上了"严打"。我看着他那愁苦的样子，没忍心说实话。

"三五个月内，你甭想回去。"我说。

"啥?"他惊叫一声，想要站起来。大概是由于蹲得时间过久，反倒一屁股跌坐在墙根，破帽子掉到地下也没去拾。"兄弟兄弟行行好吧兄弟，这可是要我老汉的命呢兄弟!"他一下跪起，膝盖当脚噌噌向前挪了几步又趴在地上，冲着我连连磕头。

我先是一愣，后来赶忙过去一把将他揪起，又把他按在椅子上。我又弯腰捡起破黄帽，在桌腿上摔打两下后，搁在他的头顶。当我坐回到我的座位时，看见那帽子搁得有点儿偏斜，可他也不往正扶扶。

"这可是天塌下了，这可咋办呀!"他痴痴地盯着地板，自言自语，"女子，儿子，这下他们可咋过呀?"

我猛地想起做笔录时，知道他家只有一个十九岁的闺女和一个六岁的儿子。

"村里没有亲戚?"我问。

"亲近些的就一个姑姑，可太远，好几百里。"

我也不由替他犯了愁。

"兄弟，放我回村安顿安顿，行不?安顿好就来，行不?"

这怎么可以呢。

"这样吧，"我想想说，"有什么要安顿的，你跟我说，我写信转告他们。或者我亲自去一趟也行。"

他看我。

“信不过?”我问。

“信得过。信得过。”

我准备好纸笔。他却隔了老半天才张嘴：“你告诉孩子们，就说他爹在外头做了坏事了。不不不。这样说是不可以的。”

他停下来想想又说：“不知道你给不给这样写，就说你们的爹在外头找到营生了，得过个半年才回去。你……你再告给孩子们就说，米瓮里头往深探探有一百块钱，让前街八叔给安顿上一冬的烧的，再留上个三几十块，好，好零花……还有就是，明年那责任田该种莜麦，还让八叔给种，等爹回去再结算工钱。再，再……再告给小子就甭念书了，跟姐姐在家里做营生，等爹挣了大钱再，再念……还得告给女子甭理狗日的村长，那是个牲口。黑夜里万万千要记住把狗拴住，好，好壮个胆子……再就是，要是有个灾有个病……病，病啥的……”

他语言结巴，说不下去了。我没催他，静静地等。我也没抬头看，我怕他看见我眼眶里有泪花在滚动。

他拿帽子擤了几下鼻涕，隔了一会儿又接住说：“告给孩子们要好好儿躲对，万万千甭有了病……万一有个啥，泥瓮里有黑糖，化上水是下火的……”

我的鼻子发酸，实在是不能再听下去了。我将笔搁在桌子上。

他把手伸进后腰里，摸出一个东西，颤颤抖抖地放在我的玻璃板上，说：“这个看能不能装信里。唉，女子要了好几回，这次才，才给买……”

透过模糊的泪，我看见的是个蓝色的“维尔肤”小油盒儿。

“你再告给……”

“别说了!”我啪地一拍桌子，冲他大吼。

他一惊，帽子又掉到地下，红肿的眼瞥了一下我，又赶快看别处。

“怎么回事儿?”内勤进来了，端着个洇出油渍的报纸包。

“没，没什么。”我把脸扭向窗外。

“吃哇。这是惯例。我们的组长请客。”内勤哗哗地把纸包展开，说。

“不，不不。我咽不进去。”

“吃!”我猛地转过身喝令他。我想在喝吼声里将胸中憋得难受的气一块儿喷出。

“吃，吃。我吃。”

他把馅饼大口大口填进嘴，填得两腮鼓鼓的，同时，眼里扑棱棱地滚下两行泪蛋。

这篇小小说题名叫《老汉》。小说里面提到的内勤，就是生活中的赵占元。他是我们侦破小组里最年轻的，凡是跑腿儿的事，都由他去。

这篇小小说在公安部主办的《人民公安》杂志刊登后，反响很大，还获得了《人民公安》“优秀作品”二等奖。但我这个二等奖，实际上是排在了第一名。因为那次没有一等奖，是故意地空缺。

编辑跟我解释为什么是这样时，好像是说，因为我的这篇小说，纯文学的水准足够，但主题思想有点儿不太鲜明。

“主题思想不鲜明”，我猜想，大概是因为写了公安侦查员请人犯吃了馅饼吧。

我们不光是给人犯吃馅饼，我们也吃，我问占元是在哪儿买的，他说是在大东街的馅饼店。我知道表嫂就在那个馅饼店上班，我跟我妈说，妈，等哪天我给您到表嫂的馅饼店端馅饼去，好吃不说，个儿还大，三张足够您吃。

后来玉玉跟我说，姨姨担心你把人家一个一个地送里头，人家能不记恨你吗？人家跟里头出来要是在街上碰到你呢？

噢，我这才明白了，我妈一再地强调“别打尔娃，别冤枉尔娃”，还要出钱请人犯吃馅饼，是这原因。

我在矿区公安分局时，1974 年 2 月父亲去世后，10 月领导让我到乡下给知青带队，时间是一年。为了有人跟我妈做伴儿，我就把姥姥跟村里接来圆通寺。后来姥姥就一直住在我家。

姥姥去世后，我妈又让我五舅舅给安排了临时工做。“文革”后，五舅舅当了服装厂里的大会计，有点儿实权。为了离家近，五舅舅把我妈安排在了南街的服装厂门市部。门市部好，离家近不说，还能坐在里面瞭大街。

我妈没技术，只会剪线头。而这个剪线头的工作，又是一道不可少的工序。

剪线头是用剪子，可我妈有时候还要上嘴，用牙咬住线头，手一用力，线头断了，留在了嘴唇上，她也不急着把咬下的线头取掉，赶快去找下一处。

平素我是跟我妈一起吃早饭和午饭，早饭是我跟街上买，午饭是我妈准备。我妈跟南街下班回家时，路过五一菜场就把啤酒和馒头买好，回家一炒鸡蛋，再做大烩菜就行了。我们几乎天天都是这么个吃法。

我早就说要给我妈买馅饼，今天有空，能提前回家，我就到我妈的门市部，先去给她说一声。一进门市部，小毕姨姨在里面。她在雁塔总厂的包装车间当主任，常有事来门市部。

她说，呀，是招人。

我说，小毕姨姨。

她说，招人穿警服变成了英俊小伙儿了。

我妈旁边的刘姨说，警服就是扶人。

小毕姨姨说，招人用不着警服扶也好，不穿衣服也好。

刘姨说，你莫非见过招人不穿衣服的时候？

小毕姨姨说，咋没见过，我们还一个炕上睡过呢，你问招人有这事儿没，别当我是白嚼。

刘姨说，啊呀呀招人，有这事儿？

我妈也看我，表情奇怪的样子。

我说，有。我还想往明白说说当时是个什么情况。小毕姨姨又接住说，你问问他，我还给他烙过背心和裤衩呢。

大家都“啊”。

我赶快给往明白解释，说那是小时候，妗妗领我来值班，我们四五个人都睡在大裁案上，睡觉前妗妗给我洗了裤衩和背心，小毕姨姨用电烙铁都烙干了。

刘姨说，咦，我当是咋回事，吓了我们一跳。

我妈不知道当时的情况，听我说完，说，能有个啥。

小毕姨姨说，你们是没见过招人那时候，正是戏剧里头的贾宝玉，唇红齿白，谁看了都爱见。

刘姨说，还唇红齿白，毕主任你是不是那时候就看对人家招人了？

小毕姨姨说，那还用问，小小儿时候就爱见上了。说完脸一下子红了。

刘姨说，哇——大家看，毕主任也有脸红的时候。这么一说，小毕姨姨的脸更红了。

小毕姨姨脸红了更好看。

我赶快打话茬儿，告给我妈说，中午您别买馒头了，我到表嫂那儿端馅饼去。

这时候我妈正顾着断咬一根线头，没回答我。我见我妈的嘴唇上，又是粘着好多的线头。

小毕姨姨说，孝敬的儿子给买馅饼去呀，张姑您就别吃线头了。

人们都笑。

表嫂是馅饼店端盘子的。

还不到中午，来买馅饼的人就已经很多了。大部分是打包带走的，排了好多的人。这里的馅饼大，我买了四张。为了快点儿取出来，我把票给了表嫂，表嫂让我找个地方坐那儿等，可我连坐的地方也没有，只好在一旁站着。

一会儿，表嫂端着馅饼朝我走过来。我一看是一个大方盘，高高地摞着两摞，足有十多张，我不以为是给我的。可表嫂到了我跟前，一伸手，把这一大摞馅饼连盘给了我，说了声“你端走吧，我忙呢”，说完转身走了。

我数了数，是十四张。

这可怎么办？

我来的时候是拿着一个饭盒儿，里面只能填四张。正发愁，表嫂过来给我跟前放了个透明的塑料袋，说“你拿回去给姑姑”，说完又急急忙忙地走开了。

我装馅饼时就想，这是怎么回事？我买了四张表嫂给端出十四张。是她看错票了？可这个时候去告诉她错了，是四张不是十四张，退回你十张吧，如果是个不认识的服务员，我一定会这么做，退回十张。可这个服务员不是生人，是我的表嫂，我退回这十张后，是不是会对她有什么影响呢？领导会质问她，出现这么大的差错，你是怎么回事？

当时我还想到了另一个情况，那就是，表嫂不是看错，是故意的。那我给往回退，不是明着告她吗？我不敢再多想，提着一塑料袋馅饼，匆匆地走了。

路上，我想，这该怎么跟我妈说呢？怎么买回这么多呢？

对，就说是馅饼好，单位的人让捎的。

对对对，先这么说。

我妈听说我还给单位人捎了，非要我先给单位人送去，要不凉了不好吃。我说人家中午下矿了，晚上才回城，路过咱家来取。

我妈这才说那咱们先吃吧。

我在单位想了一下午，决定下班后告诉我妈实情。

听我说完，我妈脸一沉，说，这还了得，走！找她去！我妈让我提着馅饼，跟着我到了表哥家。

表嫂没回来，表哥说她今天得晚上八点多才下班儿。

我跟表哥说了这个事，还没等我全说完，我妈就开口了。我妈说，忠孝子，她还给谁这么干过？是不是常常往家白拿？我求爷爷告奶奶，求人家二姐夫把她跟内蒙古调回来，办了这么大的事，找了这么好的有吃有喝的工作，她这不是想打饭碗吗？

表哥说，我想她是看错了，以为表弟开的是十四张。

表哥替表嫂圆说，我妈口气更硬了，说，还胡搅？四咋能看成是十四呢，我是个文盲也不会看错。再说，就算你是看错，你把二看成二十，把五看成五十，你说你这么地，单位能要你吗？不开除你等啥？

我说，偶尔地看错，还能天天看错。

我妈说，偶尔的，让领导捉住你，一次就够了，再说，别的人不揭告你吗？别的人没个眼？别的人认不得是四还是十四？就你聪明？懂得占公家的便宜？

我妈越骂越生气，说，小眼薄皮，不懂得个四六颠倒水深浅，坐炕你不揣揣冷热，做事你得看看能做过，还是做不过。打了饭碗，哪个多哪个少？

表嫂上班后，把冬儿放在了内蒙古姥姥家，春儿在表哥单位托儿所。刚才表哥下班把春儿接了回来。

春儿听我妈这么大声地吵，抱着爸爸腿说，爸爸我可吓得慌呢。

我说，妈您声音低点儿，看把孩子吓的。

表哥说，姑姑我替小兰承认错误，保证以后注意，再不出现这情况就行了。

我妈说，你承认顶个啥，那得她知道是大错了，再不做才行。

表哥说，行，姑姑，等她下了班，让她去跟您承认错误。

我妈这才说，招人，把那包饼子拿上，出街扔垃圾仓里。

我说，好好好，提着馅饼，拉着我妈，往外走。表哥抱着春儿，送出院门。

路过垃圾仓，我说，好好儿的馅饼扔了，叫人看见以为这是咋了。要不给了八娃儿和润喜儿？

八娃儿和润喜儿是两个要饭的，经常守候在圆通寺门前。

我妈说，不给，给了，叫他们领你个情，拿这种肮脏的东西去换个人情，扔了！

我说，噢噢，扔，我扔。可我正要把这个沉甸甸、油渍渍的塑料包往垃圾堆里扔时，我妈又急急地说，你说不扔就甭扔，给八娃儿那就给八娃儿他们吧。

我笑着说，这还差不多。

我妈说，妈也是叫你表嫂这事给气糊涂了。

为了消我妈的气，我说，妈，您在表哥家说那么严重的话，表嫂要是知道了，也够她受的。晚上表嫂要是来认错时，您就不要再这么地哇哇哇了。

我妈说，不哇哇哇，也得敲打得狠点儿，要不她接受不了这个教训。

我说，相信表嫂再也不会发生这种看错票的事了。

我妈说，这事妈要是夸她那可是害她呢，你记不记得你小时候妈给你讲的那个咬奶头的事？

我说记得，一个死刑犯咬他妈奶头的故事。

我妈说那不是故事，那是真的事，那是你舅姥爷讲的，是他年轻的时候亲眼看见的。

那晚，我怕表嫂来了，我妈的态度太过分，我故意留下来等表嫂。没想到等到的不是表嫂，是表哥。更没想到的是，表哥说，表嫂多给的那十张馅饼，她是跟领导打过招呼的。她说自来了馅饼店一直没有给姑姑送过馅饼吃，这次招人来买馅饼了，顺便多给买了十张，领导给她记在了账上，说等开资时扣。

哦，原来是这样。

地　震

妻子四女儿在 1983 年到省城的药检所培训过三个月，1988 年秋天她又要到省医学院带薪上大专，时间是两年。也就是那年的秋天，女儿丁丁按学区分配，到大同七中上初中了。

我中午要到圆通寺陪老母，丁丁就还和上次一样，中午到龙港园姥姥家吃饭，下午放学后回花园里。我写大同公安史，能按时上下班，也就能按时回家，给孩子做晚饭。

跟我一个院儿的邻居杨老师，是我初中大同五中和高中大同一中的同学。我办过小作家班儿指导孩子们写作文，他的大女儿杨凌雁和二女儿杨凌云都参加了。

杨凌云跟丁丁同岁，上初中时，正好分在了一个班。四女儿上大学走后，我就跟杨老师说，让凌云晚饭后来我家，跟丁丁做伴儿。杨老师说，那正好两个孩子能一起复习功课。

晚上她俩在一个床上睡觉，在大屋。我在小屋。

杨老师还让凌云把洗漱用具也拿过来了，早晨洗漱后，两个人一起去学校。

我们家不专门吃早饭，我给她俩事先准备了面包，一人拿一个，边走边吃。杨老师也准备，反正一准备就都是两份儿。

我是必须要到圆通寺，跟我妈去吃早饭。我发现，我在刑警队搞案时，有时候不去跟她吃早饭的话，她自己就不急着吃了。

现在，我每天让我妈把鸡蛋打好，把火生好，我来了做鸡蛋汤。现烙的糖饼，我在巷口就给买上了。

吃完，我去公安局写史志。中午再过来吃她做的大烩菜，喝她给我打好的生啤酒。

放寒假，四女儿回来了。她从太原给我提回五个玻璃瓶装的青岛黑啤酒，她说我见你在红九矿时，跟喜民两个人常喝这个酒，正好在五一大楼看见了。

那时候的事，她还记得，而也是自那以后，我再也没喝过这种酒。我高兴，叫来老王跟我喝。

过了正月十五，开学了，四女儿又要去太原，我妈给她买了一篮麻花，让她带着。老王家的小牛给她做了两罐头瓶蒜蓉辣酱，我给做了油炸莲花豆，沉得她拿也拿不动。

四女儿来信说，她把好吃的拿去学校，小孩子们尽偷吃她的。

她四十了，在班里年龄最大。班里还有不到二十岁的。

老王差不多每天晚上找我下棋。

象棋我下不过老王，输多赢少。围棋，老王赢少输多。一直以来，二十多年了，都是这样。老王好下象棋，我好下围棋。我如果赢了，下围棋，我如果输了，再下象棋。我们这种做法，是跟去世的慈法师父他们学的。

为了不影响大屋两个学生学习和睡觉，我先把两个屋的门关紧，下的时候，用两个手指把棋轻轻地捏起来，放的时候，也是这样，轻轻地，轻轻地。

我们常常是下到夜里的十一点多，但不超十二点，因为第二天我们都还要上班。有天正下着，满盘的围棋子突然就移动了位置，紧接着，哗哗地掉地下了。老王喊说招人你干啥？我正想说“你干啥推桌子”，这时，我觉出坐在椅子上有点儿不稳，晃动。同时，吊着的灯管晃起来。

地震！我俩都意识到了，同时大声喊“地震”。

我脑子里什么也没想，下意识地跑到大屋，喊丁丁和凌云，快起！地震！同时，拉起她们就往院里跑。

院里好像还没有人，我们是第一拨儿冲出来的。

晃动也好像停止了。

我对丁丁和凌云说，你们别动，等爸爸，我赶快跑回家，给她俩把衣裳抱出来。这时候我才想到老王，他是多会儿走的，我半点儿也没印象。

我再出来，院里已经都是人了。

我把衣裳给了她俩。她俩说，鞋呢？这时才知道她们让我拉得急，连鞋也没穿。我又回屋给她们把鞋提出来。杨老师他们也都跑出来了，跟丁丁和凌云说话。

我说丁丁，快走，到奶奶家。

路灯亮堂堂的。

一路都是人，南往北的，北往南的，还都挺高兴，说说笑笑的，好像是过大年熬夜呢。

路过公园，见人们尽都进到里面。

我拉着丁丁的手，连走带跑地到了圆通寺。见家里灯亮着，窗帘也拉着，门没有锁，可家里没有我妈。我到厕所门口喊，也没有。

我说，走，找奶奶去。

我以为我妈到玉玉家了，正打算到北小巷去找，玉玉领着军娃和二子也来了，才知道我妈没有去那里。

我说保险是到花园里了。我让丁丁跟玉玉他们就在圆通寺等着，我又往花园里返。玉玉说，别走两岔了呀。我说我注意着。

在公园门口，看见了我妈。她是到花园里没敲开我家的门，又返回来了。

我妈说，人们都说楼房最不安全，妈怕俺娃两个不懂得，赶快去说让你们来咱们圆通寺，咱们家南小房是大殿，最保险。

这当中又有几次余震，我们在路上走着，没有感觉到。

第二天知道，大同县是地震中心。震级是六级，有房屋倒塌，也有人员伤亡。

二姐的家是防震的，能防八级地震，我让丁丁到她二姨家住。二姐让我也去他们家，我说我跟我妈在圆通寺住，圆通寺的大殿是木架结构，原则上也是防震的。

我说我跟我妈住在南小房。

我在心里想，要死我也要跟我妈死一块儿。

二姐说，要碰上唐山那么大的地震，我这防震楼怕也是不行的。二姐夫说，那是百年不遇的大地震，不可能再次发生。

我想起二姐夫的老家就是唐山的，我问，唐山那次到底是死了多少人，二姐夫说，官方的说法是二十四万，老百姓说的就多了去了。二姐说，你姐夫的外甥宣宣跟老家来了说，四十多万。二姐想起说，宣宣说，地震前，鸡子狗子都有反应，可惜人们都不重视。我说，我家的灰灰要是活着，这次也一定会有反应，可惜死了。

四女儿给二姐家来长途电话了，问询情况。四女儿说太原也有震感。她自己一个人在小屋睡，当时觉出在摇晃，可翻了个身，一会儿就又睡着了。第二天早晨，四女儿起来洗漱，发觉同学们都不在宿舍里，才知道，大屋宿舍的同学都跑下楼，在操场待了一黑夜。

跟四女儿一块儿上山西医学院的，还有她们药政科的刘敬敏，她男人是铁路的职工，她一个星期回家一次，坐火车不要钱。她找到我说，卫生局给每个人发了三根杪杆儿，搭防震篷用，让我去取。她问我你们单位给发啥，我说啥也没有。她说你们公安局的人都有本事，不稀罕。我说正好是坑了我这个没本事的了。她笑。

她说小周不在家，苦了你跟丁丁，要注意保重身体啊。

哼哈都是气，冷热不一般，听了她的话，我觉得很温暖。

起初学校都放了假，后来观察观察，没啥事，又让学生们回校读书。老王的莅莅说，真麻烦，又上学呀。我听了说，什么话，不好好儿学习，曹叔可跟你不客气。莅莅缩缩膀子，不敢作声。

莅莅比丁丁小三岁，也当过我“小作家”班儿的学员，我敢骂她，要是换她姐姐陶陶，我可不敢。

只要是我去了老王家，见莅莅不做作业，我就说，做作业去。她说，做完了。我说，作业还有个做完的？再做。她赶快掏出书本来写。我跟老王悄悄笑，说，我小时候我妈就是这样逼我的。

反正是，莅莅一见我来了，就忙着找书。一副要学习的样子。

北小巷的房，也是木架结构的，玉玉领着孩子们回家去了。但居委干部下来宣传说，黑夜睡觉还是不要大意，防患意识还是要有，不要把门插死，院门也不要关。街道和派出所夜间有巡逻的，你们可以安心睡觉。

玉玉说，安啥心睡啥觉，疯子又跟精神病院放出来了，又作害邻居们呢。

北小巷搬来一个疯女人，说男人是在省公安厅当官。我最后弄清楚了，她丈夫是派出所的协勤人员，从小没爹妈，教养院长大，姓党，叫个党渊。家有六个儿子。

疯女人经常是早早地起来，给邻居家的门口倒垃圾，后来发展到倒屎尿，再后来又发展到砸玻璃，把半截砖扔进你家里。

也有人找过那家人，党渊说，我们也不想让她这样，可我们也管不住，她是个疯子，要能管住的话，那她就不是疯子了。人们说，你们得想办法给她看，不能这样祸害人哇。他说，谁说不看，到精神病院一看，说没病。

人们都说她的病是装的，她根本就没病，她是想欺负人。

玉玉吓得不敢自己住，我妈说，姨姨跟你住些时，吓不死她，敢来作害咱家。

我自己在圆通寺的南小房睡。

那天早晨五点多，我正睡得好好儿的，玉玉领着两个孩子来敲门。

玉玉说，疯子早晨把半块砖头砸进了门玻璃，姨姨下地提着棒子就追，追到她家院门，一棒子把疯子打倒在了地上。她家人出来，把她拉回家，我也把姨姨拉回家了，过了一会儿我出去打听，她院里人说，疯子送医院了，姨姨把疯子的头打破了，流血呢。

我问，姨姨呢？玉玉说，姨姨不来，我硬拉也不来，还拿着棍子在我家，说，我等着她呢，搡死我抵她的命。

我觉得这个事有点儿严重。

不管啥情况，三十六计走为上。我赶快和玉玉到了北小巷，我妈果然是在家，手握着棍子。街上的邻居也在我们家，有看红火不嫌事大的，给挑逗。

同院邻居跟我摇头说，问题不大，血是流了，但我见她还能走，自己捂着脸，边哭边跟着儿子走了。我一听这么说，把心放下了，首先是出不了人命，这咋也好说。

我妈说，爷爷连狼也捅死过，怕个她，叫她扑，再来给爷扑，没她的好。

玉玉说，不管咋说，姨姨您躲一躲哇。

我妈说，你越躲，她越厉害，以为是怕她，你一厉害了，她就怕你了。

街坊说，您有警察儿子，我们不敢。

玉玉说，军娃、二子天天路过人家的街门，不敢打您，打这两个孩子咋办，再说，如果再有点儿啥的话，您这不是给姨哥找麻烦？

我妈一听会给儿子带来麻烦，这才有些动摇了。

大家又劝说了一气，总算是把我妈劝动了，跟着我回了圆通寺。

我让玉玉到学校说给孩子们，放学直接回圆通寺。这些天躲一躲好。

当中我去过几次北小巷，观察，出出进进的，就是叫党渊他们看看，我们不是躲，不是怕你。

过了两天，我跟我妈说，看来是过去了，我看玉玉他们能回去住了。我妈说，你还嫩着呢，妈知道，这种人你得把他们彻底制住才行，要回，也得妈陪着他们。

我觉得没啥事了，就说，你想陪就再陪上些时日。

我妈跟玉玉和孩子们，又回了北小巷。

我妈的那根棍子就在门背后立着，一出街就把棍子拄上了。她说，恶狗当道卧，手拿半头砖，它咬不咬你，你也得做好准备，提防着才对。

那天我妈送军军和二子上学，碰到疯子正在她的院门口站着。

军军说，姥姥疯子，我妈手拉着二子，跟军军说，你两个甭怕，把头抬起来，不看她，跟着姥姥往前走。

快走到疯子跟前，我妈边走边大声地冲着疯子说，疯子，爷爷可告诉你，你敢对这两个孩子怎么着，看爷不揳死你个疯子才怪。疯子没反应，好像是没听着。

我妈领着军军和二子过去了。

疯子突然在背后大声吼道，站住！你骂谁疯子？说着追了上来。

我妈站住了，转过身，紧握着的棍子咔咔地敲着地，大声说，爷爷骂你！爷爷就是骂你个疯子！

这时候，疯子的恶样子一下子收敛起来，放低了声音，把头也低下了，说，我就知道曹大妈您就是骂我呢。说完赶快转身往院子里走。

有几个街坊看见了，都哈哈笑。

有个后生说，毛主席教导我们说，一切反动派都是纸老虎。

那天，党渊进了玉玉家，笑笑说，曹大妈，我家疯子打了您几块儿玻璃，我得赔您。

我妈说，一块儿玻璃赔啥。又说，你老婆去治伤，花多少钱，我给出。

他说，出啥出，是她先拿砖头砸的您的玻璃。

我妈说，我见这几日好些了？

他说，好多了，看来您是给她治了病了。

街邻居们说，曹大妈，他们家人说她这病治不了，您看，您这下给她治了。也有人说，本来就地震呢，人心惶惶的，这下，可以安心睡觉了。

（原载《啄木鸟》2017 年第 1 期）

酒鬼汪扎

伊熙堪卓

一

汪扎醒来的时候，天还没亮，章谷县城街头一个人影都看不见，也难怪，现在是冬天，要七点过后天才会麻麻亮，他看看路灯，心里估摸着时间，五点才过，肯定不到六点！

这就奇了，人都说看日头能估摸出时间来，从没听说有人看路灯能估摸出时间来的。没办法，汪扎就是这么神，长期混迹于黑夜，不管醉成什么样子，只要看着路灯他就能把时间猜出个八九分来。

人一醒来，寒气就跟着袭来，汪扎发现自己

居然靠着一堵墙半蹲着睡了一夜，神了嗨！自己居然还有此神功，他撑起身子想站起来，得赶紧去找个勤快的早餐店家，假装要吃早餐蹭碗白开水喝。他觉得身上冷不说，宿醉一夜嗓子都快冒烟了。

汪扎挣扎了两下，忽然吃惊地发现自己的左手居然无端消失了，他吓得睡意全消，脑子里一片空白，魂儿吓得差点飞出了身体。

糟糕！老子的手被人砍了！

刹那间，他脑子里万千念头流转，为什么我感觉不到疼痛？他在馆子里听人说过，现在有人专门贩卖人体器官，是不是贩卖器官的趁我喝醉把我的手给卸走了？是不是他们给我打麻药了所以我还不疼？难道他们还卸了我身上别的什么零件？他无法阻止脑袋里各种疯狂的念头。

一阵尿意袭来，猛地提醒了他，他赶紧用剩下的右手伸进裤裆，佛祖保佑，那玩意儿还在，卖器官的好歹把他的根儿给留了下来，否则汪扎喝醉了被人卸了小鸟的事传回村里，他汪扎可活不成了。

汪扎庆幸着自己的小鸟还健在，左手虽然很可惜，但是比起"小鸟"来，算个屎，他心稍微有些安慰。

他用剩下的右手，撑着身子站起来，两条腿又冷又麻。他龇牙咧嘴地扶住窗台，忍不住哎哟哎哟叫唤了两声，他听见窗户里有人在咳嗽，他踮起脚尖偷偷往里瞧，想看看自己有没有惊动里面睡觉的人。

这当口，汪扎忽然找到了他以为已经失去的左手。

此刻，他的左手正被一副亮晃晃的手铐铐着，安然无恙地挂在窗户外嵌着的钢筋条上，钢筋有大拇指那么粗，即使汪扎全身吊在上面它也不会有丝毫动摇，他忽然感觉这个场景是如此的熟悉，他摇摇沉重的大脑袋瞬间顿悟，啊哈！原来又被抓到派出所了！

难怪这场面这么熟悉，汪扎更加庆幸，他妈的太好了，没有人体器官贩卖者。腿上的麻劲儿过了，他站直身体对着派出所门口下水道上盖着的网状井盖，撒了一泡热热的尿，热尿奔出身体的时候他打了个哆嗦，一阵寒意又袭来。

此时，他终于开始感觉到那只左手有了一丝疼痛，啊！又麻又痛，又痛又麻。

很快这种疼痛像是一只被唤醒的小兽，开始大口撕咬他的手腕，他诅咒着那个把派出所窗户修得那么高的建筑工人，他简直想抓住这个人问问他，难道不知道派出所会用窗户来铐人吗？

他哆哆嗦嗦拉好裤链，凑合整理整理自己的裤子，对着窗户凄惨地叫唤起来：

“警察叔叔！放了我嘛！我以后再也不犯了！”

“警察叔叔！求你了嘛！我冷得不行了！”

“叔叔，我的手要吊断了，谢谢你嘛！那威（藏语跪求之意）把我放了嘛！”

他尽可能地踮起脚尖，这样他刚失而复得的左手才能稍微轻松点，他本想踩在脚边墙面凸起的那根水泥槽线上，可是他太冷了，刚踩上去就滑了下来，左手被拉扯着撕心裂肺地疼。

他疼得倒抽了一口冷气，转头看见自己身边还挂着一个人，这人跟他一样浑身酒气，半吊在窗户上，右手被挂在铁栏杆上，人却睡得很欢实，不停地打着呼噜，嘴里还含混地嘟哝着梦话。

不知为什么，看见自己边上还挂着的一个酒鬼，他心里顿时升起一种说不出的踏实感来，他被这样的踏实感弄得想笑。

不过左手老被这样吊着可不是办法，他继续依照惯例，对着窗户里面的人喊起来：

“叔叔！警察叔叔！谢谢你嘛，把我放了嘛！”

初冬的章谷街道空旷安静，街道放大了汪扎的声音，狭窄的街道高耸的楼房给他粗重厚实的嗓门增加了扩音器的功效，但似乎这幢楼里的人们都已习以为常，不动声色地保持着睡眠。好半天，他才听见窗户里有人拉开了门里别着的铁门闩。

“汪扎，才过五点，你吼吼个屁！你要把楼上的住户都吵醒吗？”

汪扎得意地看了看路灯，果然不错，就是五点才过，老子从来没有看错过路灯。

从门里走出一个年轻的警察，借着路灯，汪扎觉得他的皮肤很白，个头蛮高的，他赶紧讨好地说：

“警察叔叔，我以后再不犯了，你把我放了嘛！”

“切！酒鬼汪扎，这是这个月你第几次到我这报到了？你说下嘞！”

年轻的警察用力揉着自己惺忪的睡眼，昨晚上两点多，他和值班的同事刚睡着，就接到报警说有人在饭馆里闹事，好不容易把两个酒鬼抓回来，三点多他才睡着，这还不到六点又被这个酒鬼闹醒了，他有些生气。

年轻的警察走下台阶，抬腿朝汪扎屁股上踢了两脚，汪扎哎哟哎哟叫起来：“谢谢警察叔叔，你不要打了嘛，我再不臊事了。”

“呀！你还好意思喊我叔叔，你都五十多岁了，我要不是看你们两个岁数大，早把你们关到拘留所了。”年轻的警察气呼呼地说，“再铐你一个小时，免得你不长记性，你说你喝酒就喝酒，还跑到人家馆子里面闹事，还好人家老板大方，没让你们两个赔砸坏的东西，要不然我看你们两个龟儿子咋脱得了爪爪。”

年轻的警察说完，准备回值班室继续睡。

这小小的县派出所，是租借某个机关宿舍楼一楼临街的公房做了办公室兼值班室，大概是章谷县城山坡地形的原因，大门入口与马路之间还修了三级水泥台阶，如此一来，窗户的位置就无端高出了一大截。又因为是一楼，所以开的高高的窗户上都嵌着钢筋用以防盗。所里之所以把喝酒闹事的酒疯子铐在钢筋条上，只因这些都是处理起来十分让人为难的人，除了酒鬼还是酒鬼，你说将他们抓去拘留吧，罚得太重了，罚款吧，又一分钱交不出来，一点不管吧，这些个酒疯子还真不管不行，大家没辙，就琢磨出了抓到酒鬼就铐窗户上醒酒的这招，醒了酒认了错，就全给放了。

值班室不到五十平方米，只有三间办公室，没啥值钱的家当，除了三张老旧的书桌和五把质量不大好的人造革翻板椅外，就只有两张值夜班用的单人行军床。家具不多，却已经把三间房塞得满满当当的，所里八九个人在职，全来齐了就得挤在小小的办公室里。

汪扎见年轻的警察要走，连忙更加凄惨地叫起来：

“警察叔叔呀！我在喊你叔叔嘛！叔叔呀！你可得饶我这一次呀！”

他痛心疾首追悔莫及的模样并没有引起年轻的警察的同情，他打着哈欠厌烦地看着这个胡子拉碴，头发凌乱的老男人。

汪扎身材中等，顶多一米七三左右，干巴瘦削。自从在县城胡混，他就不穿藏装了，虽是冬天，他也只穿了件黑色的棉夹克，下身是一条看不清颜色的裤子，被一根烂皮带系在腰间。除此之外，汪扎跟所有酒鬼一样，长着一个巨大的酒糟鼻，这个带钩的酒糟鼻在路灯的掩映下，神奇地泛着金黄的光。

年轻的警察不为所动地冷笑了一声说：

“汪扎，你又来了，只要被抓，全世界哪个都可以当你的爹。你少给我来这套，你说我放过你多少次了？我寻思着你和我老汉儿（四川方言称父亲）岁数差不多，不想为难你，结果呢？我值三天夜班，有两天要抓你，你当真是老二流子吗？给我老实待着，再乱叫我把铐子再给你铐紧点。”

“警察叔叔！警察嬢嬢！警察阿爷！你放了我嘛！我真的要冷死了！”

他继续装可怜，那副献媚讨好的表情配着他凌乱的头发让人觉得既滑稽又可笑。

年轻的警察被汪扎闹得睡意顿消，转身蹲在大门的台阶上，从衣兜里摸出一包烟点上，嘴里嘟哝着：“酒鬼老头，搞得老子觉都睡不成了。喂！汪扎，你抽烟不？”

“嘿嘿，警察叔叔，烟嘛我不会抽，酒嘛老是会喝！”

“啊波！你看你那个样子嘛，说到酒都要疯了的样子，你老婆看到要气死。”年轻的警察学着藏人说话的语气讥讽道，“对了，汪扎，你老婆呢？咋从来没看到你老婆来接过你呀？”

汪扎低下头不出声，一道阴暗的云飞上他嬉皮笑脸的面容，他低着头定定站在窗边不再叫嚷。

“咋啦？说到老婆就不吭声了，是不是你一天喝大酒，老婆跟人家跑了？”年轻的警察见他不吭声，揶揄道。

“你——放屁！”汪扎抬起头，满眼血红，他恶狠狠地吼道，“不要再提我老婆！”

他真的被激怒了，爆发出令人恐惧的凶狠神情。

“哎！好好好！算我说错了嘛！我也不是故意的，算了，你这个酒鬼老头，不提不提。你是哪里人嘛？”年轻的警察问道。

“梭坡的。”汪扎立刻恢复了酒鬼特有的样子，懒散猥琐。

“梭坡好嘛，那么安逸的地方，老百姓都富裕得很，你不好好在梭坡待着，天天在街上臊个啥子嘛？”

年轻的警察十分不解，梭坡离县城只有几公里的路程，气候十分和暖，经济作物又多，给人感觉那里的农民都挺富裕的，至少家家都是衣食无忧的。

“我是烂人嘛，烂人就不想在村子里老实待着，警察阿哥，口干得很，给杯热水喝嘛！”汪扎央求道。

年轻的警察看着他叹了口气，起身走进门里，不一会儿，他端出一只一次性纸水杯递给汪扎：“注意点，我们水瓶保暖好，开水烫。”

水是很烫，在冰冷的冬日凌晨，汪扎贪婪地用右手抱着纸杯，一阵温暖在掌心和胸口那小片地方渗透。

“啊啧啧！你们警察才幸福哦，天天有开水喝，我天天喝人家财政局门口自来水管里的冷水。”他羡慕地说。

年轻的警察扭头看他，想从他脸上找出谎言的成分，不过这句话汪扎是真心发自肺腑说的，没有丝毫装蒜的意思。年轻的警察心中一动，语气稍微温和了点，他有些恨铁不成钢：“那你是自找的，好好的梭坡不待，现在的农村，只要稍微勤快点，那日子好过得很，比我们这些公务员还安逸。”

汪扎嘿嘿笑着不说话。

“汪扎，这次就这么算了，你以后不要再闹事了，你一天到晚在章谷县城闹事，你家里人、村子里的人晓得好丢脸嘛！回去好好种地去，不要到章谷县城来了，岁数那么大了也该晓得爱惜身体。”

年轻的警察叹息着走下台阶，解开汪扎的手铐。

那只吊了几个小时的左手终于回到了原处，手腕被铁铐磨破了皮，火辣辣地疼，肩膀也酸痛难忍。

汪扎双手捧着开水杯喝了一口，嬉皮笑脸地望着年轻的警察说：“警察阿哥，你嘛，好人一个是了，你贵姓啦？”

年轻的警察忍住笑，掩饰地摸着鼻子说：“张曦，我叫张曦！”

“哦！扎西，你叫扎西，你是我们藏族娃娃嘛，藏族娃娃咋个那么白？”汪扎仰头看着年轻的警察，一副恍然大悟的表情。

“我叫张曦，是汉人，内地人，不是藏族！”年轻的警察严肃地纠正道。

汪扎却不管他，揉着破皮的左手，端着水摇头晃脑向大街上走去，嘴里叨叨着：“扎西，是个好名字嘛！”

“喂！汪扎，你等下！”年轻的警察叫住自鸣得意的小老头，跑上前去，“拿去，给你五十块钱，你赶快回梭坡去，章谷不是你待的，吃了早饭你就回去，不要再在街上臊事了。”

年轻的警察说完，扭头钻到值班室去。

汪扎望着手中热乎乎的几张钱，心里乐开了花，他计算着，一瓶六十度高粱白酒三块钱，一斤散装白酒两块钱，五十块可以买多少瓶酒呢？他高兴地揣着钱，对着值班室喊了声：

“谢了！扎西警官，你是派出所里面，长得最帅的帅哥！”

说完，笑嘻嘻摇头晃脑向县城中心那家早餐店走去。

二

“唉！老板，来耍嘛，舒服得很，便宜得很哦！”

清早，汪扎走到沙子坝下面的沿河路，一个打着哈欠头发蓬松的胖女人热情地招呼道。

“老板？老个铲铲板哦！我一分钱莫得，还是老板不？”他歪着头嘲讽地望着胖女人。

胖女人仔细打量了他一眼，厌弃地说："莫得钱要个屁，滚远点！"

"好的，美女，我滚了哦！"

他嬉皮笑脸地拖着那双皱巴巴的皮鞋，比了个下流动作扬长而去。

"呸！烂酒鬼汪扎，你以为我认不得你！"

胖女人恨恨地吐了一口唾沫，扭动着肥胖的身子，像只肥胖的白虫子钻回屋去。

汪扎摇摇晃晃走在章谷街头，因为左边裤兜里揣着一瓶散装白酒，他的皮带有点承受不了如此沉重的负担，整个裤腰已经跑到了胯上。他不得不用一只手提着裤腰，免得那只皮带一不小心就断了，他可丢不起这人。

"汪扎，你又醉了？现在才中午嘛！"

汪扎扭头看见县城的清洁工王阿姨抱着扫帚，脚边立着一只铁簸箕，坐在街边的台阶上晒太阳。

"王阿娘，我没醉，没醉！昨天晚上醉得凶，今天不敢喝了。"他笑笑挥挥手往前走去，走了两三步，又转过身得意地对清洁工说："王阿娘，我在派出所有朋友，他叫扎西，以后有啥事来找我，我帮你摆平！"

"咦！汪扎，你可以哦！派出所也有熟人了，这下你就可以放心臊事了，是不？"清洁工不屑一顾反唇相讥道。

"真的！我汪扎不骗人，派出所扎西，我兄弟，上次还给了我五十块钱嘞！"

他在衣兜里拼命搜寻那五十块钱的证据，可是掏了半天只掏出一张十块钱和几张块票，他不好意思地挠挠头笑着说：

"钱被老子花光了！"

"啊哟！汪扎你这个酒鬼败家子！"清洁工起身提着铁簸箕躲瘟疫似的躲开了汪扎，她害怕汪扎来跟她借钱。

汪扎晃到银行对面的小吃店，店老板是个年轻瘦小的龅牙女人，她见汪扎进门，顿时黑了脸。

“汪扎，你这个酒鬼，又来吃白食来啦？出去，出去，我不欢迎你！”

“翁姆老板！不要慌嘛！口干得很，把你的面汤给碗喝嘛！”

“没得！没得！赶紧爬开点！”

“哎呀！老板，你不要生气嘛，人家都在说这条街上最年轻漂亮，最心善的就是你了，你是刀子嘴巴酥油心嘛！菩萨一样的好人哩！”汪扎涎着脸皮夸奖着店老板。

“唉！汪扎，要不是看到你岁数大了，我理都懒得理你。”女老板无可奈何地取出一只碗，准备给汪扎倒面汤。

“老板，丢几颗葱花嘛，再撒点盐巴。”

女老板回头刚想骂人，看着汪扎坐在自家店铺门槛上，悠闲地望着街上的行人，嘴里轻快地吹着口哨。她叹了口气，抓了一撮葱花又撒了点盐，倒了滚滚一大碗面汤给汪扎。

“唉！阿爷（祖宗之意），你是我的阿爷，阿爷嘞，你慢慢喝，面汤烫得很。”

汪扎端着面汤，坐在小店门槛上，慢慢喝起来，他眯着眼睛，像是在喝一碗龙肉熬成的汤。

张曦下班后约着同事仁青去派出所附近吃面，所里就他们两个是单身汉，一人吃饱全家不饿。吃完饭他们会去附近的城区小学打打篮球，天黑了就回单位宿舍去洗漱，然后躺在床上看看小说，听听音乐，闲聊……这样有条不紊的生活已经好几年了。

两人到那家熟悉的面馆里叫了两碗牛肉面，老板娘热情地跑来给两人倒茶水。章谷县除了偶尔有酒鬼闹事，治安还算不错，极少有打架伤人的事，商户们也都挺尊敬派出所民警。

“张警官，你们所里面来了个叫扎西的新民警哇？”

老板一边在店门口的大土灶上煮面，一边跟两个民警闲聊。

“扎西？没有哇！”两个民警莫名其妙。

“哎！那就是汪扎在胡乱说，他到处给人说他在派出所有朋友，叫扎西，那个酒鬼，他龟儿子尽是爱哄人耍。”

“汪扎，扎西？”张曦想了想，恍然大悟，笑着说，“唉！汪扎那个酒疯子，他说的是我张曦，说了一百遍他就是念不清，左右就是叫我扎西，今天还给我提了一包花生来，说是来看我。这个酒疯子，他是梭坡那边人，我让他回家去，他弄死不肯回乡下。”

仁青哈哈大笑起来，弄得张曦哭笑不得。

“笑啥笑，有啥可笑的，汪扎风光的时候你们没有见到过，见到了你们就不笑他了。”邻桌一个胡子拉碴面色黝黑的圆脸中年人，吃着面头也不抬地说。

“咦！多吉大叔，今天没有照顾阿昌婶子吗？怎么这么有空？”

章谷县城太小了，作为工作了几年的片警，张曦和仁青几乎认识县城里长期居住的所有人，就算有的叫不出名字，也是看着脸熟的，大家相互间遇着也会点点头算是招呼了。多吉大叔也是梭坡人，从张曦工作以来就知道，他跟自己的残疾老婆阿昌一直在县城住着，靠他打零工赚钱度日。

“她嫌天气冷不想出门，我出来将就吃点。”

张曦好奇地挪到多吉大叔对面，招手让仁青也过来，两个年轻人围着他询问：“多吉大叔，你是梭坡人，你清楚吗，汪扎家里究竟是什么个情况？我那天问他老婆的事，他马上冒火了。”

“你呀！最好不要在他面前提他老婆的事，那是他的心头血，小心汪扎跟你拼命。”扎西多吉喝着碗里放了辣油的牛肉汤说。

“咋的？他老婆当真跟人跑了是不？”

“跑？能跑了就好了！你们现在看着汪扎是个酒鬼样子，想当年，汪扎在梭坡，那真是最会赚钱的人，他聪明啊！我们那个村子不管出产什么农副产品，他都可以找到买主。我们村从新中国成立后到现在，第一个有钱盖新房的就是汪扎家，第一个买车子的人也是汪扎，他天生就是个做生意的料。”

“他这么厉害，咋就变成今天这样子了？”两个小警察更加好奇了。

“特巴（命运）啊！特巴！一个人的命全写在这里了。”扎西多吉指指自己的额头，叹息道，“我还记得汪扎的老婆，个子瘦瘦高高，皮肤白白的，是个美人啊！汪扎最爱这个人，他那么拼命做生意就是为了老婆和他的女娃。那女娃十五六岁，生得跟她妈妈一样好看。那个时候，村里人都说，再没有比这家子更好福气的人了，他们一家人，那是互相心疼互相爱到命里面去了。”

“我们村里好几个老人都说过，这一家人太过相亲相爱了，散得就快，结局不会太好。”

“那个时候，我们听到这些话都笑啊！想着这怎么可能，这家人就是拿棒子打、刀子砍也不可能拆得散呀，怎么可能嘛！唉！”

扎西多吉叹了口气，有些伤感。

“那是汪扎买车刚一个多月，那个季节，章谷的槐花刚开，满城都是香味，每天都是大晴天。汪扎带着村里人一起做生意，那回人家一个外地工厂老板几乎预订了村里所有苹果树的果子。”

“大家都很高兴，汪扎回家后看着他老婆操持家务太辛苦了，就想趁着休息的这段时间，带老婆和女儿出去玩玩，我们村除了转经，谁走出过家门呀？他想带她们去阿坝玩，从大小金川一路玩到马尔康再慢慢转回来。”

“那时候，大家都羡慕啊！汪扎是个好男人，对老婆孩子那简直没话说。他老婆本是不想去的，那是个贤惠的女人，担心圈里的牲畜没人喂，又担心地里的庄稼和菜园没人浇水，汪扎为了让她放心玩儿，还专门请了个人住在家里帮忙干这些活儿，每天给工钱呢，硬把他女人拽出去旅游了。”

“谁知道，老天不长眼！一家人开车刚出章谷地界车就翻了，从山腰翻到路边的悬崖下面，我们一共下去七个人，找了两天才找到他们。那个场面啊，啧啧！太惨了。”

“庸措，她老婆叫庸措，庸措和孩子应该是当场就死了，我们找到她们的时候，早就冷透了，两个人活活是被甩出车摔死的。身上也没找到其他太多的伤口，可能是颈椎断了还有内伤吧。”

“汪扎是我们最先找到的，他系了安全带，车翻下去撞到一棵大松树上，屁股着的地，但奇怪的是他只受了点擦伤，脑袋有脑震荡，其他啥事也没有。”

“我们当时觉得奇怪呀，后来听他说，那天其实是他老婆救了他。他本来没有系安全带，你想想，我们这边的司机哪个有系安全带的习惯，再野的路都是那样开。他老婆好像有预感一样，他不系安全带，她就死活不上车，咋说都不行，后来汪扎没法，只好听她的，结果呢，幸好这根安全带哦，要不然这家就死净了。”

“唉！汪扎叔技术不好不该开车，太不安全了。”仁青叹息着说。

“他开车技术不好？他如果技术不好就再没技术好的人了，他要盘子的时候，你们连汽车是咋回事都搞不懂嘞！他们本来开得好好的，一个放牛的把牛赶到了公路上，吃错药了似的，忽然给那头牛一石头，结果头牛受惊蹿到路中间，汪扎根本没有反应过来，路那么窄，他本能的反应是不想撞牛，一盘子（方向盘）打过去，车子直接冲了下去。妈的，汪扎到现在也想不起那个放牛娃长什么样子，要想得起，他早就去把那小子给宰了。”

“哦——”

“原来汪扎的经历竟然如此坎坷！”

两个小警察不说话了，默默望着自己眼前的茶水。

“事情一出，汪扎算是废了。你想想，当时他老婆不肯去，是他硬拽着她和孩子去的，而且不知道翻车时，他是晕了还是做梦，他说车子飞下去的时候，他看到一个穿白衣服的老头轻轻在他身子下扶了一下，像是在保护他似的，后来他迷迷糊糊地看见妻子和女儿手牵着手，慢慢跟着那个白衣老头走了。他说可能本来该死的是他自己，是老婆和女儿用命换了他的命。”

“他把责任全怪到自己头上，那些老人都说过了，他们一家人就是太相亲相爱了，才招来命运的劫数。唉！一点儿都没说错啊！那真是汪扎一家人的劫数。”

“他在梭坡养了一年多，都不怎么出门，大家以为他伤好了就没事了，哪知道他心里惦记着死呢。他死过很多次，没死成！回回都奇奇怪怪被人发现了。最奇怪的一次是，他晚上去跳大渡河，晚上应该没啥人看见他嘛，他跳下去，被河水冲到一个回水沱岸边，刚好村里面有个人老婆怀孕了，不早不晚就那天闹着要喝鱼汤，人家三个朋友晚上去收白天下的网，其中一个人水性又是村子里最好的，大渡河上凫水打来回跟玩似的，几把就把汪扎捞上来了。”

“你想想，不是他老婆护着他会有其他原因吗？怎么死都死不掉，他老婆是不放心他呀！后来村里人没办法，帮他请喇嘛来打卦。人家喇嘛说了，他老婆就是因为放心不下他，迟迟不肯去投生，他如果再这么惦记自己的妻子，那个世界的灵魂就不会得到安生，人间的人有多痛苦，阴间的魂就有多痛苦。喇嘛还说出了几件只有他们夫妻才知道的事情，还描述他妻子在阴间的模样。喇嘛告诉汪扎，他妻子根本就没有怪他，相反一直感激着汪扎，因为在阳世的日子汪扎让她很幸福。”

“那天，我第一次看见汪扎哭了，从出事到伤好，我没见他流过一滴泪，我们只是觉得这个人虽然活着，但是灵魂已经死了，那个聪明能干的汪扎已经在车祸那天就彻底死了。可是，喇嘛打卦那天他哭了，一个男人哭得那样地撕心裂肺，我活了几十年，没见过。”

扎西多吉说着，眼眶渐渐变红了，他端起面前的茶杯，喝了口茶掩饰着自己的伤感。

“从那以后，汪扎再也不寻死了，他开始喝酒，每天喝得烂醉。第二年，他把家里所有值钱的东西都捐给村里的孜木寺，单单留了座房子在梭坡，他独自背着一个糌粑口袋去拉萨朝佛赎罪去了。这一去就是几年，这不，前年他才回来，回来就不行了，可能是看见家就想起老婆孩子，村里待不住，他就跑到章谷来乱混。我遇到他一般都会给他一点儿钱，我们村里人只要见到他都会给他钱，当年他风光的时候没有亏待大家，带着大家一起挣钱，这情义大家都不会忘。他这个人重情义，因为太重情义才回不了头了，唉！你们要是抓到他喝酒闹事，批评教育一下就算了，别下力气弄他，汪扎啊！能活着太不易了！”

扎西多吉站起身，叹着气，步态沉重地走出了面馆。

两个小警察没再说话，老板端来香气扑鼻的牛肉面，两人忘了道谢，默默吃完付了账，向宿舍走去。

三

“阿波波！汪扎！酒鬼老汉！又是你！”

两个中年警察走进卡拉 OK 厅，一眼就望见了烂醉如泥的汪扎歪歪斜斜伏在一张廉价沙发上，地上全是酒瓶碎片和不明液体。汪扎四仰八叉的腿边，一张小茶几歪歪扭扭放在一边，茶几上倒着一只透明塑料瓶，瓶里插着一枝塑料玫瑰，假玫瑰红艳艳地倒在沾满啤酒的桌上，像一个喝醉了的小舞娘，塑料瓶子倒像是拯救它的恩客，牢牢把俗气的玫瑰小姐揽在怀中。

如今，卡拉 OK 快过时了，歌厅生意不大好，估计老板也是实在没有办法才放汪扎进来消费的。

这家廉价卡拉 OK 厅，除了墙上挂着几张普通的酒水海报外，谈不上任何装修，整个房间统共不过十来平方米，里面靠墙摆着一台大电视，电视下面是一组搞不清品牌的功放，上面插着两只话筒线，话筒被服务员牢牢抱在怀里。全场只有三张桌子，就算爆满也只能容下十一二个人，不过此时，除了坚守吧台惊魂不定的女服务员，只剩下汪扎一个人，其他人估计是乘着他闹事直接就逃单了。

“谁报的警？”

女服务员战战兢兢地从吧台走出来：“谢天谢地，警察阿哥，幸好你们来了，这个叔叔在这里大闹天宫，我已经没办法了。”

服务员年轻而清秀，十八九岁光景，头上搭着嘉绒藏族的绣花头帕，上身穿着一件运动服，下身穿着一条深色裤子围着嘉绒藏族特有的两片绣花围裙。

“嘿嘿！两位警察同志好！汪扎给你们敬个礼！”酒鬼汪扎摇摇晃晃想站起来，可他喝得实在太多了，根本站不起来。

“汪扎，你这个酒鬼，你每星期要在街上臊多少次事？我们硬是管不到你了哇？”两位警官没好气地问道。

“呵呵，周警官，帅哥阿旺警官，我……我汪扎可是大……大的良民，不信你们问扎西警官，他……他是我的朋友，我的小……兄弟……真的！”汪扎的舌头不受控制地缠绕在嘴里。

“阿波，你还好意思提张曦，他快被你害死了，你哪次闹事不是张曦保你？他和仁青两个回回都护着你，我说汪扎，人家张曦是警校毕业的高才生，前途好得很，你不要一天到晚拖他下水，人家那么好个年轻人尽在你这个酒鬼身上犯错，我们领导都警告他好多次了，你这个害人精！”

“怎么……怎么可能嘛，扎西是我……我的小兄弟，我咋能够害……他哩？周……周警官你怕是喝醉了。”

周警官白了汪扎一眼，被噎得无言以对。

“小妹妹，你还告他不？不告我们就把他弄走，他砸坏的东西，明天有个姓张的警察会来赔给你。”

两位警察无可奈何地扭头问服务员。

“没事没事，酒钱他给了的，唱歌的钱就算了，你们帮我把他带走就行了，没砸烂啥子值钱的，只有几个酒杯，不用赔了，麻烦你们快点儿把他弄走，我们生意本来就不好，他再臊事生意更秋（惨淡）了。”

小姑娘巴不得两位警官赶紧把酒鬼汪扎弄走，连声道谢。

两位民警架着汪扎，走出卡拉 OK 厅，汪扎垂着头哼哼唧唧嘴里嘟囔着。

“汪扎，今天晚上你住在哪里？快说，我们送你回去。”

两位警官被汪扎身上的酒气熏得快站不住了。

“嘿嘿……两位阿哥，你们把我放到干……桥桥，我……我自己晓得回去。”

“妈哟，汪扎，我算是服你了。”

周警官哭笑不得。

干桥桥是章谷县城的一座石桥，过去桥下没水，也不知什么年代开始叫干桥桥，现在桥下长期流淌着一股附近居民的生活污水，但人们还是习惯了叫它干桥桥。

两位警察把汪扎扶到干桥桥上，汪扎斜靠在桥上的条石围栏边，傻呵呵地冲路过的行人打招呼。他笑嘻嘻地冲两个警察行行礼，学着香港警匪片里的台词："两个阿……阿 sir，桑口油（thank you）了。"

两位警官面面相觑，摇头叹息着准备离开。

酒鬼汪扎又叫住了两人。

"两……两个阿 sir，麻……烦你们帮我给扎……西带句话，最近章……章谷县来了一伙亡命的，那伙娃……娃岁数小不醒事，想靠胆子大到城里混……混社会，他们心狠手毒，喊我的扎西兄弟不要管凶了……免得惹祸上身。"

"唉！我说汪扎，你自己先醒了事再来操心别人，自己碗里的稀饭都没吹冷，还担心人家张曦，再说了，我们警察不管这些小二流子，哪个管？"

两位警官哭笑不得，笑着走了，临走也没忘叮嘱汪扎："你不要再喝了，赶紧回去睡觉，不准再闹事哈！"

"Yes sir！"汪扎勉强立起身来，冲两位警察挥挥手。

"臭小子，终于抓住你了。"

张曦牢牢摁住正在指挥一帮孩子闹事的孩子头儿，那孩子气哼哼地挣扎了几下，却奈何不了压住自己后背的那只膝盖，只得放弃。张曦将他两只胳膊反扭到背上，摸出手铐将他铐上，才松了口气。

最近不知从哪里冒出一伙十五六岁的小孩子在章谷县城胡闹，他们到处偷鸡摸狗，在各个饮食摊点、娱乐场所打架斗殴、酗酒惹事，警察一到就全跑得没影儿了，抓也不易抓。

晚上，所里提前安排了蹲点，大家穿着便衣，分头在各个地方执勤，偏巧那群孩子的头儿领着这帮坏小子来张曦蹲点的小店吃霸王餐，正闹得不可开交。他通知其他同事集结，大家很默契地包围了这帮正在胡闹的孩子。

张曦早瞧准了那带头闹事的孩子，他很聪明，几乎从不主动出手打闹，但明显能感到所有孩子都在听他指挥。他使使眼色努努嘴，那些孩子就明白了该干什么。

张曦在旁边不动声色地将目标牢牢锁定，等民警们各个站好抓捕位置，他悄悄上前，三两下就率先拿住了那孩子头。他知道擒贼得先擒王，抓住孩子头，其他孩子就好办了。果然不出所料，这帮一直在街头闹事的孩子被民警们包了圆，一个不漏全给抓住了。

这个年龄的少年人，正值青春叛逆的阶段，个个脾气犟得不得了，都认为自己最讲义气，问啥啥也不肯交代，民警们只得将他们分开单独审问，审到半夜才审出他们大部分是从402那边跑出来的单亲家庭的孩子。这帮孩子跟县城一伙小混混裹在一起，也没大人管教，已经快把章谷县城闹得底儿朝天了。

402是某地质勘探大队的番号，驻扎在县城北边几十公里外。那地方本来也是有地名的，却因为402大队在那里驻扎年月太久，时间一长人们都记不得它以前的名字了，只管那一片叫402。季节好的时候，章谷县城的人偶尔没事，也会去402附近踏青郊游，但402的人与县城人往来是不多的。不知是因为地勘大队全是外省人还是他们有规定，除了采购日用品、食品蔬菜之类的东西外，402的人几乎是不会到县城来做过多逗留的。

那领头的孩子大名叫陈仕权，绰号“刀子”。

八九个孩子被抓进派出所问话，除了刀子不开口，其他孩子最后扛不住，还是各自交代了自己的情况。刀子坐在翻板椅上，死盯着办公桌愣是没有说一句话，直到被送出派出所，民警们都没听到他有任何声响。

孩子们交代，刀子的父亲是个地质工程师，原本给儿子起这么个名字，是希望他长大了能光耀门楣，怎知儿子压根儿就没打算让爹称心如意，自小脾气暴躁、顽劣成性，像一匹野马，无人能驯。

刀子这个绰号源于他的腰间常年别着一把不知从哪里弄来的锃亮的军用匕首。

张曦不知道，被抓那天亏得刀子的匕首被另一个小孩儿借去玩了，否则他一定会吃些苦头。

刀子看着很瘦，身体却十分结实，十五岁的少年，瘦小的身躯上顶着一头凌乱的头发。他的皮肤很黑，厚厚的嘴唇上长着一层浅浅的绒毛，常年穿着一身洗得发白的帆布工装，这是父亲单位发的劳保服，他也不知穿了多少年了。

刀子虽然个头不高，动作却十分灵活。他之所以成为这帮孩子的头儿，是因为他打架下手极狠，别的孩子既害怕又佩服他。

父母离婚时，他曾经因为跟父亲吵架，拎起板凳朝父亲头上劈下去，所幸父亲被自己绊倒在地，那一板凳只是砸在了腿上。他父亲那只右腿却生生被刀子给砸碎了，落下了残疾的毛病。这一板凳彻底砸凉了父亲的心，读了一辈子书的知识分子终于意识到，刀子是头野狼崽，除了监狱没有任何地方可以驯服他，自此以后他再也不管刀子，任他天南海北地胡混。

初中没毕业刀子就不再上学了，临离开学校的晚上，他偷偷跑进教室砸毁了班上大部分桌椅，还放了把火想点燃教室，还好没有引发大火就自动熄灭了。身上没有一分钱的时候，刀子想到了章谷县城，县城比402大，弄起钱来也方便些，于是他带着自己的几个死党跑来闯世界。他们白天到处混，晚上就四下翻墙，偷到东西就胡乱贱卖了赚几个钱花。

张曦三两下就制伏了刀子，刀子的双手被反剪着扣在背上，整个身体匍匐在地，年轻警官的膝盖死死压着他的后背，令他丝毫动弹不得。这个举动让刀子极为窝火，刀子在这帮孩子跟前一直是呼风唤雨说一不二的横人，这是他第一次在自己的小兄弟面前如此狼狈。他气得快要发疯了，在心里咒骂着，我刀子是什么人，你敢把老子像条狗一样踩在地上。刀子挣扎着低声吼叫着，旁边几个小孩儿知道，刀子的火已经燃到了极限，若不是小警察反手将他两只手铐上，这个小警察今天不挂彩才怪！

所里开来一辆面包车跑了两趟，才把这群孩子全部带回警务值班室。

所长一瞧抓来的都是十五六岁的孩子，有些犯难了，这样半大的孩子处理起来最麻烦，拘留不行罚款更不行，挂到窗户上那就更别提了，根本不可能。

大伙儿只得分别对孩子们进行批评教育，末了，让每个孩子写了封检讨书，就打电话通知各人的父母。一群孩子里只有刀子没有家长来领人，她母亲自从跟父亲离婚后就回到内地，再也没了音信。他父亲从单位打电话来说，这孩子他管不了，请派出所严肃处理。所里没办法，只好又把刀子拎出来狠狠批评了一顿，然后派车把他送回了402。

走出派出所大门的时候，刀子看了一眼坐在里间值班的张曦，冲他笑了笑，便吹着口哨走出了大门。

“臭小子，回去好好听话，好好孝顺你爸，看把你爸一个读书人气成什么样了。”

张曦追出去，对坐在后座上的刀子说。刀子没有回话，只是若无其事地给张曦竖了个大拇指。

“唉！家里有个这样的孩子，比遭一场大火还让人烦心。”大伙儿看着刀子一副无所谓的样子，摇头叹息着。

经过派出所批评教育，孩子们的胡闹算是顺利解决了，县城里再也没有402的孩子来闹事，整个章谷又恢复了宁静安详的老样子，张曦和仁青也跟所里的同事轻松地打了几场篮球赛。

四

天气开始慢慢变暖，黄昏时分，街上散步的人也渐渐多了起来。偶尔，人们能感到风是温热的。春暖花开始终是人们最喜爱的季节，槐花又开了，满城飘过阵阵淡淡的清香。

汪扎依然在章谷县城晃荡，醒一天醉两天。

入夜两点后，张曦处理完一场小吃店的纠纷，打着哈欠穿过猪屎街。

猪屎街，顾名思义是条肮脏的居民区小街。这里住的大部分是县城的低收入人群，狭窄的路边挤满了居民们自己搭的猪圈，大部分猪的排泄物都没有正常的疏通渠道，混合着各种生活用水，生生把一条黄土路沤成了臭水道。这个时节不下雨路面尚是干燥的，若是夏天，没有砖头铺垫根本没人敢从这里通过。

猪屎街的路灯也跟其他地方不同，整条街区只有两三盏是正常的，其他的都被打得稀烂。一入夜，整个街道便被笼罩在一种若明若暗的晦暗气氛里。

若是平常，张曦是不愿走这条路的，若走着走着踩到一堆不明物体，能把人恶心好几天。但今天太晚了，只有这里是回所里的捷径，他只得就着昏暗的路灯慢慢往回走。

“喂！张曦！”

张曦听见背后有人在叫自己，回过头，没看见人，他吼了声：“哪个？半夜三更，别装神弄鬼的。”

他有些不喜欢这样的玩笑。

“是我！”

昏暗的路灯阴影里，一个瘦小的身影慢慢从矮墙后挪了出来。张曦盯着黑影望了好一会儿，才认出来那是刀子。

“陈仕权，你咋又跑到县上来了？三更半夜的你在这里干啥？你不好好上学，天天在街上混啥子？”

“张警官，我想给你说件事。”

孩子一副害怕的样子，怯生生走上前来。

“好，你说吧！这么晚了，你有啥为难的事给大哥哥说，只要我能帮到你的，一定尽量帮你解决，但是事情解决以后你要回家去，好好听你爸的……”

张曦弯下腰，想摸摸刀子的头，话未讲完，感觉自己腹部一阵刺痛。他惊愕地看见刀子手中抓着一把军用匕首，脸上没了怯意，取而代之浮现出一种古怪得意的笑意。

他用手捂住腹部，感觉滚热的鲜血在不断往外涌。

“陈仕权，你好大胆子，敢杀警察。”他大声喝道。

“老子杀的就是你这个死警察，你敢把老子的脑袋按在地上铐老子，老子今晚上就要把你的脑袋弄下来当球踢。”

刀子冷冷说完，扑上来又是一刀，张曦忍着疼痛一闪，刀锋一偏，刺进了他的手臂，张曦“哎”一声被地上的砖头绊倒。

张曦瞬间明白，自打那天被抓进派出所开始，刀子心里一直对他藏着仇恨。他估计这孩子已经偷偷跟踪他好几天了。

刀子一声不吭，再次提起匕首向张曦的胸口刺去。张曦坐在地上伸手抓住匕首。刀子却不等他争夺，猛地从张曦的肉掌中拔出了匕首，顺带飞起一腿踢向张曦的脑袋。张曦根本来不及挡这一腿，“啊”一声被踢倒在地上，右耳流出血来。张曦努力想坐起身来，手脚却不受控制。他头晕眼花眼前发黑，能感觉到自己在不停地淌血，却感觉不到疼痛。他挣扎了两下还是没有爬起来，心里闪出一个念头：糟糕，今晚得死在这么个孩子手里了。

他忽然觉得有些不值，自己真要死也应该死在抓捕犯罪分子的第一线，这种死法算什么？太他妈不像警察了，他忍不住叹了口气。

刀子抓起地上的一块砖，对准张曦的膝盖砸了下去。张曦痛得眼前一黑，晕了过去。

“你的膝盖长得太难看了，我给你修理一下！”

刀子见张曦倒在地上不再动弹，停止了攻击，歪着头像一个天真无邪的孩子在动物园看猴子那样好奇地端详着。他把头歪来歪去，脸上浮现出一层古怪的笑意。他笑吟吟地望着倒在地上浑身是血的小警察，像在研究一个新的物种，又像在欣赏自己亲手完成的某个杰作。

欣赏够了，刀子慢慢走上前，把脚踩在张曦头上用力往地上踬着，他嘻嘻笑起来，越笑越大声。

“你也尝尝被压在地上的滋味，是不是很舒服？嗯？”

“狗日的瓜娃子！敢弄我兄弟。”

刀子还没来得及再给张曦补上最后一刀，头上就挨了重重一击。他慢慢转过头来，看见一个干干瘦瘦浑身酒气的小老头抓着一块板砖站在他身后，他巨大的酒糟鼻在路灯下泛着金黄的光。老头气得发抖，那威风凛凛的模样如同一尊天神降临。

刀子一声不吭，摇摇晃晃地倒在地上。

"扎西！扎西！"

汪扎扔了手里的砖，扑上前去。张曦双眼紧闭，已经失去了意识。汪扎低吼一声，蹲下去抓住张曦的双手，背着他向县医院疯狂跑去。

他的酒全吓醒了。猪屎街离县医院不远，不过几百米的距离，可是他感觉这条路比平常远了好多，张曦的血像温泉水一样在自己背上流淌。妈的，人的血这样流还能活吗？

"扎西，你不能死！你还那么年轻！"他咬着牙，不知哪来的力气，背着身高快一米八的张曦一口气没歇，直接冲进了急诊室。

直到张曦被推进手术室，他才一屁股跌坐在地上。他身上一阵发冷，这才发现自己的衣服已经被张曦的血浸透了，黏糊糊、冰凉凉的，他的心揪成了一团。

我从来就没有觉得自己的命可惜过，怎么扎西要死了，老子感觉如此害怕呢？

他有些不解，双手紧握，坐在手术室外念起经来。他已经很久没有念经了，自从从拉萨回来抱着酒瓶子后，他觉得所有的菩萨神灵都抛弃了自己，他们没有治愈他心里溃烂的那个大洞，只是默默望着他，静静地见证着他的毁灭。他自己也放弃了对神灵的祈祷。

现在，他默默呼唤着所有的菩萨和神灵，希望他们能保住张曦的小命。

兴许是汪扎的祈祷见效了，兴许是张曦的幸运，他的命保住了。

除了腹部那刀，张曦的耳膜受到了损伤，还有脑震荡和膝盖骨折，在县医院急救后被送到了省里的大医院，几个月后身体慢慢恢复了正常，只是膝盖上的那道裂痕久久不能愈合，让他行动不便，父母便将他接回了老家调养。

汪扎和张曦都没有意料到，出现问题的是刀子。

他是天快亮的时候才被送进县医院的，汪扎没有意识到那块砖的分量，他以为刀子早逃得没影了。民警们听说是刀子干的，也都估计那家伙已经找地方躲起来了。他们觉得这孩子如此野性难驯，说不定都逃出章谷县境了。

大伙儿焦急地等医生从手术室出来说张曦没有生命危险了，才忙不迭地跑去猪屎街看现场。

天已经快亮了，现场一片狼藉，张曦的血、刀子的血都渗进了泥土。刀子倒在那里一动不动，仁青上前试探，发现他呼吸十分微弱，手脚冰凉，顿时吓出一身冷汗。

他背起刀子往县医院飞奔而去……

汪扎的那一砖砸在刀子的后脑勺上，造成了颅脑永久性的损伤，也就是说刀子变成了一个傻子！

刀子变成了一个没人理会的小傻子！

父亲在接到他把警察刺伤的消息后，突然脑出血发作倒在了电话机旁边。402医院整整抢救了两天，还是没能把他抢救回来。

刀子的父亲被埋在了勘探队大院外的后山上，刀子父亲父母早亡，也没有兄弟姐妹，一直把勘探队当作自己的家，据说出丧那天，除了单位的同事，没有一位亲人在场。

刀子父亲的单位用抚恤金养好了刀子的伤，刀子成了没人照管的流浪孩子，成日在章谷县城里游荡。

他喜欢到垃圾桶里翻找食物，也喜欢坐在路边望着行人嘿嘿傻笑。

现在，刀子终于变成了一个真正的孩子。

他对世界再也没有了仇恨，每天都在微笑着面对每个人，哪怕偶有路人射来厌烦的目光，也无法改变他微笑的模样。

不时会有人走来说："瓜儿，帮我抬个东西。""来，瓜儿，帮我扶住自行车。""瓜儿，去那边帮我买包烟去……"

刀子变成了一头无公害的小毛驴，呵呵笑着，屁颠屁颠地高兴地完成人们安排的任何事，然后会有人给他买饼干和饮料。

刀子成了孩子们的反面教材，原先想跟他混社会的孩子被他古怪的模样吓坏了，他们很快放弃了闯荡的念头，一个接一个回到了学校。

又一个新年过去，人们返回章谷，开始新一年的工作和生活，谁都没有发现刀子从章谷街头消失了。

此时，张曦依然在成都，他的腿伤恢复得相当缓慢。

从章谷街头消失一个小傻子，自然不会引起人们的注意。毕竟刀子的存在与一条流浪狗相差无几，何况在傻瓜刀子之前，在小小的章谷县城出没的还有疯子王大学、疯子水秀、疯子岳美丽、疯子阿宝这几个资深的老疯子，刀子充其量是个新的小疯子而已。

没人去报案，刀子就这么静静地消失在了人间。偶尔人们在饭馆聚会闲聊，会突然拍拍脑袋说，你们发现没，好久没有在十字路口看见小瓜儿了。

就是就是，入冬以后就再也没有瞧见他，估计是他把自己跑丢了！

说不定他掉大渡河里了！

……

饶迥火猪年的夏天，天气格外炎热，太阳火辣辣地烤着峡谷两岸，天空没有一丝风的气息。

梭坡到章谷县城的黄土公路干燥而滚烫，两个满身尘土的人推着一辆老旧的自行车在烈日下疾走，车上一边捆着一背篓苹果，另一边绑着一背篓蔬菜，车后座上绑着一杆秤。

两人哼哧哼哧把自行车推上了公路主干道，年长的让年轻的坐到车前杠上来，他推着车滑了两步稳稳骑上去，两人说笑着向县城疾驰而去。

走到东郊大桥，有人开着一辆警车叫住骑车的男人。

“汪扎叔，好久没见到你了。”

骑车人翻腿下车，回头望着从车上下来的年轻人。

“扎西，哦！不是，张曦，好久不见啊！你身体咋样了？”

“没事了，早就好了。我爸妈一直想见见你，想好好感谢你，可是我们怎么也没找到你。”

张曦意外遇见汪扎，十分高兴，要知道自打出事后转院去了成都，他就再也没有瞧见过汪扎。

如今，他已经是副所长了，结了婚，妻子也怀孕五个月了。

他有些诧异，这是五六年来他第一次遇见汪扎，也是他第一次看见如此清醒着、没有醉酒的汪扎。

他跟以前那个躺在章谷街头嘻嘻傻笑的汪扎仿佛不再是同一个人。今天汪扎穿着一件灰色的短袖衬衫，剪得整整齐齐的平头上满头大汗，脚上穿着一双布鞋，他看着像是比几年前年轻了一些。

“谢啥哦！你没事就阿弥陀佛了。”

“这么些年你到哪里去了？硬是没有人知道你的消息。”

“我带娃娃出了趟远门，从德格藏医院到西藏的各个藏医院跑了好大一圈，今年年初才回来。我想找藏医试试看医得好他不。唉！人家医生心善，给了很多药，说是只能慢慢看，医得好的希望几乎是零。唉！这几年折腾下来，我也想开了，医不好算了，我们爷俩就这么着搭个伙，将就着把日子过起来。”

汪扎用嘴努努前车杠上坐着的人。张曦有些莫名其妙，他走上前仔细打量了一番。

“陈仕权？刀子？咦！你长胖了，我都差点儿认不出来了。”

年轻人看着警察张曦眯眯笑着，一声也不吭。

他穿着一件干净的白色 T 恤衫，长壮实了，个子也高了不少。

“我们都以为他失踪了，仁青我们几个找了他好久。”

“失踪啥嘛，你说他成天在街上翻垃圾吃，天那么冷，他能活多久？唉！那个时候你还在内地养伤，你是不知道的，公安局虽然没有追究我的责任，他们家也没个人来找我算账，可我汪扎不是死人呀，我能看着娃娃这辈子就这样被我一砖头干翻了吗？”

“那个时候我就在想呀，我造的孽我得自己承担后果啊！我就是死也得想办法医好他。唉！这个念头跟着我好久，我都想好了，我下半生剩下的时间就只能为他活着了。唉！这么久了，算了，实在治不好也只有算了，反正我也没有伴儿，凑合跟着我过吧！这孩子傻是傻，可性格好，听话着嘞，每天都帮我干农活，劲儿可大了，现在挤奶、喂猪、种菜、种庄稼他都会。这不，这是我们两个的收成，准备带他去章谷县城里做个小买卖去，哈哈哈！”

汪扎一手扶着车，一手拍着车后的背篓，爽朗地笑着。小傻子看见汪扎笑，也高兴得大声笑起来。

“汪扎叔，你是不是戒酒了？怎么感觉你精神特别好。”

“早不喝了，自从把娃娃领回家那天，我就去孜木寺赌了咒戒酒。我得好好活着才行，我活着这娃娃才活得成，我要喝垮了身体，他也就完了，只能又去街上流浪了。”

汪扎摸摸小傻子的头，大声说：“老头我得好好保重身体才能养活我的乖儿子，对吧？现在我们爷俩是羊皮袄和虱子，谁也离不开谁！”

年轻的傻子转身摸了摸汪扎黝黑的面庞，嘻嘻笑着点点头，嘴里含混地叫着：“爸……爸……”

“你看，你看，谁说我娃娃傻？他可不傻，啥都明白着嘞！哈哈哈……”

“张曦你知道不？有时候我在想，这个娃一定是我那死去的老婆给我送来的，以前我觉得自己活在这个世界上一点儿意思都没有，现在我脑子里只有这娃娃，只寻思着怎么跟他把日子过起来，像一个真正的父亲那样活着，别的再也不想了。”

汪扎笑起来，有一些皱纹在脸上荡漾开来。

“太好了，汪扎叔，这是今年，我遇到的最高兴的一件事了，以后我会经常去梭坡看你们！”

“好啊！周末你就下来，你来看看我们的果园，尝尝我们自己种的瓜菜，鲜着嘞！”

天空没有一丝云影，大渡河缓缓地向东流去……

（原载《当代》2017 年第 5 期）

该铸谁铸谁

邓宏顺

在雪峰山区这个河弯树老的古镇上，这一天的生活是从听到吵架的声音开始的。吵架声像是从遥远的黑暗里慢慢渗过来，天越亮声音越大。“跟我走！让派出所田所长好好招待你！”看热闹的人赶到时，只见杨癞子左手夹着一支烟，右手钳住一个瘦矮男人的后衣领，使劲地将他往派出所里推，还一边大声地嚷着，要押他去见派出所田所长。

田所长刚到这个镇上来任职。派出所所长虽不算什么大官，但和古镇上人们的生活却有直接关联，于是打听过他身世的人不少，关于他的传说也不少。有人说他曾经差点儿当上了什么局长和书记，后来没有当上不是能力不够，而是能力太强。所以，如今他年年都当先进，年年也还在基层所里转。

镇上人认出这个正被杨癞子押着要去见田所长的瘦矮男人是面熟的陈牛客时，陈牛客或许把那些熟悉的面孔当成了自己的依仗，或许是要在这些熟人面前示强争回自己的尊严，他本能地开始不断挣扎。但高大的杨癞子钳住矮瘦的陈牛客的后颈，让陈牛客就像悬吊在树上的葫芦，被衣扣锁住喉咙咿啦哇啦地嚷不出个理儿来，那双手虽然也在不断地舞动，但街两边的人还是弄不懂他说的理由，只听得清杨癞子的叫骂声："你敢赖掉我的牛宿费？"

那些初来镇上做生意的外乡客喜欢息事宁人，以为是杨癞子受了委屈吃了亏才有这种行为，便开始悄声地议论陈牛客：一个出门人为什么要赖掉住店的牛宿费？只有镇上的原住民才说，事情会是这样吗……

嫩嫩的阳光开始铺在了街道的水泥地上，像流着一层稀稀的蛋黄。杨癞子和陈牛客拉扯时印在地上的两个人影儿，就像早年这街上李师傅一家玩过的舞刀弄枪的皮影戏。越是人多的地方，杨癞子就越是使劲地嚷骂，越是把陈牛客的后衣领钳得更紧，让陈牛客说不出话来，只让陈牛客由他往前押去。

柳树街是湄湾镇上最长的主街，房子把街道挤压出很多复杂的枝丫。杨癞子的嚷骂声大得正街装不下就往两边的枝丫里挤进去，居住在潮湿深处的居民便被挤出来站在巷口看热闹。自然有人希望陈牛客能出现奇迹，比如突然长出三头六臂来将杨癞子一拳打翻，或者一脚踢断他的一只手脚。每年都有外地牛客在他的客栈投宿之后为牛宿费发生争执，但没有一个牛客最后不屈服。是该有人教训杨癞子一顿了，多年来不知他欺负过多少从外地来湄湾镇上做生意的客人！但街上人也都明白这不可能，杨癞子是原住民，尤其与镇上历任派出所所长关系密切；而与所长关系密切的原因是他家有一位亲戚在上级政法部门当官。现在刚来不久的田所长据说曾经还和杨癞子家的那位亲戚一起共过事，镇上人也亲眼见过田所长和杨癞子在一起喝过酒，像是好得难分你我。陈牛客是外地人，哪敢动杨癞子一根毫毛呢！人们在心里早就把杨癞子嚼碎了，但嘴上又不敢帮陈牛客说话。在这个小镇上，每个时期都有人们不敢惹怒的人物，强调依法办事的如今，人们好像都惹不起杨癞子。你要惹怒了杨癞子，就会有一些身份不明的人来你家门口做出些让你无法理解的举动，或者让你在批屋场基地、领国家低保、项目扶持资金等事儿上总是办不顺利……

这个镇处在湘、桂、黔三省交界地。县志记载，自明、清资本主义在中国萌芽开始，镇上这个古老的牛场便兴旺至今。镇上现存的一大片古民居可为县志作最好的证明。即便是今天，每逢赶集之日，三省十二县的无数水牛、黄牛，就会大大小小布满了斜斜的一面大山坡，即便是走在镇街上也能闻到浓浓的牛粪草香味。古老而兴旺的牛场还给这个镇上留下了许多与牛相关的习俗。比如四月初八是牛生日，要给牛喂些糯米粑粑和白糖；出手前的牛都要用梳子、篦子整理好毛发，让牛有个好看相；场边上的铁匠铺里一直都有牛毛梳、牛毛篦出售，而且质量非常好；镇上人不论老少都会相牛，一看牙齿就知道这牛几岁，一看尾巴就知道这牛的脾气；镇上人无论大小看别人杀牛时手都要背在身后，以示自己没有参与，依旧保持着一颗善良的心……

走过一大片由古建筑群构成的街道，还在派出所大门外就能看见前方高高的砖柱上挂着一块长长的派出所门牌。杨癞子站住，也将陈牛客抑住。“你是真的要跟老子较劲吗？进了派出所可没有你吃的糖粒儿！”杨癞子指着那块牌子声色俱厉地最后一次训劝陈牛客，“这个派出所里没有哪一任所长不是我铁哥们儿！现在的田所长更不消说，我们烟酒都是不分家的！”

杨癞子松开陈牛客的后衣领让他回答。陈牛客喘了一阵气感到能够说话了，但马上又犹豫起来：杨癞子和派出所所长既然有这种关系，哪还有他外地人说话的份儿？杨癞子见陈牛客开始畏怯，便进一步威胁他说：“你想跛脚残手回家，我们就进去见我田哥；你要不愿意跛脚残手回家，那就把昨夜的六十元牛宿费付给我！你是出门做生意的人，要芝麻还是要西瓜，你不会分不清楚！让我田哥来处理这事，到时不会有后悔药让你吃的！”

陈牛客心想杨癞子是不是在吹牛吓人，但像杨癞子说的这种事，的确也不稀奇，他在别的地方也曾经历过。陈牛客感到自己的脚骨软了一下，但他没有很快回答，他在心里盘算着到底该怎样应对。这几十元钱对于他来说并不是大事，问题是现在把事情闹得这么大，当着大家他丢不起这个脸，日后他还要常来这个古镇牛场做生意。

古镇上的人都知道怎么躲避杨癞子，除了遇事让他三分之外，就是尽量不和他来往。但外地人常被杨癞子见面时的笑脸所诱惑。陈牛客就是看到杨癞子的笑脸后才住进了他的客栈里。杨癞子的客栈开在牛场附近的一棵柳树下，所以就叫“杨柳客栈”，下面是从雪峰山里拐出来的清悠悠的一条河，河岸是绿树成荫的柳林，掩映在柳林的一条小街从客栈的门前穿过，一头连着派出所，一头连着一年四季牛粪遍地、生意兴旺的牛场。三层楼的杨柳客栈最上面一层是客房，中间一层和街面扯平，正好开餐馆吃饭喝酒，最下一层实际上就是镶嵌在河坎上的吊脚楼，这又正好让住在这里的牛客晚上关牛。将牛从窄窄的弄子里赶下去，关在吊脚楼下，没有别的路和外面相通，进弄子的口上一到夜晚还盘蜷着一条大黄狗，到这儿来卖牛的牛客从牛场那头走过来，一看这杨柳客栈就喜欢，虽然房价比别的客栈贵一点儿，但牛在这里过夜很保险！人舒适，牛安全，这便是牛客的福气！所以，虽然杨癞子常和住店的人吵架，但也从来不愁客源。前些年有对杨癞子心怀怨愤的人预测过：如今拖拉机和耕田机开始在农村普及，农民不用养牛犁田，这个牛场不久将会萧条，杨柳客栈红不了多久！但万万没有想到，散养的牛肉是很好的环保产品，价格翻倍地上涨，来这里买牛卖牛的人依旧很多。杨柳客栈的生意照样不错。

杨癞子从来不愿跟在牛屁股后头闻牛屎牛尿，他开个客栈天晴不晒太阳，下雨不湿裤脚，一天到晚鞋袜整齐。这本也无可厚非，古镇人看不惯的是他常常想着歪主意强迫外地牛客给他付那些不三不四的杂费。陈牛客也是出门在外跑了多年的生意人，知道没事不惹事，有事不怕事！见杨癞子这么拉他推他，又到了派出所门口，他心里一硬，也就豁了出去。“你用不着这么拉拉扯扯，去就去！”陈牛客说，“派出所是执法的，又不是强盗土匪！”

内勤小罗叫他们在一间布满规章制度的办公室里坐下。这案子来得太早，办公室里的桌椅还没来得及整理归位，一些烟头还没有扫掉，烟味有点儿呛人。看样子，昨晚上审过什么嫌疑犯，加之杨癞子宾至如归地给民警们不停地递烟点烟，陈牛客感到自己今天一定是凶多吉少。

“我田哥呢？”杨癞子问小罗。小罗说田所长一早就去田家山看蜂了。杨癞子说：“一定要找我田哥回来！”小罗问什么事儿，杨癞子说：“等我田哥来了再说！”小罗拿出手机要给田所长打电话，杨癞子说：“我自己去叫。你们给我把人看住！”杨癞子得把事情预先跟田所长悄悄说通，这样，田所长来了，几句话就能把陈牛客收拾住，把事情摆平。

杨癞子去叫田所长，走几步后又回过头来跟陈牛客说：“你坐这儿别动啊！我马上就把我田哥叫来。你要想好啊，要是愿意私了，现在还来得及。”陈牛客看不惯杨癞子那种得意忘形的样子，便把身上背着的那个装衣服鞋袜和雨伞的行李袋重重地丢在桌上说：“杨老板，田所长要是个正派人，他必定要讲道理；要讲道理，我就不怕！他要不是个正派人，我今天也就老牛认剥！死在派出所，棺材总会有一副吧！”陈牛客这话一大半也是说给派出所其他人听的，很有点儿示威和提醒的意思。

杨癞子对陈牛客竖着大拇指蔑笑着说：“好！你姓陈的骨头粗！皮子韧！你等着！”杨癞子没想到这个陈牛客被他三番四次唬不住。不肯按他要的牛宿费付款的人，杨癞子以前也碰到过几个，但只要跟着他走进派出所，一看他跟派出所人的眉眼，还没有开始断案钱就出来了。

太阳还没有把山路晒干，现在要杨癞子从这条湿漉漉的茅草山路走上去找田所长，他有些不情愿，但他当着陈牛客的面说了来找田所长，他就没有了退路。没走几步，骂陈牛客的毒话也就跟着喘气声断断续续地出来了。

杨癞子边走边叫田哥，但没见人。茂盛的草木被人踩倒后又倔犟地抬起头来，老巴茅叶像锯齿一样地割肉皮，藤蔓像麻绳一样地缠脚，步履艰难。但他也绝不能在陈牛客面前认输，认了这个输以后怎么办？

田家山在牛场对面，是古镇上北边的靠背。小河弯弯地从山前流过，雾茫茫的房群似乎都撒落在河与山的裙带里。从春至夏，由牛粪喂得茂盛的山花正好是蜂群的蜜源。田所长其实就在不远处看蜂箱，他听到了杨癞子叫他，但是懒得答应。

田所长爱上养蜂最初是为了充实自己。前几年，他母亲去世后给他带来的最大悲伤就是感到自己的人生失去了来路只剩下去路。现在他快退休了，退下来以后他是绝不会像别人坐在麻将桌上消磨时光的，自己曾经可是抓过赌博、审过赌博、关过赌博的人。母亲上山后不久，他在朋友那里买了一箱中蜂，田家山周围丰富的蜜源让他的蜂群发展得很快，一长溜儿的蜂箱迷得他每天都是早早起床上山看过蜂箱后再回去上班。这种不是锻炼的锻炼使他重又精神健旺。内勤小罗说："所长你一辈子辛苦，现在好玩的东西多，养那么多蜂干吗？"田所长笑着说："你懂什么？蜜蜂以花为源，以勤为本，以蜜为果，乃大善之物！"

直到杨癞子已经喊到蜂箱下面他才突然大声应了一句："你叫什么？"

杨癞子吓了一大跳，双手分开茅草看着田所长说："田哥，原来你就在这儿啊！吓得我魂都快丢了！"

田所长笑了笑说："只许你吓别人，不许别人吓你？"

杨癞子走到田所长身边亲热地蹲下。田所长说："你是从来手脚不沾露水的，今天怎么这么早找到这儿来了？"

杨癞子说："田哥，我碰到硬骨头了，你得帮我去捶一捶，不然，我就咬不动了。"

田所长说："你杨老板哪有咬不烂的骨头啊！"

杨癞子说："世界之大，什么人都有！一个贵州来的牛客，他想在这块地方上逞强，不肯付我的牛宿费。”

“你应该把客栈收牛宿费的规矩跟他说清楚。”

“有些人你没法儿跟他说清楚。田哥，这个人你不好好整整他，他是不会服帖的。”

田所长脸上划过一阵苦涩。他知道杨癞子和历任所长关系都很密切，历任所长也都想方设法地护着他。来古镇任所长的这些日子，他和杨癞子的交往也的确不错，逢年过节杨癞子不是给他送烟就是送酒，他也给杨癞子回烟回酒，尤其是他母亲去世时，杨癞子日夜守在灵堂里陪着。今天杨癞子和外地牛客有纠纷闹到所里来，他是应该帮杨癞子一把。于是，他说：“那你一定像往常一样，把我的牌子打出去了吧?”

杨癞子说：“我打了，可这家伙不相信，要和我干到底，也不把你放在眼里。这种做牛生意的人见识多，难对付。”

“听你这么说，还真是块硬骨头。”

“不是块硬骨头我就不用来惊动你了，你一定要帮我撑撑这个脸啊!”

田所长没有明确答应他，而是话锋一转：“杨老板，这个养蜂真是一件好事啊。”

杨癞子见田所长不说整治人的事，心里就急了，说：“田哥，那个陈牛客现在还坐在所里等你回去整治呢。”

田所长好像没有听到杨癞子说话，还是照他的思路走：“养蜂好处多啊。最大的好处还不是收获蜂蜜，而是可以使人变得勤劳善良和纯正。”

杨癞子继续催促说：“田哥，你先回去把那陈牛客整治一顿，整治好了，你再来迷你的蜂群吧。”

田所长坚持说：“我先跟你讲讲蜂群里的事情吧。”

杨癞子说：“我现在哪有心思听养蜂的事情。”

田所长说：“这个事情你一定要听。”

杨癞子只好无奈地说：“田哥，那你快讲吧。”

田所长不慌不忙地跟他说：“蜂群是最值得我们学习的生命群

体。它们是严格地各司其职，雄蜂一生负责和蜂王交配，蜂王一生负责繁殖后代，工蜂一生只负责采花酿蜜。它们的尽职尽责几乎达到了极限。”

“田哥，你一个当所长的把虫儿们的事研究那么细干吗？”

“格物致理！人若不走正路，真连蜂蝶都不如！”

“田哥，我跑这山上来不是听你说这些的，你得跟我到所里去，把陈牛客整服帖。”

“那陈牛客不肯付你的牛宿费，也不说什么理由？”

“他没有理由，就是要赖不肯给钱。”

“他一个外地人怎敢赖你？”

“田哥，你还不知道牛客是什么东西？他有什么事情做不出来？到了断案时，你一定要好好整治他一番！”

太阳渐渐升高了，看得清脚下弯弯的河流、密密的房屋和条条块块的田地、道路以及大片大片金亮的油菜花。田所长看看手机快到上班时间了，他站起来打了个哈欠说：“好，断案去！”

派出所办公室里还老老实实地坐着陈牛客。田所长问杨癞子：“他就是陈牛客？”

杨癞子说：“就是他！”又指手画脚地跟陈牛客说，“这就是我田哥！田所长！你还不老实，你看他怎么整治你！他是专门派到这儿来治理牛场秩序的老所长，什么调皮捣蛋的牛客他都整服过！”

“有理走遍天下，无理寸步难行！”陈牛客仍是口气不软，“田所长就不讲道理了？田所长也是要讲道理的嘛！”

杨癞子得意地把头上那顶老黄帽揭下来弹几下，然后戴在头上说：“你等会儿就知道我田哥手上的力气了！”

陈牛客心里还是怯了，田所长那副关公脸的确让他惧怕三分。田所长简单地洗漱了一下，然后泡上一杯浓茶端到办公室里来。他低头在雾气腾腾的茶杯里喝茶时，陈牛客已经端端正正地坐在他对面那把长长的木椅上了，而杨癞子却在旁边的一把靠椅上四仰八叉地歪着。田所长狠狠地喝了几大口热茶，前额喝出了毛毛汗之后，便叫小罗坐在一旁做笔录，这才对杨癞子和陈牛客说：“什么事闹到这里来？谁先说？”

“是杨老板要我来派出所的。”陈牛客说，“他有道理他先说。”

杨癞子说：“那我就先说。你为什么不肯付给我牛宿费？这是我们这儿多年的规矩。”

陈牛客说：“我什么时候不肯付给你牛宿费？”

田所长灿烂一笑：“一个只是要牛宿费，一个愿意付牛宿费，没有任何矛盾，你们闹到这儿来干什么？”

杨癞子说：“好，陈牛客，你要早这么说，哪还要惊动我田哥呢！你愿付牛宿费，现在就当着我田哥的面，付我六十元你马上走人。”

陈牛客说：“住进你客栈时我问过的，按你的规矩，每头牛一个晚上三十元，我为什么要付你六十元？”

杨癞子说：“陈牛客，你别装傻！你也是在外面跑江湖的人，什么话都说白了，那就太没有意思了。”

陈牛客说：“有什么不能说白的？就是要说明白了才好。”

田所长说：“你们像说谜语一样，我听不懂。一个要六十元，一个只肯付三十元，道理又不肯摆在桌面上说，你们叫我怎么断？”

陈牛客说：“杨老板，你有什么理由就摆在桌面上说。”

杨癞子说：“我没有道理我会拉你到我田哥这儿来吗？我把道理摆在桌面上来，我田哥难道还会断你有理吗？”

田所长说：“是啊，牛客里面有守规矩的也有不太守规矩的，这我见得多了。陈牛客，有道理没道理，你可要想清楚，在我这块地盘上，你可不能无理取闹！”

陈牛客说：“我今天要是没理，别说六十元，就是六百元我也付了！”

田所长说：“好！像条站着屙尿的汉子！”

杨癞子说：“我们到现场去看，一眼就能看出来。”

看样子，今天还真是这陈牛客没理了。田所长说：“那就去现场看吧！”

三个人来到杨柳客栈，把蜷在弄口的大黄狗用脚扒开，从窄窄的弄子里摸着墙壁走下去，就看见楼下关着一头花额头大母牛。母牛对着来人点头嚅动着嘴唇，瀑布一样的涎水漫流而下，显然是有些饿了。陈牛客说："田所长，我就这一头牛关在这儿。我住进店的时候问过杨老板一头牛住一晚收多少牛宿费，他说是三十元，怎么今早起来他就要收我六十元了？"

杨癞子诡秘地朝田所长眨了眨眼说："田哥，你看明白我为什么要收他六十元了吗？"

田所长左看右看，装着看不明白杨癞子为什么要收陈牛客的六十元。杨癞子说："这分明是两头牛嘛。"

田所长说："我没有看见两头牛啊。"

杨癞子说："我杨癞子一辈子不会无缘无故地要别人的钱。但是，该收的钱我也从来不放过。"

田所长说："君子爱财取之有道，该收的钱当然可以收。"

杨癞子将田所长拉到一边说："田哥，你看那母牛的肚子，那头母牛怀了小牛，一头母牛加一头小牛，你说是不是两头？"

田所长恍然大悟，笑了笑说："还真让你说出个理儿来了。"

杨癞子悄声说："田哥，陈牛客要是不付这六十元，你就把他铐几天。"

田所长说："我明白你的意思了，我们回所里去断案吧。"

回到所里杨癞子更加得意了。陈牛客的脸色已经非常难看了，他想自己今天定是落到了恶人手里。田所长叫他俩坐好，然后自己又添了开水来喝。他边喝边想，今天这事儿还真和他茶杯里的茶水一样烫嘴。他想起杨癞子家那位亲戚在上级政法委工作，还和自己共过事，想起杨癞子平时和他的交往以及在他母亲去世时帮过他的忙，想起了得罪杨癞子对自己的种种不利……他喝够了茶，也想清楚了心里的事情，然后拿着手机去外面打了会儿电话，回来时就叫内勤小罗开始做笔录，他坐正身子开始断案。"杨癞子，你想清楚了吗？你真要陈牛客付你六十元？"田所长说。

杨癞子霍地站起来回答："田哥，我还能跟你开玩笑吗？"

田所长说："陈牛客，你想清楚了吗？愿不愿意付这六十元？"

陈牛客全身颤抖起来说："田所长，冤枉啊！"

田所长拍了一下桌子说："陈牛客，案子还没有断完，你喊什么冤？你先把这六十元交到我手里，待会儿再结账。"

陈牛客只得把六十元交到田所长手里。田所长说："杨老板，你现在去把陈牛客的牛牵到所里来，当着我的面，一手交钱，一手交牛！"

杨癞子一路小跑，一会儿就把陈牛客的那头母牛牵到了派出所门口的停车坪里，系在那棵樟树上。他高高兴兴地到田所长那儿来取钱，田所长说："你写个收条。"杨癞子写了收条给田所长。田所长一看，说："不行！必须写明收到几头牛几个晚上的牛宿费共多少元。"杨癞子只好按田所长的要求再写一张收条给田所长，田所长把钱给了杨癞子。杨癞子拿了钱哼着歌儿准备出门，田所长叫住他说："慢！杨老板，案子还没有断完！"

杨癞子转过身来说："田哥，还有什么事？"

"你收了陈牛客两头牛的牛宿费，你现在只牵来一头牛啊！"田所长说，"还有一头牛呢？你必须把两头牛都牵来了才能走人。"

杨癞子说："田哥，你别跟我开玩笑好不好。"

田所长说："我没有时间跟你开玩笑。你今天不把陈牛客的两头牛牵来，就别想出这个派出所的门。这是你亲手写的收条——两头牛一夜的牛宿费。"

杨癞子不把田所长的话当回事，他数着钱扬长而去。田所长悄悄地对民警们说："把他铐了！"

几位民警立刻追上去将杨癞子铐下并扭回来固定在窗边的栏杆上。杨癞子莫名其妙，他万万没有想到派出所的人会这样对他。他望着田所长问："哥，你看看，他们铐了我！"

田所长笑笑说："是我叫他们铐了你的！"

杨癞子吃惊地说："哥，你铐我？"

田所长说："你还有一头牛没有还给陈牛客，怎能不铐你？"

杨癞子说："他本来就只有这头母牛。"

田所长说："那么，你就是敲诈了陈牛客的钱！也应该铐了你！"

杨癞子彻底明白过来了，他翻脸了，嚷道："你不是我哥！你忘恩负义！"

田所长笑着说："你还有什么话都嚷出来，嚷出来我听听。"

杨癞子说："我眼睛糊豆渣了，认你做朋友！"

田所长说："那只能怪你还不了解我，我就这脾气，该铸谁铸谁！"

田所长退还给陈牛客三十元，说："你走吧，赶着你的牛发财去！"

陈牛客说："田所长，这回给你添大麻烦了。"

田所长说："没有麻烦，就不需要我们这些人了！"

陈牛客接了钱赶着牛走了。大门口的停车坪里很多围观的人站成一个半圆，都把大拇指朝着田所长使劲跷，似乎是多年来积压在古镇人内心里的阴暗和压抑都被掀走了。

这让杨癞子实在接受不了，他昂起他那傲气的脸说："我明天就去跟我们家那位说说，我看你还当不当得成这个派出所所长。"

田所长说："杨老板，你想知道你们家那位的态度吗？来，我请你听听这个。"田所长把手机点开，点到一条语音短信给他听："田所长，我小弟这行为分明是敲诈外地商人！他就是被历任派出所所长给惯坏了，你一定要帮我好好治治他！"

田所长说："这是你们家那位的声音吗？"

杨癞子哑口无言。

（原载《啄木鸟》2017 年第 12 期）

走失的人

刘建东

那张白色的名片是老人身上唯一的线索，包裹在一块碎花的手绢里，角已经被磨圆了。看起来，它已经被老人保存了许久，名片上写着：董仙生 ××省社会科学院文学所所长。

民警丁欢带着老人来到社科院时是上午9点半。董仙生还没有来，有人说出差了，有人说他去开会了，有人说一会儿就能来。有人建议她给董仙生打电话，她说她一直在打，可是他不接。丁欢就决定在旁边的办公室里等他。可是左等不来右等不来，连老人都有些烦躁不安了，手开始抖。丁欢再次询问办公室那位一直在电脑上打游戏的小伙子小张，到底这个董所长还来不来上班。小张晃了晃脑袋，想了想说：“不知道，我们不坐班的。所长是省里的文化名人，他很忙的，写论文，搞研究，录节目，开各种各样的会，出席各式各样的活动，我一时也说不清，有时候我们都难得见他一面。”

丁欢就问小张：“这个老人是不是你们所长的父亲啊？”

小张认真端详了半天，摇摇头：“我哪知道呀，我又没见过。”

丁欢失望地看着要睡着的老人，决定带他去吃午饭，然后再回来继续等董仙生。

两人出了社科院向南走，老人突然停在一家驴肉火烧店门口不走了。丁欢只好拉着他进去，给老人要了一个火烧、一碗棒子渣粥。丁欢不爱吃保定风味的驴肉火烧，给自己要了一碗西红柿面。老人很喜欢吃火烧，吃得很投入。趁这工夫，丁欢用手机上网，百度了一下“董仙生”。她这才知道，她要找的这个人有多牛。他享受国务院特贴，省管专家，四个一批人才……有一大堆名头和奖项。她看着那些溢美的文字，皱了皱眉，想着怎么才能把网上的这个名人和眼前这个走失的老人联系起来。

下午将近四点，她才等到董仙生。董仙生看到是警察，愣了一下，还是把他们让进了自己的办公室，热情地招待他们。老人开始并没有表现出异样，他对摆在桌子上的那张照片很感兴趣，凑近了，一直盯着看。照片上是一个年轻姑娘的照片，二十来岁的样子。丁欢开门见山，亮明了自己来的目的，她指着老人说：“这位老大爷走失了，藁城八方派出所的民警送到我们辖区的。”

董仙生抬头扫了一眼老人，眼神很冷淡。

丁欢说：“老大爷像是已经走失很久了，问他什么，他也不说。在他身上，我们只找到一条有用的线索。”她拿出那张名片递给董仙生，“就是这张名片。这是您的名片，上面写得清清楚楚，省社科院文学所所长。这是您吗？”

董仙生没有接，他匆匆看了看。“是我的名片，没错。”

丁欢松了口气。“好吧，我的任务完成了，我把老大爷交给您了，您把他领回家吧，可得看好老人家，别让他再走丢了。”

“等等。”董仙生的语气有些加重，“你等等，我没听明白你说什么。”

丁欢说：“这不是很明白的事吗？老人送到我们这儿时，我们问了很久，问他家人在哪里，他才从身上掏出一个手绢，手绢裹得里三层外三层，他指着这张名片说，儿子。这不很明显吗？您是他儿子，他是您父亲。我们把他交到您手里，我就放心了。再见。”

老人听到丁欢说“儿子”两个字，就从照片上移到董仙生脸上，看着看着就流下了泪。

丁欢说：“您看看，您要不是他儿子，他能看着您流泪吗？他在我们派出所见了好多男警察，都没有流泪。”

董仙生仍然保持着一个学者的风度，无奈地摊开手：“你这也太没道理了。你不能凭着一张名片，就说这是我父亲，把一个我根本不认识的老人硬塞给我。这是对人权的侵犯，你们警察应该懂的。同时，这也是对你自己工作的不负责任，对这个老人家的羞辱。”

听到董仙生振振有词、掷地有声，丁欢这才意识到，要想把这个不知姓名的老人送还到他亲人手里还有很漫长的路要走。想到这里，情绪便有些失控，她摇了摇那张名片：“这不是您的名片吗？”

董仙生凑上去看了一眼，不屑一顾地说：“一张名片算什么，你想要吗？我这有几盒子呢。这么多年，我不知道印过多少名片，发过多少名片了，有熟悉的，有不熟悉的；有同行，有朋友，有的见过几面，有的仅仅是一面之缘。况且，或许他是捡来的呢。”

没有如愿把老人送回到他的亲人身边，丁欢心里很不是滋味。从办公室出来时，丁欢回头恨恨地看了一眼董仙生，她觉得他看自己的目光有些嘲弄，一副得胜者的姿态。所以她打定主意，这位老人肯定是董某人的父亲。

可是，他为什么不认自己的父亲呢？

丁欢只好把老人带回自己家，从老人的神情上看不出任何失落，他像个没事人似的，坐在电视前看电视，不管是什么节目，都咧着嘴无声地笑，白天的事儿好像与他无关似的。丁欢却看不下去，董仙生嘲弄的目光一直在她眼前晃来晃去。她睡不着觉，坐在电脑前开始查董仙生的信息，她要进一步去认识这个人。她在百度里输入“董仙生”三个字，最上面一行字是“百度为您找到相关结果约520 000个”。这着实吓了她一跳，这个董仙生还真是一个名人，竟然有这么多有关他的消息。在这个网络时代里，只有两种人，一种是百度人，另一种是非百度人。像董仙生这样的百度人，是很容易找到他的弱点的。那个夜晚，她感觉有些羞愧，即使在电脑上浏览和查找有关一个陌生人的信息，仍然觉得像是在偷窥他人的生活。一夜的成果其实并不显著，如此繁多的信息，让她无法正确地判断这个叫董仙生的，到底是个什么样的人。过滤掉一个叫董仙生的歌手，一个河南洛阳的杀人犯，一个山东某师范学院的校长，一个不知卖什么药的中医，剩下的就是这个董仙生所长。她慢慢地理出一个大致的脉络，有关董仙生最多的条目集中在他发表的文章上，各种评论，文学的、音乐的、美术的，甚至还有玉器收藏的。另外一部分是他四处讲学，参加各类会议的消息、综述等。丁欢发现，董仙生可能出现的场合似乎寻找不到任何规律，除了文学的研讨会、代表大会，他还参加职称评审会、旅游发展论证会、地方美食采风会、古迹寻踪会……五花八门，应有尽有。还有一部分是他给各色人等的书法作品，虽然丁欢看不出那些字有什么好，但是那些被赠与者都在炫耀着得到的书法，像是得到了某种奖励。当然还有一些更加离奇古怪的场合，都有董仙生的身影。丁欢不禁皱起眉头，她觉得这个人肯定有什么分身之术，有时候能在一天之中在相隔几百公里的不同城市里出现，出席不同的场合。

直到天光让窗帘上的花纹渐渐清晰起来，丁欢才找到了一条有用的信息，五年前，董仙生曾经在《燕赵都市报》上登过一个寻人启事。像是打了一剂强心针，丁欢困意全无，兴奋异常。她调整了一下自己的坐姿，盯着那则短短的寻人启事看了半天。

董某某，男，73岁，短发，发色灰白。戴花镜。穿黑色上衣，灰色裤子。身高175厘米。于2011年11月22日上午走失，至今下落不明，望知情者及时相告，必有重谢。联系电话……

她又走到还在酣睡的老人床边，仔细端详，身高、模样、花镜，都与寻人启事上说的一样，只是衣服与启事上的不符。五年过去了，这都是有理由解释的。她如释重负，拉开窗帘，从来没有感觉到，新的一天到来的喜悦是这么真切和温暖。

本来她想把老人留在家里，可是老人像个孩子那样用期盼的目光看着她，让她觉得不忍。她只好带上老人，重新出发。她把那则寻人启事的截图拍到手机上，觉得自己已经抓住了最可信的证据，抓住了他的七寸，那个叫董仙生的人再也不可能抵赖了。

再次见面，丁欢底气十足，明显理直气壮了许多，而且有稍许的义愤填膺。这次不是在办公室，而是在河北会堂外面，直到中午时分，才在熙熙攘攘散会的人群中等到董仙生。董仙生皱着眉说："我以为你不会等着了，会开得太长了。"

丁欢说："怎么会呢。不管到什么时候，我们会一直等着您。"她特意转头看了看旁边的老人。奇怪的是，老人一看到董仙生就流泪。

董仙生也看了看神情木然的老人，他提议请他们到附近的饭店吃饭。丁欢也感觉到等待是耗费体力的，她回应了董仙生的美意。她说："这是您应该尽的义务，我估计这么多年，老大爷都没吃过一顿安生饭。"

董仙生瞪了她一眼，没再说话。他对她的强词夺理很反感，却又无可奈何。

坐下来之后，才真正地切入正题。董仙生说："我知道你来找我的目的。我已经告诉你正确的答案了，你却不相信。你还要不断地来打搅我的生活。人与人之间，这种互相不信任的关系已经存在很久了，像是病菌在我们身体内部蔓延，在我们每个人之间扩散，这不是你的责任，我也不怪你。"

丁欢挑衅地盯着他的眼睛："我不信病菌，我只认一点，就是这位老大爷是不是找到了他自己的儿子。"

董仙生解嘲地说："祝福你能达成你的心愿。"

丁欢是真的饿了，她觉得一夜的不眠似乎掏空了身体，她点了一桌子菜。这是一家湘菜馆，当辣辣的味道布满全身时，她觉得斗志昂扬，看着对面的董仙生就来气。“我知道您的很多秘密。”

董仙生愣了一下，他与警察很少打交道，尤其是一个年轻的女民警。她那身衣服，总是让他有点儿不自在，他不自然地笑笑说：“我有什么秘密？我就一个普通公民，不犯法，不闯祸，甘心做一个平头百姓，心安理得。”

“不见得吧。”丁欢白了他一眼，“我没想到您是个名人，这是我从网上知道的。百度上有关您的信息有几十万条，这些信息我觉得像是一张张奖状，记录着您的荣誉，向您学习啊。”

董仙生摆摆手：“我听着好像不顺耳。”

丁欢说：“董老师，网络其实有一个好处，就是让您这样的名人无处藏身。”

“你是在恐吓我吗？”董仙生警惕地说，“那我也不会屈服的，不是我的我绝对不会认领。”

丁欢成竹在胸：“有一件事您可能忘记了。”

“什么事？”董仙生轻描淡写地问。

“您父亲五年前走失了。”当丁欢把这句话说出来时，那句话像子弹一样打在了对面这个目瞪口呆的著名人士脸上，她感觉心中无比舒畅。

董仙生真的没有想到，这个年轻的民警有如此的毅力来跟他玩如此残酷的游戏，他愣了一会儿才回应道：“是啊，这是事实。”

丁欢说：“事实胜于雄辩，您再说什么都没有用的。”

“你说什么呢。”董仙生并不恼，他显得很有耐心，“希望这是个开始，也是个结束。闹剧该收场了。我再怎么弱智，也不至于不认识自己的父亲。我父亲确实是在五年前走失的，可是这并不能证明眼前这位老大爷就是我父亲。”

“您再好好看看。我觉得跟相片上很像啊。”丁欢启发着董仙生，“可能是您和他分别太久，都忘记他的模样了。”

丁欢严肃而执拗的样子让董仙生哭笑不得：“你是先入为主了，

从一开始就认定我是这位老人的儿子对不对？所以，你看着哪个老头都像。”

丁欢说：“我是以事实为依据，以理服人。”

董仙生说：“别骗自己了，你这些深信不疑的想法，其实是空穴来风，凭空想象，自欺欺人。每个人都是这样，多年以来，我一直以为自己是个成功的人，是个被人敬仰的人，是个可以靠着自己的本事打天下的人。”

丁欢问：“不是这样吗？我从网上得知您是这样的人。您是个令我们羡慕的人。”

“惭愧。”董仙生叹口气，“自从父亲走失之后，我就发现自己不是那样的人。在寻找父亲的过程中，我第一次觉得自己如此无能，所有奋斗得来的荣誉都于事无补，那些你专业上的任何成功，都弥补不了一次生活上的失误。最初的那半年时间里，我开车走遍了石家庄的大街小巷，去了周边的每一个乡镇。我到过保定、邯郸、邢台，我知道他不会走那么远，可是我仍然抱着一线希望。我一见到老头就兴奋，心里怦怦跳，无论哪个老头转过头来我都会泪流满面。”

“这位大爷呢？您看到他怎么没有兴奋、没有泪流满面？”丁欢适时出击道。

董仙生看了看孤独的老人，老人的眼光是混浊无神的，他独自流连在自己的内心世界，他们两人的谈话似乎与他无关，这与父亲走失前是一样的。他摇摇头：“已经没有了，时间改变了一切，让我从绝望到茫然，再归于淡漠。”

“也许正是这种淡漠，让您的判断出了问题。他肯定是您的父亲。五年，什么都可能改变，更何况您父亲的容颜。”丁欢说得义正词严，觉得自己天生就是一个做警察的料。

董仙生端详着丁欢。丁欢年轻有英气，充满着无限的能量和动力。“我发现了一个问题。”他说。

丁欢本能地问：“怎么？”

“你是个极端不自信的人，所以你需要一次冲动的行为，一次不理智的选择，一次偏执的冒险，来证明给自己看。”董仙生微微一笑。

丁欢警惕地说：“你说错了，我从来没有后悔过。”

“你明明知道，这个老人不是我走失多年的父亲，却非要把他塞给我，让我承认一个莫须有的父亲，这真是一个疯狂的举动。”董仙生面有恼怒和责备，“这充分说明，你是个内心恐惧的人，只有内心恐惧的人才不自信，才会做出这种转嫁自己恐惧的事情来。你恐惧什么？”

丁欢被他的提问给吓住了，她张口结舌，说不出话来。

“被我说中了吧？”董仙生得意地说，“看看你，脸色苍白，眼神呆滞。”

丁欢长长地出了口气，仿佛刚才董仙生的那句话，憋在了她的嗓子眼里：“没有，绝对没有。”丁欢矢口否认。

董仙生不紧不慢：“或许你自己都没有意识到，你内心的那丝恐惧牵着你，让你做起事来容易走极端、容易偏激。或许你在工作中遇到了麻烦，或许你的感情出了问题，或许你只是想早点儿把老人推给任何人，好把你的工作做完，再或许，你的父亲也走失了吧？”他盯着丁欢漂亮的大眼睛，那双眼睛明显地有了犹疑与躲闪。

那天中午的会面之后，事情并没有按照她设计好的去发展，反而陷入了胶着状态，不仅没有取得任何进展，老人仍在她左右如影随形，这大大影响了她的情绪，令她沮丧，甚至恐惧。我为什么恐惧？走在回家的路上，想到董仙生那冷飕飕的目光，丁欢不禁有些颤抖。看着浑然不知的老人，她头一次感觉到，这位老人是自己的一个负担了。她敲敲自己的脑袋，这是怎么了？

坐在自己家里，对面是那位慈祥的老人，他总是用鼓励的目光抚慰着她，让她想到自己已逝的父亲，想到她失去父亲之后平淡的生活，想到她工作中所承受的压力和委屈。她竟然泪流满面。

“我以为你想通了，放弃了偏执的想法和举动。你是不是不再恐惧了？是不是感到轻松了许多？”数天之后的再次见面，董仙生挖苦丁欢。

丁欢满面愁容，眼里闪着泪光："董老师，老大爷丢了。"

董仙生这才注意到，她是只身一人。"你开玩笑吧？他本来就是个被抛弃的人。"

丁欢低下头，悔恨万分："我是说他再次走失了，我把他弄丢了。"

这次不是在董仙生的办公室，而是火车站。他们站在二层的进站口处，匆忙的人流不断从他们身旁经过，从行色上看，丁欢更像是一个要出远门的人，她疲倦而紧张，而即将要去遥远的南方开会的董仙生却神采奕奕。丁欢几乎是语无伦次地向他讲述了老人再次走失的经过。

原来，董仙生的质问让丁欢陷入了对自我的怀疑中。突然间，她觉得眼前自己所做的这件事变得有些棘手，有些令人不安，有些没有方向感，而那个在自己独身的房间内安静坐着的老人，显得那么多余、那么刺眼、那么不合时宜。她想是时候把老人打发出去了。令人不安的是，慈祥的老人似乎已经习惯了这样的生活——与她一起安静地生活。他与她寸步不离，去单位，去商场，去车站……他几乎成了她的影子。

她痛苦不堪地说："我没有办法。因为您的那些话，我对此事产生了严重怀疑，所以走在路上，走在商场里，我就分了神，忘记了身边还有个人，还有个生活基本不能自理的老大爷，忘记了他反应慢，走得也慢。"老人是在北国商城走失的，在她想要买点儿东西时走失的。她连连说："这可怎么办？这可怎么办？我没法给领导交代，没法给自己交代，只能找你。"

她六神无主、焦急万分、失魂落魄的样子，让董仙生觉得这才是这个姑娘的本色，才是她应该有的样子。在那一刻，他和这个从未有过生活交集的警察姑娘，这个他一度反感的姑娘，似乎有了某种可以维系的东西滋生了。在列车即将启动时他改变了主意，决定留下来。坐在离开火车站的出租车上，丁欢的表情好了许多，抱歉地说："是不是耽误了您的大事？"

董仙生说：“你放心，我不是为了你而留下的，我是为我自己。”此时，他似乎忘记了他即将要出席的那场会议的重要性，忘记了为了这次会议他已经付出的辛苦与时间，若干年来，他的生活轨迹一直是这样，他一直在乘着高铁或者飞机奔向下一个目标，开会、调研、采风、高谈阔论……此时，当他为了一个毫不相干的老人而短暂地放弃时，竟然有一种如释重负的感觉涌上心头。

丁欢有些感动，她情不自禁地说：“谢谢您。”

她难得的口气、少有的柔情，令董仙生感到惊讶，这不像是那个与他据理力争的民警，而更像是个小女生。他笑着说：“原来女人是善变的。”

丁欢没有回答，焦虑使她的英气和勇气减退。董仙生也暂时忘记了身旁这个姑娘几天前还被他当成一个对手。

当他们开着车在城市的大街小巷寻找那位不知名的老人时，两个人竟然有惺惺相惜的感觉。此前咄咄逼人的丁欢完全是一个没有主意的人，一个张皇失措的人，她把曾经令她讨厌的董仙生当成了一个靠山。董仙生问她：“老大爷对你那么重要吗？”

丁欢沉思良久说：“不知道，我真的不知道。你那天说到了我恐惧，我从来没想过这些，以前的生活就是一天天地过。我回去后越想越觉得你看穿了我，我也突然觉得自己真的有些恐惧。”

“你工作不顺利？”

丁欢摇摇头。

“情感？”

丁欢说：“马马虎虎。”

“有变故？”

丁欢摇摇头。

“那你恐惧什么？”车窗外，城市在夏日的骄阳中显得有些倦怠无力。

丁欢说：“我不知道。是您说我恐惧，然后我才感到了恐惧，我以前可从来没有这种感觉，因为从来没有人这样说我，也从来没有人提醒我。你说奇怪不奇怪，您一说到恐惧，恐惧就来了。”

董仙生说："你这是无意识的恐惧。每个人都有的，只是大多数人没有意识到，你在工作中会遇到，在生活中会遇到，在旅行中会遇到，在闭上眼睛遐想时也会遇到。"

丁欢使劲地想了想他富有哲理的话，还是有些费解，皱着眉想了想，说："董老师，您也有恐惧吗？"

董仙生习惯了去评价别人，所以对她的反问，稍稍有点儿尴尬，他说："当然，我也有。每个人都有的，人就是带着恐惧来到这个世上的。"

"那您恐惧什么呢？"丁欢紧追不舍。

"你出现在我面前时，我恐惧你一个人民警察找上我，是不是我做了什么违法的事儿了。你硬逼着我认下老大爷时，我恐惧你会无休止地与我纠缠不清。刚才听到你说老人又走失后，我恐惧老大爷像我父亲一样消失在茫茫人海中。现在，我恐惧我们面对这样的局面而束手无策。"董仙生一边说一边陷入了自我冥想，其实他根本没有考虑过这些事，只不过，当他面对一个茫然的女民警时，他才突然在无措的对方身上看到了自己同样存在的弱点。

"我们找不到老大爷怎么办？"丁欢说出这句话时，明显感觉到有一丝凉意漫过她的身体。

"我也不知道。"董仙生头一次被一件不相干的事情弄得毫无主张。

老人再一次消失在了茫茫人海之中，无论他们被多少内心的恐惧所驱使，终究无能为力，他们再也找不到那位老人了。在两人摒弃前嫌、同心协力寻找了半年之后，他们才不得不放弃了最后的一丝希望。终于要知道自己不用再去替一个陌生人操心时，两人并没有觉得多少轻松，反而很是失落。分手时，两人吃了顿散伙饭。两人都心事沉重，就像是两个要各奔前程的朋友的告别。丁欢严肃地告诉董仙生，她迫切地想改变一下自己的生活现状。这倒出乎董仙生的意料，他问："为什么？"

"因为我忘不了那个老大爷。我一想到他再次无家可归，再次失去了与亲人团聚的机会，就觉得自己做了一件无法原谅的事情，这都是我的错。我穿着制服，一走进分局的大楼，一到办公室，我就不由自主地想到他，一想到他，我就开始痛恨自己。”丁欢垂头丧气地说。

平时看透世事的董仙生觉得丁欢的忧虑似乎也感染着他，让他感到某种喘不上气来的窒息，想要赶快逃离。

一周之后，董仙生忘记了丁欢，忘记了他曾经与一个年轻女民警打过交道，忘记了他们曾经一起在芸芸众生中寻找过一个陌生的老人，他的生活一如既往，写作、开会、评奖……

半年之后的冬季，公安分局又来了一个女民警，这次的民警比丁欢还年轻，显得腼腆而羞涩，身边同样带着一个老人。起初，董仙生并没有认出那位老人。女民警首先拿出的仍然是他的那张名片，说辞与当时丁欢一样，老人同样看着他流泪，这让他恍若时光重现。他向女民警复述了当时的情景，这个女民警没有丁欢的咄咄逼人，没有强迫他认下老人，她是个容易妥协的人，她相信了董仙生。要告辞时，董仙生突然说：“你先别走，我请你们吃饭。”

女民警推辞，她明显地对陌生人有些警惕。董仙生说：“我和大爷打过交道，也许我能给你提供一些线索。”女民警这才欣然前往。

女民警仍然显得很拘谨，她所有的话题都是工作式的礼貌，所以他们的谈话基本上是乏味的。董仙生关心的是老人回家的前景，他问女民警有什么打算、有什么计划。女民警说：“没什么打算，也没计划，我们做了我们该做的，动用了一切手段和办法，力争帮他找到，如果实在不行，只能把他送到社会福利院。您有什么高见?”

董仙生摇摇头。

董仙生突然想到了丁欢，便向女民警打听。女民警说：“我就是顶她的缺来的。我一来上班就听说她了，说是辞了职，不知道干什么去了。谁也说不清她为什么辞职，大家都说她干得好好的，天生是个当警察的料，不当警察可惜了。”

告别时，董仙生突发奇想，张臂拥抱了一下老人。他突然有一种感觉，好像这位老人家又要消失似的，他抱得更紧了。旁边的女民警却有些不屑，对于他这种有点儿莫名其妙的煽情无动于衷，甚至还催促着老人快走。董仙生目送他们离去，有了片刻的依依不舍。他看着他们的背影，仿佛短暂地回到了他与另一位女民警在城市的人流中寻找老人的情景，他依稀觉得，那个越走越远的背影就是丁欢的，就是那个执着的民警丁欢。

两年之后，董仙生接到了一个陌生女人的电话。电话里的声音已经非常陌生，那人说："我是丁欢，我想见您。"

此时的董仙生已经快要忘记丁欢的模样了，但还是想急切地见到她，这种冲动连他自己都觉得有些奇怪。丁欢预订的咖啡馆非常偏远，在城市的西郊。他避开了车流的高峰，早早地开车出发，以为会先于丁欢到达。可是等他来到丁欢预订的咖啡馆时，丁欢早就坐在那里等他了。眼前的丁欢与他可怜的记忆中那位女民警根本联系不起来。姑娘丁欢穿着很平常，像是一个路人，看上去平静、安宁，表情温和。董仙生好奇地问："你怎么找到我的?"

丁欢微微一笑："您是个百度人，您是透明的，只要我留心网络，轻轻一点，就知道您最近在干什么，您的事业到了哪般高度。"

"为什么找我?"

"我看到网上有关您的消息，说您失去了本该属于您的一个荣誉，网上对您的非议开始增加。"丁欢故意轻描淡写地说。

董仙生陡地一惊。他以前从来没有意识到，对于他人和这个世界来说，他没有丝毫的隐秘而言。"你是来安慰我的?"

"不是。"丁欢没有任何要安慰人的表情，她仍然是那样淡然地看着他，"我不知道这个荣誉对您有什么意义。我只是想到了有一件事，我们还没有完成。所以，我找您来了。"

"什么事?"董仙生疑惑不解。

丁欢没有立即回答他，而是带着他离开了咖啡馆，徒步走了一百米的路程。他们面前出现了一个大门，大门上写着：康乐福利院。登记，进大院，上楼，她轻车熟路，推开一扇吱呀作响的门。窗前，一位苍老的男人斜躺在竹椅上，仰面朝天，无神地看着空中。董仙生一看便明白了。

丁欢说："我找到他了，不知道你找到没有？"

（原载《青年作家》2017 年第 10 期）

爱与不爱

库玉祥

1

每天早晨父亲都外出遛弯儿，7 点钟准时返家。这天朱峰睁开眼见 7 点半了，却未听到父亲在客厅的动静。他下床到了父亲的房间，见父亲在床上半卧着，手抚着头。他问，爸，你哪不舒服？父亲说，头晕。他找出血压仪帮父亲测了一下血压，见高压一百七低压一百一。他忙找降压药给父亲服下。他想起自己这天值班，就叫醒了玩了半宿网络游戏的儿子朱晓强，让他照看父亲。而后就匆忙出了家门。

刚推开办公室的门，肖志国便跟在朱峰身后

进来说，朱队，来了个叫方淑琴的妇女，报案说她女儿失踪了。肖志国大学毕业刚参加公安工作，人勤快，嘴也勤，什么事都征求朱峰的意见。还没来得及吃早餐的朱峰，把手中装有两个包子的塑料袋放在办公桌上说，你接待下，做个笔录。肖志国应了声，转身出去了。

朱峰所在的单位是丹江市公安局新华分局刑侦大队，肖志国虽然管他叫朱队，但他不是大队长，只是刑侦一中队的中队长。他的生活和仕途均不如意，当初娶了个貌美的媳妇，结果媳妇跟他过了十年，随个大款到了南方。现在家里有个身体不好的父亲，和因自己整日忙工作而欠缺管教的吊儿郎当的儿子。他对工作没少付出，可他生性耿直且不知笼络关系，故而年近五旬了仍是科员。他心存不满，常牢骚满腹。

吃下两个包子，朱峰给家里打了个电话，问父亲感觉怎么样？饭吃了没？父亲说感觉好多了，还说朱晓强在外边买了豆浆和油条，饭也吃过了。

肖志国返回办公室递给朱峰笔录说，朱队，你看看笔录。朱峰将笔录看了一遍。方淑琴说，女儿程艳在新玛特商场租赁柜台做箱包生意，昨天早上离家上班后，晚间下班没回家，给她打电话，却处于关机状态。这种情况在以往是没有过的。方淑琴找遍了所知的熟悉程艳的人，结果都没见到程艳。程艳长得漂亮，两个月前跟在北京的丈夫徐小可离婚了，徐小可曾纠缠过程艳，方淑琴很担心她的安全。

肖志国问："朱队，你说这起案件怎么查？"

"咱们目前能做的事，就是到新玛特商店做下了解，调下监控。"朱峰说，"你再给市局指挥中心打个电话，告知一下。"

"方淑琴想见领导。"

"那我见她吧。"

朱峰和肖志国走出了办公室。

在值班室，肖志国对方淑琴介绍朱峰说："这是我们朱队，你有话跟他说吧。"

方淑琴把一张照片递给朱峰说："这就是我失踪的女儿程艳。"她接着给朱峰作揖说："朱队长啊，女儿联系不上，我总有种不好的预感！拜托你一定帮我把她找回来啊！"

朱峰没看手里的照片，而是观察着方淑琴，见她身材高挑，容貌端庄，不过神情憔悴忧郁。他把对方让到沙发上说："大姐，你的心情我理解，说不准你女儿跟朋友外出旅游，因某种原因没跟你联系呢。以目前的情况看，我们只能做立线侦查。"方淑琴问："什么是立线侦查？"朱峰解释："所谓立线侦查，是对犯罪情报进行核实，使'嫌疑人'上升为'犯罪嫌疑人'。也就是说你提供给我们的情况，我们要核实，看能否构成案件，以便采取下一步的侦查措施。"方淑琴似懂非懂地点下头，她临走时要了朱峰的手机号。

方淑琴走后，朱峰才端详手中的照片，见照片上的女人很像自己的前妻吴华。他不由得想起了吴华先跟自己玩失踪而后再提离婚的事。正当他若有所思时，大老李进了值班室。他看见朱峰手里的照片说："这不是你前妻吴华吗？"朱峰说："不是吴华，不过像她。这是一个报案妇女拿的失踪女儿的照片……"

这时一女孩儿冲进值班室说："一男子把我包抢了……"

2

虽然女孩儿报案及时，但朱峰几人出去，通过调查走访和街头视频，人赃俱获地把抢包男子抓获时已是傍晚。第二天凌晨才把抢包男子送进看守所。

出了看守所，上了警车，肖志国疲惫地说："这抢劫案搞的，忙活了一天一宿。"大老李打着哈欠说："下夜班回家好好睡一觉。"

朱峰手机响了起来，他接听电话。电话里传出方淑琴的声音："朱队长吗？"朱峰说："我是。"方淑琴说："我是方淑琴，程艳仍没音信……"

朱峰接完电话对其他人说："今天觉恐怕睡不成了，方淑琴打电话说，程艳仍没音信。我感觉她女儿凶多吉少。"他又对大老李说："你有糖尿病，回家休息吧，我和小肖搞失踪案。"

朱峰让肖志国先把大老李送回家。

朱峰和肖志国在单位睡了会儿，刚到上班的时间，就来到了新玛特商场。

程艳卖箱包的精品屋有个竹帘软门，软门上挂把明锁。朱峰跟邻近的精品屋业主表明身份，打听程艳的情况。几个业主相继说："程艳这几天没什么特别，前天是晚间五点下班走的，没见有谁找过她。程艳虽在新玛特经营箱包才两个月，但她的生意还不错，没有不干的意向。"

新玛特商场几个监控录像显示，程艳前天下班时，神采奕奕，步履轻盈，没什么特别。

朱峰在移动通信公司调取了程艳的通话记录，他和肖志国对程艳一个月内的通话核实了一下午，也没发现什么疑点。

肖志国说："程艳的失踪查到这，也没法再查了。"朱峰说："程艳若被诱骗或被劫持，肯定是发生在下班的途中，明天我们要调取程艳下班后途经的监控，看能否发现什么。"

快下班的时候，副大队长刘旺走进朱峰的办公室说："老朱，做下准备到广州，协助二中队抓捕杀人逃犯。"

刘旺是朱峰最不待见的一个人，这人不但业务能力差，还喜欢对别人颐指气使。他一年前和朱峰竞聘副大队长的位置，因他摊上在市委工作的老丈人而胜出。刘旺说的杀人逃犯，是杀死妻子的韩广全。韩广全是朱峰的高中同学，在逃十多年了。几年前的清网行动，刘旺是抓捕韩广全的责任人。

朱峰说着风凉话："你刘副大队年轻，工作经验丰富，你到广州岂不手拿把掐地就把人抓回来。"

刘旺罕见地服着软说："老朱，你就别糟践我了。韩广全的性格你最了解，你不出马这个人真的很难抓到。"

"最近父亲有病要住院。"朱峰又找了个理由，"昨天还有个妇女报案，说女儿失踪了。失踪人员是个年轻貌美的女人，我揣测这个女人凶多吉少……"

“失踪人员的报案，我接替你和肖志国搞。”刘旺说，“你父亲有病住院，你不是还有儿子可以照顾吗?”

“你说得倒轻巧。”这时，朱峰办公桌上的手机响起来了。他拿起手机见是朱晓强打来的，以为父亲有什么事，忙接听电话问道：“儿子，怎么了?”

朱晓强在电话里冒出了让他意外的话：“爸，我妈回来了，要见你……”

朱峰挂断手机对刘旺说：“下班了，我该走了。出差的事，明天再说。”

朱峰刚出大门，遇见了刑侦大队长郭元平。他叫住郭元平说：“郭大队，我跟你说件事。”郭元平说：“你说。”朱峰说：“刘旺让我到广州去抓韩广全，他是案件的负责人，他应当去呀?”郭元平拍了下朱峰的肩膀说：“老朱，你也知道刘旺那两下子，他去了也是白去。咱分局就剩这么一个杀人逃犯了，你就受点儿累，为分局分分忧。”朱峰不满地说：“干活都来找我了，好事没我份。我为分局分忧，谁替我分忧。我快五十岁的人了，还是个科员呢!”郭元平说：“你放心，分局定会替你分忧。新来的局长曹宇人不错，他很重视刑侦工作，他说日后提职要侧重于刑侦民警。”朱峰挥下手说：“这都是虚的，少拿这话糊弄我。”说完，他直接扭身走了。

郭元平望着朱峰的背影，苦笑着摇了摇头。

3

在朱峰的眼里，吴华的漂亮曾是那么刻骨铭心，瓜子脸、丹凤眼、鼻直、薄唇，身材颀长、大胸。当初吴华离他而去，他险些气疯，有一次他酒喝多了携枪到处找吴华和那个至今不曾谋面的男子，想毙了这对狗男女。后来他接触韩广全因妻子出轨把妻子杀死的案件，想起自己曾经携枪找吴华和其情夫的莽撞，不由对激情犯罪有了更深刻的体会。随着时间的推移，他对自己和吴华的分离，不得不承认这是一种必然。一个小警察哪养得起既有注册会计师的身份又堪称尤物的女人，况且两人的性格不合。

朱晓强在电话里告诉朱峰，让他到牡丹会饭店。牡丹会饭店是一家五星级酒店，朱峰走进凉爽宽敞的饭店大厅时，不由得推测：吴华这十多年看样子是发达了！他继而想：吴华有钱了，找我会做什么呢？有一点可以肯定，她绝不会跟我再续前缘的……

进了三楼朱晓强所说的八号单间，房间里还没有人。朱峰向服务员要了一壶茶，点燃了一支烟。或许失踪的程艳与吴华相像，他不由得想：有的漂亮女人或红颜薄命或因红颜发迹。

随着高跟鞋的声响，吴华闪进了单间，后面跟着朱晓强。一袭红裙的吴华仍旧那么漂亮，若说因时间的推移而改变的话，只能说她显得愈加有风韵了。

朱峰起身，握着吴华伸过来的手说："风采依旧呀！"

吴华唏嘘道："你可有些老了。"

朱峰坐下，摸着脸颊上的胡茬儿说："我肯定过得不如你，我活得可有些累。"

"看样子这么多年来，你性格还没改。"吴华挪了下椅子，靠近朱峰坐下说，"你若是还是原先性格的话，能不累吗？不知变通，一点儿都不随和，仕途走不通，只知道傻呵呵地工作……"

吴华指出的缺点，应当是朱峰老实本分的优点；可这些优点，不仅是吴华眼中的缺点，在朱峰心里也是一个难以改变的痛。朱峰打断吴华的话说："所以说，咱俩只能分道扬镳。"

"别谈那些陈芝麻烂谷子的事了。"朱晓强把一瓶茅台酒放到桌上，对朱峰说，"老爸，这是我妈给你拿的酒，你想吃什么好的，尽管点。"他接着唤了声服务员。

朱峰没有接服务员递过来点菜用的平板电脑，而是对吴华说："点什么，你随意。"

吴华点了菜单里龙虾、海参等价格昂贵的四样菜。

服务员端菜上来，吴华打开茅台酒，给朱峰斟着酒说："老爷子我没找，怕他情绪激动。"朱晓强说："老爸，我来时，已给我爷准备好晚饭了。"吴华跟朱峰商量着说："我在广东东莞开了两家企业，效益很不错，我这次来，是准备把朱晓强带过去。”朱峰把询问的目光移向朱晓强。朱晓强说：“我当然跟我妈去了，省得在家让你心烦。”朱峰没言语，独自一口把杯中的酒喝尽。

吴华再给朱峰斟酒说：“这些年，你既照看孩子又赡养老人很不容易！日后孩子跟我走了，有适当的，你就找一个吧。”朱峰苦笑了下说：“适当的难找啊！”吴华从挎包里掏出一张银行卡放到朱峰的跟前说：“这卡里有五十万，密码是你手机号码的后六位数，算是我这些年对你的补偿吧。”朱峰把卡推回说：“感情的伤害不是金钱所能补偿的，再则……”朱晓强在旁把卡装进朱峰的衣兜里，打断他的话说：“咱家有钱没钱我还不知道，你何苦在我妈跟前装高大上呢！”吴华说：“对于我来讲，感情的伤害，只能用金钱来补偿了。卡你还是装着吧，老人有个事啥的，你不至于手里紧巴。”吴华的后一句话，使朱峰动了心，他说：“好，卡我装着。”朱晓强端起茶杯说：“这就对了。”

朱峰的酒杯和两个茶杯碰到了一起。

4

朱晓强虽然在朱峰眼里是个不知上进的孩子，但是他跟爷爷感情深厚。在机场，朱父泪眼蒙眬地搂着朱晓强说：“你这一走，爷爷日后有个头疼脑热的，就没人照顾了。”朱峰说：“不还有我嘛。”朱父有些怨气地说：“你都很少着家，还谈什么照顾我。”朱峰无言以对，他突然萌生出把父亲送进敬老院的想法。”

朱晓强说：“爷，过几年我成家了，就把你接到东莞去，我养你。”

朱父说：“还是我孙子好。”

吴华讪讪地拽了下朱晓强说：“我们走吧。”

吴华和朱晓强走进安检口，挥手跟朱峰和朱父告别。

朱峰把丹江市逛了个遍，看好了依山傍水、条件上乘的怡人敬老院。不承想，他在怡人敬老院的走廊里遇见了高中时代的女同学杨丽霞。杨丽霞说敬老院是她办的。杨丽霞高中时是班花，当时帅气的朱峰曾跟她有过朦胧的早恋。

在杨丽霞宽敞明亮的办公室，朱峰呷着杨丽霞端给他的龙井茶，跟她聊着。杨丽霞说："若没碰见你，我也会上门找你。"朱峰调侃地说："你上门找我？难道说你要把高中时咱俩的好事要接着进行下去？"杨丽霞说："难道你忘了，你们公安机关通缉的杀人犯韩广全是我的表哥。"朱峰恍然说："这个我真忘了，对，他是你表哥。"杨丽霞说："我家在林海镇，上高中时，我是在我姑家生活的。韩广全杀人在逃，我姑一人生活了两年，后被我父母接到林海镇。一个月前我姑病逝，她临走的时候，还念念不忘你两年来对她在生活上的照顾。她对我说，日后要当你面转达她对你郑重的谢意。"朱峰唏嘘道："你姑是个很好的老人，韩广全犯事对她打击很大。"他又轻描淡写地说："韩广全没犯事前，我经常到你姑家去；儿子犯事，她孤身一人，我怎么也得开导开导她不是。"

杨丽霞问："你孩子挺大了吧？"

朱峰说："我儿子二十三了，跟他妈到东莞了。"

杨丽霞说："怎么，你和妻子两地分居……"

朱峰把自己的生活简单地说了下。

杨丽霞叹口气说："听同学说你娶了个美貌的妻子，我以为你抱得美人归，怎么也得踏实地过一辈子了，没想到婚姻竟如此脆弱！"

朱峰微笑着说："我倒是想踏实地过一辈子，可是人家看不上我。"他问："你大学毕业不是在省城中学教书吗，怎么还开上敬老院了？"

杨丽霞说："我教了几年书，可我丈夫是做生意的，他便让我辞职协助他做生意。一年前，我丈夫因车祸身亡，我跟我丈夫的家人为遗产的事打了场官司。官司打得我身疲力竭，儿子也离我远去。我不愿在省城待了，就回到丹江开了这家敬老院。"

两人正说话间，刘旺给朱峰打来电话问："老朱，这几天怎么没看见你？"朱峰说："家里有点儿事，忙活家里事来着。"刘旺说："广州你得去呀。"朱峰不好再推脱，就说："我去，我今天就订机票。"

挂断手机，朱峰说："单位让我出差，我得做准备去。我明天就把父亲送来。我父亲在这，就拜托你了。"

"你就放心吧。"杨丽霞说，"等你出差回来，我给你接风。"

5

朱峰在航空售票处订完机票，心里默念着：韩广全呀，你虽然曾经是我的好同学，可我是警察，没办法，只能去抓你了。抓到你那天，你得理解我呀！继而，他又释然了：纠结啥呀，自己不抓韩广全，他早晚也得让别的警察抓到。

在分局门口，朱峰见刘旺领着肖志国等人像是要出现场。肖志国说丹江边上发现了一具女尸，有可能是失踪的程艳。听肖志国如此说，朱峰也上了警车。朱峰问肖志国，通知程艳母亲了吗？肖志国说，通知了。

丹江市以穿城而过的丹江而命名，发现女尸的地点在丹江的下游，此处没开发，江堤岸边只有麦田。到了现场，派出所民警已将女尸打捞上岸。派出所民警说："今早 5 时，市局 110 指挥中心下达指令，说一钓鱼者在岸边发现一具女尸。我们到了现场，发现尸体的老汉说，他每天早上都过来钓鱼，今早意外在江边的芦苇中发现有蓝色的物体，近前一看是一具穿蓝色连衣裙俯卧的女尸……"

打捞至江堤上的女尸上面蒙着编织袋。朱峰掀开蒙在女尸上的编织袋，见女尸虽然有些发胀，但是女尸的容貌仍不失俊秀。应当是失踪的程艳。

一辆黄色出租车沿江堤驶来，方淑琴下车在女尸跟前先是怔了下，接着就扑通一声跪下恸哭着："程艳呀，你扔下老妈就这样走了呀！我可怜的女儿，我知道是谁害死了你，我一定让他偿命。"她忽地起身，情绪激动地对朱峰说："害死我女儿的肯定是徐小可，你们快把他抓起来。”

“方大姐，你不要过于悲伤。你女儿是否是被人害死的，还需要尸检和进一步地调查。”朱峰考虑到明天出差，就把方淑琴引见给刘旺说，“这是我们的刘副大队长，日后有什么事可以跟他联系。”

方淑琴对刘旺说：“刘副大队长，你一定要给我女儿申冤，不能让我女儿死不瞑目呀！”

刘旺不为方淑琴情绪所动，一副公事公办的样子说：“既然肯定死者是你女儿，那你就先回去吧。如果你女儿是非正常死亡，我们会采取侦查措施的。”

方淑琴急切地说：“你们现在就得采取措施呀！杀人者就是……”

刘旺显然有些不耐烦：“你不要在这打扰我们的工作，我们还得做现场勘查。”

朱峰打着圆场说：“方大姐，你的心情我理解，你先回去吧，有什么情况会告诉你的。”他见出租车已开走，就说，“这样，我开车送你回去。”

朱峰把方淑琴劝上了警车……

晚上，朱峰给肖志国打电话了解程艳尸检结果。肖志国说，排除了他杀，程艳是酒后溺水死亡。

6

方淑琴的老伴老程原是铁路局的干部，因肾炎多年前早退，如今病情严重得靠透析维持生命。程艳失踪后，方淑琴怕老程着急上火，没对他说实话，只说程艳到广州上货去了。直至她得知程艳死讯，也没把实情告诉老程。

这天上午，方淑琴在菜市场接到了刘旺的电话。刘旺告诉她，程艳经尸检，确定为酒后溺水身亡，排除了他杀，让他尽快将尸体火化。刘旺的话，让方淑琴难以置信。她冲着电话喊，女儿不可能自杀，肯定是徐小可害死的。刘旺说，怀疑归怀疑，可尸检就是这个结果。不是他杀，就构不成刑事案件，无法展开调查。方淑琴再想说什么，刘旺那边却挂断了电话。

中午，方淑琴搀扶着老程坐在餐桌前。

老程喝了两口粥，见方淑琴面色忧郁没动筷子，就问："你怎么不吃?"

方淑琴牵强地笑了下："我不饿，你吃吧。"

老程细看着方淑琴："你眼睛肿了，哭过了？到底怎么了?"

方淑琴哽咽着，嘴上却说："没事。"

老程急切地站起来，前倾着身子追问："到底怎么了?"

方淑琴再也抑制不住，号啕大哭："程艳没了。"

老程瞪大了眼睛："你不是说程艳到广州上货去了吗?"

"程艳一个星期前就失踪了，不曾想在江里发现了她的尸体……"

老程没等方淑琴把话说完，身子往后一仰，重重地摔倒在地。

方淑琴惊呆了，忙擦了下眼泪，抱着老程喊："老程，你可别吓唬我呀……"

老程被送到医院，因颅脑出血抢救无效辞世。

7

朱峰坐在飞机的舷窗旁，他若有所思地看着舷窗外的浮云掠过。不一会儿，他迷糊着了。

朱峰断断续续地梦着与韩广全的交往经过。小时候的朱峰和韩广全背着书包走在街道上。韩广全对朱峰说："把你放学前做的作业借我抄抄呗?"朱峰说："不借。老师说，借作业给别人抄等于害了别人。"韩广全说："我有本新的小人书。你借我作业，我借你小人书看。"朱峰渴望地问："真的，拿来我看看。"韩广全从书包里掏出小人书，递给朱峰说："《基督山伯爵》，没看过吧?"朱峰接过小人书，从书包里掏出作业本说："记住，就这一次啊……"朱峰和韩广全在小饭店喝酒，韩广全满是痛苦地说："老同学，我媳妇外边有人了。"朱峰说："别瞎猜测。"韩广全说："真的，有一次我离家几天打工回家，在沙发缝里，发现了一个中华牌香烟的烟头。”朱峰说：“说不准是来的亲戚或朋友抽的。”韩广全说：“我不在家，压根就没亲戚和朋友上我家去。”他恨恨地说：“我要抓住我媳妇和她的相好，我一定让他俩没好果子吃。”朱峰劝慰说：“大不了离婚呗，别做傻事。”韩广全说：“我在外拼死拼活地打工，她在家偷人，我咽不下这口恶气……”

飞机下降时的颠簸，使处于梦境中的朱峰睁开了眼。

机舱内回荡着广播员的声音：“各位乘客，飞机已抵达广州机场……”

朱峰从广州机场走出。二中队民警小林等三人走上前迎接朱峰。小林说：“朱哥，你可来了。我们在这，人抓不到，还回不去，闹死了。”另一民警说：“朱哥来了，我们就托底了。”

几人到了宾馆，开始研究案情。

得知韩广全在广州的线索来源是，韩广全在广州城乡接合部用一家超市的电话打给朋友，其朋友多年前就已被公安机关掌控。二中队的民警到广州后，在韩广全曾经打电话的超市周边排查了一个多星期也没找到他。

小林说：“这地方常住人口加外来人口二十多万，隐蔽排查很难找到韩广全。莫不如我们通过当地派出所协助调查吧。”

朱峰结合已掌握的情况是，韩广全经济拮据，所用的虚假身份信息半年内都没出现在与住宿和乘坐交通工具有关的网络系统上了。从而推测，韩广全仍在他打电话时去过的超市附近的可能性比较大。

朱峰说：“我们只能隐蔽排查，否则极易打草惊蛇。”他思忖着说：“韩广全爱吃卤制品，特别爱吃卤的豆制品。我们把人撒下去在卖卤制品的地方守候，或许会有收获。”

一天傍晚，朱峰刚到一卖卤制品的摊位前，就发现了一个光膀子秃头的男子，从背影看很像韩广全。他喊道：“韩广全。”

对方回过头来，朱峰见的确是韩广全，便疾步近前。

出乎意料的是，韩广全没跑，而是站在原地，脸上露出一丝笑意。“老同学，我知道会有这一天。”他将手中装有卤制品的塑料袋扔在地上，双手一合说，“把我铐上吧，落在你手里我心甘。”

韩广全的从容，倒使朱峰踟蹰止步。小林上前，用手铐将韩广全的双手铐上。

8

把韩广全押解回丹江，曹宇亲自和分局班子成员到火车站迎接。曹宇握着朱峰的手说，分局给他报功。

朱峰上班，没见到大老李。他问肖志国：“大老李没来?”肖志国说：“刚才大老李老伴来电话，说他糖尿病严重了，今早被送医院去了。”朱峰说：“找时间，咱俩到医院看看他。”

肖志国转个话题说：“朱哥，你出差这段时间，刘副大队惹麻烦了。”

朱峰问：“什么麻烦?”

“让方淑琴告了，方淑琴告他不作为，没有对她女儿的死展开调查。”

朱峰不解地问：“你不是说程艳不是他杀吗？那还调查什么?”

“程艳尸检确实不是他杀，是酒后溺水身亡。可方淑琴到分局多次找刘旺较真儿的是，我女儿因为什么会喝那么多的酒溺水，让咱们给个说法。结果刘旺说，你女儿的死不构成刑事案件，我们无法调查；至于你女儿为什么喝那么多酒溺水，那只有问你女儿了。就这样两人吵了起来，方淑琴被刘旺撵出了分局，还警告方淑琴再扰乱办公秩序，就给她行政拘留。方淑琴一气之下，告状到市局纪委和市信访办，听说若不对程艳的死展开调查，她还要告到省里。”

朱峰愕然：“竟然出现这样的事?”

朱峰办公桌的电话响起，他接听电话，郭元平在电话里说：“你来曹局办公室。”

朱峰走进曹宇办公室，见郭元平坐在曹宇办公桌前。曹宇指着办公桌前另一把椅子说：“过来坐。”

郭元平侧脸对朱峰说：“有个棘手的案子还需要你来办。”

朱峰没作声，把目光移向了曹宇。

曹宇问朱峰："刘旺的事你听说了吧？"

朱峰说："刚听说，方淑琴要告刘旺。"

曹宇神情凝重地问："你怎么理解方淑琴的上访？"

郭元平的电话，已使朱峰意识到曹宇找他或许就是商议方淑琴上访的事，对此他已经打好了腹稿。他说："方淑琴上访有她自己的道理，因为她认为女儿不会自杀。徐小可在和程艳离婚后纠缠过程艳，所以她怀疑害死程艳的人是徐小可。我们没有把徐小可查否，就告诉方淑琴程艳的死不构成刑事案件。当然，失去女儿撕心裂肺的痛苦，也使方淑琴有主观臆断的偏激。"他接着说，"喝酒溺水死亡从表象上看，似乎不构成刑事案件。不过程艳为什么喝那么多酒，应当搞清楚。若是有人以剥夺他人生命为目的，蓄谋或者临时起意想害死对方而将对方灌醉，那就是刑事案件了。"

曹宇赏识地看着朱峰说："你说得对，如果把徐小可查否了，方淑琴就没有上访的理由了。"他说："刚接触这起案件的是你，我和你们郭大队商量了一下，现在还得由你负责把这起案件查下去。"

朱峰说："好吧，如果程艳的死若构不成刑事案件，我会凭借查证后的结果让方淑琴打消上访的念头。"

曹宇说："要的就是你这句话。"

曹宇把案头的一本卷宗递给了朱峰。

9

朱峰半个月没见父亲了，他下班后来到怡人敬老院。

朱父的房间整洁明亮，窗台上新添的几盆花卉掩映在夕阳中。朱父仰在床上看着电视问："单位不忙了？"朱峰说："爸，我最近出差了，刚回来。"他把手里的纸兜放在茶几上说："爸，还没吃饭吧？我给你买了你爱吃的烧卖。"朱父说："这儿的饭菜很可口，你往后来不要再买东西了。"朱峰拿水瓶给朱父杯里加了些水说："好，我不再买东西了。爸，你下床趁热吃。"

朱父下床坐在椅子上吃起了烧卖。朱峰问："爸，你觉得这里怎么样？"朱父笑呵呵地说："吃住都不错。你那个同学杨院长还经常来看我。"

朱峰衣兜里的手机响起来，他掏出手机接听电话。杨丽霞在电话里说："老同学，出差回来了？我刚才看你进了院。"

朱峰说："我昨天出差回来的，谢谢你对我父亲的照顾。"

杨丽霞说："老同学，你这么说岂不外道了。今晚没事吧，给你接风……"

朱峰和杨丽霞到了一个山庄。山庄的亭榭、水池、彩灯，让人感觉既绚丽又静谧。

服务员把两人引进了一间亭榭。

当酒菜端上来时，杨丽霞支开了服务员。她打开一瓶五粮液，把两个酒杯斟满说："我陪你喝点儿。"

朱峰说："没见你喝过白酒呀？"

杨丽霞端起酒杯说："我原先至多喝点儿红酒，可自从丈夫去世后我官司缠身，从此觉得白酒比任何酒都好，开心时喝得微醺畅快，烦恼时一醉方休。"

朱峰跟杨丽霞碰了一下杯，喝口酒说："一醉方休可不好，身体遭罪。"

杨丽霞问："出差搞什么大案去了？"

"到广州去抓了个人。"朱峰脸色变得凝重说，"抓了个你熟悉的人。"

杨丽霞惊诧地问："不会是把韩广全抓回来了吧？"

朱峰点了一下头。

杨丽霞沉默了一下，说："自作孽，不可活！"她说，"毕竟我跟他是表兄妹，我能为他做点儿什么吗？"

"到看守所给他存点儿钱，让他吃点儿好的吧。"

"我想再给他请个律师。"

朱峰坦诚地说："他两条人命，你即使给他请再好的律师，也没有活下来的希望。"

杨丽霞眼睛湿润了，深嘘了一口气……

10

早晨上班，朱峰本打算去方淑琴家了解情况，可肖志国启动了车后，谈起了大老李。他说：“我看大老李整天乐呵呵的，还以为他就是血糖高点儿呢，不曾想他病这么重。”朱峰长叹一声说：“大老李这辈子把一切都献给了公安事业！他的病，就是年轻的时候没黑没白地干累的。”他说：“咱俩先去第一医院看大老李吧。”肖志国说：“好的。”

躺在病床上打点滴的大老李说：“早晨起床，忽然觉得两眼模糊看不清东西。老伴送我到医院检查，大夫说是糖尿病综合征。”朱峰不免担忧地说：“你的病情如此严重，那你得好好治治。”大老李叹口气说：“得了这么难缠的病。”他转个话题问朱峰：“搞程艳的失踪案呢?”朱峰点下头说：“目前只能查徐小可，徐小可查否的话，程艳的被害案就不能成立。”大老李说：“你们忙活，我也帮不上忙，只有躺在医院的份儿了。”朱峰说：“你就安心治病吧，别考虑工作上的事了。”他从衣兜里掏出个信封放在床头柜上说：“这是我和小肖的一点心意。”大老李说：“看我一眼就得了，还拿什么钱。”他说着把信封拿起要还给朱峰。朱峰把大老李的手按下说：“你就别客气了，我俩还有事先走了，日后再来看你。”

当朱峰和肖志国敲开方淑琴家门时，方淑琴一副病怏怏的样子，当她听到公安机关对她女儿的死已展开调查的话，脸上有了些精神。

朱峰问：“程艳失踪那天是否带了大量现金或贵重东西?”方淑琴说：“我看没有，她那天走时就带着一个坤包，坤包里装着钱包和手机。”朱峰问：“程艳失踪那段时间情绪有没有反常?”方淑琴说：“她情绪没什么反常。”朱峰说：“你让我俩看看程艳住的房间。”

方淑琴家是一大一小两居室，程艳住大屋。程艳的房间凌乱不堪，虽然摆设只有单人床和一个电脑桌，但地上的箱包货物让人难以下脚。朱峰让肖志国打开电脑，看是否有查案的线索。电脑存有几部电影和程艳大量个人的照片，在回收站里，有被程艳删除的照片。照片经复原，是程艳和一个男子的合影。方淑琴说，跟程艳合影的男子就是徐小可。朱峰看着照片，觉得徐小可和程艳在相貌上很不相配，程艳靓丽自不必说，而徐小可不但满脸疙瘩，身高还不及程艳。朱峰在窗台上发现一个扣着的镜框，他把镜框翻过来，是程艳和徐小可的合影，不过徐小可的面部已被碳素笔画模糊。

程艳房间里的发现，让朱峰认定，程艳和徐小可不是和平地分手，而是爱之如火后又走到了冰点，这冰点使两人相互结下仇怨。如此说，方淑琴怀疑徐小可害死了女儿不是没有道理。

回到客厅，朱峰对方淑琴说："说说你女儿和徐小可的事吧。"

"女儿能跟徐小可结婚，是徐小可死缠烂打的结果。结果这桩婚姻终归不幸福，还葬送了女儿的性命。"方淑琴说，"女儿和徐小可是丹江大学的同学，徐小可从大一开始就追求她。女儿当时没看上其貌不扬且家境一般的徐小可，加之我的管束，两人在大学期间只是同学的关系。可在大学毕业的时候，女儿从学校搬回家里，我多次见徐小可给她打电话。女儿在电话里明确告诉他，咱俩至多是同学关系，不可能有进一步的发展。不曾料到的是，一天晚间，徐小可竟然在我家的楼下，点燃心形的蜡烛，手捧鲜花跪在地上，祈求女儿答应做他的女朋友……"

说到这，方淑琴哽咽着说不出话来。

朱峰看着方淑琴，从茶几上的纸抽里抽出纸巾边递给她边说："大姐，别激动，还接着说程艳和徐小可的事。"

方淑琴用纸巾擦拭了一下眼睛，说："都怪我糊涂，我见徐小可对女儿如此痴情，就对她说，要不你跟徐小可处处试试看。女儿听我这么说，又因为被徐小可纠缠得十分无奈，就答应和徐小可处朋友。处朋友期间，徐小可表现得相当好，隔三岔五就到我家干这做那，我和程艳逐渐地接受了他。两人大学毕业没找到合适的工作，就提出到北京干番事业，徐小可拿着家中给他准备的三十万元买婚房钱，就和女儿到了北京。到北京两人的情况我就不清楚了，结婚半年就离了。女儿两个月前回到丹江，徐小可曾到我家闹，并威胁要跟女儿同归于尽……"

朱峰问："徐小可那次闹后，过后有过其他举动吗?"

"那倒没有。"方淑琴说，"不过以徐小可的秉性，他是一条道走到黑的人。所以女儿的死，我认定跟他有关系。"

11

肖志国通过全国公安网警务协作平台对徐小可进行调查，北京警方反馈，徐小可北京的手机号码 7 月 25 日至 7 月 30 日，漫游在丹江，其手机号码在 7 月 28 日后与丹江 1550453 × × × × 的手机号码共有 9 次通话。肖志国又查询到，1550453 × × × × 的手机号码，系徐小英名下的手机号。

朱峰说："程艳是 7 月 28 日晚失踪的，徐小可有作案时间。徐小英极有可能是徐小可的姐姐或妹妹，你查一下徐小可家的住址和人口情况。"

肖志国在电脑前噼啪敲了几下键盘说："徐小可家住太平路紫云小区五号楼 402 室，他家户籍登记有三人，除徐小可外，还有他母亲荣显君和他姐姐徐小英。荣显君是丹江师范学院的教授，徐小英在统计局工作。"

朱峰说："徐小英果真是徐小可的家人。"他沉思了一下，说："徐小可具有害死程艳的重大嫌疑，咱俩明天就到北京把徐小可带回来。"

朱峰和肖志国登上了丹江到北京的航班。

费了很大周折，朱峰和肖志国找到了徐小可租住的北京西城区的一个小区。两人蹲守了三个多小时，在晚上 6 点多钟，才发现一名与徐小可的样貌相像的男子驾着一辆别克轿车驶入小区。朱峰十分肯定，这人就是徐小可。

徐小可一下车便被朱峰和肖志国控制住了。朱峰亮出证件说："丹江市公安局的，找你了解情况。"徐小可面容现出一丝惊诧，不过很快就平静下来说："你们找我了解什么情况?"朱峰说："到你租住的房间谈。”

徐小可租住的房间只有一室，客厅里仍挂着他和程艳的婚纱照，徐小可的床头柜上还放有程艳的影集。朱峰交代肖志国，走时记着带上这本影集。

谈话地点定在客厅里，徐小可坐在沙发上，跷着二郎腿。朱峰和肖志国则谨慎地站立在徐小可左右。

朱峰开门见山地问：“徐小可，知道因为什么找你吗？”

徐小可一脸茫然：“不知道。”

“程艳死了。”朱峰说，“程艳是你的前妻，所以我们找你了解情况。”

徐小可惊讶地“啊”了声，问：“她怎么死的？”

朱峰没回答徐小可，而是转了个话题问：“你和程艳因为什么离婚的？”

“能否告诉我程艳是怎么死的吗？”徐小可迫切地问。

“程艳怎么死的，你应当知道。”朱峰说，“你现在回答我的问话。”

徐小可说：“我和程艳到北京后，我进了一家公司打工，程艳在一家酒店打工。我俩结婚加之买车，将带来的钱都花费了。我俩都是打工族，生活自然拮据。程艳在酒店当上领班后，经常很晚回家，她的衣着和首饰也发生了变化。我问程艳哪来的钱买东西，程艳说是工作挣的。我担心程艳在酒店那种环境中经不住诱惑跟了别人，便查看她的手机，发现了不少暧昧短信。我对程艳开始由温柔变为管束。程艳难以忍受我的管束，便提出离婚……”

朱峰问：“离婚后，你又找过程艳吗？”

徐小可沉默了一下，说：“程艳回到丹江，我到她家找过她。不过后来也想开了，两人性格不合，离就离呗，干吗缠着人家。”

朱峰盯着徐小可问：“7 月 28 日，你在什么地方？”

“我离婚后，心里烦闷，到天津旅游去了。”

“是吗？”朱峰厉声说，“你在撒谎。”

“让我想想。”徐小可故作平静地想了下，说，“对，那天我回丹江看我妈去了。”

“那天你见到程艳了吗?”

“没有。”徐小可忽然歇斯底里地吼，“程艳怎么死的你还没告诉我!”

“我刚才说了，程艳怎么死的，你应当知道。”朱峰说，“正因为你知道程艳是怎么死的，我们才到北京找你调查。”

“我什么都不知道。”徐小可竟然下了逐客令，“我也不想再回答你们的问题，请你们离开这儿。”

“你现在已经失去了人身自由。”朱峰轻蔑地看了一眼徐小可，接着对肖志国说，“给他履行下手续。”

肖志国从挎包里掏出拘传证和碳素笔摊在茶几上说：“在上面签个字吧。”

徐小可脸上忽地淌下汗来……

12

徐小可在二十多个小时的火车上一路无语。

在朱峰拿着徐小可的初审笔录，找曹宇审批徐小可的刑拘手续时，曹宇看着材料诧异地问：“徐小可没有交代怎样害死的程艳?”朱峰说：“目前没有。不过从徐小可案发时间在丹江且又撒谎说在天津这件事情看，程艳的死跟徐小可有关系。”曹宇谨慎地说：“刑拘是有期限的。你把人拘了，三日内能找到证据提请检察院批捕吗?”朱峰自信地说：“不是在特殊情况下，还可以延长一至四日吗？一个星期的时间，怎么也能找到证据。”曹宇有些踌躇地在材料上签了字。

从曹宇的办公室出来，朱峰遇见了刘旺。刘旺跟朱峰打了个招呼问：“徐小可撂了吗?”朱峰说：“没有。”刘旺佯装亲昵地拍了下朱峰的肩膀说：“我跟你说老朱，这起案件难办呀！别为了平息方淑琴的上访，再弄出冤案来。你说程艳就是一个酒后溺水身亡，没外伤，没性侵，你怎么认定嫌疑人……”朱峰打断刘旺的话说：

“我心里有数，你放心。”刘旺像是不解地摇了下头，走开了。

朱峰回到办公室，对肖志国说：“走，去徐小可家。”

两人敲开了徐小可的家门，开门的是一满头银发的中年妇女。朱峰问：“你是荣显君吧？”对方说：“是。”肖志国亮出工作证说：“我们是公安局的。”荣显君情绪低落地说了句：“你们是为程艳的事而来的吧？”朱峰点了下头。荣显君把两人让进了屋内。

屋内没有装饰过，只是白墙和水泥地面。客厅一张方桌上摆有一台老旧电视，外加四把椅子。

三人坐下，朱峰对荣显君说：“想必程艳死亡的事你已经知道了。”荣显君说：“程艳的母亲到我家来过，她说我儿子害死了程艳。”她像气短似地深吸一口气说：“我儿子已经跟程艳离婚了，但他怎么可能害死她呢？”

朱峰说：“程艳虽是酒后溺水而亡，但也不能排除他杀的可能。我们怀疑徐小可与程艳的死亡有关，他已被我们从北京押解回丹江羁押在看守所。”

“连你们警察都认为徐小可害死了程艳？”荣显君问这句话时的神情仿佛朱峰说出了她的预感一般，她绝望地说，“我儿子太爱程艳了！程艳却不爱他……”她不再说下去。

在朱峰的开导下，荣显君又缓缓地说：“我这人命不好，找了个嗜赌的丈夫，为了两个孩子，只能跟他熬日子。丈夫死了，才发觉尽跟着丈夫操心了，却疏忽了对孩子的管教，特别是徐小可，好高骛远，想做什么非得不顾自身的条件做成。他跟程艳搞对象时，我就觉得两人不般配。一个能力低下，却很固执；一个容貌艳丽，性格开朗奔放。”荣显君叹口气说：“都怪我这个母亲管教不了自己的孩子。”朱峰问：“7 月 28 日，徐小可回过家吧？”荣显君说：“具体哪天我说不清，7 月末他确实在家待了几天。记得有一天傍晚，他浑身酒气地回的家。”朱峰问：“他平时喝酒吗？”荣显君说：“他几乎不喝酒。”朱峰听了荣显君的话，眼睛一亮。

朱峰又谈起了徐小英，他问：“您女儿徐小英不用您操心吧？”荣显君说：“徐小英倒不用我操心，她知道通过努力改变自己的命运。她连考了三年公务员，去年考进了市审计局工作。她找了个单位同事处对象，准备今年结婚。”朱峰问：“最近徐小英有什么心里话跟你说过吗？”荣显君说：“没有。她话少，在家就知道看书。”

从徐小可家出来，朱峰拨通了徐小英的手机，他问：“你是徐小英吧？”对方说：“我是，你是哪位？”朱峰说：“我是警察，要找你了解些情况。”徐小英问：“找我了解什么情况啊？”朱峰说：“见面谈吧，我现在去你单位。”徐小英犹豫了一下说：“你最好不要到我单位来，你要找我了解情况，我们换个地方谈话可以吗？”朱峰说：“当然可以。那你十分钟后到你单位附近的清香茶馆。”

徐小英明显有些紧张，她刚开始还想掩饰，说徐小可的事她一概不知，朱峰几句话就使她败下阵来。他说：“你弟弟我们已从北京押解回来，至于徐小可的事你知不知情，那不是你说不知情就能解脱得了的。你考了三年公务员，去年才考上，你不想因包庇弟弟而毁了你的前途吧？还有，你即将结婚，如果你出现什么问题的话，你的公职还能保住吗？公职没了，你的对象还能跟你结婚吗？”

朱峰的话起了作用，徐小英面色煞白，额头沁出了汗水。她喃喃地说：“其实你们找我，我就知道是徐小可的事。”她接着抬起头，也抬高声调说：“不过，他的事详情我的确不知道，他只说他害死了程艳。他害怕，打电话问我怎么办。在程艳的母亲方淑琴到我家闹过一回后，我得知方淑琴已到公安局报案，就通过我对象找办案人刘旺吃饭，打探案子的情况。”

朱峰问：“你对象叫什么名字，他跟刘旺什么关系？”

徐小英说：“我对象叫胡红军，跟刘旺是中学同学。”

“刘旺知道你是徐小可的姐姐吗？你怎么问的刘旺？”

“吃饭时，我对象告诉了他我和徐小可的关系。我问他程艳的案子搞得怎么样了。他说方淑琴咬定是徐小可害死了程艳，不过他们还没调查。我说徐小可在北京，怎么能害死她呢？他告诉我程艳是酒后溺水身亡，当然跟徐小可没关系了。我以为徐小可没事了，不曾想，你们还是抓了徐小可并找上门来。”徐小英说完，低头哭泣。

朱峰和肖志国听了徐小英的话，不禁面露诧异……

13

朱峰和肖志国到看守所提审徐小可。朱峰问：“徐小可，在看守所这几天考虑得怎么样了?”徐小可故作愤怒地说：“还问我考虑得怎么样了？我没犯罪，我考虑什么?”他又质问道：“程艳的死跟我没关系，你们为什么不放了我?”朱峰反问：“跟你没关系，我们怎么会把你押进看守所?”徐小可鼻子“哼”了一声，不再言语。

朱峰问：“程艳失踪那天，7 月 28 日下午，你干什么去了?”徐小可不假思索地说：“忘了。”朱峰说：“现在距离 7 月 28 日，虽然已经过去了一个月的时间，但那天发生的事情你绝对不可能忘。”他注视着徐小可说：“我提示你一下，那天你回家很晚，满嘴酒气，但你平时是不喝酒的。”徐小可神情一怔，想了一下说：“那天我的确喝了酒，晚上 10 点多钟回的家。”朱峰问：“你跟谁喝的酒?”徐小可说：“我自己喝的酒。”朱峰问：“你自己喝了多少酒？在哪喝的酒?”徐小可说：“我喝了能有半斤酒，在我家附近海浪路边的烤串地摊。”朱峰问：“你平时不喝酒，那天怎么想起喝酒了?”徐小可低下了脑袋说：“想喝就喝呗。”朱峰厉声说：“徐小可，把脑袋抬起来。”徐小可把脑袋稍抬起些，目光仍旧盯着地面。

朱峰肯定地说：“那天你是和程艳在一起喝的酒。”

徐小可虽然保持原有的姿态，但神情激灵一下。

朱峰没等他回话，便接着说：“7 月 28 日，你酒后害死了程艳，心里充满了恐慌，多次打电话问你姐姐怎么办。你别以为我们什么也不掌握。”

朱峰的话起了作用，徐小可抬起头辩解说：“我那天晚间的确跟程艳在一起，但她不是我害死的，她酒喝多了，我哪知道她怎么死的。在我跟我姐的通话中，得知程艳的母亲到我家说程艳死了后，因怕警察找到我，便问我姐我该怎么办。”

朱峰要的就是这种效果，他趁热打铁地问：“说吧，你和程艳见面是怎么个经过？”

徐小可自觉失言，无奈地说：“好吧，我说。”他交代说，“我太爱程艳了，我俩离婚后，我总想和她破镜重圆，但她始终拒绝我，而且还换了手机号。7 月 26 日我到了丹江，在她家门口跟踪她上班，得知她在新玛特卖箱包。28 日那天傍晚，我在她下班的途中截住了她，软磨硬泡地说只想跟她吃最后一顿饭。她无奈地答应了我。我买了些熟食和一瓶白酒，打出租车领她到了我俩以前常约会的地点江边。我本以为在两人相爱的老地方见面，能唤起她对我的温情。可当我俩喝下一瓶白酒，我提起能否破镜重圆的话题时，她竟冷冷地说：‘我宁可投到江里也不可能跟你破镜重圆！’我见挽回感情无望，就失望地独自走了。不曾想，她竟想不开投江自尽。”徐小可说到最后，眼中盈满了泪水。

朱峰质问：“在我们押解你回丹江前，你问我们程艳是怎么死的？而现在你说她投江自尽，你怎么知道她是投江自尽？”

徐小可说：“她喝多了，死了。我揣测她是投江自尽的。”

“你和程艳没有过激的言行吗？”

“没有，我俩在一起都没吵，也没有动手。”

“你和程艳喝的什么酒？”

“喝的是丹江老窖酒。”

“具体在什么地方喝的酒？”

“在东村附近的江堤上。”

朱峰没再接着问下去，他对肖志国说，把材料打印出来，让徐小可签字。徐小可委屈地说：“我真的没害死程艳。”

把徐小可送回监区，肖志国问朱峰：“朱哥，好像徐小可交代了实情。但他的交代，也定不上他的罪名啊？”朱峰说：“咱们像挤牙膏似地迫使他交代些问题，不过程艳怎么死的，他仍没有说实话。”他伸出右手的两根手指说：“起码有两点难以排除他害死程艳的嫌疑，其一，程艳的死若跟他没关系，他为何给他姐多次打长途电话，说自己害死了程艳？其二，我们对他始终没有提及程艳是怎么死的，他为何脱口说出程艳是投江自尽的呢？”肖志国若有所悟地点了下头。朱峰说：“到江边，找到徐小可和程艳喝酒的地方。”

两人在江边，找到了带有丹江老窖商标的破碎的酒瓶。

14

早晨上班，朱峰在分局大门口遇见了郭元平。郭元平问：“程艳被害案搞的怎么样了？”朱峰说：“有眉目了，徐小可交代 7 月 28 日晚的确跟程艳在一起，我们在江边找到了徐小可和程艳喝过酒的破碎酒瓶，并检验出了徐小可的指纹。这指纹可以推测，当天他和程艳发生了激烈的言行，导致他情绪恼怒摔碎了酒瓶。绝非他所说的，两人连架都没吵。我这两天制定个审讯方案，再审徐小可。”郭元平说：“得抓紧啊，今天是第三天了。”朱峰说：“你放心，我一定会让徐小可交代问题的。”

郭元平说：“老朱，告诉你一个好消息，分局准备给你提职任副大队长。”

朱峰听到这个消息，脸上虽然盈着笑，却不解地问：“刑侦大队不缺领导，怎么会考虑我任副大队长？”

朱峰说：“前段时间刘旺因对程艳死因不予调查，引起方淑琴的上访。曹宇局长为此对刘旺很不满。刘旺见在新华分局不得烟抽，就要求调往华电分局。昨天分局开班子会研究，准备让你接替刘旺。”

朱峰没说什么，只是透着感慨叹了一口气。

朱峰进了办公室，见大老李正在打扫卫生。朱峰问：“病好出院了？”大老李说：“出院了，不过大夫让我戒烟限酒，生活规律。”朱峰说：“那你就按大夫说的做。你还有半年就退休了，即使你不上班，也没人攀你。”大老李说：“我不来趟单位，心里还空落落的。”大老李也问起程艳被害案。朱峰把说给郭元平的话，又复述了一遍。大老李问：“徐小可和程艳具体在哪喝的酒？”朱峰说：“在东村附近的江边。”

肖志国来了后，朱峰对大老李说："我和小肖去检察院，你没啥事就回家吧。"大老李说："别价，有啥活你就吱声，只要不加班就成。"大老李像想起什么似的说："我给自己找了个活，你俩忙去吧。"

大老李给自己找的活儿，就是搜集徐小可害死程艳的证据。他想，东村附近的江边人员往来稀少，徐小可说不准像丢弃留有自己指纹的酒瓶那样，把什么东西留在现场了。

不曾想，大老李到了江边，天空忽地阴云密布，刮起了大风，接着下起了霏霏细雨。大老李没带雨具，周边没有避雨之处，不一会儿他浑身就被浇湿了。

大老李当天没感觉身体怎样，翌日起床才发现自己感冒了。他吃完饭，放下碗筷，哈欠了半天，接连打了几个喷嚏。老伴把药和一杯白开水放在大老李跟前说："昨天你上哪去了？下雨也不知道避雨。浇感冒了吧？"大老李没言语，吃下药，没理会老伴让他在家好好待着的话，拿件外衣出了门。

大老李再次来到了江边，他捡起根树杈，拨弄着岸边草地。两个小时后，一根白色的包带出现在眼前，他拎起包带，带出一个坤包……

15

经检验，在大老李拾到的坤包里的钱包上，发现了徐小可右手食指半枚指纹。朱峰兴高采烈地给郭元平打电话："郭大队，现已掌握徐小可的作案证据，我现在就去看守所提审徐小可。你就听我好消息吧。"

朱峰对肖志国说："把搜集到的程艳照片拿着。"肖志国不解地问："拿程艳的照片提审徐小可？"朱峰说："徐小可的作案动机，就是他对程艳由爱生恨所造成的。我们再审徐小可，要用心理攻势促使徐小可败下阵来，具体做法是把程艳的照片贴满审讯室和摆在他跟前。他没被抓起来前，看照片能唤起他对以往的回忆，填充他孤寂的生活。而现在，他身陷囹圄，面临严厉的刑罚，他看到程艳的照片，若唤起以往回忆的话，那大多会是他害死程艳时的情景，这情景定会像锥子一样直刺他的心……”肖志国竖着大拇指说：“朱哥，真有你的！”

徐小可被押进提审室，乍看到程艳的照片，只是面露新奇。不过他在审讯椅上坐了会儿，情绪便显现出烦躁来，特别是审讯椅台面上的照片让他无法回避，使他双手在审讯椅两侧的手铐里挣扎着叫喊：“把程艳的照片拿开……”

朱峰和肖志国没答话，而是继续观察着徐小可。

叫喊了半天，徐小可像是累了般闭上了双眼。

朱峰开口说：“你对程艳由爱到恨害死了她，你不是说和程艳没谈拢，没争吵又没动手地离她而去吗？那破碎的带有你指纹的酒瓶，你怎么解释？”

徐小可睁开眼说：“程艳没答应我，我临走时，只是气愤地把酒瓶摔碎了。”他透着无赖相说，“难道只摔碎酒瓶子就能证明我把程艳怎么样了吗？”

朱峰用手指着徐小可说：“当然能证明你把程艳怎么样了，你摔碎酒瓶子证明你情绪狂躁，在狂躁的情况下，你什么事都能做得出来。”

徐小可张嘴想说什么，却什么也没说出。

朱峰放缓语速问：“那么按照你的交代，我再问你，那天你在江边走时，程艳在干什么？”

徐小可说：“她没干什么，只是在江堤上呆坐着。”

“程艳随身都有什么东西？”

“身背一个包。”

“什么颜色的包？”

徐小可仰头想了下，说：“一个乳白色长方形的包。”

“你走时，程艳的包在哪？”

“没注意。”

“她的包里都有什么？”

“她的包里有什么我哪知道。”

朱峰从提审桌前起身，踱步到了徐小可的跟前，俯下身子盯着徐小可问：“那么在她的包里，为什么有你的指纹？”

徐小可惊恐得浑身一哆嗦，为避开朱峰的目光，他把头扭向一旁，身体紧贴着审讯椅的靠背急切地说：“她的包里不会有我的指纹，不会有我的指纹。”

朱峰说：“我再给你说详细点儿，在程艳包里的钱包上发现了你的指纹。”

徐小可低头，审讯椅台面上照片里的程艳在湖边微笑着挥手。他闭了下眼睛，又无力地仰在审讯椅上，终于吐口说：“我的确害死了程艳。那天酒后，我手持酒瓶跟程艳挥舞着说，我对你那么好，你为什么不答应我？程艳没有惧怕地说，我跟你情断义绝，为什么要答应你。我要知道你仍旧这么纠缠，我压根不会跟你来这。我摔碎手中的酒瓶说，你要是不答应我，除非你蹚过面前的这道江。程艳恨恨地盯了会儿我，毅然向江中走去。她刚步入江中，我冲向前推倒了程艳……就在我离开时，程艳放在台阶上的坤包里的手机响了，我拿起她的坤包，掏出手机扔进江里。我到了江堤上，翻了下坤包，见钱包里有几百元钱，我掏出钱包里的钱，把坤包随手扔了……”

徐小可交代完作案过程，痛哭流涕地说：“那天就这么个过程。”他乞求地看着朱峰说：“能给我一支烟吗？”

朱峰把烟和打火机掏出，让徐小可把烟叼起，帮他点燃问：“你害死程艳，当时是怎么想的？”

徐小可没有立即回答朱峰的话，他几大口将烟吸完，把烟蒂吐出来说：“……我当时只是幸灾乐祸地想，既然我得不到你，别人也休想得到你。”

案情已经明了，但朱峰的神情却难以轻松……

16

程艳被害案破获没几天，朱峰被提升为刑侦大队副大队长。

杨丽霞在《丹江日报》上看到了案件侦破通讯，通讯上写了新华分局刑侦大队副大队长朱峰如何侦破失踪疑案云云。杨丽霞给朱峰打电话说："朱峰，看样子你是双喜临门啊！既破了大案，还被提升为副大队长。"朱峰哈哈两声说："刚忙活完手里的工作，我正要给你打电话，晚上我请你。"杨丽霞说："提职了，应当请客。"

在酒桌上，杨丽霞说："你搞的这起案件，又是因爱而发的激情犯罪。"朱峰颇有感触地说："若说这起案件是激情犯罪，我认为是激情犯罪中最恶劣的案例。案犯徐小可不谙世事，性格偏激，极度缺乏自控能力。被害人程艳已跟他离婚，他在纠缠无果的情况下，仅凭'我得不到你别人也休想得到你'的恶意而置人于死命！两个年轻的生命，一个香消陨落，一个即将面临严厉的刑罚。我脑海中常浮现出程艳死后仍不失俏丽的容颜，和徐小可审讯时痛哭流涕的景象。这两人的结局着实让人感叹！"

杨丽霞问："一起失踪的事件在你眼里却认为是刑事案件，你为什么要把这起案子坚持查下去。"朱峰说："责任使然。即使我不查，别人也会查。"杨丽霞充满敬意地举杯说："为了你说的责任，敬你一杯。"两人的杯碰在了一起。

杨丽霞放下酒杯说："其实爱与不爱都随缘，可是就是有人放不下。"

"是啊，放下了，心里的疙瘩就解开了，说不定还有另外的缘分在等着你。"朱峰热切地看着杨丽霞说，"比方说我和你。"

杨丽霞愉悦地笑了……

（原载《东方剑》2017年第6期）

河流之下

陈东枪枪

一

初夏的黄昏，如血的斜阳打碎在杨柳叶里，溅起几寸老时光。一条老狗耷拉着脑袋，从哑巴身旁悄无声息地漫过。哑巴拾起一块石子，老狗的哀嚎声中伴着哑巴咯咯的笑声。哑巴小心翼翼地脱下破了裤管的直筒裤，平整地放在河岸边，从低洼处下了水。

河水是会说话的，哑巴听得懂。人们以为哑巴每天都来摸螺蛳是因为喜欢它的味道，只有哑巴自己知道，他喜欢的是河水讲的故事。哑巴从河水里摸上来的每一件东西都浸着岁月的气息，一枚硬币，一台收音机，甚至一颗还未成年的螺蛳。一片杨柳叶跌落，绕着哑巴的腰转了一圈，随后顺着流水去到下一个国度。

这回河水讲的故事，是关于一个死人的。

哑巴摸到的是一撮头发，从水里提上来的时候，女人的尸身也跟着浮出水面。哑巴两眼放光，他将尸体放上岸，碰见路人就比画，路人不明白就拉着他们去看。他的裤子还平整地放在河岸边，和尸体排成一排，同样地安静。一条老狗冲着死尸狂吠，哑巴这回没有拿石子扔它，吠吧，吠得再响亮一些，哑巴也学着狗吠，任由那半篮筐螺蛳打翻，旋转，沉入河底。

人群越聚越多，哑巴就蹲在女人尸体边上，目光一遍又一遍地在人群和死尸身上交换。残阳的颜色更深了，深到看不清哑巴的脸，这一次是他一生之中最受关注的一天。

陆林到达现场的时候，已近黑夜，夜风夹着河水的呼吸，向更深更远处吹去。人群向两边散开，陆林招呼着法医陈浅进去。老狗还在吠，哑巴没有再学，警察将哑巴拉开，让他穿上裤子。技术科的人在尸体水域周边进行勘查，判断其为落水还是他杀。陈浅取出一次性手套，他一共戴了三层，护目镜是陆林递给他的。陈浅给了陆林一个眼神，然后蹲下身子开始查看尸体。

女尸整个尸身已经水肿，尸斑呈淡红色。像这样的尸体陈浅不知看过多少具，每一具都是一样的姿势，一样痛苦扭曲的表情。

口鼻腔前有少量白色或淡红色泡沫，确定为生前溺死，且溺死过程不短，女尸右手食指有伤口，初步判断死亡至少已有一周。陆林没有戴手套，只是用手套边托起女尸的手。是他杀，陆林淡淡地说了一句。

溺水时，由于死前精神紧张，慌忙挣扎、两手乱抓，会抓到水草、泥沙，或者指甲缝中嵌入泥沙，但是这具女尸的手指甲却很干净，说明她溺死的地方没有水草、泥沙，换言之，就是这条河流并不是她真正溺死的地方，而是有人将她溺死后移了过来。

陈浅认同陆林的说法，他脱下了一次性手术衣，摘除了手套，将手套包裹进手术衣里和尸体一并塞进了尸体袋。陈浅总是会将这些带回去焚烧，用他的话说，是对死者的尊重，只有陆林知道，那火焰里，有力量在跳动。

随尸体一同带回公安局里的，还有哑巴。哑巴一路都在叫唤、在比画，年纪稍微大点儿的警察能看懂大概。没有人知道哑巴为什么这么兴奋，他直筒裤裤管的破洞随着他一起摇摆，或许，只有河流知道。

河流其实有个名字，叫作浦阳江。浦阳江由西向东，流经多个县市。哑巴回去的时候下起了雨，猝不及防，河道两旁的杨柳叶尽情吮吸着雨露，水面泛起白点。哑巴不顾雨水，跳下浦阳江乱摸一通，直到河水没过了他的胸口。

哑巴的头发湿漉漉地黏在一起，他想起了那条老狗。明天老狗会来的，自己也会来，他还会继续朝狗扔石头，让狗吠起来，叫醒苍白的小镇。

雨停了的时候，陈浅手中的解剖刀也停了。溺死过程中，硅藻会随溺液进入呼吸道，然后通过肺泡壁进入体循环，从而遍布全身许多脏器中。因此，可在心、肝、肾、骨髓中检出硅藻。硅藻具有很强的抗腐蚀能力，尸体腐败后，它仍完整存在。不同水域，硅藻的种类和数量可有不同。陈浅把在女尸体内发现的硅藻和浦阳江水域的水样进行比对，发现两者并不吻合，这就更加确定了，该女性尸体是溺死的没错，只不过并不是在浦阳江河道里溺亡的。

陈浅连夜将尸检报告交到候在法医室门口的陆林手中，陆林细看一遍，然后带着尸检报告疾步离开。调查最近一周失踪人口的民警回来报告，符合的有两个，陆林让他立刻通知其家人前来认尸。

一辆黑色的大众宝来在公安局门口停下，车子看上去有些年头了，左侧大灯边有一个明显的凹痕。下来的男人年纪四十岁左右，一对蚰蜒眉挤在一起，他连车门都顾不上锁，匆匆推开公安局的玻璃大门冲进来。

当陆林掀开白色布单的时候，中年男人失声痛哭，陆林让民警通知另一家家属无须赶过来了，这边已经确认。

她是我母亲，男人哽咽着说，他没有接陆林递过来的纸巾，而是用略带褶皱的衬衫袖口擦去眼泪。

女尸的身份得以确认，是这个名叫贺立群的中年男人的母亲王芙蓉。据贺立群说，王芙蓉已经失踪八天了，他心里也知道母亲可能凶多吉少，只是没想到母亲是这样的死法。

贺立群是镇上一家小公司的老板，经营着袜子生意，家里还有妻子和女儿，女儿在国外读书，妻子此刻正在家里等消息。陆林告诉贺立群，王芙蓉是被人杀害的。贺立群愣在原地，怎么可能，怎么可能会是被人杀害的？

陆林看着贺立群脸部的变化，法医解剖结果显示确系他杀，我想知道王芙蓉与什么人有过节。

贺立群摇头，我并不清楚，母亲一向不跟谁结怨，怎么会有人杀她呢？

陆林将白布单盖回，送贺立群出门。

贺立群只是点点头，他的黑色皮鞋有些掉色，踩在空荡的走廊里发出回响，如同丧钟一般。一定要抓到凶手，这是贺立群最后留下的一句话。

陆林瞄了一眼贺立群留下的地址，趁着夜色驱车前往。下雨后出来的人并没有以往那么多，陆林看到就在贺立群所住的小区楼下有一家便利店，于是推门进去。

陆林从货架上拿了一瓶矿泉水。店员是个二十来岁的小姑娘，陆林在付钱时向她打听王芙蓉。

店员知道王芙蓉，她经常会来买一些日用品，一来二去就认识了，有时候还会说上几句话。只不过最近一直都没见到了。末了，店员补了一句，将零钱放在陆林摊开的手里。

陆林将零钱放进口袋，然后拧开了矿泉水的瓶盖。她跟什么人走得比较近吗？

一个男人，店员几乎是脱口而出，一个长着胡子的男人。店员说完的时候，陆林的矿泉水已经喝掉一半了。

其他的店员并不清楚，一些家长里短陆林也不想听，他出了便利店，立刻拨通了电话，吩咐下属去查找一个长着胡子的男人。

陆林上了车，他将矿泉水放在中控。不对，王芙蓉和长着胡子的男人都已经在这里出现过了，连便利店的店员都知道了，为什么作为儿子的贺立群却一无所知呢？这里头一定有什么猫儿腻！陆林发动了车，车子消失在了漆黑的街道，只留下发动机微弱的轰鸣声。

二

夜，落下来的时候，华良正打开那只父亲留下来的木质收音机。他将频道调至本地，然后冲了一杯咖啡，闭着眼躺在沙发上。

昨晚去酒吧喝得酩酊大醉，虽然睡了一天，但是到现在仍没有缓过劲儿来。昨天是父亲的生日，自从当警察的父亲牺牲以后，华良每年都是在酒吧为父亲庆生的，今年也不例外。酒吧是一个小小的迷幻的世界，酒和音乐能让人忘记一些痛苦，好像只有这样他心里才好受些。酒吧新来的陪酒小姐叫青黛，华良知道，那是一味草药的名字。陪酒小姐的名字都取得如此文艺，倒确实让人想见识见识。青黛的确如同草药一般，她的一颦一笑都冲击着华良的身躯，其实是华良陪着她喝了许多的酒，从日落西山，到晨曦东来，从过去，到现在。

青黛说，她的家就在浦阳江边，以后葬也要葬在浦阳江边。华良便信了。于是，他们手中的杯起起落落，杯中的酒深深浅浅。青黛是头一个让华良喝得大醉的陪酒小姐，华良现在回想起来，都能闻到青黛身上那抹淡淡的茉莉花香。

收音机插播了一条新闻，在浦阳江中打捞起一具女尸。华良睁开眼，他忽然想起了青黛的那些话，浦阳江里究竟有些什么呢，能让一个陪酒女说得如此情真意切。

华良出门的时候，头隐隐作痛，昨晚最后是怎么回的家他已然记不得了，他也不知道自己为什么会想去浦阳江边，或是因为青黛的话，也或是因为收音机里的那条新闻。华良感觉自己过得浑浑噩僵的，眼皮也没能完全张开。溅起的水花浸湿了他的鞋尖，有那么一瞬，他感到初夏的夜风还是有些凉意的。

他独自来到收音机所说的河段，两旁的草木在风中摇曳。华良望着河水发呆，这河流底下到底有什么呢？会不会有另一重世界？滚滚的河水，在向夜风诉说着什么，但在华良看来，它显得那么苍白无力。哑巴从水中探出脑袋的时候，着实把华良吓了一跳。哑巴吃力地爬上岸，他和华良对视一眼，然后晃了晃手中刚从水底摸到的一条金手链。哑巴兴奋地跑开去，华良望着他的背影，突然间，脑子一片空白。河流之下，似乎有很多东西，华良这么想着，迎着柔软的晚风，朝公安局走去。

陆林给华良泡了一杯茶，华良的精神不是很好，看上去很疲惫。他其实知道，昨天是老战友的生日，华良的心情一定很糟糕，自己又何尝不是呢。

华良向陆林询问了有关这桩案件的详细情况。陆林将贺立群的一些情况也告诉了他，并将询问笔录拿给华良。华良粗略看了一眼，将笔录丢在一旁，说道，我要重新问。

华良让陆林去跟贺立群约时间，他要亲自再询问一些事情，并且让陆林详查王芙蓉的一切关系，重点放在那个长着胡子的男人身上。贺立群公司的运营情况也要查仔细。华良对贺立群也不无怀疑。他呷了一口茶，头还是有点儿晕乎乎的，青黛的面庞似乎比刚才要模糊了。窗外，又在飘雨了，华良坐在办公椅上，睡着了。

陆林即刻派人对贺立群进行暗查，尤其是他公司的一切事务。安排完以后，陆林从柜子里取出一条毛毯，这是他熬夜时常盖的，只是今天盖在了华良的身上，而他自己，则拧开了一瓶酒。

翌日，上午。

暗查贺立群的警员回来报告，他们发现，贺立群的公司此前出现了严重的债务问题，一直给他放贷的银行如今也不再贷款给他，他的公司现在面临倒闭。

陆林打了个哈欠，咬下一口刚买的肉包子，他关心的是王芙蓉那边。

警员称还未找到那个长着胡子的男人，不过已经有些眉目了，而且对于王芙蓉，他们有重大发现。王芙蓉在镇子上有两套房产，并且她生前有过意外险投保，保额高达一百万，受益人正是儿子贺立群。

陆林将肉包子放下，王芙蓉死后，贺立群就可以继承她留下来的遗产，这些遗产足以让贺立群的公司起死回生，难道是贺立群为了自己的公司而杀害了他的母亲？

不排除这种可能性。华良揉揉惺忪的睡眼，对于这个说法他也是认同的。

华良和陆林决定亲自去一趟保险公司。从凶手的作案手法来看，伪造成失足落水骗保的可能性极大，而贺立群正急缺这一笔钱。现在，就看那个长着胡子的男人到底是怎么回事了，不然，贺立群就是第一嫌疑人。

华良和陆林见到了保险公司负责王芙蓉的保险员，他们证实了王芙蓉的确在他们公司投过保，而且投保还不到三个月就出了这样的事情，保险公司也在怀疑是有人骗保，他们此前已经去王芙蓉家里取证了。

离开保险公司，陆林准备回公安局，华良将车窗摇下，说道，转弯，去会会贺立群。

陆林和华良站在贺立群家门口的时候，贺立群正准备出门，他穿的还是昨天的那件衬衫，最后一颗扣子还没扣上。

贺立群没有把华良和陆林迎进家门，显然是希望二人可以长话短说。华良虽然看出来了，但还是朝屋里探了探身子。

贺立群在陆林的提醒下，扣上了最后一颗纽扣，他将两人请进屋，让妻子黄瓜泡了两杯茶。该说的自己都说了，真搞不懂警察还要来问什么。

华良观察着房间里的格局和摆件，贺立群的妻子黄瓜看不出具体年纪，三十来岁，实际应该要更大一些。黄瓜穿着挺时髦，只是眼神中流露出一丝悲伤，许是婆婆的死以及丈夫公司的事情让她难以承受吧，毕竟只是个女人。

对于王芙蓉生前买了巨额保险一事，陆林是开门见山询问贺立群的。

贺立群没有落座，轻描淡写地回答，我不知道。

陆林哪里会信，紧紧盯着贺立群，目光锐利，母亲买巨额保险，受益人是儿子，作为儿子怎么可能会不知道。

贺立群很讨厌这个叫陆林的刑警，每次问话都像是在讯问犯人一样，让人感觉浑身不舒服。

陆林正要说什么，华良一把拦住陆林，只是向贺立群询问了案发的时候他在哪里，在做些什么。

贺立群称当时自己正在公司车间研究一款新的产品，并且他表示公司的人都可以作证。

说完朝陆林瞥了一眼，抓起桌上的汽车钥匙，丢下一句“失陪了”便出了门。陆林和华良互换了个眼神，他们决定向黄瓜询问一些关于贺立群的事情，希望能有所突破。

华良向黄瓜询问了一些关于贺立群公司的事，黄瓜称自己不参与这些，不是很清楚，只知道现在生意不景气。黄瓜说这话的时候眼神还是流露着悲伤，比之前更重一层。

现在没有任何证据能够证明王芙蓉的死与贺立群有关，但是，种种迹象表明，贺立群有难以撇开的关系。华良向黄瓜询问知道不知道一个长着胡子的男人和王芙蓉有来往，黄瓜表示不知，她一个人要么在家，要么去娘家，要么和闺蜜逛街吃饭，很少管家里的事。

在黄瓜眼里，王芙蓉是个不错的婆婆。她对自己不会恶语相向，也不会看不顺眼，婆媳关系处得还算融洽。自己的丈夫也很孝顺，对自己和婆婆也都特别好。

华良和陆林起身告辞，华良看出黄瓜有些犹豫，便问，黄女士还有什么想说的吗？

黄瓜看了华良一眼，目光有些颓然。她告诉二人，其实丈夫近来为了公司的事情忙得焦头烂额，前不久和婆婆大吵了一架，就在王芙蓉死前那一晚。贺立群说要跟王芙蓉同归于尽，不过后来他还是买了王芙蓉最爱吃的冻米糕来赔罪。

华良表示知道了，此时陆林已经下楼，在黄瓜将要关上门的时候，华良叫住了她，案发时间前后，您在哪儿?

我那几天都在娘家，不在这里。黄瓜冲华良微微一笑，然后关上了门。

华良的头又开始有点儿晕乎乎了，酒吧里的酒估计是劣质的，以次充好，否则怎么过了一天一夜了还没恢复元气。青黛的面容在华良的脑海中越来越模糊不清，浦阳江的河面却越发清晰起来，尤其是哑巴与他的那一个对视。

下午，起风了，天昏沉沉的，转眼又要开始下雨。斜风吹起河边的杨柳枝，杨柳叶如雪片般飘落，浮在江面上，随着波动的江水，去往不知何处，听天由命。

三

黄瓜和华良面对面坐着，这是邻近公安局的一家茶馆。黄瓜看上去有些憔悴，面无生机。黄瓜来找华良的时候，华良正独自一人坐在茶馆喝茶。这家茶馆华良有时会特意过来，并不是茶馆的茶有多好喝，而是茶馆里时常会听到一些人讲一些事，一些琐事，一些故事。

黄瓜从挎包内拿出一张汇款单，这是在收拾婆婆遗物的时候从她抽屉里翻出来的，金额不多，不过收款人姓李，他们家亲戚当中并没有姓李的，所以黄瓜觉得这个人有可能就是华良他们要找的长着胡子的人，就特意拿来给华良。

华良接过汇款单，单子上的收款人写着李大陆，寄款人则是王芙蓉。华良想留下这单子，黄瓜点点头，华良将茶水推到她面前，黄瓜欲言又止。

华良看出来了，他试着打消她的顾虑。

黄瓜将挎包放在双膝上，始终没有去拿那杯茶，她的喉咙轻轻动了一下，说道，其实……我丈夫以前也说过要杀了我婆婆，只是，他只是说说，他，是个好人。

哦？黄瓜的话倒是引起了华良的兴趣，他将身子向黄瓜处挪了挪，想再详细询问一番，怎奈黄瓜此时已经站起身，她向华良望了一眼，然后离开。

黄瓜的步子很轻，轻到了泥土里，她那一件粉色长衣被风刮起，华良看了良久，直到她的身影消失在拐角处。

紧接着出现的，是喝了一天酒还没喝趴下的陆林。陆林端起黄瓜的那杯茶，一口气喝得精光，然后又满上一杯。

华良将汇款单放在桌上推到陆林面前，什么话都没说。陆林拿起来看的时候，另一只手已经拨通了电话。去查一下李大陆这个人，他有可能就是那个长着胡子的男人。陆林丢下这一句话后，和华良再无言语，他们都痴痴地望着窗外山雨欲来风满楼的场景。

哑巴是不是又在摸螺蛳了？想到这儿，华良缓缓举起了桌上的茶杯，茶水已经凉了，华良还是喝了一口，那味道，略带苦涩。

回到公安局以后，下属告知华良和陆林，他们找到了王芙蓉汇款单上的李大陆，他果然就是那个长着胡子的男人。下属告诉两人，经过他们的排查讯问，发现李大陆有重大嫌疑。李大陆是王芙蓉的情人，王芙蓉在丈夫去世以后一直寡居，不甘寂寞的她认识了这个李大陆。因为李大陆长着满脸的络腮胡子，所以邻里街坊都管他叫李胡子。李胡子高大魁梧，没有正经工作，年轻时是个小混混，没有女人愿意嫁给他。他一直靠着王芙蓉的接济过活。李胡子交代，案发当日，他赌输了向王芙蓉要钱，但由于儿子公司不景气，手头也不宽裕的王芙蓉拒绝了他，因此两人发生过口角。

李胡子对于杀害王芙蓉一事矢口否认，坚称自己只是和她吵了一架而已，什么都没有发生，包括肢体接触都没有。陆林和华良趁机前往李胡子住处调查，他吩咐下属，等自己回来后再将李胡子放回，然后派人暗中盯着。

车沿着浦阳江行驶，副驾驶座的华良将手伸出窗外，感受着丝丝凉风，浦阳江面水波翻涌，一卷续着一卷，未有停歇。

李胡子的老家在农村，比较偏远，平时租住在镇上一处比较便宜的招待所内。招待所有些简陋，华良脚踏进去的时候能闻到一股浓重的潮湿的味道，这味道让华良不由自主地捂住了口鼻。说实话，尸体的味道可比这难闻多了。陆林在华良耳畔嘀咕一句，他走在华良前头，在招待所前台处止住了脚步。

说是前台，其实也就是一张小桌子隔了一下罢了，桌子后一个肥头大耳的中年妇女趴在上面睡着了，能听到她浑厚的呼噜声。陆林握拳的右手使劲儿在桌台上敲打了几下，中年妇女抬头看时，陆林已经将警官证拿在了手上。

陆林在问中年妇女李大陆情况的时候，华良正四处走动。

中年妇女打了个哈欠，说话阴阳怪气，李大陆在她的眼里就是渣子。

中年妇女摆动着她硕大的肥臀，引着陆林来到一扇落地窗前，指着窗外的一株桂树，那天李胡子就是在那儿砸了人家的车窗玻璃。

李胡子砸了车窗玻璃，车牌号呢？陆林的目光仍停留在桂树周围，老板娘提供的时间正好与案发时间相吻合。

中年妇女晃晃脑袋，又耸了耸肩，不知道，一个女人开的车。

华良给陆林使了一个眼色，陆林心下明白，李胡子砸的车应该是贺立群家的，但是这件事情李胡子并没有提及，由此可见，李胡子一定还有事情瞒着，而且一定和王芙蓉有关。陆林和华良从中年妇女处要来了李胡子的房间钥匙，打开门的刹那，一股怪味扑鼻而来。烟味、潮湿味、汗味，什么样的味道都有，它们混杂在一起，令人作呕。

王芙蓉竟然也能看上这种人。这是陆林说的唯一一句话，他实在是不想在这房间张口，生怕这些味道里带着什么毒。华良并没有特意去翻找，只是大致看了看，对于他来说，李胡子仅仅因为吵架就杀死王芙蓉是值得推敲的，何况王芙蓉还是李胡子的摇钱树，虽然这棵摇钱树已经拮据了。

看到老板娘带着陌生人站在李胡子房间里，住在隔壁的客人也凑上来看热闹，当得知是警察在查案时，那客人便向华良提供了一条重要的线索，他曾目击李胡子将一个女人拉到附近公园的喷水池中，将她的头按到水里。起先那个女人拼命挣扎，但没过多久就不动弹了，他当时以为是两口子打架，多一事不如少一事，就离开了。

当时正是最热的时段，公园里并没有什么人，陆林告诉客人和老板娘，让他们平常多留意，一旦想起什么要立刻通知自己。陆林给他们各留了一张名片，如果没猜错，那个被李胡子按到水里的女人应该就是王芙蓉了。

华良让陆林开着车在这周围转一圈，看看附近有没有修车行，因为招待所老板娘称当时李胡子是砸了一个女人的车的，假设喷水池的女人就是王芙蓉，那么这辆车一定也跟王芙蓉有关，但为什么贺立群家的车窗玻璃在案发当天被砸一事却无人提起呢？这点值得怀疑。另外，如果车子开到 4S 店去维修，一来容易被查到，二来贺立群家目前也需节约用钱，所以一定会选择就近的修车行。

事实证明，华良的推测是正确的，这周围的确有一家私人修车行，陆林在登记记录里的确看到了贺立群那辆黑色大众宝来的车牌号。现在的问题就是，王芙蓉当时有没有被李胡子淹死。

应该没有。这是华良的推断，王芙蓉开着儿子贺立群的车约见了李胡子，结果闹翻，然后李胡子砸了王芙蓉的车，并将王芙蓉拖到公园喷水池，不过并没有将其淹死，倘若淹死，又是谁开着车去维修，并将车子开回家的呢？所以结论就是，王芙蓉当时并没有被李胡子淹死，不过李胡子的嫌疑还是非常重大，他当时对王芙蓉已经起了杀心。

李胡子被放了回来，他的心情极差，见谁呲谁。王芙蓉死了，王芙蓉真的死了。李胡子的耳畔一直萦绕着这两句话。王芙蓉死了，自己还能有活路吗？李胡子连招待所都没有回，他摸摸口袋，身上还有仅剩的几十块钱。够了，李胡子连夜坐着巴士逃到了邻市，他不能就这么进去了，不然这辈子就完了。

陆林是在和华良吃夜宵的时候得知李胡子逃跑的，警察已经在搜索抓捕了，陆林朝华良仰了一下头，这个李胡子就是凶手，不会错的。

华良将一大块红烧肉放进嘴里，作为肉食主义者，红烧肉对于他来说有着无法抗拒的魔力。此事还值得推敲，李胡子究竟是不是凶手现在还不能过早下定论，单从一些迹象来看，李胡子的确有凶手之嫌，但事情并没有面上这么简单。

陆林坚持己见，他让华良去查，如果不是李胡子，就拿出证据来证明。

华良的脑中忽然出现了江水的画面，江上的细浪被冷风吹起，层层叠叠，如同一层又一层的迷雾，剪不断，理还乱。所幸的是，案件还算是有些头绪，最起码到目前为止没有那么多弯弯绕绕。

明天我去那座公园的喷水池看看。

华良说完这句话的时候，他手中的酒杯和陆林的碰到了一起，这场景跟青黛喝酒的时候很像，只不过自己已经完全记不得青黛长什么样子了，或许是美的，也或许自己从未看清。

四

华良疾步走在小镇的道路上，一条老狗从它身旁一瘸一拐地走过，华良看到，老狗的左前腿断了，它的背上还有一块血迹。老狗松弛着身子，华良不由得停下来看了一会儿，这老狗像是在哪儿见到过。

华良想起了哑巴，老狗那时候就在哑巴身边吠着，吠得那么起劲儿。哑巴又拿石子扔它了，只是这次下手颇重，连它的腿都打折了。

老狗走过的地方是荒凉的，也许，老狗本身就是荒凉的，没有人为它出头，也没有人替它包扎。老狗蜷缩在墙角，噙着泪望着这个世界，华良从它身上感受到了一种将死未死的凄凉。斜阳与微风，哑巴与老狗，同样是浦阳江边的一道景致，只不过清绝到令人神伤。

华良先是来到了招待所，招待所的潮湿味仍是那么浓烈，不，比昨天更加重。老板娘依然在睡觉，只不过今天是仰天而睡。华良用咳嗽声叫醒了她，老板娘抱怨李胡子逃走了，房租都泡汤了。华良没有理会，只是向她打听了公园的地址。老板娘不耐烦地说了一条路名，翻身继续睡觉，不再理睬华良。

华良掏出几张百元大钞，放在了老板娘的柜台桌上，露出一抹笑意，如果是这样呢？

走，我带你去！老板娘乐呵呵地收下了钱，问华良要不要喝茶，华良手一抬，示意不要，老板娘还是硬塞给了他一瓶矿泉水。老板娘肥大的身躯走在华良前面，姿势有些滑稽，华良想，若是整天和这样的女人待在一起，自己一定吃不消。

这个就是喷水池了。老板娘擦拭掉满脸的汗珠，因为身体过于肥胖，才走两条街的路程她就已经累得气喘吁吁了。

空气有些燥热，完全不像是昨天刚下过暴雨的样子，混杂着的泥土的气味迎面扑来。华良谢过老板娘，用手臂测试了下水深，刚好过臂，这个水池的确可以淹死人。如果说王芙蓉的确是在这儿淹死的话，那么通过水样的比对，法医就可以判断出来。华良拧开老板娘给他的矿泉水瓶盖，将水倒在路旁，然后灌满了喷水池里的水，揣进怀里。

华良是直接从公园离开的，老板娘显得很疲惫，回到招待所的她软瘫在座椅上，衣服已经被汗水浸透了，她抱怨着昨天和今天像是两个季节，实在是受不了了。

一只陶瓷杯落在地上，发出清脆的破裂声。杯中的茶水泼洒在地板上，向四处漫延，阳光透过窗户照射进来，带走了这些灵魂。

是谁允许你乱碰我妈东西的？给我滚蛋！

说话声音极响，几乎是吼出来的，这声音的主人是贺立群。

贺立群是指着黄瓜的鼻子怒吼出这句话，黄瓜的眼圈微红，她没有回话，她并不知道为什么自己收拾婆婆的遗物会招来丈夫如此谩骂。

贺立群有些歇斯底里，他疯了似的在母亲王芙蓉的房间里翻箱倒柜，房间被他弄得一塌糊涂，嘴里还不住念叨着：放哪儿了呢，到底在哪儿呢？

黄瓜战战兢兢地询问贺立群在找什么，她的声音轻细得连她自己都听不清。

贺立群翻完最后一个箱子后，怒视着黄瓜，他一把将黄瓜拽到自己跟前，吼道，我妈的房产证呢？是不是你藏起来了！

黄瓜拼命地摇头，不，我不知道。

贺立群从未发过这么大的火，尤其是冲着黄瓜，他的脸变得凶神恶煞，双手死命掐住黄瓜的脖颈。黄瓜奋力挣扎着，脸涨得通红。见黄瓜这副样子，贺立群自己也吓了一跳，从结婚到现在，不要说打，自己都极少会骂妻子，今天这是怎么了，差一点儿就把妻子给掐死了。

贺立群松开了手，一直重复着对不起这三个字，黄瓜猛烈地进行着深呼吸，由于呼气过猛，导致她不住地咳嗽。

黄瓜其实也知道，丈夫为公司的事情寝食难安，这回王芙蓉死了，得到的遗产和保险金确实可以让他们重新走上富贵的生活，至少衣食无忧。从另一个层面来说，王芙蓉一个人的死是救了她和丈夫两个人。

贺立群终于安静下来了，他猜想王芙蓉有可能将房产证放在了老房子里，没有带到这儿来，他朝黄瓜再次说了声对不起后便急匆匆出门，留下黄瓜一个人呆立在客厅。

黄瓜听到车子启动的声音，丈夫变了，变得自己一点儿都不认识。她想起那年，浦阳江畔的少女，被一位穿着白色T恤的少年将手牵起，他们迈着同样的步子，踩在柔软的草地上，无话不谈。少女看见，一只蝴蝶从脚边掠过，另一只，紧随其后。

陈浅加班将华良取回的喷水池的水样和王芙蓉体内所残留的部分水样进行了比对，比对结果显示王芙蓉体内的硅藻正是来自于喷水池，换句话说，王芙蓉就是在喷水池淹死的。

华良点的外卖送到了，他邀陈浅和陆林一同来吃。陆林在饭间提到，公园的主路上是装有治安监控的，虽然不能完全拍摄到公园内景，至少可以查到贺立群的黑色大众宝来是不是在那儿也出现过。李胡子是没有车的，电瓶车都没有，他要移尸极为困难，如果贺立群的轿车出现过，那么他也就有了移动尸体的嫌疑，或者说，还有另一种可能，贺立群会不会跟李胡子串通好了？毕竟王芙蓉的死对两个人都有利。

华良提出异议，对于李胡子来说，王芙蓉死可没什么利益，他还靠着王芙蓉的接济过活呢。

王芙蓉最后一次不是也没有给李胡子钱吗？陆林咽下嘴里的饭，咕咚咕咚连喝了两口酒，他的话掷地有声，要是贺立群给了李胡子什么好处呢，这就难说了。

华良从陆林那儿拿过酒瓶，喝了一大口，酒瓶里的酒所剩无几，他有点儿赞同陆林的思路，倘若李胡子在王芙蓉处得不到好处，但在贺立群那里却得到了，同样为了生计，李胡子确实极有可能和贺立群形成统一战线。

陆林已经让技术科去调取现场监控了，桌上的残羹剩饭还没来得及收拾，技术科的人就来了，他们向陆林汇报了监控视频所截取的线索，贺立群的轿车在案发当天的确曾在公园那一片出现过，但只是停在了公园某处，监控没有拍全。

华良拿纸巾擦了擦油腻腻的嘴唇，而后立刻让陆林对贺立群采取调查措施，必要的时候，可以直接传讯。

五

再次见到贺立群，是在他母亲的老房子里，由他的妻子黄瓜带路。警察们到的时候，贺立群还在老房子里找那本房产证，现在对他来说，唯一能够让自己感到一丝安全感的，也就只有那一本可以起死回生的房产证了。

有一点，华良和陆林心里都是明确的，既然王芙蓉是在喷水池淹死的，那么喷水池就是命案第一现场，而发现尸体是在浦阳江河段，喷水池与浦阳江河段又相距甚远，肯定需要交通工具来转移尸体。李胡子没有，但贺立群有，何况治安监控已经清晰拍下贺立群的轿车在案发当时停在案发地点。

贺立群愣在原地，一下子没站稳，又瘫坐到了床上，木质的老床发出了响亮的一声。贺立群朝华良和陆林望去，他的手在微微颤抖着。

陆林拿出了早已申请好的搜查令，边给贺立群看边招呼手下进行全面搜查。

贺立群没有阻拦，他一把拉过妻子，大声斥责她带这些警察来干什么，还有房产证一定是妻子拿走了，否则不可能找来找去都没有找到。黄瓜被他拽过来的时候碰翻了摆在柜子上方的一瓶香油，香油沾到了她衣服的袖子上，那图案像极了一个吻痕，但却不是吻。

黄瓜啜泣着，她不知道怎样回答自己的丈夫，她不想看着他再这样下去，毕竟说到底，一日夫妻百日恩，百日夫妻似海深。纵然自己的丈夫真的做错了什么，或是犯下了什么弥天大罪，只要他知错，自己还是会待他如初的。

陆林他们来时已经对贺立群现在居住的房子进行了搜查，但是没能搜到什么，现在对这幢老房子，警察在搜查了半小时之后仍是什么都没有发现。陆林朝门口探了探头，然后招呼一名警员过来，附耳说了些什么，这名警员就打开了贺立群的轿车门。

陈浅是之后赶到的，他刚解剖完另一起案件的尸体。华良与陈浅两人亲自检查贺立群的汽车后备箱，陈浅提取了后备箱的一些小物件，快速从中化验出了喷水池的池水成分。

一名警员冲贺立群问话，口气有些强硬，案发当天他的车子到过镇上的公园，这是无可厚非的，关键在于他是去干什么了。

贺立群头也没抬，我听不懂你在说什么。

陆林从档案袋内取出几张由治安监控上截取下来的照片，他把它们一一摊开，平整地放在贺立群坐着的床铺上，瞥了一眼贺立群，现在懂了吗?

贺立群仍一头雾水，他否认自己开车去过喷水池，无论陆林怎么问，贺立群就是拒不承认。他说以前倒是偶尔路过喷水池，取过里面的水洗过车，但那已经是很久之前的事情了。陆林将照片收起，放回档案袋说，会有你哭的时候的，贺立群。

黄瓜移步到贺立群身旁，贺立群的情绪已经稍微有所平复，他们两人就这么看着警察进进出出，什么都做不了。

有了！随着陈浅法医的一声喊，华良倚靠在轿车的右后门上，陆林赶忙朝他们跑过去，警察们也都纷纷聚拢。

只见陈浅手中握着一个玻璃试管和一个喷射器，他指着后备箱发着蓝光的地方说道，有鲁米诺反应。

陆林凑上去看，这证明了车子后备箱有血液的残留，华良推测应该就是王芙蓉留下的。他还记得王芙蓉的尸体右手食指有一个明显的伤口，一定是手指留下了证据。

陈浅高举手中的那根玻璃试管，他告诉在场的所有人，后备箱里所发现的极细微的血液残留和王芙蓉的血液是一样的，这足以证明王芙蓉就是被这辆轿车移尸的。

贺立群一下子从床上跳了起来，这怎么可能，我的轿车，将我母亲的尸体移尸，这不等于是在说我就是杀人凶手吗?

事实胜于雄辩。陆林从腰间取下银色手铐，准备铐住贺立群的双手。贺立群挣脱开陆林，他几乎是用尽所有的力气吼出来一句，我是冤枉的，我没有杀我妈!

没有人相信他的话。每一个凶手都会为自己辩护，从没有一个凶手会爽快地承认犯罪事实，这些陆林知道，在场的所有警察都知道。证据就摆在所有人面前，只要将贺立群带回局里审一审，就什么都明白了。

华良保持着原样一动未动，他其实心里清楚，贺立群是整个案子中唯一获益的人，而且是翻身的大利，也只有王芙蓉的死，才能够让他真正获取到这些利益。从贺立群的种种表现来看，想要杀死王芙蓉的，就是贺立群。动机有了，证据有了，手法也有了，一应俱全，让贺立群俯首认罪只是时间长短的问题罢了。李胡子那一边据说也已经有眉目了，警方查到他就躲在邻市，一旦确定具体位置立马实施逮捕。现如今李胡子招供不招供，或者说是否能抓到，这一切都已经不重要了，华良朝贺立群瞄了一眼，只要这个男人在这儿，王芙蓉一案便可以结案了。

贺立群的公司面临着倒闭，需要大量资金进行周转，他早就无计可施，银行贷款也不下放，于是他想到了母亲拥有的两套房产。然而，这两套房产王芙蓉并不打算卖掉，即便贺立群跟她说明了情况。王芙蓉明确表示，不管怎么样，自己不死，房产绝对不卖。贺立群被逼上绝路，只能杀死自己的母亲，这样他就可以名正言顺地继承王芙蓉的遗产以及她的保险金，然后变卖房子使自己的公司起死回生。

这是陆林早就在心里为贺立群起草好的动机，看来华良是对的，真正的凶手并不是李胡子，果然人还是容易为表象所迷惑。陆林想起了小时候看的《聊斋》里画皮的故事，兴许，人只有为了一己私欲才会迷失了自己，连自己的亲生母亲都能够痛下狠手的人，陆林觉得连人渣都不如。

六

贺立群被依法逮捕，当冰冷的手铐将贺立群的双手圈住的时候，黄瓜昏死了过去。陈浅掐着她的人中，她才徐徐醒来。黄瓜睁开双眼的时候贺立群已经被带上了警车，她不停地哭泣，两行泪珠从未断过。

黄瓜一个人蹲在墙角，眼泪好像并不值钱，警察们都已经散了，她还在掩面哭泣。对于丈夫杀害婆婆这样的事情，黄瓜无论如何都接受不了。她其实也想过丈夫可能为了钱而杀人，自从王芙蓉死后，贺立群的性格大变，那么歇斯底里地找房产证，脸上丝毫没有失去母亲的悲伤。

一大摊子的事儿顷刻间都压在了黄瓜的身上，她没想到案子会破得如此之快。黄瓜硬撑着站起身来，默默地关上了老房子的大门，如同关上了所有的一切。她转身的时候，却发现还有一个男人没有离开，他就站在那儿，向自己这边投来一道说不清的目光。黄瓜认识他，一个叫华良的小伙子。

贺立群暂时被刑事拘留，具体的事情以后会一一落定。这是华良开口说的第一句话，黄瓜将房门的钥匙拿在手里，默默点了点头。

黄瓜在经过华良身旁时，语气轻柔且哽咽着问华良，她想去看看丈夫。

华良没有立即应允，他递上去一块手帕，黄瓜摇摇头，不用了。

黄瓜今天没有穿高跟鞋，也没有穿紧身的衣裤。华良注意到，她从刚才开始就一直很在意袖子上的油渍，那油渍愈发像一个吻痕了。

黄瓜再一次问华良自己是否能去看看丈夫，这回她是看着华良的脸庞说的，神情凄怆。

华良应允了，这是一个合理的请求，自己没有理由拒绝。

黄瓜是次日中午在公安局见到的贺立群，她亲手做了一桌好菜带给他。黄瓜将菜一碗一碗整整齐齐地摆放在桌子上，红烧肉、清蒸鱼、白斩鸡，都是贺立群爱吃的菜肴。贺立群的眼泪滴到了碗里，他端起碗就填下去一口，满嘴满鼻子都是油腻，贺立群毫不在乎。

黄瓜早已泣不成声，她从背后抱住了贺立群，和他紧紧连在了一起。我会等你出来的。黄瓜说这句话的时候，贺立群一直在摇头。我是冤枉的，你信吗？黄瓜没有抬头看他，只是淡淡地回应了一声，我信。

从公安局回家的路上，黄瓜转道去了发现婆婆尸体的浦阳江河段，她从车里取出了早已准备好的香火纸钱开始祭奠。纸钱飞舞着，旋转着，飘散在风中，有的淹没在杂草堆中，有的飘进了杨柳树里，还有的则随着杨柳叶跌下了河。

黄瓜坐上了车，她看到一个裤管破了个大洞的男人在用石子扔一条老狗。老狗呜呜地跑走了，男人下了河。那河水，如同他的家。男人用手捧着河水，浇熄了香烛的火苗，咯咯地笑着。黄瓜将车子启动，发动机的轰鸣声在男人的笑声中一点点消逝。

李胡子在邻市被抓了回来，他已经两天两夜没有吃东西了，身无分文，而且又人生地不熟，是他自己找到当地派出所让他们给带回来的。

李胡子的络腮胡满是泥垢，杂乱得如同一团打结了的毛线。警察给了他一桶红烧牛肉泡面，他问有没有老坛酸菜的，让民警哭笑不得。如果吉尼斯纪录有吃泡面这一项的话，李胡子应该是吃完一桶泡面用时最短的人了，囫囵吞枣般三下五除二便吃完了，连汤汁都不剩。

陆林让他先趴在讯问室里睡一觉，睡醒了再问他关于案件的事。李胡子不停念叨着，配合，一定配合，只求睡醒了再吃一桶泡面就行。

华良将李胡子交给了陆林，一个人胡乱解决了晚饭便也回去了。他已经好几天没有好好睡上一觉了，如今案情基本已告一段落，他想着回家好好补上一觉，养足了精神再去一趟酒吧，陪青黛喝上几杯。他不记得青黛长什么模样了，估计青黛也不会记得他了。

离开公安局，华良坐上了一辆出租车。贺立群和黄瓜终究还是要分开的，就算没有这桩命案，他们之间也已经不存在爱情了，连亲情都所剩无几且残破不堪，华良想。

华良下了出租车，回到公寓的时候，见到邻居刘大妈正坐在公寓楼下拨弄她的手镯，那是她女儿昨天刚送给她的。猛然间，华良想到了什么，立刻拦下还未开走的出租车，他要赶去河边寻找哑巴。哑巴那天找到了一条金手链，这条手链极有可能是王芙蓉的，如果是，那么手链里一定也留下了什么蛛丝马迹。

和发现女尸那天一样的黄昏，一样的斜阳如血。华良跑到河边，盯着河边看了许久，并未见哑巴从河里冒出头来，而后又沿着河边寻找。杨柳枝不断从他身上拂过，被他扯断、下落，但始终没有哑巴的踪影。

哑巴今天没有在河边，他没来，不，或许他来过了。华良想着，哑巴每天都会来这里摸螺蛳，那就说明他住得很近，离这儿近的只有一个村庄，想必不难问到。华良沿着河道进入附近的村庄，挨家挨户地敲门，哑巴在村里还是有些名气的，问了几家就找到了哑巴的住处。

哑巴家的大门并没有上锁，它敞开着，华良一脚便跨了进去。哑巴正围着他刚摸来的螺蛳挨个儿看呢。华良一把抓住哑巴的肩膀，手链呢，那天你摸到的那条金手链呢？

哑巴被抓得有些痛，挣脱了华良的手。华良向他比画着手链的意思，哑巴从裤兜儿里掏出来，在华良面前晃了晃，然后又放回裤兜儿。

你把它给我。华良伸手去拿的时候，哑巴跑开了，怎么也不肯给。华良回想着哑巴当日摸到金手链时的样子，也听陆林说起过哑巴在发现女尸那天学狗吠的样子，他明白了，哑巴想要更多的人关注他。

你把金手链给我，我明天让你上报纸，让他们都来表扬你，怎么样？华良比画着。

哑巴乐了，将金手链交给了华良，嘴里不停地发出“啊啊”的声音。华良拿了手链就往外冲，哑巴跟着冲了出来。放心吧，明天让你见报。刻不容缓，华良现在只想立刻将金手链交给陈浅去做检验，或许检验的结果能够证实自己的论断。

七

城市的夜，灿烂无比，欢笑声从城市的各个角落汇聚起来，冲击着夜空，将落寞扯破。

黄瓜没有先前表现得那么痛苦了，反而每天都很享受生活。晚上唱歌回来的时候，黄瓜推开门，愕然发现华良和贺立群正坐在沙发上聊天。黄瓜想转身，门口陆林和警员们从各个角落走了出来。

原来，华良早就怀疑黄瓜是真凶，贺立群只是他诱黄瓜上钩的计谋，暗中布置监视黄瓜了。

陈浅在提取金手链线索的时候确实遇到了麻烦，由于手链在河水里泡的时间过长，很多明显的证据都已经湮灭了。不过细心的陈浅发现，这条手链上的扣子处有被掰过的痕迹，尖锐的扣子顶部被特意往内部弄弯曲了。这说明这条手链曾有损坏，而且尖锐部分曾划伤过持有者的身体。既然如此，上面就或许有微量血迹残留，浸水再久也不会消失。陈浅立即做了实验，果然，手链的尖锐部分产生了鲁米诺反应，的确有微量血液残留。

华良从陆林手中接过证物袋，里面是一条手链。手链的检验结果显示，扣子处的残留血液与黄瓜的 DNA 完全吻合，证明这条手链正是黄瓜的。黄瓜说这是她前两天不小心丢失的。

华良说这句话就足以证明你就是凶手，因为在之前的口供里，你说自己这几天都在娘家，并不在此地。还有，你家阳台上挂着的那件衣服是贺立群被捕那天你穿的，当时你一直在意袖子上的油渍，丈夫都被捕了，你还有心思在意这些，你的心的确很大。

黄瓜争辩，光这点并不能说明什么。华良又拿出一份贺立群公司看门大爷的证词，案发当天，他看到黄瓜开走了贺立群的车，贺立群因为公司不景气，一直待在车间，吃饭也不出来，无暇顾及其他，所以并不知道车子被谁开走过。

黄瓜在铁证面前终于认罪。当日是她偷偷开着贺立群的车跟着王芙蓉出去的，想找机会弄死她，刚好碰到了李胡子用水淹王芙蓉那一幕。王芙蓉被李胡子按得昏厥了过去，李胡子以为他用力过猛将她溺死了，于是他非常害怕，跑回了家。但是，当他镇定下来想要回来处理尸体的时候，却发现王芙蓉的尸体不见了，他猜测王芙蓉可能没死。黄瓜将计就计，趁机溺死了王芙蓉，再将王芙蓉的尸体转移到河道里。

其实，王芙蓉的保险是黄瓜怂恿她保的，贺立群的确不知道这件事情。王芙蓉和李胡子在一起的事情早在贺立群的父亲还在世的时候就开始了，被黄瓜撞破后，王芙蓉一直对此耿耿于怀。王芙蓉是个爱面子的人，一直都维持着一个虚假的美好形象。她素来与黄瓜不和，怕万一黄瓜说出去，自己的晚节就不保了，更何况儿子脸上也不光彩。黄瓜曾无意间听到王芙蓉在电话里让李胡子帮忙除掉自己，不过李胡子要价很高，王芙蓉没答应，说自己会想办法。正在此时，贺立群的公司面临倒闭，黄瓜即将失去衣食无忧的生活。一想到日后要出去打工，而且要被别人笑话从富人变成了穷人，她觉得再也不能坐以待毙了。不是王芙蓉死就是自己死，于是，她想到了杀害王芙蓉并且嫁祸给贺立群这样一条计策。

黄瓜被逮捕了。贺立群顺理成章地继承了王芙蓉的房产和保金，为王芙蓉办了一场盛大的葬礼。华良后来从别人口中得知，其实贺立群早就盼着王芙蓉死了，只有王芙蓉死了，自己才能够让公司起死回生。贺立群认为，父母就该给自己的孩子一切，包括生命。

再后来，华良听说，贺立群因为公司活过来了，喝醉了酒，开车不小心冲进了河里。散步的人想救他，但是不知道怎么了，就像有人在河底拉他一样，贺立群瞬间就沉了下去，当他再浮上来的时候，已经一动不动了。

华良打电话给陆林，陆林赶来河边的时候，当地派出所已经将贺立群的尸体打捞起来，起重机正在吊起那辆十几万的黑色小轿车。华良望着这条河，什么话都不说，一切因，都有果。这条河吞了王芙蓉是开始，吞了贺立群是结束，好像冥冥之中自有定数。华良拍拍陆林的肩膀，走，请你喝酒去！

哑巴又来摸东西了，这一次，他摸到了一辆看上去崭新的女式自行车。他裸露的身上缠着水草，像一个布满了电线的怪物一样。他的脸上洋溢着笑意，从华良身边走过。华良一直在想，河流之下，隐藏着多少没有解开的神秘谜团，就像另一个世界。

（原载《啄木鸟》2017 年第 11 期）

夜未央

朱　皮

在梁静的嘴里，已经无数次地把诸葛靖说成和她毫无关系的“那个人”，但到目前为止，诸葛靖依然是她的丈夫。

梁静和诸葛靖好像从她儿子诸葛安阳出生后，就没安耽过。每次吵架，打闹后，梁静都会来找我，让我给她泡杯咖啡，然后边喝咖啡，边抽抽搭搭地和我说事。其实，说来说去也就是诸葛靖不顾家，整得自己像个未婚先孕的单身妈妈，家里什么事情都要她一个人管，以及后悔自己当初怎么就会猪油蒙心，挑了这样的男人做老公。但是，让我不明白的是，说完这些之后，她都会擦擦眼泪，长叹一声，摆出一副认命的样子再和我说些杂事。

对诸葛靖，我还是比较了解的。当初，市公安局把诸葛靖作为先进典型大力宣传，他的事迹材料就是我撰写的。当时，为了写好他的事迹，我还专门到市公安局蹲点生活了半个月。每天去诸葛靖工作过的巡警队、派出所，找和他一起工作过的同事聊天，了解诸葛靖的事迹，还和诸葛靖一起出警、处警。只是没想到，最后他会和我从小到大都是邻居加同学加闺蜜的梁静结婚。

现在，梁静又带着红肿的眼睛来找我。不用说，她和诸葛靖又闹事了。果然还没坐下，梁静就撩起裙子让我看她大腿。两条腿上三四块乌青，虽然已经变淡，但因为梁静皮肤白皙，所以依然乌云一样飘在她大腿上。我说，怎么啦？梁静放下裙摆，说，这是他前几天干的，你再看看这个，新鲜的。说完，解开裙子背后的拉链，扒下胸罩。我说，你和那个人又怎么了？梁静说，你说怎么了，他不但拧我，还差点儿把我勒死，这婚必须得离，不离，我总有一天会被他弄死。我说，离婚你都说了几百遍了，最后还不是这样过着。梁静从我桌上的纸巾盒里抽了两张纸巾擦眼睛，说，这次我必须得离，哪怕怎么难，我都离，不然，我真的会被他折磨死。

晚上诸葛靖进门的时候，上弦月刚好搁在远处塔尖上，似乎是给暗红色的天空安了一个淡黄色的笑脸。梁静坐在沙发上看电视，见诸葛靖进门，站起身进了卫生间。诸葛靖换好鞋跟了过去，梁静已经对着镜子在画眉毛。其实，梁静是天生的柳叶眉，不用修饰就很漂亮，可她还是喜欢用眉笔涂涂画画。

诸葛靖在卫生间门口站了一会儿，问道，要出去？梁静盯着镜子把眉毛细细地看了一会儿，才说，我要和朋友出去。诸葛靖说，谁？梁静说，同事。诸葛靖哦了一声后说，你现在好像特别忙。梁静转头看了一眼诸葛靖，没出声。诸葛靖把拎在手里的警务工作包往胸口一抱，拉开拉链，掏出一个巴掌大的红色的细绒盒子，小心翼翼地打开，递到梁静眼前，你看看，这是什么？梁静瞄了一眼，说，让一下，这种狗屁东西，我又不是没见过。

诸葛靖啪的一下合上盒子，问道，什么意思？梁静说，没意思。诸葛靖把盒子往洗手台上一扔，顺手勒住梁静的脖子。娇小的梁静在诸葛靖的怀里，就像被老鹰抓住了的小鸡，只能张着嘴努力呼吸。不过，诸葛靖很快就放开了她。这样的动作，诸葛靖已经很熟练了，但他已经忘记从什么时候开始用在梁静身上。或许三年前，或许四年前。也忘记了第一次这样做是因为什么。只记得开始的时候，梁静还会激烈反抗。梁静反抗的时候，诸葛靖都会像对待那些被他抓住但拒不顺从的不法分子一样，先用力勒住她的脖子，然后抓住她的两只手腕扣在一起，再找一根绳子或鞋带，一缠一扎，梁静就剩下蹦跶、挣扎和怒骂的份儿了。不过，时间一长，梁静觉得反抗不如忍受，喊叫不如沉默。于是，每当和诸葛靖有了矛盾，每当诸葛靖出手如闪电般勒住她的脖子，她索性一动不动，任由诸葛靖勒得她透不过气。

诸葛靖第一次动手把自己勒得差点儿窒息后，梁静很愤怒，她死命挣脱出诸葛靖的手臂后，连夜抱着儿子回了娘家。事后，诸葛靖专门写了封信向她认错道歉，还请我劝劝梁静。不过，他的这些努力没有用，梁静依旧坚持要离婚。但诸葛靖很快把单位领导请来做说客了。在领导不厌其烦的劝导中，梁静渐渐明白，离婚这事，难。就算诸葛靖同意了，诸葛靖的领导也不一定会同意。毕竟诸葛靖是公安局辛辛苦苦培养了十多年的先进标杆人物，一举一动都牵涉着单位的形象。再说，宁拆一座庙，不毁一桩婚的古训，也让人说不出劝散的话。所以，梁静明白，诸葛靖不是一个人在战斗。因而，她无论前进多少步，最后依然会回到原地。

不过，最终让梁静不再想离婚的，是遇上了梁晓峰。梁晓峰是我们的邻居，比我大两岁。他从小就是我和梁静的保护神。大人们经常开玩笑让梁静长大后嫁给梁晓峰，梁静也一直以为，等到自己长大，身边的新郎肯定是梁晓峰。可惜，这个梦在梁静十六岁的时候破灭了。那天我和梁静放学回家，只见梁晓峰家门口乱哄哄的全是人。我俩慌乱中挤进人群，听了半天才搞清楚，梁晓峰偷了邻居丹丹晾晒着的胸罩和三角裤，被丹丹抓住了。丹丹家的屋檐下经常晾晒着胸罩、三角裤，每次看到这些丝丝缕缕满是洞洞的物件，梁静会悄悄地问我，这是什么？我就严肃地摇摇头，不知道。梁静白了我一眼，装。然后，她很快会不屑地说，穿这种内衣，不正经。不过，她很快也不正经起来了，她也开始穿这种胸罩和三角裤了，尽管穿得遮遮掩掩，但至少已经知道蕾丝的性感了。

梁晓峰偷丹丹的内衣裤，让梁静很生气，觉得他太流氓了。不过，当梁晓峰被派出所的警察叫去，关了一个晚上后，梁静的想法就变了。她偷偷告诉我，如果梁晓峰不去偷丹丹的胸罩和三角裤，而是偷了她的，自己绝对不会像丹丹一样大喊大叫。我拍了下她的脑袋，说，花痴。不过，梁晓峰经历这次风波后，我们再也没有看到他的身影，因为他搬家了。等梁静再次见到梁晓峰，已经在十五年以后了。十五年，四分之一的甲子，曾经的风华少年已经成了微微发福的中年男人，而梁静也由豆蔻少女变成了有了一个五岁儿子的成熟女人。

梁静和梁晓峰见面的巧合，用当下最流行的辩证解释就是无数偶然组合成的必然。如果不是工商局为了应付上面的检查，急需安装一套独立的办公系统，梁静也不会走进数码城的大门，也不会按着品牌要求，直奔梁晓峰的摊位。而梁晓峰要不是刚好在经营那个品牌，也不会碰上梁静。久未见面的邻居，儿时的大哥哥小妹妹，很快热乎乎地聊在了一起。梁静见到梁晓峰的时候很激动，立马给我打了电话，让我猜猜她在电脑市场里见到了谁？她打电话给我的时候我正在睡午觉。接了她的电话，我不耐烦地说，别吵我，我在睡觉。她委屈地说，我是高兴，相信你也会高兴的，所以就给你打电话了。她这样说了，我只能按下一肚子的不快，问，见到谁了？梁静说，晓峰，梁晓峰。果然，她说出这个名字后，我也高兴了。梁静把电话递给梁晓峰，让他和我说话。聊了一会儿，梁晓峰说，没想到，十多年没见，你成了大作家。我说，玩玩的。梁晓峰说，你继续睡觉，晚上一起聚聚。

只是让我没有想到的是，那天晚上我们三人小聚之后，梁静突然对至今未婚的梁晓峰上了心。对梁静的心思，梁晓峰心里明白得镜子似的，所以，每当梁静给他打电话，或者我们一起喝茶聊天，他都会对梁静说，回忆是丰满的，现实是骨感的，婚姻是实实在在的油盐酱醋，爱情是浪漫美妙的风花雪月，所以，儿时的情义是单纯无瑕的。我不知道梁静听了后的想法，但我能感受到，她不再絮叨。其实，梁静不知道，当我第一眼见到久别重逢的梁晓峰，才突然明白，自己挑挑拣拣不结婚，其实一直在等一个人，而这个人，就是梁晓峰。

诸葛靖拿给梁静看的是一枚三等功勋章。这是在两个月前，诸葛靖成功解救了一个被前男朋友劫持的女孩儿获得的。拿到勋章的时候，诸葛靖对政治部副主任说，处理了一件小事，给一个三等功，受之有愧。副主任非常严肃地说，事关人民群众生命财产安全的事，怎么能是小事。确实，那次解救女孩儿的时候，诸葛靖的脚下和女孩儿的身上都淌满了汽油。只要劫持她的前男朋友按一下捏在手上的打火机，三个人很快会变成火人。好在诸葛靖趁那个男的挥舞着打火机胡乱喊叫的时候，飞身踢出一脚，把打火机踢掉，三个人才依然完完整整的。事后，诸葛靖没和梁静说，当然，诸葛靖并不是不想和她说，只是对于这种经常能碰到的事，诸葛靖已经没有了和她诉说的冲动。再说，就是诸葛靖说了，梁静也并不一定会听。只是他不知道的是，梁静看电视看得最多的是市电视台的新闻频道。

诸葛靖拿着勋章在胸口比画了一下，又问开始涂唇膏的梁静，你说这枚勋章该挂在哪个位置呢？梁静拿眼睛扫了一下，啤酒瓶盖一样的东西，也就你当宝。当然，这话她没有说出来，因为她现在抿着嘴唇，努力让刚刚涂上去的口红均匀。其实，这话是很久以前梁静就对诸葛靖说过的。

看梁静不理会，诸葛靖就挤到她旁边，拎着勋章在胸前摆布。他要找一个最适合的位置，悬挂这枚勋章。但摆布了半天，依旧没有找到一个合适的位置。梁静盯着镜子中的诸葛靖看了一会儿，然后侧过身，准备从诸葛靖面前挤出去。诸葛靖顺手搂住梁静，梁静盯着镜子一动不动，任由诸葛靖的手臂越抱越紧。诸葛靖把下巴搁在梁静的头顶，双臂从背后熊抱着梁静。过了一会儿，诸葛靖嬉笑着说，逛街打扮得这样漂亮干吗，又不是去约会。梁静不吱声，扭了几下身子，想挣脱出来。诸葛靖却把右手顺着梁静的衣领，慢慢地滑进胸口。梁静的身子震了震，闭上眼睛，任由诸葛靖肆意活动。梁静的木然，让诸葛靖觉得无趣之极。他的右手在梁静的双乳上胡乱游走了一番后，把手抽了出来。诸葛靖的手刚离开，梁静就睁开眼睛扭了下身子。梁静的挣扎无疑是向诸葛靖发出了挑战信号。诸葛靖重新把手伸进梁静的衣领，掐着她的左乳，用力拧了一把。梁静忍不住啊了一声，狠狠地骂道，土匪。诸葛靖一把放开她，说，你要是不把自己搞得像个死人，我也不会这样。梁静抬起头，深深地吸了口气，又用力抽了下鼻子，把鼻腔里刚刚准备流出的泪水又吸回咽了下去。梁静的沉默，让诸葛靖失去了挑战的信心，就拎着勋章回到客厅。梁静伸手轻揉了一下刚刚被诸葛靖拧了一把的乳房，她知道，又有一块乌青，墨一样开放在洁白的乳房上了。

现在，梁静带着一块乌青坐在我的对面，喝着我给她泡的咖啡，絮絮叨叨地诉说着。若是换到刚结婚那段时间，梁静是不会一个人在夜里出门的，就是出门到我这里，也一定要诸葛靖陪着。她说只有诸葛靖在身边，才会有极大的安全感。我问梁静，当初你不是很崇拜他吗？梁静叹口气，说，当初看着诸葛靖刚过三十，就有那么多的荣誉，让我好奇又崇拜，等到后来结婚了，我才感受到了差距，这差距是天生的，骨子里的，不是靠一句话、两句话能改变的。我笑了，梁静，你成婚恋专家了。梁静叹口气说，其实，你比我清楚，不然你为什么不结婚？我连忙说，打住，别往我身上扯。

其实，这个问题梁静曾经和诸葛靖探讨过。梁静说，你拿了那么多先进是工资加了还是职务升了，我看什么用都没有。诸葛靖说，怎么会没用，那是对我工作的认可。梁静嗤了一声，说，你连家都不管，工作最好有什么用。诸葛靖皱了下眉说，谁说我不管家，我不是把工资什么的都交给你了。梁静冷笑一声，说，自欺欺人。诸葛靖长叹一口气，伸手从口袋里摸出包利群香烟，抽出一根，又从烟盒子里挖出一个一次性打火机，点燃，深吸一口，把头转向窗外，不再说话。梁静伸手赶了几下飘到面前的烟雾，说，你是不是想抛家离子做舍生忘死的烈士，我告诉你，你要是把急切立功的心分一点点给我、给儿子，我们也就能和别人一样，和和睦睦、幸幸福福地过日子。

后来，在一次作协的采风活动中，我刚好路过诸葛靖所在的派出所，顺便进去看了下，他刚好出警回来。我说，梁静撑这个家也不容易，你要体谅点儿。诸葛靖说，我已经做得很好了，可是她始终不满意。我说，男人对女人动手总不是那么回事。诸葛靖沉默了许久，说，我也想控制，可有时候就是控制不住啊。我说，就像你下决心要把工作做好做出色那样，肯定能做到。诸葛靖点点头。出门的时候，诸葛靖忍不住问我，你说我经常立功受奖是成功还是失败。我无语。其实，我也明白，梁静嫁给诸葛靖，只是风光了表面。她从没想过，自己挑三拣四的最终结果，会是这样。

那年市公安局举行优秀民警报告会，市政府让市级机关部门派人参加，梁静被领导凑人数叫去了会场。演讲的时候，市公安局的领导忽然想到，优秀民警演讲结束后没人送鲜花，就像烧菜忘记了放盐。这样，坐在前排的梁静和其他几位女观众客串成了献花者。等报告会结束，公安局和工商局两位做惯了红娘的老妇女，忍不住想着给诸葛靖和梁静牵线。半年不到，公安局和工商局的同事都吃到了他们的喜糖。

梁静和我一样，对这个生活了二十多年的城市，依然并不熟悉。所以，我们虽然和诸葛靖在同一个城市，可是，诸葛靖家住的地方，我们却从来没有到过。诸葛靖家在老城区的城郊接合部，过一条十来米宽的小河，就是以前的农村。本来这样的地方早就因为城市改造变了样，可不知道为什么，在城市改造翻天覆地的今天，这个角落却似乎被遗忘了，依旧保持着数十年不变的生活方式。老式台门里面，鸡鸭飞奔，灰尘乱舞。每天早上，台门口一字排开等着环卫所的人上门倾倒的马桶、痰盂，让第一次陪着梁静去诸葛靖家的我，以为时光倒转，回到了五六十年代。

在认识梁静之前，诸葛靖也谈过几次恋爱，但每次都被台门口那些和现代社会格格不入的氛围搅散。因此，当诸葛靖领着梁静进门后，诸葛靖爸妈坚持“若要好，大做小”的真理，对梁静宠爱有加，也时不时地敲打诸葛靖，让诸葛靖对梁静要好。诸葛靖和爸妈近乎双簧的表演，让温柔、单纯的梁静感动又满足。

诸葛靖的起点不高，可是自从和梁静结婚后，诸葛靖的前途似乎变得美好起来。先是梁静爸妈觉得老台门里的生活，以后对孩子成长会有影响，就主动资助，帮着他们在工商局边上买了一套小房子。公安局的领导考虑到诸葛靖结婚了，不能再整天上路巡逻不着家，也就把诸葛靖从巡警队调到了派出所。只是他们不知道，诸葛靖在派出所比巡警队更忙。

梁静的家离我所在的日报社不远。那时候，我编国内新闻版，每天都要值班到半夜。梁静就经常过来，和我一起在报社食堂吃好夜饭，再陪我到诸葛靖加班结束。我一直到现在都觉得，那段时间，不但是我最为充实的日子，也是梁静最为快乐的日子。后来梁静怀孕了，来报社的次数就少了，等到儿子诸葛安阳出生，她就再也没有时间来陪我了。当然，没过多久我也调到了文联，还弄了个自己的工作室。梁静虽然时常联系，但见面的次数明显少了。

因为我认识诸葛靖在前，所以，诸葛靖有时候会找我聊聊他和梁静之间的事。诸葛靖的目的我清楚，就是要让我劝劝梁静。确实，自从诸葛靖调到派出所，特别是儿子出生后，梁静对诸葛靖的态度也由支持转为反对，最明显的一点是她越来越讨厌诸葛靖的主动加班了。她很多次和诸葛靖说，你已经成家了，有孩子了，在抓好工作的同时，也得顾好家庭，如果家庭都没搞好，你把工作搞得最好又有什么用，再说，都快四十岁的人了，不能再像以前那样，冲冲杀杀地不考虑后果了。诸葛靖说，梁静说的话自己也很明白，可是他做不到这样。他是单位的一张脸啊。

想当初，诸葛靖高考落榜，刚好，市公安局招聘协警，他就进巡警大队做了协警。上班第一天，他妈妈特意起了个大早，买来供品，让诸葛靖给祖宗磕了头。出门时，他妈妈给儿子整了整衣领，说，儿子啊，我们做爹娘的没本事，以后要靠你自己混出个人样，让我们把腰杆挺起来。

诸葛靖的任务是徒步巡逻。徒步巡逻的任务是震慑和打击违法犯罪，当然这是官话。用他们自己的话来说，是猫吓耗子。确实，四五个穿着作训服精神抖擞、步伐整齐地走在人来人往大街上的精壮男子，确实能唬住一些小毛贼。不过，胆子大的贼人还是有的。一天，诸葛靖和两名队员巡逻到国商大厦的时候，身后突然传来一阵叫喊声，快抓住他，抢劫。诸葛靖转头一看，在他的身后，有四五个人在紧追一个戴摩托车头盔的男人。他穿迷彩军服，挥舞着一把一尺来长杀猪刀，看不出年龄。诸葛靖赶紧伸出手，想把他拦住。旁边的队员快速把诸葛靖往后一拉，你傻啊，这样上去还不是白白送死，要智取，懂吗。诸葛靖一听还真的有理。就在这一瞬间，一帮人从诸葛靖身边快速跑过。边上有几个人骂道，你们死人啊，坏人逃过来都不知道拦一下。诸葛靖连忙转身跟着追了上去。追逐中，诸葛靖死死地盯着男人不放。也不知跑了多远，男人跑着跑着居然跌倒在了地上，握在手上的刀也随之飞出好远。诸葛靖踉跄着跑上去，一下骑在他身上。后来市公安局专门召开表彰会，表彰诸葛靖奋不顾身抓罪犯的英雄事迹。

事后，诸葛靖渐渐明白，要让自己出彩，单凭自身的努力和机遇的垂青是不行的，关键还是要取巧。明白这个道理后，诸葛靖渐渐成了单位协警的标杆，也成了整个公安局协警的标杆。当然，这是诸葛靖后来在找我请我帮忙做做梁静思想工作的时候说的。记得我当时说道，其实你的心思还是比较卑鄙的。他苦笑一下，说，没办法，如果不这样，我始终只能做一个默默无闻的协警。我说，那你后来能特招进公安，是你处心积虑后的成果？诸葛靖连连摇手，没这样的事，那纯属意外。其实，我是和他开玩笑的，他抓毒贩的事，只是一个意外，一个差点儿让他去了另一个世界的意外。不过，我相信，如果没有后来配合警察抓毒贩的事，诸葛靖或许还是一名在路上巡逻，时刻期待能抓住立功受奖机会的协警。如果是这样，他就不可能和梁静认识、结婚。所有的一切，我只能用命来解释。就像我，一直单身着，认识我的人都说我要求高，其实，我对另一半只求有缘，至于其他的，我从没想过。

那次诸葛靖正在路上巡逻，突然接到值班室的电话，要他立即到国际大酒店，协助警察抓毒贩。诸葛靖心里不禁一慌。不过，看看身边全副武装的警察，心也就放了下来。然后，事情的结果出乎意料。在抓捕毒贩的过程中，诸葛靖被毒贩刺中了两刀。后来，诸葛靖在迷糊中听医生向前来慰问的公安局局长介绍情况时才明白，自己的运气比中了五百万的彩票还好，刺在咽喉的一刀，如果稍微偏一点点，立马就成了过去式。局长听了医生的介绍后，俯下身子，亲切地握住诸葛靖的手，嘱咐诸葛靖好好养伤。诸葛靖心里一动，突然冒出一句，局长，我还能继续为公安事业做贡献。局长当即感动得眼泪都掉了下来。

我就是在那个时候去采写诸葛靖的。他的宣传材料、先进事迹报告会的演讲材料就是我那时候的作品。我的材料写得很接地气，也写得很朴实，完全没有拔高和虚构。正因为这样，诸葛靖才被很多看过报纸、听过演讲的人记住。连市长在视察公安局的时候，还特意问了诸葛靖的情况，并对局长说，对于急需传递正能量、弘扬正气的社会来说，绝对不能让英雄流血又流泪。所以，大家都觉得单纯给诸葛靖荣誉确实不够。就这样，市公安局在一次向社会公开招收警察的时候，把诸葛靖特招进了公安局。

特招进了公安局，并没有乱了诸葛靖的心智。因为诸葛靖心里很清楚，自己虽然有着众多的荣誉，但这些荣誉就像浮尘，总有烟消云散的一天。因此，能让自己踏实的，只有多干活，实实在在地做好每一件事。于是，诸葛靖把办公室放在了大街上，每天都在巡逻、值班、处警中度过。只是让诸葛靖想不明白的是，做协警的时候，似乎所有未婚的女孩子都可以成为他的妻子。可当他成了正式警察和英雄人物的时候，却再也找不到一个合适的女孩儿。因此，诸葛靖三十岁的时候遇上梁静，对诸葛靖甚至诸葛靖爸妈来说，都有种天上掉馅饼的幸福。

结婚后的诸葛靖在梁静眼里，变得越来越平凡。她有一次曾嬉笑着对我说，我一直以为英雄都是完美的，没想到英雄也会打呼噜、咬牙齿，有时候还会不洗脸、不刷牙就上床睡觉。我嗤了一声，说，你以为英雄是神啊，别忘记，你的英雄老公可是我捧起来的。梁静赶紧说，好好，我不说了，再说下去是不是我得专门送个红包谢谢你。我笑着说，你知道就好。不到半分钟，她又说，我真的有些怀疑，他的这些缺点是与生俱来的，还是被我们这些看着英雄就觉得神圣得高不可攀的人宠出来的。我说，男人的这些臭毛病应当是天生的，要不我们怎么叫他们臭男人呢。

诸葛安阳没出生前，诸葛靖每天的加班，五天一次的值班，梁静虽然觉得委屈，可还是觉得，自己应该全身心地支持他。可随着儿子的出生，梁静的心就变了，她想让诸葛靖擦地板，做饭菜，管儿子，换煤气罐，背米袋子。但诸葛靖依然和以前一样，值班时，两天不回家，不值班时，不到九点不回家。这种生活方式让梁静抓狂。但诸葛靖对着满脸怒火的梁静，也愤怒地喊道，我要上班，要巡逻，要值班，要出警，哪有时间做这些应该属于你们女人的琐事。这是他们两个结婚以来的第一次交战。这次交战以两败俱伤告终。而我，从此以后成为梁静和诸葛靖的情绪垃圾桶。

对梁静，我早已习惯做她的情绪垃圾桶，而对诸葛靖，不，应该说是对男人，我从未有过这样的经历。不过这样也好，给我写小说多了不少的素材。那天诸葛靖和梁静大吵一场后，诸葛靖给我打了很长时间的电话。他说，我就不明白梁静为什么要反对我拼命工作，男人不拼命工作能成功吗？再说，成功男人的身后必定有一个贤惠女人在支持，梁静怎么就做不了这个贤惠女人？还有，既然你做不了贤惠女人，那么每年“优秀警嫂”的荣誉你为什么能心安理得地领取？尽管公安局在评比优秀警嫂的时候没有征求过你的意见，也没有让你写过先进事迹，可是也没见你把到手的荣誉退回去啊。再有，警察可能面临的危险她又不是今天才知道，以前谈恋爱的时候不仅不反对，反而感觉很自豪。等到结婚了，有孩子了，每天晚上的枕边絮语不再是情意绵绵的悄悄话，而是经常说她很怕，怕新闻里说的警察死掉的事落到自己头上。说到这里，诸葛靖停顿了许久才说，说实话，梁静说这样的话，开始的时候我很感动，可是说多了，我开始讨厌，其实，也不能说是讨厌，而是惧怕，惧怕她说的事真的落到自己头上。他让我劝劝梁静，让她以后别说这样的话。梁静在我这里当然满口答应，可是，一到诸葛靖面前，她立马忘得一干二净。终于有一天，诸葛靖趁着儿子在外婆家，梁静又老太太念经样絮叨数落的时候，抓住梁静的头发，打了一顿。

尽管诸葛靖在出手的时候，时时提醒自己适可而止，但手上的拳头完全不听大脑的指挥，梁静还是被打了个全身乌青。好在诸葛靖的拳头都打在梁静无法展示给人看的地方，穿着衣服，梁静依旧是一个没有一丝伤痕的女人。说实话，那天梁静连夜跑到我这里，脱光衣服让我看她的满身伤痕，我气得大声喊道，离婚，和他离婚。梁静当时只是哭着没有说话。我看着把头埋在枕头里抽泣的梁静，激愤的心也渐渐开始冷静下来。我拿出手机，给诸葛靖打电话，我告诉他，作为外人，我不应该参与你们的家务事，可作为梁静的好朋友，我不得不说两句。诸葛靖一声不吭地让我骂了个痛快，然后小心翼翼地对我说，你帮我劝劝梁静，我错了。

让一个从没结过婚的女人去劝一个已婚女人，这和外行劝内行有什么区别。所以，我能做的就是什么都不说。梁静在我这里待了四五天，诸葛靖在他们派出所所长的陪同下，专门登门道歉来了。所长帮诸葛靖说了很多好话，也做了很多承诺，梁静终于跟着诸葛靖回了家。后来我才知道，这次冲突之后，诸葛靖虽然有了悔改表现，但这表现没能坚持多久，因为梁静把他当成了熟悉的陌生人。我问梁静，你和诸葛靖好了没？她淡淡一笑，好了。我笑道，没冷战？梁静哼了一声，不值得。我说，床头吵架床尾和，是怎么表达的。梁静转过头，没回话。我赶紧刹车。后来梁静才慢慢告诉我，那次梁静虽然被劝回了家，可很长一段时间，她都没和诸葛靖说话，后来诸葛靖听从同事的意见，想用亲热的方式来解决矛盾。谁知，她做得比诸葛靖更绝，还没等诸葛靖把她的身子扳过来，就哗啦啦一下把自己褪了个精光，然后闭上眼睛，张开腿，搞得诸葛靖毫无兴致。慢慢地，诸葛靖也适应了梁静的举动，梁静也熟稔了这样的动作。为了让梁静不再死人般的一动不动，诸葛靖迷上在梁静身上掐几下，让她因为疼痛而扭动身子的游戏。这样的婚姻，诸葛靖很灰心，只是他提不出离婚两字，但也不让梁静提出的离婚要求能成功。慢慢地，诸葛靖把家当成了旅馆，把梁静当成了工具。而梁静也用沉默接受了诸葛靖的改变。她不想再挽回，也不想再改变，在她的世界里，除了儿子，再无其他。

梁静和梁晓峰时常见面。当然，有时候我也有参与。我知道，梁静和梁晓峰的关系只是看着暧昧，其实依然纯洁。我知道，梁晓峰对梁静，只是哥哥对妹妹的爱。因为梁晓峰已经向我求过两次婚了，只是我还没下定决心。当然，这事我从没和梁静说过。所以，当诸葛靖告诉我梁静和梁晓峰有私情，梁晓峰给梁静送生口蛋糕这事，我立马想到这是梁静自己做的套，后来一问，果然如此。那天诸葛靖和往常一样主动加班回到家，发现餐桌上放着一个蛋糕，一束玫瑰。他好奇地拿起玫瑰花，发现底下有一张折叠成心形的粉色纸条，打开一看，上面的词句有些暧昧。诸葛靖看了下落款，是梁晓峰。诸葛靖心里不禁一阵怒火，拿着纸条，往梁静面前一扔，还有这么好的男人记得你的生日，居然找上门来了。梁静没有说话，捡起纸条小心叠好，放入口袋。这让诸葛靖更加生气，他勒住梁静的脖子，在她大腿上狠狠地拧了一把。疼痛像火炭一样，把梁静烤得跳了起来。诸葛靖以为梁静会和以前一样不声不响，可是没想到她今天居然和诸葛靖磕上了。很少骂粗话的梁静突然对诸葛靖开骂了，还大声喊着，离婚，离婚。诸葛靖虽然也毫不含糊地抓住梁静的头发打了她，可后来，还是找了个地方偷偷地哭了一场，边哭，边反思自己的言行。于是，每次回家前，诸葛靖都想方设法让自己的心情开朗起来，想着等下打开家门后对在家的梁静热情地说上几句话，哪怕只有一句也好。可等诸葛靖打开门，面对坐在沙发上看书或者看电视一声不吭的梁静，刚刚想好的情话立马被关在了门外。

这次，因为一枚三等功奖章的事，诸葛靖又把梁静的胸部拧出了乌青。梁静再次提出了离婚，而且说得相当决绝。她要我再次收留她。我说，那儿子怎么办？梁静说，儿子在外婆家，反正二老也喜欢外孙陪着，没事。我叹口气，说，也好，你和诸葛靖都好好冷静冷静，没有走到尽头，最好不要分手。梁静哭着摇摇头，不过了，坚决不过了，如果不离婚，我怕我会疯掉。

诸葛靖知道梁静除了我这里没地方去，所以，给我发了条“麻烦你了”的短信后，也就杳无音信。只是苦了梁晓峰，他好几次都说要把我和他之间的关系公开，可都被我拒绝了，我是怕，怕梁静知道了受不了。

诸葛靖想改变自己，可是，他就是控制不了自己的情绪。他觉得自己有病。虽然这个念头的出现让他吓了一大跳，但最终还是下定决心去了第七医院。接待诸葛靖的是精神科一个四十来岁的女医生。优雅的气质让人一看就有种见到姐姐般的亲切。她给诸葛靖泡了杯茶，然后和诸葛靖面对面坐在办公室窗口，隔着一盆搁在茶几上向窗口攀缘的绿萝，细细听诸葛靖讲述他的过去和现在。诸葛靖整整用了一个下午的时间，把自己的经历和心情完完全全地宣泄了出去。她耐心地听完诸葛靖的宣泄后，抽了几张纸巾递给诸葛靖，然后很认真地和诸葛靖说，你有病，精神上有病。诸葛靖听了她的话，虽然心里早有准备，可是还是吃了一惊，我怎么会有精神病？她微笑着把茶杯递给诸葛靖，说，你不要把我说的精神病和你臆想中的神经病等同起来。其实，这精神病指的是精神上的疾病，报纸上不是说吗，十个人当中至少有七八个人精神上有病。而你就是这七八个里面的其中一个，不过，也别怕，只要吃点儿药，调节好心态，很快能好。说完这话，她给诸葛靖开了一瓶比芝麻大不了多少的药丸，让诸葛靖每天早上吃上几颗。从医院出来，诸葛靖在车里坐了整整三个多小时，把他的人生经历在脑子里搅拌机搅拌混凝土一样翻了一遍又一遍。越翻心越静，心越静，思路也就越是清晰。他明白，自己这样不着家的工作，其实不是为了荣誉，不是为了给别人树形象，而是出于对公安工作的热爱。因为热爱，他把工作作为事业在奋斗。也正因为如此，当初受伤躺在医院病床上的时候，自己害怕的不是伤痛，而是离开工作岗位。想通了这点，他也就明白了今后该如何生活、如何工作，至少不能再像以前那样生活了。

那天傍晚，诸葛靖到我家的时候，我刚和梁静、梁晓峰在吃饭。梁静看看他，再看看梁晓峰，不禁站了起来。我也跟着站起身，对诸葛靖说，你来了，坐吧。说完，把他让到沙发上，然后对梁静说，去，给诸葛靖泡杯茶。梁静白了我一眼，顺从地泡了杯红茶过来，放在诸葛靖面前。诸葛靖站起身，哈着腰说了声，谢谢。我和梁静都在对方的脸上看到了一脸的惊诧。

等我们吃好晚饭，梁静刚要进厨房洗碗，梁晓峰连忙说，你坐，我去洗。我拉了下梁静的手，让她在诸葛靖对面坐下。诸葛靖看着侧旁坐在对面的梁静，站起身，对着梁静恭恭敬敬地鞠了个躬，边鞠躬边说，梁静，以前都是我的错，对不起，请你原谅。说完，他从裤兜里摸出两张纸和一支水笔放在沙发的茶几上，这是我想了好几天写的离婚协议书，你看看，有没有什么要修改的，如果没有要修改的，你就在上面签上名字，我们找个时间去民政局把手续办了，但有一点我还是要说明，我是爱你的，一直都很爱很爱。

梁静拿起离婚协议书看了许久，脸色渐渐发白。诸葛靖则低着头，一副认罪服法的模样。我伸出手，想从梁静手上拿过离婚协议书，梁静突然矮下身，一下子坐在地板上，捏在手上的“离婚协议书”被她团成一团，捂在满是泪水的脸上。

窗外，一轮圆月，挂在东边的天际，水一样的月光，漫过窗台，把诸葛靖和梁静，慢慢湮没。

（原载《奔流》2017 年第 1 期）

隐蔽前行

阿　成

远处雾绕的山峦上，太阳就像个小瓷碗儿，正努力地迸发着淡红色的光。几个人凭借飘浮在灌木丛中的乳白色晨雾，猫腰前行来到了二道河。二道河的河面上被一层厚厚的灰色雾霭覆盖着。这片河滩是最容易被对方发现的一片开阔地。通常，这样的晨雾只有半小时的时间，之后就会迅速散去。他们三个人必须借助着这片晨雾的掩护快速过河。他们心里都明白，如果耽误了时间，他们就会像三个傻瓜似的暴露在对方的视线之内。

蹚水过河的时候，布库说，党啊，亲爱的党啊，这河水可真暖和呀，像泡温泉哪。姜局，真想让这山水河再宽一点儿，咱们好在水里多走一会儿。

负责在前面领路的老李说，孩子，其实河水也刺骨，只是没有刚才咱们过灌木丛中的晨露凉。你是鄂伦春人，鄂伦春人不是有这样的一句话吗，“群狗如狼，晨露似冰”啊。

在后面负责断后的老姜抬头看了看天说，马上就要下雨啦。

四月是大兴安岭最妖艳的季节，下面一层，是一片粉红色的达子香，中间一层，是白桦林和樟子松，上头，就是远处峰峦叠嶂的山峦，它们还戴着雪帽子呢。

俯瞰下去，这三个穿着迷彩服的“小人儿”，每个人挎着一个半自动，各背着一个警用双肩背，腰上都配有手枪、手铐、警棍和警绳。从他们哈腰前行的动作上，能感觉到这一套负重并不轻。不过他们毕竟是山里人，生于斯，长于斯，所以，他们穿过灌木林和过河的动作都非常敏捷，俨然一支特种兵小分队。

老姜是大兴安岭韩家园子公安局的头，虽说是一位有二十多年警龄的老警察，但比起同行的老李他还差点儿。老李虽然没他官大，但在韩家园子公安局已经干了三十年，是名副其实的前辈，属大叔级警察。比起这两位前辈，年轻的布库就嫩多了，他刚从警官学院毕业，获硕士学位，鄂伦春族。鄂伦春人的长相多是黄头发，黄白的皮肤，短额头，在清朝被称为“黄色侍卫”。但是，延续到布库这一代，子又生孙，孙又生子，已经过了好几代人了。再加上布库是在加格达奇长大的，是很牛的城里人了，表情是城里人的表情，眼神儿是城里人的眼神儿，口音也是城里人的口音，连反应状态也是城里年轻人的范儿。是所谓新一代时尚款的鄂伦春人。

布库问，姜局，你咋知道要下雨呢？预先玩一把艰难历程是吧？

老李接过布库的话茬儿说，孩子，没听说过吗？天上勾勾云，地下雨淋淋。

老姜说，布库，警校没教你这个吧？

布库说，姜局，真没教。再说，我们也不是气象学校。

老姜说，警校这帮老师，一天到晚就知道玩儿理论。什么犯罪心理学呀，法医学呀，都是这些扯淡的玩意儿。是不是有点儿像网购店？老李。

老李说，姜局，别这么说，布库还是个孩子。

老姜说，咋地，伤自尊啦？要是警校的那帮老师行，就让他们来破案呗，咱们国家有那么多大案要案没破呢，教啥书啊，倾巢出动啊。是吧？

老李说，这不是培养一代又一代新型警察嘛。警校的老师功不可没。

布库嘟嘟囔囔地说，啥警校，是警官学院好不好。

最早的时候，老李还是韩家园子盲流屯的片儿警，那时候他也就是布库这个年龄，嫩得能出水儿，小鲜肉。不过却是一个值得依赖的人，高个子，瘦瘦的，一天到晚总是笑呵呵的。若要细看就会发现，他的眼睛里隐藏着一束审视你的光。只是他那憨厚的笑容外加一排洁白整齐的牙齿，把这束锋利的光给掩盖住了。老李对这一带山岭非常熟悉，这次行动他是向导。

其实，凌晨的时候，三个人就借着黑夜的掩护出发了。一路上，在山沟沟里，借助银色的月光还能隐隐约约地看到，当年被淘金人挖过的一处又一处凹下的土坑、掏过的砂岩。凡是被淘金人掏过的地方，用姜局的话说，那一带的自然生态就算彻底完蛋了。

二十世纪七十年代，老李就分配到这儿工作，成了盲流屯唯一的片儿警。那些年，奔赴大兴安岭淘金的人，至少有二十万，其中最多的是湖南人和广西人。这群人的状态有点儿像美国西部的牛仔。这些接连不断地奔赴大兴安岭的“金狗子”们，到了这里东搭一个马架子，西掏一个地窨子，你招我，我招他，勾三搭四，渐渐地形成了一个淘金人聚居的“盲流屯”。这个杂乱的自然屯儿既没有正儿八经的街道，也没有街道名和门牌号。那个时候还没有实行身份证，但这些形形色色的人也没有证明身份的介绍信。除了这些多如蝗虫的做淘金发财梦的人，还有相当一部分亡命天涯、身负命案的逃犯，他们也藏在这深山老林里躲避警察的抓捕。而今的老李即当初的小李，就住在这个盲流屯里。他自己搭了个窝棚，看着还挺像样儿的，特别是门脸儿，让他整得挺庄重。这个窝棚就成了盲流屯的派出所了。当年，上头还没有下达禁止淘金和砍伐的命令，当地政府包括警察都知道这些疯狂的淘金者不对劲儿，但也没招儿。现在这一切都翻篇儿了。上头已经下令严禁在大兴安岭乱砍滥伐、采金盗金。不能让采金盗金和乱砍滥伐的现象再继续蔓延下去了，不然的话，“高高的兴安岭”就不再像歌里唱的那样，是“一片大森林”了，而是荒山秃岭，生态就被彻底地毁了，几十年也恢复不过来。可是严令归严令，禁止归禁止，盗采金矿之风仍然屡禁不绝。而且你盗我防的格局也水涨船高，像手机软件儿似的，不断地更新换代。组织盗采金矿的老板为了防止被警察捉到，事先就把所有的进山路全部毁掉，警察就是发现了，警车也开不进去。他们还在高山顶上设立两个观察哨，只要有警察出现，放哨的人就立刻用对讲机通知老板，用不了五分钟，所有的盗金人就会迅速钻到林子里隐藏起来。警察到了现场之后，只能看到淘金的设备，连一个盗金人的影子也看不到。警察只能把这些设备破坏掉。但这没用，组织盗采金矿的老板很快就会把新的设备补充上来。还有，这些盗采金矿的团伙都拥有枪支弹药，而且这些家伙多是一群身负命案的亡命之徒，他们非常清楚被警察抓住是什么后果，或终身监禁把牢底坐穿，或五花大绑地跪在地上叭的一声被法警枪毙。所以，抓捕这样一群亡命之徒，要格外小心，必须隐蔽前行。

这次行动是通过卫星的航拍，发现了二道河子这个新的盗采金矿的窝点。老姜、老李和布库三个人必须趁着天没亮，赶在雾霭还没有消散之前，在雾霭的掩护下穿沟越岭，趟过沼泽地和空旷的二道河子河滩。

过河的时候，布库说，姜局，咱们要是带胶皮靴子就好了。

老姜说，小子，你是真硕士还是假硕士啊？你跟着走了这一道了，你不知道要是穿上胶皮靴子你还能拔出脚来呀？那你就不是硕士了，是缩士。

说着，老姜笑了起来，说，对了，脚还是能拔出来的，同志，但靴子留在里面了。

老李说，姜局，布库还年轻，城里人嘛，咱们这次带他出来不就是让他长点儿本事嘛。

布库一边过河一边说，李叔，我脚上的袜子刚才过沼泽地的时候都黏在脚上了。太难受了，鞋里头都抓蛤蟆了。不好意思，你扶我一把，我把袜子脱了。

老姜听了，长长地叹了口气说，有句话怎么说来着？布库哇，你都把我整无语了。

布库一脸委屈地说，姜局，我又哪儿错了？

老李说，孩子，不能脱袜子，你要脱了袜子光脚过河，那脚上的皮都得被磨掉。千万记住了，袜子是一个保护层。

老姜说，听着没有？布库，新警察就掌握一条原则，凡事你都是错的。万一忘了，就掴自己耳光，记住了吗？

布库说，姜局，我错了。

老姜乐了，说，这就对了。

老李一边蹚河一边仔细地查看着河水，发现在河水中间有一条被污泥混杂的浊流。他回过头对老姜说，姜局，这是淘金沙放下来的水。

老姜说，早看见了，这帮人渣就在上面不远，正撒欢儿干呢。

布库说，两位前辈，我先说我错了。我就想问问，你们是咋判断出来的？

老李说，孩子，淘金必须用水筛，把泥土筛净后才能看见里面的沙金儿。

布库说，就像淘米一样？

老姜说，唉哟，到底是硕士，聪明得吓人哪。

布库一本正经地说，姜局，这我得批评你了。

老姜乐了，是吗？胆儿挺肥呀，批评我，好好好，我洗耳恭听。

布库说，姜局，我发现你有点儿仇恨知识。

老姜想了想说，别说，你这顶帽子戴在我头上还真挺合适。不过，我并不是仇恨知识，我只是恨铁不成钢。记住，恨，也是爱。

布库说，明白。打是亲，骂是爱，不打不骂不自在，对吧？不过，前辈，你不能太着急，着急吃不了热馒头，得一点儿一点儿来。这不是跟你学嘛。

……

二道河子是一条山水河，山上的冰雪刚刚融化，蹚河时，不论是隔着鞋还是隔着袜子，越往里走越感到扎凉刺骨。

布库一边走一边龇牙。

老李说，孩子，忍一忍，河不宽，过了就好了。

布库说，李叔，我觉得脚都不是自己的了。

老姜说，你刚才不是说这河水像温泉吗？还希望这河水再宽一点儿，现在又希望这河窄一点儿了。咋地，是不是想成都宽窄巷子里的火锅儿了？

布库说，大叔，此时此刻想火锅就太奢侈了，能喝口酒热乎热乎就圣母玛利亚啦。

老李说，等上了岸，孩子，咱们仨都喝点儿。

借着飘浮在河滩上那一片厚厚的晨雾，三个人悄悄地蹚过了二道河子，迅速地离开了那片开阔地。他们在山脚下选择了一个死角，那儿有一个凹进去的小山洞，正好够他们三个人藏身。他们就隐藏在那里。

一阵疾风过去，果然天上下起了小雨儿。

老姜对老李说，老李，看见山头上那个瞭望哨了吧？

山顶上的那个瞭望哨，在细雨和雾霭中时隐时现。如果不认真看，根本发现不了。

老李说，像个小鸟窝似的。

老姜说，他看不到咱们这边吧？

老李说，咱们这儿是个死角。但千万不能冒头，雾一散，咱们一冒头他们就能发现。咱就藏在这儿吧。

老姜说，那好，就地休息。布库，这回你可以脱鞋脱袜子了。

布库一边脱鞋一边问，姜局，咱们在这儿等啥呀？

老李说，得等到天黑。

布库看了看手表，我的娘亲，这离天黑还早呢！

老李说，孩子，必须等到天黑咱们才能摸上去。要不，咱们前头遭的那些罪就都白费了。

老姜拿出酒壶，说，喝点儿吧，年轻人，纯蒙古的“闷倒驴”。

布库吃惊地说，咋地，大清早就喝呀？我刚才过河时只不过是说说而已。

老李笑着说，不是有这么一句话吗，早晨喝酒迎朝阳，中午喝酒斗志昂，晚上喝酒睡觉香嘛。孩子，整两口吧，热乎热乎。

说着老李掏出一袋榨菜，说，来，就着这个。

布库说，早知道，我带点儿火腿肠来就好了。

说完，一看老姜眼神不对立刻又说，我错了。

老李说，孩子，不能带火腿肠，这采金人的鼻子比猎狗都灵，火腿肠那个味儿太大。

三个人一边呷酒，一边看外面的雨景。老李则边吃边警惕地观察着四周。

布库问，李叔，咱们不是要等到天黑吗，你左右看个啥呀？

老姜说，万一熊摸上来了呢，还有狼。像你这种细皮嫩肉的年轻人最招狼了。

布库说，千万别，我现在正准备博士论文呢，还打算把今天的经历写进去。要是狼把我吃了，啥都完了。

老姜说，狼要是把你彻底弄死那倒好了，就怕把你咬残了。把你这个小鲜肉的脸儿给掏成了烂猪蹄之后，可你呢还呼哒呼哒地活着，咋办？还博士论文呢，就是对象也立马跟你黄了。从今以后啊，你天天就得像个3K党似的，戴着头套在街上走，要不，得把老百姓吓着。我们警察是干什么的？就是不让老百姓吓着。对吧？

布库听得直愣神儿，然后笑了，说，姜局，你吓唬我。

老李说，布库，姜局这是以真乱真，你也别完全当假话听。李叔给你四周看看，别真的让狼把你这个小鲜肉抓了脸。

布库说，哎呀，现在这个世界完了。老的没有老的样儿，小的没有小的样儿。痛苦啊。

起风了。小雨忽下忽停。这就是所谓的山区小气候。那一层飘浮在山峦上、河面上的晨雾很快被风吹散了。此时时刻，无论是山峦还是河面，都能看得清清楚楚的了。

在凹进去的小山洞里，外面的山风掠过白桦林，掠过樟子松所发出的呼啸声似乎更清晰了。而且还时不时地有山上的雪末子被风吹了下来，落在脸上，像被砂粒扑打一样疼。

布库担心地问，姜局，那些盗金的人真不能发现咱们吗？

靠在石壁上休息的老姜说，我刚要眯着了，你就过来烦我。

布库嘟嘟囔囔地说，亏着我不是你儿子，我要是你儿子，肯定早就离家出走了。

老姜说，你说什么？我没听清，重说一遍呗。

老李说，孩子，这一带我熟着哪，他们发现不了咱们，你就把心放在肚子里吧。

布库说，我是担心，我第一次出任务就失败了。

老姜说，布库，知道不，咱这个老李呀，你要问他老婆身上有几个痦子他不知道，但是咱们管区哪儿有熊洞，哪儿有狼窝，他都贼清楚。我看哪，你这个鄂伦春人退化了。最早最早，你们鄂伦春人，还有达斡尔人，才是大小兴安岭的主人哪。

布库嘟哝着说，我又不是纯鄂伦春人，退什么化。我妈是鄂伦春族，我爸是山东人，行不？

老姜一听来了兴趣，立刻坐直身子，说，说说，说说，你爸和你妈是咋搭上的？

布库说，姜局，我不是批评你，当下属的也不能批评上级。孔子说的“唯上智与下愚不移”这我知道。我要郑重地告诉你，我爸我妈不是搭上的，是一见钟情，是纯洁的恋爱。

老姜说，我错了，我错了，我这人说话口无遮拦。我向你道歉。

老李说，姜局，布库毕竟是学生娃儿，说话注意着点儿。

布库说，学生娃儿早晚也得让姜局给祸祸完了。

老姜一拍手说，这话说得倒像个警察了。小子，我看你有出息。用你们有知识的人的话，怎么说来着？

布库说，孺子可教也。

老姜说，啧啧，瘦得跟小蜡木杆似的，还孺子呢。

布库说，姜局，孺子，懂吗？我写给你看。

老姜说，得，我又不是警校的学生。

布库嘟嘟囔囔地说，啥警校，是警官学院好不好。

一根枯树枝被山风从洞口刮了过去，发出嘎巴嘎巴折断的声音。三个人立刻警惕起来。老李机警地听着外面的动静，时不时地将头探出洞口观察。观察之后，他转回头来，说，这雪水味儿，达子香的味儿，再加上桦树的味道，真醉人哪。

老姜说，老李，要不是因为你说的这个好闻的味儿，我就争取调到省城去了。说实话，老弟也不是没有这个资本，好歹咱还立过好几次功呢。可我想来想去，觉得还是当个大兴安岭警察牛。这大兴安岭啊，这山哪，这情啊，把你整得晕乎乎的，勾人的魂儿，绑人的脚啊。

布库说，二位前辈，反正咱们要在这里隐蔽到黑天，没啥事儿，给晚辈讲讲你们的故事呗。

老姜说，收费。

布库说，切，见钱眼开。

老姜说，不过，讲啥呀？

布库说，啥都行，历史，恋爱，错了错了，女人，还有罪犯。

老李说，让姜局琢磨一下，我先说。咱呼玛这个地方，在大兴安岭最早的时候有这么一句话，小小的兴安岭，大大的呼玛县。像漠河、塔河，都归咱们呼玛县管。那时候这个地方除了部队的坦克车……

老姜在一旁说，哥哥，那不叫坦克车，叫什么车来着……反正不叫坦克车。

老李说，对对，就那玩意儿吧。那玩意儿不管多深的翻浆道，多深的沟，也不管是沼泽地还是大雪窝子，都能一家伙干过去。可是歇气儿的时候，或者下晚临睡觉的时候，夜深人静了，总觉得缺点儿什么。

布库说，想家。

老李说，有支老歌怎么唱来着。

说着，老李轻声唱起来：北大荒，嘿，真荒凉，又有兔子又有狼，就是缺少那个大呀大姑娘啊，哼哎唉嗨哟……

老姜说，那时候，说句不好听的话，在山里见个长头发老道也能当女的追出四十里地去。

布库说，二位前辈，那你们的对象——用姜局的话说，是咋搭上的？

老李说，搭啥呀？都是家里介绍的。一年到头，两口子见一次面可不容易了，就像牛郎织女相会似的，一年只有一次探亲假。咋探亲哪？这深山老林的出不去也进不来。这探亲假呀，就是一个逗小孩儿玩的花啦棒。后来，铁道兵进来了，下茬子干了两年多，倒是通火车了，但主要是货车，运木材运物资用。客车也有，但初一、十五的不定时。人一多就开，人少拉倒。要回家，得提前告诉人家铁路上才行。

老姜说，啥客车？就一节车厢，还不知道啥时候来，也不知道啥时候开。问车站上的人吧，脑瓜子晃得跟拨浪鼓似的。一问三不知，神仙怪不得。

老李说，所以说，去火车站准备回家探亲的，或者去那里等着接人的，那就遭老罪了。赶上下大雪，刮大烟泡儿，或者下大暴雨，跑山洪，妥了。那个东北小品里咋说的？那心哪，拔凉拔凉的。能把人活活急死。你要是探亲回来赶不上火车，完了，领导还得批评你，扣你奖金。你说这天灾地祸还要扣奖金，上哪讲理去呀，心里窝囊啊！孩子，像你还敢跟姜局顶两句嘴，说批评批评领导。那时候我们林业人啥都不怕，恶狼、熊、杀人犯，都不怕。我们警察有一句话，世界上最凶恶的动物是啥？嘿嘿，领导。那时候姜局也是小兵，被领导训得跟孙子似的。

姜局说，不是孙子，是汉奸。

布库说，李叔，讲讲你在盲流屯的事呗。说这些忆苦思甜的事儿，我们年轻人真的不感兴趣。真的。

老姜在旁边接茬儿说，我告诉你小子，不是在哪当警察都牛、都款式。就说北上广吧，你看人家那警察穿得板板的，跟模特似的。那小胸脯挺的，小皮鞋锃亮。你再看当初咱们大兴安岭的警察，一个个糙得都没孩子样儿了，像一帮叫花子。当然现在不这样了，也挺款式了。那时候老李骑个破自行车，在盲流屯挨家挨户给人家钉门牌，都是一些马架子、地窨子、偏厦子，哪有门牌号啊。

老李说，真是这么回事。你说，他今天盖个马架子，后天我接个偏厦子。他们老家来信都不知道往哪儿送。没办法，我就成天拿着锤子，挨家挨户给人家钉门牌。连盲流屯的街名都是我起的。

布库说，老李，那不对啊，这街名和门牌号的事儿归民政管哪。

老姜在一旁说，民啥政啊，哪有民政啊？在盲流屯，老李就是民政，李民政。老李就是公安，李公安。老李就是邮局，李邮局。老李就是卫生所，就是接生婆。最后，他才是片儿警。

布库说，真的吗？李叔，这要搁今天，您这资历就是博士后啊。

老李说，那时候真是这样，一天到晚真挺忙乎人的。但你还得注意和这些盲流和盲流家属们搞好关系，谁家都得处好喽，谁家的板杖子坏了，你帮着钉钉，谁家有人病了，你帮着给买个药。我倒没亲手接生过，但请过接生婆。大雪天哪，那雪下得都快没了腰了。那接生婆不来呀！还是姜局帮我吓唬她，如果不来，就去告她个非法行医。这么说吧，不管谁家死人了，结婚了，生孩子了，我都得随份子。不然就不行，情况你就摸不清，好人情就是通行证。

布库说，李叔，这警察让你当的，咋啥事都管啊。

老姜说，老李，你给这小子讲讲盲流屯那个公狗和母狗的故事。

老李说，这玩意儿能写进博士论文里吗？

布库说，你就随便说吧，咱仨待着干啥？这不是百无聊赖嘛。

老李说，是有这么回事儿。那年，盲流屯有一家的狗丢了，就怀疑盲流屯的老赵家给吃了。因为丢狗的人在他家发现一张狗皮，而且那张狗皮和他家的狗一模一样。这两家就干起来了，互不相让。最后找到我这来了。

老姜说，李公安。

老李说，对，李公安。听他们双方哇哇说完之后，我把那张作为证据的狗皮仔细地看了看，看完之后，扑哧一声乐了。我就问丢狗的那家，你家丢的是公狗还是母狗？丢狗那家说，母狗啊。我就把那张狗皮抖给他看，说，你看看，这是公狗皮还是母狗皮？

老姜在旁边哈哈大笑。

老李一本正经地说，那时候杀狗贼简单，从头一刀全抹下来，像脱衣服似的。你看过水鬼穿潜水服吧，他们杀狗就像给水鬼脱衣服似的。

布库说，真血腥。

老李说，孩子，要是一天光处理这些事儿呀，那我得乐死。有一回，我发现盲流屯来了一个陌生人，我就到他租房子那家去串门。反正盲流屯来一个生人我就得过去打听打听，唠唠呗。那个生人挺年轻，二十多岁。他一看我进来眼神就有点儿发愣。我就跟房东闲唠嗑。房东大娘对那小子说，哎呀，老李可热心肠了，谁家有事儿都帮忙啊。我们这边邮东西不保准，就都邮到老李那，他就像邮递员似的挨家挨户地送。有啥需要寄的东西，木耳啊，蘑菇啊，他再帮我们往外寄。天天过来，挨家挨户串。我就说，我也没啥事儿，待着也是待着，闲不住，挨家走走，看看有没有我能帮忙解决的事儿，都邻居住着。然后，我就问那个年轻人，你多大了？哪的人哪？有对象没有？房东大娘说，没有，你给介绍一个吧。我就故作惊讶地说，这小伙子长得这么款式，身体又好，咋就没对象呢？行了，我给你介绍一个。唠了一阵儿我就告辞了。我刚走到屯子口，那小子就追上来了，手放在兜里，我估计那里有刀。我就把自行车横到我前面，如果他拿刀冲过来，我的自行车也能挡一阵儿。我就对他说，你放心吧，不用送了，我肯定给你介绍一个好对象。

那小子看我笑呵呵的，就站住了没再追。我就骑上车子慢悠悠地走了。回到派出所一查，这小子果然是个杀人犯，当天晚上就把他抓了。其实这小子挺警觉的，本打算第二天跑，但没想到当天晚上就被抓了。

布库问，现在盲流屯还有吗？

老姜说，有是有，不过都变成“鬼屯”了，人全走了。不是十户九空，是百户九十九空啦。你想啊，国家不让伐木也不让采金了，他们待在那里干啥？回去呗。

老姜说，所以呀，啥叫盲流屯？叫盲流屯就不对。哪有盲目流动的人哪？都是有目标，有目的的，就像“世界上没有自杀，都是他杀”的道理一样。

布库说，这句话好。这个我得记下来。

老姜说，好好学吧，小子。

布库说，有盗伐木材的故事吗？讲一个呗。

老李说，还是让姜局讲那年我们蹲坑的事儿吧。

老姜说，过去，这大兴安岭非法盗伐木材非常猖獗，你到山上看吧，那树被盗伐的人放倒一片，瞅着心疼啊，那都是百年的老树啊。我日他八辈儿祖宗的。

布库问，之后呢？

老姜说，那些盗伐林木的人把圆木破成板，再偷运到黑河去卖。当时我们掌握了一个情况，知道一小子在韩家园子有一个空车配货的点儿。我和老李就天天在那个空车配货点儿的院外头盯着。院外头有个卖冰棍的小媳妇，我俩天天在那一边吃冰棍一边观察空车配货点儿里的情况。忽然有一天，卖冰棍的人换了，不是那个小媳妇了，换了个老太太。我就问，大娘，那个卖冰棍的年轻女的咋没来呢？老太太拉下脸说，那是我儿媳妇。你们天天到她这来吃冰棍，啥意思啊？

老李接过话说，老太太这么一说，把我俩乐够呛。我俩就掏出工作证给她看，并把那个犯罪嫌疑人的照片给老太太看。老太太一看，说，这人我认识，他就是这个空车配货点儿的老板。姜局就问，那怎么没见着他呀？老太太说，好像出门了，听说这两天就回来。我也是听人家说的。

布库问，后来抓住这家伙了吗？

老李说，那天半夜我们决定实施抓捕。姜局让我靠后，他先进去。

布库说，挺仗义呀。

老姜说，知道警察为什么彼此称兄弟吗？警察，不仅仅是战友情，还有兄弟情。大家在一起出生入死，就都是生死弟兄，懂吗？

老李说，姜局说，我进去以后，你就紧跟着我进去。当时晚上没月亮，天黝黑呀。姜局在外面喊，喂，能配货吗？里面人问，往哪去？姜局说，哈尔滨。里面又问，几车？我说，三车。没想到门没锁，一推就开了。我俩立刻冲进去，两挺半自动一支，里面的人全老实了。

老姜说，布库，别光我们讲，讲讲你们鄂伦春的故事，让我们也长长知识。

布库说，其实，鄂伦春也没啥故事。

老李说，你妈不是白银纳的吗？就讲讲白银纳。听说你妈做桦树皮工艺品老有名了。

老姜说，明白了，是不是你妈到山东展出桦树皮工艺品，这样你爸和你妈就搭上了？

布库说，警察先生，职业病啊？啥都喜欢推测。好吧，我给你们讲我们那的老萨满。老萨满今年八十二岁了，叫关扣尼。你看老太太都八十二了，这萨满也得有个传人哪。

老姜说，等等，那个萨满穿的衣服上又是铃铛又是布条的，是装饰品吗？我一直没太搞明白。

布库说，这我也是听我妈讲的。这个萨满服上的一个铜铃，就表示她曾经救过一条人命，一个彩布条，就是说她曾经治好过一个人的大病。你看哪个萨满身上的铜铃多彩布条也多，说明她的神通就越大。

老姜说，这是迷信。

老李说，也不完全吧。听说，现在萨满已经申报非物质文化遗产了。去年咱们呼玛的开江节，就是布库说的那个老萨满给表演的哪。在大山里头，选的那个地方也挺神秘的。那天警察都去了，戒严。里面完全按照萨满的规矩举行，还特意整了一个狍子头，还有其他牲畜做供品。山里没有电，还整了台柴油发电机，搭了个祭祀台。把所有的记者都给封锁在外面。一到时辰，那老萨满就跳上了，又敲鼓，又转圈，又唱，没想到老太太刚跳到一半，突然倒地不省人事了，发电机也不转了，灯一灭，周围一片黝黑。把我们吓坏了。后来老萨满缓过来了，发电机也开始发电了。挺神吧？

布库说，这还不是最神的。听我妈说，老萨满最早的接班人是她的闺女。传位仪式也办了，可是不到一年，她闺女坐车出事了，就是北京212，你们时代的吉普车，老式的。

老姜说，知道，以前咱们办案就用212，老牛了。

布库说，吉普车前面有台胶轮车拉了一车桦木杆，可能是没捆紧，一上坡，其中的一根杆子嗖一下冲了下来。这个年轻的萨满就坐在后排座的中间，车上谁也没扎着，就把她扎着了，当场就死了。

老李说，这都是命啊。

布库说，还没完呢。接着又选了第二个接班人，也是个女的。没想到也不到一年，骑摩托车让卡车撞死了。

老姜说，两个都是横死的？

布库说，挺恐怖的。

老李问，那现在又选谁了？

布库说，这么一弄，老太太有点儿不敢选了。听说有人愿意当，但这种事不是你愿不愿意的事儿，那得够格啊。现在，我们白银纳的老萨满是中国唯一的萨满，没第二个人了。

老姜说，还有啥，再讲讲，反正“半夜摸帽子——还早呢”。

布库说，我们鄂伦春人信奉的是大自然，崇拜的也都是大自然。所有的山川水树、动物花鸟，在我们鄂伦春人眼里都是通灵的。梭罗在他的《瓦尔登湖》一书中说，“我们希望借此能从大自然借来一点纯洁坚定的力量，这种力量对于我们的一年四季都是有用的”。

老姜说，就是图腾呗。

布库说，崇拜就是图腾。听我妈说，那时候白银纳乡的前面有一条河，大马哈鱼就从这经过，现在都没有了。鄂伦春人捕鱼不像你们汉人下那种绝户网，连小手指头大小的鱼都不放过。我们鄂伦春人捕鱼够吃就行，绝不多捕。还有蛤蟆，鄂伦春人也绝对不捉。

老姜说，蛤蟆你们也崇拜啊？

布库说，还有乌鸦。

老李说，乌鸦我知道，乌鸦是鄂伦春人的祖先，是先人的灵魂。是吧？那年我去白银纳听当地人讲的。他们还请我吃了狍子肉，都是带血筋的那种。

布库说，我们警官学院的同学去城里的西餐馆吃牛排，人家问要几成熟的？有要六成的，七成的，还有要全熟的。

老姜问，你呢？

布库像小狼一样笑了，说，两成熟的。但是，我们鄂伦春人和所有的动物关系都是很好的。

为了熬时间，老姜没话找话地问，冬天鄂伦春人吃啥呀？

布库说，凿冰捕鱼呀。我们那挨着中俄大界江，在冰面上凿个洞，下网捕鱼。最早是用鱼叉扎，江里鱼有的是。

老李说，没错。我刚来的时候，那鱼老多了，最大的，立起来都快到我胸口了。弄上来之后，开了膛，就吃内脏。然后把鱼肉晒成干儿。

布库问，啥鱼啊，李叔？

老李说，细鳞鱼啊，当年有的是，现在少多了。

老姜问，布库，现在还能打到大马哈吗？

布库说，连影儿都见不着了。要是冬天上江里凿冰下网，鲤子、虫虫、鲶鱼还都有，而且绝对是野生的。

老李说，鲤鱼的头，鲶鱼的尾，虫虫的嘴嘛。这几个地方最好吃了，对吧？

布库说，这话我也听我妈说过。鲜哪。

天儿渐渐地大亮了。中午几个人吃了点儿馒头榨菜，轮流歇了一会儿。天快黑的时候蚊子上来了。有道是，山里的蚊子，乡下的狗。厉害着呢。

布库拿出防蚊油，自己一边抹一边说，这是美国产的，特别好使，二位前辈，一会儿你们也都抹点儿。

老姜和老李就笑。

布库吃惊地问，笑啥呀？你们不怕被蚊子咬？

老李说，孩子，你不知道，待会儿空气一闷，蚊子就会更多，用手一摸，脖子黏糊糊，血黏糊糊的，全都是蚊子叮的包。

布库说，那还不抹？

老李说，用枝条子来回赶赶就行了。

布库说，我这防蚊油是美国产的，贼好使，你们咋就不用呢？

老李说，傻孩子，防蚊油是好使，不过等你一出汗，防蚊油就都被冲下来了。汗味儿加防蚊油，一万多只蚊子全冲上来，能咬死你。

布库说，这么说，那山上来盗金矿的人也挺辛苦啊，又是蚊子又是啥的。

老姜说，当年小鬼子入侵中国后，雇中国劳工在大兴安岭给他们淘金。如果哪个中国劳工偷了金子，小鬼子不打你，把你绑在林子里的树上，让蚊子咬，一宿，人就被咬死了。相当残忍。还有，哪个淘金的要出这个采金的点儿，小鬼子让这个人必须先吃上十个鸡蛋，在原地再待上三天之后，才能放行。

布库说，卖萌啊？

老姜说，怕你肚子里藏金呗。我舅舅就挺聪明，把金子藏在爬犁下面的小暗盒里。他和日本人关系好，能唬过去。

布库说，姜局，你舅舅是汉奸哪？

老李说，姜局的舅舅用金子给抗联买枪，买药品，是抗联的人。

老李接着说，咱姜局也行。你是知道的，咱大兴安岭春秋两季最容易着火，而且咱们管区这一带还是雷区，天一打雷，特别容易引起火灾。瞭望塔一看哪里冒烟了，定位之后，咱警察就得立马开车过去。车是到不了起火点儿跟前的，你就得下车徒步往山上爬。那年春天的那场大火着的，扑灭以后，到处都是黑灰呀，走哪都烫脚，身上都是火烧灰，除了牙是白的，浑身上下全都是黑的。

老姜扑哧一声乐了，说，老李说得没错，其中还有一个滑稽事儿呢。我到了着火点，一看，还是个盗伐点，一共四个小子加一个老板，全逮住了。那四个小子是老板的雇工。四个人同时指认火灾是老板抽烟引起的，而且还有烟头为证，把烟头也给我们拿出来了。我就奇怪了，着这么大火还能留有烟头。妈的，分开审。一审，明白了，之前老板在山上抓了个雪兔，大伙炖着吃了。吃完之后，老板说，一人得扣五十块钱雪兔钱。他们就非常恨老板，为了报复，就都指认是老板抽烟着的火。审老板的时候，老板说，我冤枉啊，共产党不是不办冤案吗？你们不能冤枉一个好人哪。我说，刘少奇是不是冤案？你算个屁。话虽这么说，但还是得重返脚上山继续调查。那时候就是步行，从出发地到着火点最近距离也得七十里地。后来调查明白了，旁边有几个坟头，是上坟的人烧纸引起的火灾。这就好找了。比如烧纸的坟碑上写着：布库之墓。那就找布库家属呗。

布库说，姜局，我还年轻啊。你知道“布库”在鄂伦春语里是啥意思吗？就是“结实”的意思。

姜局说，我就是打个比方。我们找到了坟主的家属一问，家属说没烧啊。那他妈是谁烧的？再查。原来是一个大连来的小伙子，过来给他养父烧纸，稀里糊涂地烧错坟头了，以为那个坟就是他养父的坟。

……

天渐渐黑了，几个人讲得也渐渐没话了，都沉默起来，呆呆地想着各自的心事。到了半夜，睡梦中的布库被老李叫醒，起来，孩子，行动了。这时候布库才发现外面正哗哗地下着大雨，不时还有紫色的闪电刺亮天空，滚滚的雷声像坦克车集群似的一阵一阵地压了过来，大雨大风下的林涛发出海涛般的呼啸声。布库刚一起来就跌倒了。

老李问，怎么了，孩子？

布库说，身子有点儿发软。

老李摸了摸他的额头，说，这么烫啊。

他回过头来对姜局说，这孩子发烧了。

老姜立刻过来摸了布库的头说，烫手啊。这孩子，就让他在这里歇着吧，咱们俩上山。

布库说，不行，我跟你们一块儿去。

看到老李和老姜犹豫的表情，布库说，我必须去，不然我这趟罪就白遭了。

老李说，孩子，这上山的路可不好走哇，下这么大雨。

布库说，必须去。

老姜冲老李点点头。

老李说，那好吧。

……

大雨下的丛林又湿又滑，每走一步都十分困难。看到布库艰难地往上爬，老姜问，能行吗，孩子？布库咧嘴乐了，说，姜局，你还是第一次管我叫孩子。老姜笑了说，你比我儿子大不了一两岁，你不是孩子，谁是孩子，我是啊？

布库一边往上爬，一边不断地挠着身上。

老李说，蚊子咬的吧？这一下雨呀，蚊子全都扑到洞里了。姜局还拿个树条不断地给你赶蚊子呢，要不，你这一宿得让蚊子给叮惨啦。

三个人终于爬到了山上。他们发现了那个盗采金矿的工人帐篷。老姜第一个拿着冲锋枪冲进去。一共十三个人，一个不少，全部抓获。那个老板跪在地上，看着这三个水淋淋浑身是泥的警察，困惑地问，大叔，你们是咋进来的？

老姜说，布库，你不是要写论文吗，你给他讲讲。

布库呸地冲老板跪的方向吐了一口唾沫说，去你的，你是我学生啊？我给你讲讲。

老李听了扑哧一声乐了。

布库说，你们这帮人渣可把我累苦了，看，蚊子叮的我这一身包。

天渐渐亮了，太阳升起来了。胭脂红的太阳衬着绵延起伏的大兴安岭，真好看哪。这一宿，除了布库，老姜和老李根本没睡。他们前头一个，后头一个，中间一个，押着这十三个非法淘金人往回走。如果远距离观看的话，你或许会想起斯坦尼斯拉夫·罗斯托茨基执导的那部战争片《这里的黎明静悄悄》中最后的那个镜头：准尉瓦斯柯夫押着被俘的德军回防区，他已经几天没睡觉了，当看到自己的人之后，便昏倒在地上。

这三个警察也是。

注：该小说的基础素材来自大兴安岭警察姜明君、史永全等人的工作记录。

（原载《啄木鸟》2017 年第 3 期）

破　晓

郝振铧

1

罗浮山酥醪观，晌午的阳光透过微启的朱漆大门，照射在正殿青石板上。青巾扎髻，身披长袍的葛洪，须发银白，仙风道骨，正闭目打坐，身后是一丈高的轩辕黄帝和吕洞宾庄严宝像。从都虚观飞奔而来的小道士，及至门口已经是气喘如牛。他手扶门框，语不成声地说：“师父，师父，昨夜抬上山的疟疾病患，服下药汁，皆已经苏醒。”葛洪双目微睁，轻轻捋了捋下颏上的长须，从袖兜里掏出一张黄草纸，说道：“速将此医方抄录百份，分发给病人，广贴于闹市。”小道士欣然领命而去。此疫情来得无比迅猛，城中人十之有三暴毙。

葛洪以甲骨占卜，竟然得一本姓“葛”字，遂冥思苦想良久，豁然开朗。葛字拆解，即是草、日、匃，匃再细拆为勺、凶，联系在一起，就是把草摊放在日下晾晒，工艺上称为萎凋；然后放在勺里隔水蒸煮，工艺上称为蒸青；最后绞成汁，工艺上称为萃取，遂得此方，试用于昨夜求医病患，不想有此神效。“哈哈哈”葛洪仰天大笑三声，一跃而起，对两尊塑像三叩九拜，然后行至案几处，翻开案上陈放的《肘后备急方》册页，提笔写下：青蒿一握，以水二升渍，绞取汁，尽服之。

获悉屠呦呦获得诺贝尔奖后，脑子里不由浮现出上面这一桥段。嘿嘿，不好意思，在下也姓葛，是葛洪第 77 代孙。葛洪天赋异禀，成就非凡，最为后人推崇的是炼丹制药、神机妙算。葛姓人似乎天生就带着这样的遗传基因，比如名气更响亮的诸葛亮，也是葛氏分支后裔；再比如我——葛惟一，一个当代非著名公安法医，闲暇时喜欢研究麻衣神相、四柱八卦，对诸葛测字神术颇有心得。仓颉造字，本就起源于占卜，每一字都是秘写的符号，可以预测未来之吉凶祸福、生老病死。宇宙之中，一切皆有可能。

作为一项秘密研究课题，我正试图大胆创新、小心求证，把我平生绝学进行成果转化，为疑难杀人案件提供更加精准的侦破思路，改变以往从人到案、从案到人的传统理念。我专门做刑事案件的法医。工作逾十年，平均每周要解剖一具到两具被害者遗体，累计经手了上千具，其中女性占了三分之二，由此可见女性在当今社会依然处于劣势地位。我没有恋尸癖，对女尸也没有特殊好感，但对她们身上发生的那些不为人知的故事实在感兴趣。这些女人基本处于 16 岁至 45 岁，正是一生中最好的年龄，与女性排卵活跃期高度吻合。如果死亡时间短，或者保存得当，她们的皮肤会富有弹性，机体鲜活，打开她们时有些内脏器官甚至还在工作。除了找到致死部位，推断出死亡原因、时间和致死凶器外，我对她们还会进行更深层次的交流，从全身每一个可以运动的部位提取信息，这些部位都会因为经常运动留下动力定型和磨损、创伤痕迹。一切都结束后，我习惯冲个热水澡，喝上几口高度白酒，再点上一根烟，让她们在袅袅升腾的烟雾里复活。

“小姐贵姓?”问话总是从名字开始，当然她们也可以不回答，因为在我这个环节，遇到的有可能还是无名尸。“测个字吧，看我说的对不对?”女人多数是感性的，比男人更容易相信命运。于是，她们生前那些不为人知的故事，开始在我的脑海里进行回放。

卓越医科班同学微信群里，这些天都被毕业十年返校名单接龙刷屏，混得不错的都在大呼小叫。很惭愧，我只有潜水的份儿，因为我不是受人尊敬的医生、科主任或院长大人，而是让很多人感觉不舒服的公安法医。嗯，没错，就是在一部分人眼里天天和尸体打交道、双手整天摆弄着死人零部件的那种恶心活儿。记得某次小范围同学聚会，某女同学竟然不讲情面，用揶揄的语气对我说：“你当年号称医科大第一才子，怎么去做了警察，还是不破案专门和死人打交道的法医？好恐怖呀。”她的语气和略带夸张的表情，惹得同学们哂笑不已。这种语言暴力把我可怜的自尊心伤成了狗，很想有个洞钻进去。此后我识趣地和大家保持着距离，对这种聚会避之唯恐不及。

“惟一，同学会你参加吗?”作为活动的发起人，陆春瑜通过微信私聊小窗发来一段语音。陆春瑜就是上面提到的那位某女同学，她是不是又想羞辱我一番？我故意拖延时间没回复，看她接下来还有什么动作。陆春瑜是我上医科大学时的同班同学，重庆妹子，班里仅有的几名雌性之一。模样吧，怎么说呢？先天皮肤基底层黑色素母细胞数量不足，酪氨酸霉活性偏低；上眼睑未进化完全而形成复层，虹膜为亚洲人种少见的琥珀色，侧逆光看效果更明显；左右脸颊部由于颧大肌发生变异导致中间出现肌腱分叉，从而形成裂隙性凹陷。也就我们通常说的肤白、貌美、大眼睛、双眼皮，笑起来还有俩酒窝。陆春瑜的学业成绩、形象气质以及形体三围都是顶级标配，你色或者不色，她就坐在班级里，让荷尔蒙分泌旺盛的男生们心猿意马、大献殷勤。由于她面若《西游记》里的观音形象，喜欢板着面孔冷言冷语地贬损男生，一票人都想泡又泡不到手，背后人送绰号“铁观音”。

“来吧，亲，你得尽地主之谊，再说我也特别想见到你。”她继续说，随后还抛出一个害羞的表情。格老子，班级聚会我可以不去，美女殷勤邀请这诱惑力也太大啦。男人的胸怀像海洋，再说经过这么多年在法医界打拼、历练，大场面见得多啦，老子死人都不怕，和女同学见个面怕个锤子嘛。

2

毕业季的校园里，到处是抱头痛哭的情侣，这是在偿还偷欢留下的苦果。“看看吧，享受不该享受的，就要忍受不该忍受的。”陆春瑜近乎幸灾乐祸地说，“我们俩要不是做了哥儿们，今天也是这样的下场。”“得到与失去存乎一念之间，许多人宁愿后悔也不愿留下遗憾，你嫌贫爱富，选了王公子当驸马，进了北京，就别拿这样的话刺激人啦。”我反唇相讥。

陆春瑜翻了翻白眼：“哼，当初还不是某人给我指的一条明路，现在说这些不咸不淡的话做啥子！”我说：“当时哪里晓得你是认真的，以为是闹着玩呢。”我清楚这些都是借口，医科生的爱情全都一针见血、刀刀剐肉、打断骨头连着筋骇人得很，所以荷尔蒙泛滥也只能自找出路，像我这种成色的屌丝哪里敢轻易招惹女神般的“铁观音”呢。

那是大三下半学期的某一天，陆春瑜过生日，加上林晓我们仨去外边宾馆开了一间情趣房，买了麻辣鸭头、夫妻肺片、水煮鱼以及酒水。喝到兴头上，大家开始讲第一次性经历。陆春瑜说她的第一次是在初中，给了班里学习成绩最好的男生；林晓说她高中时是语文课代表，第一次理所当然给了语文老师。两人说完，一起逼问我的第一次。我腼腆地说我晚熟，现在还是处男一枚。她俩不相信，逼着我老实交代。我只好说第一次给了咱们医科大停尸间的打更大爷。大家一通狂笑，都不晓得谁说的是真话谁说的是假话。林晓喝多了，歪倒在床上呼呼睡着了，高挺的胸脯一起一伏，裙子下还露出一大截白白的大腿。陆春瑜很坏地看着我，笑着说：“涎水都滴到脚背上啦，要不要成全你俩?”我配合地擦了下嘴巴：“那还等什么，一起上吧。”哈哈一笑过后，我和陆春瑜反倒感觉不太自在起来。为了缓解一下尴尬气氛，陆春瑜说：“葛大师，你不是一向以半仙自居吗？现在帮我测一字吧。”我说：“好啊，测什么字?”她把我的手拉起来，用小手指在我掌心写了一个“住”字：“就这个字，你帮我看看以后生活安不安逸?”

“成住坏空，此乃佛家四劫之住劫，是器世间（没有生命的世界）与众生世间的持续期，用胡兰成的话来说就是‘岁月静好，现世安稳’。”我先按照字面意思解释道。“有那么好命吗?”陆春瑜期许地问。

“‘住’加一撇是‘往’，或说是向往，或说是一往无前去追求，看你努力喽。”“要去北京有没有希望?”女生想得就是多呀，男生都浑浑噩噩傻玩傻学，都想着凭一把柳叶刀闯荡江湖，她们已经开始为稻粱谋啦。“会留下，住本意就是安住，而且你将来事业兴旺，能为人主啊。”陆春瑜不晓得是喝多了还是激动起来，拉起我的手轻轻摇晃，问我是不是也能去北京，那样大家可以一起去奋斗。“太难了。”我说，“我名里有‘惟一’两字，‘一’加在‘住’里，看着也是‘佳’字，佳偶天成，但‘惟’里还有一个‘佳’，正是物极必反，两个‘佳’反倒成了‘难’。还有这个‘住’字，你是用手指写在我手心里，这分明就是‘推’嘛。”

陆春瑜有些黯然神伤：“那我怎么才能进得了北京?”“班里男生只有王怀仁是北京籍，看来你俩也是该有一段孽缘啊。”我晓得王怀仁一直追求陆春瑜，随便一说，也是看看两人接上头没有。陆春瑜没有否定，竟然红着脸问：“那你看看我和他到底合适不合适?”我瞬间石化，这个有点儿娘娘腔的老王，看来早已经入了陆春瑜的法眼，只待一个她能说服自己的理由了。

“心好痛啊!”我捂着心口说。陆春瑜的手伸进我的领口，温柔地抚摸着我左侧胸大肌：“你晓得，我父母都是北京下放知青，当年错过了回城机会，他们现在老了，最大的希望就是等我毕业后能进北京工作。你说，我俩到底合不合适?”她热切地想要一个肯定答案，而这个答案一定要来自于我，这样她就可以心安理得地接受宿命的安排了。好吧，那就成全这对“狗男女”吧。

“嗯，太合适啦，你俩就是绝配，五百年回眸，换来今世姻缘。”我带着忍痛割爱的表情说。“怎么讲?”陆春瑜手心出汗，动作也急促起来，搓得我乳头生疼。我不得不抓着她的手腕，让她安静下来。“王、怀、仁三个字不就暗合了‘住’字吗?”我随便一说，她倒认真起来，刨根问底地追问道：“那怀怎么解释?仁呢?还少一点儿呢?”我晓得陆春瑜是处女座，人有洁癖，感情也一样，是十足的完美主义者，不自圆其说她是不会善罢甘休的。“怀、仁就是对你心无二意，少一点儿嘛，谁也不是完人，他少了那一点儿也许结婚后你就会晓得啦。”

3

按照陆春瑜要求，我在同学聚会前一天入住了某五星级宾馆，这样我们有一晚上的时间可以好好交流这几年的离愁别绪。吃过晚饭后，我叫来宾馆服务员，把房间、卫生间重新清扫了一遍，床单、被单全部换上干净的。两个喝水玻璃杯被我擦得锃亮，通透似空无一物。对了，还有床头柜上那些花花绿绿的超级快感避孕套、金枪不倒催情药，通通塞到抽屉里。

宾馆真是太坏啦，摆这些让人脸红心跳的东西干啥子?我洗澡、刷牙、刮胡须，还换上了一条新内裤。呵呵，见当年的女神嘛，就得隆重些。我刚刚收拾妥当，陆春瑜就迫不及待地赶到了，越发肤白貌美地出现在我面前。一件葛布面料的素色旗袍包裹着她修长的身体，凹凸有致的三围依然那么抢眼，咧嘴微笑之际，原本深深的酒窝有些下拉，好像盛不下当年那许多酒了。时光已经把她身上的稚嫩和学生气消磨殆尽，举手投足间流露出浸入骨子里的优雅风情，似一段精雕细刻的沉香木，安静地缓释出迷人的芬芳。

“哦，娘娘驾到，眼好晕！”我僵硬地站着，有些不知所措，只能沿用当年调侃的语气，以舒缓心律不齐和血压异常。我这些年和女尸打交道多，对付这样鲜活的雌性，动不得、碰不得，当真是一丁点儿办法没有。陆春瑜用臀部倚上房间门，就在逼仄的门廊里，直接给了我一个大大的拥抱，很用力的那种，明显感觉到一对饱满的乳房对我胸腔形成窒息般地挤压。

我呼吸出现窘迫症状，大脑严重缺氧，正准备再加把力气时，她却笑着松开了手臂。“真是个瓜娃子，还是警察嘞，好大年纪了还脸红。”她又对我开启了新一轮的语言暴力模式。

毕业后，陆春瑜和王怀仁结了婚，户口如愿以偿迁到了北京。王怀仁有个在药监局当高官的叔叔，在他的安排下，王怀仁做起医疗器材生意，挣得盆满钵丰。陆春瑜则开了一家很有规模的医疗美容院，专为贵妇名媛整形。

“鸾凤和鸣，琴瑟和谐，看来你们过得不错喽？”我有些醋意，用一个诘问句打乱了陆春瑜晒幸福的节奏，“略过略过，结果呢？”果不其然，陆春瑜神情迅速黯淡下来。“男人有钱就变坏。王怀仁后来有了外遇，我俩又一直没有孩子，感情也就慢慢淡了。”她换上也无风雨也无晴的平淡语气，像在说一件和自己毫无关系的事情。

“婚姻都是这样吧，三年不痒五年痒，五年不痒七年痒的，所以老子才不结婚哩。”我宽慰她道。这几年虽然情路不畅，但真心感觉到做个单身狗有时蛮安逸的，把精力纠缠在这些男女恩怨情仇上，想一想确实划不来。

“你当年不是说我和王怀仁是绝配吗，怎么会落到这样的局面？”她开始发难。过得幸福时，她们说自己命好，过得不幸福时，第一个怨恨的就是媒人。

“看来我也被假象迷惑啦。”我说，“当初没看出来，这个‘怀’字，原来还有心怀不轨、离心离德之意，恕我眼拙。”陆春瑜气愤地继续追杀：“你不是还说过，‘少了那一点儿也许结婚后你就会晓得啦’，当时你就晓得真相，怎么早不告诉我？”

我心虚地说：“你都晓得的了?”“唉!”她叹了口气，“为什么要瞒我？让我嫁给他就是为了弥补你的过错?”其实，那只是运动场上经常发生的意外。有次踢足球时，我不小心踢中王怀仁裆部，他当时显得异常痛苦，诊断结果是击坏了他一颗睾丸。我被吓惨了，不知该如何弥补自己的过失。好在王怀仁果真是心怀仁义、高风亮节，没有让我负担任何经济责任，只要求我永远保守秘密。我当时感激之情无以言表，恨不得给他跪下，以至于后来拍了胸脯，答应帮他和陆春瑜穿针引线。

“可是你也被骗了。”陆春瑜说，“王怀仁在新婚之夜，把事情全都跟我说了，他天生就一颗睾丸。”我羞愧难当，不晓得说什么好，头几乎低到大腿之间了。

“你们男人啊，怎么那么卑鄙呢?”陆春瑜点着我有些过早秃顶的脑袋骂道。她显然不是来找我兴师问罪的，见我这副落败相，调整了语气：“好了，事情都这样子了，怪你也没有用，要怪也怪我当时鬼迷心窍。”我长出了一口气，双手作揖，赶紧给她戴上一顶高帽子：“做人真要向你学习，‘吾日三省吾身’，社会才能和谐共生。”我们又聊起其他一些同学的情况，话题变得散淡。

4

“杀人案件破案率高不高?”陆春瑜的思维天马行空，问题也机灵古怪，她居然晓得破案率这个公安专业术语，看来是备过课了。“基本是百分之百，凡本人经手的案件，一律完破。”

她好像被搔到了痒痒肉，咯咯笑着说：“你的龙门阵摆到南天门上了，我要杀了人，你肯定破不了。”“饭可以乱吃，话不能乱讲。”我打断她的玩笑话。

说真心话，尽管天天和杀人案件打交道，但我极其忌讳开这种玩笑。这些年的法医生涯，让我对“杀人”“尸体”这些词汇形成了条件反射，一瞬间就会在脑子里浮现工作状态时的场景：冰冷的解剖室，一把柳叶刀在尸体上行走，我全神贯注地翻看着一个个脏器，鼻子两翼沁出一层密密麻麻的细微汗珠，油光发亮，不用擦拭也不会滴落，像传说中的汗血宝马。

“杀人案件破案率为啥子那么高?”可以看出她对这个问题很感兴趣。“因果关系明显嘛。”我用最简短的句子来回答，不想再给她拓展这方面话题的空间。她果然放弃了对破案率问题的探究，转而关心起因果关系来。

“你们警察也相信因果?”她问道。

“当然，世间事莫过于因果，善恶之报如影随形，三世因果，循环不失。”说完我起身给她倒了一杯茶，想就此结束这些不着边际的话题。这样难得的静谧时光，陆春瑜的熟女气息促使我多巴胺加速分泌，是不是该聊点儿风花雪月的事，再弥补一下年少时的遗憾?我的思绪亢奋起来，不觉又想到塞到抽屉里的那些花花绿绿的性用品，于是心跳加速，鼻翼两侧开始出现细密的汗珠。

陆春瑜默不作声，端着我递给她的玻璃杯看了看，然后用小手指甲一点点剔除杯沿上的茶垢。这个女人简直爱干净到了极点。我正担心她会不会喝，没想到她剔了一会儿，还是一抿嘴把茶水都喝了。我坏笑着问：“有感觉吗?我下了药。”

陆春瑜撩起眼睫毛，瞄了我一眼：“你要是有那个胆子就好喽。”原以为经过这些年的历练，我可以从容应付一切突发事件，可是在这个女人面前，我苦心建立起来的自信心还是不堪一击，只有讪讪一笑聊以解嘲。我是严谨的医科男，对学业、工作、生活都一丝不苟。但我得承认，在陆春瑜面前我喜欢故弄玄虚，偶尔也吹吹牛皮，比如刚刚说到杀人案件破案率问题上。

吹牛这事是展现雄性魅力的方式之一，就像动物界的孔雀、黑猩猩，在异性面前或是争取交配权时，喜欢展示自己华丽的羽毛，或者把胸脯擂得“咚咚”作响。“命案必破”“有困难找警察”这样的标语口号，就是我们在抖擞羽毛、拍打胸脯，以此来刷存在感。口号这东西经过无数次重复，就具备了强大的蛊惑性和心理暗示作用。

“听说三年前发生过一起‘温泉双尸案’，不晓得破了没有?”

真是哪壶不开提哪壶，陆春瑜这一问简直就是奔着打脸来的。“哦，尚在侦破之中。”我不免汗颜，这起案件正是我的滑铁卢。四青山是川东著名的温泉风景区，每逢周末自驾游客蜂拥而至，喜欢冒险的游客可以徒步几公里山路到达野麻坑喀斯特地貌带。以前这里是天体温泉区，分布着大小百余个温泉，像人脸上的麻子坑一样，水中含有很多对人体有益的矿物质和微量元素，尤其对美白皮肤和治疗皮肤病有神奇疗效。世代居住在附近的男女老幼都是赤身裸体在这里泡澡，久而久之形成了一种风俗习惯。那时候这一带还经常有野猴出没，它们树上树下玩累了，也爱跳到温泉里泡上一会儿，有时把人脱下的衣服、随身物品偷走，让赤身裸体泡温泉的人尴尬不已。由于四青山旅游开发力度加大，旅游管理部门把天体温泉浴当作噱头大肆宣传，吸引了许多猎奇男女前来冒险体验，把这个原本古朴神秘的世界弄得情色泛滥，后来迫于社会舆论压力建起了温泉宾馆。

一男一女两具无名裸尸就是在其中一家温泉宾馆发现的。两具充气娃娃一样的尸体，漂浮在45℃高温的泉水里，面部呈现出无法辨认的巨人观，死因初步查明是溺水而亡。如果就这些情况，认定为男女殉情也未尝不可，对具备行为能力的人来说，他们有选择死亡方式的自由。令人匪夷所思的是，女尸左手腕上还戴着一只高档女表，日期定格在3月14日，时间是15时9分26秒，这大概是两人死亡时的精确时间。此案一直悬置，调查档案已经被尘封，或许只有我这个法医才会偶尔想起那两具纠缠的尸身。

5

“我急着见你，还是想让你帮我测个字。”陆春瑜把我打击得体无完肤后，鸣金收兵，说出了此行的目的。

“你还相信我？”

她用了一个排比句来打消我的顾虑：“世上总有许多无法解释的现象、无法释怀的困惑和无法解答的问题，唯物也好，唯心也好，神秘力量也罢，都是用来答疑解惑、愉悦身心和抚慰灵魂的。”

“说得好。”我附和道，“就像我们破杀人案也是如此，必须采用各种手段，只为觅得真凶，还死者一个公道。”

“可惜我悟性太差，原来这些年你做的都是超度亡灵的善事，让逝者安息，让生者苟活。”陆春瑜说得够真诚，我也权当是她为当年讽刺我的话道歉了。

静默几秒钟后，一脸虔诚的陆春瑜伸出食指，在茶杯里沾了沾水，然后在茶盘上写了个“梦”字。

“就这个字吧，简体的，求大师指点迷津。”她一边说着，一边抬起眼睛看我。目光交汇之际，我从她安静的眼神中捕捉到了一丝慌乱。

我开始闭目静思，把“梦”字清晰地印在我的脑前额叶上，而后庖丁解牛一般分拆成“十”“八”“木”“夕”四字作为干，加上四柱六爻八卦内容和书写所用的手指、茶水、茶盘等偶然因素涉及的种种信息作为支，大开脑洞，像玩魔方一样把这些内容重新排列、组合成无数个数字、汉字、符号，困、杀、魔、歹、怨、死、薨……这些带着极强负能量的字符，不断冲击着我的百会穴，感觉冷风飕飕，鼻翼两侧开始不断冒出汗珠，竟然一时收敛不住，一滴滴流到嘴角，而后滴落在脖颈上，如万千蚂蚁爬行。

陆春瑜肯定感觉到了我的辛苦，用一根手指轻轻地为我揩着汗。她的气息立刻透过手指径直钻进我硕大的鼻孔里，让我瞬间打了一个不合时宜的喷嚏。

“情况不太好吧？”陆春瑜忍不住问道。

“死生皆是梦，恩怨困当中，心魔杀不尽，歹念又横生。”我随口吟了四句谶语，“嗯，的确是大凶之兆。”

她并没有显得太过紧张，愣了一会儿神后又问道：“有什么破解之法？”我沉思片刻，也用食指沾了茶水，在她写的梦字下面添了一笔。

“梵？”她不解地问。“是的。”我说，“静修梵行，《妙法莲花经》中有开示，或者可以帮女施主渡过劫难。”

她笑了，是释然地笑，又带着点儿俏皮：“好，葛大师辛苦啦，谢仪随后奉上。”我从自己制造的情境中醒转过来，感觉说得如此刻薄实在是过意不去，便安慰道：“测得好你姑且信，测得不好你就当耳旁风吧。”

清理“温泉双尸”案死者头颅时，我用了最原始的手段——蒸煮法，这是法医进修时一位前辈秘授给我的绝世古法：用两个大号电饭锅，将头颅分别放在里边同时进行加热、蒸煮，以此去除残留的腐肉和高温灭菌。水开了，一股奇异香气随着蒸汽弥散开来，锅里还发出轻微的汩汩声，就像两个人在窃窃私语。

我闭上眼睛，屏息凝神，用力翕动鼻翼和调动外耳郭神经，把鼻黏膜和耳膜展开到极限，以此来捕捉一些稍纵即逝的信息和灵感。令我不安的是，这对男女竟然让我感觉到某种熟悉。

“想什么呢?”陆春瑜见我有些愣神，有些不满地问。“胡思乱想，嘿嘿。”我掩饰道。

陆春瑜周身发出的不和谐磁场，不时干扰着我萌动的春心，思维很容易跑偏。“怎么想到解‘梦’这个字?”我岔开话题反问道。陆春瑜是绝顶聪明的女生，思维缜密，做事方圆有度，不会随意找我测个字那么简单。

“你还记得林晓吗? 三年前我和她断了联系，不晓得为什么最近总是梦到她。”

“当然记得。”我说，“你都梦到什么了?”“每次都梦到她坐在我床边，背着身低着头和我说话，说以前咱们在学校时的一些事。我问她去了哪里，电话是多少，她就是不肯说，到后来要说时我就醒过来了。同样的梦做了好多次。”她带着痛苦的表情，边摇头边叹了一口气，“哎，你说这是怎么回事呢?”

“你没去看看心理医生?”

“看什么心理医生，你不就是嘛。”

“梦是窥视人内心的一面隐秘之镜，是另一种虚幻却真实的人生体验。《周公解梦》中把梦分为正、噩、思、寝、喜、惧六种，你这种大概是从思而来，就像我经常梦到你一样。”我不想把话题扯得太沉重，用了调侃的口吻说，“那你岂不是天天做噩梦？”陆春瑜果然笑了，脸蛋开始微微泛红。“难得你这么看得起老同学，我免费给你看看手相吧。”说着我拉过她的一只手，轻轻抚摸起来。那手背细腻光滑、柔弱无骨，而掌面金星丘处低陷、掌纹紊乱，掌心湿漉漉的透出一股股凉气。这只手让我似乎看到陆春瑜这些年来的人生跌宕起伏，她曾经蓬勃旺盛的欲望之火已经消失殆尽，尤其是头脑线上的一个岛纹，那么突兀而清晰，这显示出她长久以来遭受着神经衰弱的困扰……我用力捏了捏她的手，心里涌起一股悲凉。

陆春瑜或许意识到我的动作带着暧昧、狎昵的意味，有些慌乱地把手抽出来，顺势打了我一下：“还那么没正形，就会借看手相之名摸女生的手。”

我有些尴尬地笑了笑：“这叫摸骨，是看相的最高境界。你是不是怕我摸出什么来？”

6

林晓和陆春瑜是闺蜜，在学校时形影不离，她的事陆春瑜自然最清楚不过。“林晓上大四时交了一个校外男友，哦，就是离我们学校不太远的那家卖水煮鱼的小老板。他俩一直偷偷交往，这事你还不知道吧？”陆春瑜故作神秘地说。

“怎么可能，林晓不是说过在老家早就和一个富家子定亲了吗？”这剧情也太狗血啦，惊得我下巴差点儿掉下来。林晓家境一般，她那做小生意的父母为攀附富贵，在她还上高中的时候就和当地一富豪定了亲家。

“是的，咱们刚一毕业，还没等拿到毕业证书，林晓的父母就来学校强行把她接回家，并很快嫁给了那个富家子。新婚之夜，林晓拼死不从，失手把喝多了的新郎官打伤，偷着跑回学校。当时我还没离校，她和我说已经和家里彻底闹翻，准备和‘水煮鱼’去外地开餐馆。三年前吧，林晓领着一个两岁多的小女孩找到我，说她已经和‘水煮鱼’分手，娘俩净身出户，实在无路可走，就来北京投奔我了。林晓带着孩子住进了我们家，给我和老王死气沉沉的生活带来不少欢乐。可是不久，她和老王两个人勾搭在了一起，被我发现后竟然丢下孩子私奔了。”

陆春瑜看似说得轻描淡写，但不知是气愤还是疲劳，开始闭上眼睛大口地喘着粗气，两个脸蛋绯红，随即身体出现一阵轻微抽搐，端着茶杯的手抖得厉害，里边的茶水溅落在旗袍上。我把茶杯从她手里接下来，碰触到那手背已经冰凉异常，就像刚从冰柜中取出的尸体一样。

“你怎么了，病了吗？”我摸了摸她的额头，竟然滚烫，“躺一会儿吧。”她没有拒绝，顺从地点了点头。我扶起她坐在床上，把两个枕头垫在后腰部。就这么靠着床头斜躺了一会儿，她这才慢慢睁开眼睛，嘴角勉强挤出一丝笑容：“没吓着你吧？最近常这样，不过歇一歇就没事了。”

我说：“你是不是贫血，还有这段时间张罗聚会的事情累着了吧？”“也许是吧。女人都贫血，需要来自男人的关爱。”陆春瑜深吸了一口气，缓了缓情绪，“我跟老王的夫妻名分早已经名存实亡，就是林晓不出现我们也会离婚。可是他俩不该瞒着我，这么做简直太没人性了。”

“那你经常梦到林晓就不奇怪了。你是要找到这对狗男女，然后报复他们，对不对？”我问。

“报复了又怎么样，人心伤了，怎么做也于事无补。”

“如果他们明天双双出现，你能受得了吗？”

“不晓得。”她说着闭上眼睛不再说话，没一会儿竟然睡过去了。茶盘上溅落的红茶已经干涸，茶渍形成的痕迹斑驳陆离，当中“梦”字，像书法双勾描红一样纤丝萦绕，勾勒出中空布白，如云似雾一般虚无缥缈。

陆春瑜的面孔如此清晰地呈现在我眼前。她施了一层淡妆，但没有掩盖住鼻翼两侧括弧一样的法令纹，还有一条从内眼角向颧骨方向延伸不算浅的皱纹——相学上称之为泪沟。这个外表高冷、内心强大的女人，在经历了一连串情感变故的打击后，还是被岁月这把杀猪刀刻下了无法抹去的印记。我依次按灭床头柜上的灯源开关，摸黑坐回到椅子上。十几平方米的空间变成磁力巨大的黑洞，瞬间吞噬了整个世界，只有空气中还游荡着陆春瑜身体发出的气味和轻微鼻息声，不时刺激着我的耳膜和鼻腔黏膜，那张熟悉又陌生的脸孔，此刻再次浮现在我脑海。亢奋的情绪逐渐退潮，我心平静如水。瑜，王、人、一、月、刀……我开始进入深沉冥思状态，陆春瑜各种碎片化信息全部浮现出来，并被重新梳理、编辑。她原本观音一样的脸庞，一点点扭曲变形，逐渐构建起一个被友情、爱情所愚弄的怨妇形象：夜深人静，月色朦胧，陆春瑜悄悄潜入一家温泉宾馆的房间。露台池子里，水波荡漾，赤身裸体的王怀仁和林晓正纠缠在一起，尽情享受鱼水之欢。陆春瑜越发面目狰狞，手里紧紧握着一把锋利的柳叶刀，无声无息地靠近……

7

宾馆的门开了，一袭白裙的林晓逆光出现在我面前。“哈哈……”她笑着说，“终于被我逮到了，早就怀疑你俩关系不正常，老实交代，从什么时候开始的？”

“嘘，你说话小点儿声，她病了，刚刚才睡着。”我冲她摆摆手，“你怎么神出鬼没的，什么时候到的？”陆春瑜睡得很沉，丝毫没有反应。

林晓不等我让座，径自在陆春瑜坐过的那把椅子上坐下来，还是上学时那一头披肩长发，把大半边脸都遮挡起来。“陆春瑜到时我就到了。”林晓得意地说，“我一直站在门外，就等着捉奸在床啦。”

我很诧异：“我们说的话你都听到了？”“听到了。”她说，“不过陆春瑜说的都不是真的，她在撒谎！”

“我感觉她不是个爱撒谎的女人啊。”我在为陆春瑜辩解着。“你是色迷心窍，没有人比我更了解她。”

“愿闻其详。”

“你晓得‘水煮鱼’吧？”林晓开始了她的详细叙述：“‘水煮鱼’原来是我们学校的高才生，因为不喜欢做医生，辍学开了那家小饭店。你一定看过他用双飞刀法料理鱼吧？一条鱼在他手里就像变魔术，刮鳞除腮去内脏一气呵成，然后一把刀像黏在鱼身上，上下翻飞，瞬间把鱼肉片切一遍。当鱼头带着鱼骨从一堆肉里滑脱出来时，感觉就像春天到了我们女生迫不及待地脱去臃肿的棉衣，哪像你们这些笨笨的男生，干什么都手忙脚乱，动不动紧张得不是脑门子出油就是鼻子出汗。”

她故意顿了顿，眼睛透过发丝盯着我看了几秒，接着又说道：“我和陆春瑜都是专业调剂来的，对医科专业很烦，尤其是人体解剖，在自己同类尸体上划来划去，简直令人作呕，好几天都不想吃饭。后来我们发现了这家小店，和‘水煮鱼’很聊得来，还有他做的那种椒麻滋味的水煮鱼，带着不可言喻的神奇魔力，让我俩大快朵颐地填满胃肠的同时，也暗自中意上了他。临近毕业，陆春瑜在你的蛊惑下选择了王怀仁，我和‘水煮鱼’开始了秘密交往。后来，我逃婚从家里跑出来，和‘水煮鱼’结了婚。”

“那再后来呢？”

“陆春瑜嫁给了王怀仁，可是夫妻俩感情一直不太好，她就经常从北京跑来我们店里，名义上是看我女儿，实际是想借机勾引‘水煮鱼’。陆春瑜每次来都说要在北京开一家大店，把我们都接到北京去发展。我和‘水煮鱼’那时没有识破她的伎俩，一来二去就同意了。没想到去北京后没多久，‘水煮鱼’在切鱼时走了神，被鱼刺伤了手指，结果感染了病菌，人就这么死了。”林晓说完，嘤嘤哭泣起来。

“陆春瑜怎么会怀疑你和王怀仁有私情呢？”我的脑子被林晓的叙述搞得一塌糊涂。

“这是个误会。”林晓说，“有一次我和陆春瑜闲聊，你晓得的，我们女生在一起肯定会聊老公和孩子的。她说王怀仁性欲太强，每天都把她弄得死去活来。我不晓得她是炫耀还是真的受不了，就说王怀仁和希特勒一样，是‘一睾人胆大’啊。陆春瑜立刻变了脸，问我怎么晓得的。我说是王怀仁对‘水煮鱼’说的，陆春瑜不相信，开始怀疑我俩有私情。”

“那你俩到底有还是没有？”这时候我已经没有了听故事的心情，就想要一个明确答案。

“没有就是没有。”林晓坚决否认。王怀仁心机深重，自尊心特强，这种生理上的缺陷他怎么会轻易透露给别人？我揣测着，到底是谁撒了谎。

“后来陆春瑜的美容院生意受挫，王怀仁也因为叔叔出事被法院查封了公司。我看他们实在是撑不下去了，就把门市变卖掉，拿出全部积蓄交给陆春瑜。我还出卖身体帮她打通了一个个关节，终于使美容院和王怀仁的公司起死回生。”

林晓越说越激动：“这些陆春瑜没有告诉你吧？”

“没有。”林晓的叙述让我更加迷惑，“那后来呢，你和王怀仁怎么就私奔了？”

林晓气愤地说：“私奔？她告诉你的？”

“是的，不然你们怎么一起失踪了？”

“我说什么你也不会相信的。”林晓放弃了解释，“天要亮了，我也该走了。”

“给我留个手机号吧，以后大家也方便联系。”

“联系？”林晓苦笑了一下，接着用手指沾了沾茶水，在“梦”字下面写了个“晓”字，“你不是很会测字吗？一切都在这个字里，这就是我的宿命。”

我再次进入冥想状态，把“晓”字分拆成日、戈、兀。“日”被压在“春”下面；“戈”与“瑜”最后一笔立刀旁相对应；“兀”呢，从字面意义上是突兀，从象形上看是祭祀用的案几或者厨子用的案板，正所谓“人为刀俎我为鱼肉”。我的大脑神经元这时开始出现异常放电，向神经网络深处追索，一路追索至小学六年级的某堂数学课。漂亮的女老师正用皮尺精确测量着圆的周长、直径长度，计算出一串数字，然后转身面对一班衣衫褴褛、求知若渴的农村娃说："这就是圆周率，也称为 π。"对，就是这个在数学概念里被称为 π 的符号，它无穷无尽，永不重复，最令人不可思议。它用数理的方式解读世间万物，代表着一切皆有可能的存在。它是无理数，它毫无道理可言。现场留下的唯一物证，也就是那块女表上所指示的时间，也正是 π 所代表的数字！这个"晓"字幻化成一串串密码，分别输入我的大脑各个盲区，那些存储已久、因虚荣心作祟而故意屏蔽的有关"温泉双尸案"的全部信息被一片片激活，电光火石之间，一切豁然开朗：两个女人间的日月争辉，恩怨情仇，刀来剑往，相爱相杀，最后酿成了这起离奇的杀人案件。

"手表是怎么回事？"我问道。

"那是陆春瑜送我的生日礼物，她说可以防水，还有磁疗作用。""她是什么时候、在哪里送给你的？"我不由自主用上了审讯口吻，仿佛坐在我面前的不是受害者，而是杀人凶手。"就是我们仨一起去四青山泡温泉的那天。为了给我过生日，陆春瑜说要故地重游，就带着我和王怀仁来到重庆……"林晓的语言开始变得语无伦次，露出焦虑不安的神情。

"你怎么了，不舒服吗？"我关切地问。她开始左右摇摆着脑袋，长发随之舞动、散乱，牙齿咬得"嘎嘎"作响。突然，林晓用一双没有皮肉的手骨，紧紧箍着我的脖子，让我无法说话，连呼吸也异常困难起来。我拼命挣扎，不停地向上翻着白眼，张开大口用力伸出舌头，尽可能争取多吸入一点点空气。就在这时，林晓的头发开始脱落，眼珠、鼻子、耳朵以及脸上的皮肉也在脱落，脑浆和内脏化成各种鲜艳颜色的血水从七窍中喷出……最后，终于现出"温泉双尸案"中那具骷髅女尸！

"啪"的一声脆响，把我从梦魇中惊醒过来，是陆春瑜用过的那只茶杯滑落到地上，摔得粉碎。"哦，竟然是个噩梦。"我惊魂未定，一边摸着脖子一边大口喘着粗气。厚厚的避光窗帘被我拉开一条缝隙，一缕晨曦投射在陆春瑜脸上。她始终保持着昨晚入睡时的姿势，无声无息地死了。

8

陆春瑜死于脑瘤破裂，这是司法鉴定中心出具的死亡报告。我以自己是涉案人员为由，主动申请回避，因为我不想看见陆春瑜失去活力的身体，更失去了打开她的勇气。“晓”字，像极了一块手表——“日”是一块表盘，“戈”是指向时间点的三根指针，“兀”就是一条表带，所有这些，是冥冥之中已经注定，还是陆春瑜早就精心设下的迷局？我开始拆卸“温泉双尸案”中那只高档女表……“咚咚”，两下敲门声过后，一个漂亮的小女孩把头伸进我凌乱不堪的工作室。

“请问您是葛大师吗？”小女孩声音甜甜的，看起来有五六岁样子，穿着合身的小旗袍。

我笑了笑：“正是在下，小姐有何贵干？”

“是妈妈让我来找你的。”她穿过那些人体骨骼模型和一瓶瓶浸泡在福尔马林溶液里的人体器官标本，带着愉快的表情来到我面前，伸出一只小手：“请多关照。”

“你妈妈是谁？”那小手温暖、细腻，柔弱无骨。

“陆春瑜。”

“我能帮你做点什么？”

“妈妈说你会照顾好我的。”

“哦，好的好的，你叫什么名字？”

“陆梦晓。”

（原载《东方剑》2017 年第 10 期）

蔷薇花开

李　阳

隔着那层已不再雪白的薄纱，夜风带着一缕淡雅的花香，从半掩着的玻璃窗外吹进病房，微凉。

圆脸的小护士给老人拔了输液管，量过饭后两小时的血糖和血压量后，忽闪着浓密漆黑的长睫毛，微笑着轻声对她说："一直到明天早上都不会有任何检查事项了。"

"辛苦你了，谢谢啊。"

"不客气。"

小护士轻盈地飘出病房，那纤细的背影让她有了片刻的恍惚，她好像看到了多年前的自己。那个时候，自己也是这么有活力，也会笑得这么甜美。

她安顿老人睡下后静默了一会儿，听着他平

稳的呼吸，她看看手表，离深夜还有一段时间，这意味着忙碌的一天在快结束时有了一点儿空闲。同样空闲下来的大脑立即蹦出那个焗发的念头，她略微迟疑了一下，深深呼出一口气，用手机搜出医院附近有一家美发店。她赶紧行动起来，取下挂在衣架上的小挎包，虚掩上病房的门，下楼走出医院。

她找到那家路边的小美发店，请年轻漂亮的美发师把她的头发焗得显年轻一些，尤其是要把那些刺眼的白发遮盖住。说美发师漂亮，是因为他看上去比女孩子还要白皙、羞怯，且装扮精致。一枚巨大的蓝宝石方戒戴在他雪白的手指上，闪着蓝幽幽的光，就像她认识的一位眼神忧伤的漂亮姑娘一样。

舒缓的背景音乐下，她的头发被那双洁白的手安静轻柔地侍弄着，洗发水的香味刺激着她的嗅觉，不是最近经常闻到的那股子医院里各种药物和消毒水混合在一起的气味，这让她紧绷的神经略微有些放松。她的头脑清醒了一些，看着镜中的自己，忽然意识道："怎么忙里偷闲地跑到这里来焗发呢？我的主要任务是来医院陪护老人的，老人很快就要做手术了啊，我怎么还有这样的闲心装扮自己呢？"

片刻的疑惑之后，她的神经又开始纷乱起来。下午在卫生间给老人洗衣服时，看见镜子里的自己面色苍老、头发凌乱，好像一块没有洗干净的被揉皱了的毛巾。当时心里就想，这样一副连她自己都觉得陌生的面孔，此时若是被罗青山看到，他还能认出她吗？想起"罗青山"这三个字，她悄悄地叹出一口气，微微有些伤感，越发感到自己面目的不堪，不再去看镜中的那张脸。

罗青山是她苦苦寻找多年未果的初恋，可是，为什么会在这种不合时宜的场合想起他？噢，她回想起来了，第一次见到抢救老人的那个心内科主任时，就想到了他，总觉得那个不苟言笑的主任和罗青山有种说不出来的神似。这是一种无法解释的女人的直觉，也是她从来没有过的直觉，但那时忙着确诊老人的病，顾不上深想其他。疑惑和好奇心只是在她的脑海里一闪而过，瞬间就被排挤出了大脑。

当老人的初步检查结果出来，得知不是危及生命的急重症时，她紧张的神经瞬间松弛下来。再次见到查房主任的时候，那种直觉和那个一探究竟的念头又从她大脑隐蔽处固执地钻了出来：这个主任是谁？他从哪里来？我们曾经见过面吗？在什么时间和空间里见的？疑问好似一棵不断快速生长的树，延伸出的问号就是树上无数的枝条，在她的脑海里伸胳膊伸腿地蔓延。多年来她养成的职业习惯之一就是把毫无关系的两个人放在一起比较，总想找出某种不为一般人所觉察的关联。

下午洗衣服时，似乎就是因为想到明天还要见到那个主任，她才下决心要去焗发的，她想有个容光焕发的面貌。

近些年，她很少在镜前仔细打量自己，年轻时拥有的青春和美貌随着年龄的增长都逐渐消失，当她看到自己出现第一根白发和第一条皱纹时，那种无法言喻的惊慌失措和失落现在都能想起，那时似乎都能听到心脏在那一刻破碎后散落一地的声音。替代青春和美貌的应该是日益增加的智慧、理性和超脱，她不断地宽慰着自己，也是那么努力去做的，这些都无可厚非，每个发现自己日益苍老的女人恐怕都有她这种心路历程。

可是面对诚实的镜子，她还是逃脱不了女为悦己者容的定律，难道她是为了那个素不相识的主任而焗发吗？也许是也许不是，也许是为了自己，也许是为了让老人能高兴一些。想到这里，她甚至没来由得有些害羞起来，对焗发后自己即将发生的外貌上的改变无比期待起来。她回想起上大学时参加五四青年节大合唱，每次化妆后都不相信镜子里那个漂亮女孩儿就是自己，每次都龇牙咧嘴地对着镜子里的自己傻笑，她多希望能回到那个年代。

一个多小时后，掺杂在黑发里的白发不见了，满头略带棕色的发丝闪着幽幽的光亮，使镜子里的她似乎比焗发前年轻了几分。可额头上的几道皱纹又醒目地跳出来，平时不太留意，这时看上去却很不顺眼，她挑剔地看着镜中的自己，用手指抚摸一下皱纹，可惜不能像熨斗一样把它们熨平了。美发师拿着吹风机给她吹头发，微笑着说：“姐姐，你的头发真多。”

她看着镜子里的美发师回答说：“我以前的头发比这多一倍呢。”

美发师抬眼看向镜中的她，轻轻一笑：“那是姐姐年轻的时候吧。”

“年轻的时候！”她打量一眼美发师光洁的额头和干净的微笑，估计他顶多二十岁。尽管这个年轻的美发师与她认识的那位眼神忧伤的漂亮姑娘长相相似，但他们却生活在截然不同的两个世界里……她拽回自己的思绪，是啊，头发浓密，那是她朝气蓬勃的年轻的时候。这么多年，她除了失去了一头浓密的秀发，失去了青春，还失去了什么？一两句话怎么能说得清楚。况且，这个年轻的美发师也不应该是她倾诉的对象啊，或许对于他来说，叫她姐姐已是客气，以她现在的年纪，他叫她阿姨也不为过。想到这里，她不再说话。

顶着一脑袋洗发水留下的芬芳从美发店出来，她觉得自己有了一些柔媚的女人味。被路灯映照后落在甬道上的身影，被黑灰色衣装包裹着的身体仍旧纤瘦窈窕，看上去很有活力，她的心情略微有些轻松，脚步随之轻快起来。看看前后左右没人，起步助跑了几米往上一跃弹跳起来，举手够到一片白杨树叶摘下来，捏在手里把玩。

医院的围墙是铁艺栅栏。栅栏内侧密密匝匝种着一大丛一大丛的粉色蔷薇花，浓厚的花香味无处不在，一个劲儿往鼻子里钻，不屈不挠特别有力量。她这才明白为什么病房里偶尔会飘进一股淡雅的花香气味，原来是这些蔷薇花。一些穿着蓝白道相间病号服的人，坐在蔷薇花下的木椅子上乘凉，静默不语；还有一对情侣，紧紧依偎在一起窃窃私语。这夏夜星空下的和谐画面让她的心里涌出一股久违的柔情，她找到角落里一处没人的木椅子坐下来，闭上眼睛嗅着蔷薇丝丝缕缕的芬芳，在黑暗中放空自己，想起很久以前唱过的一首歌，“鼻中装满野花香，成串的笑语在耳畔……”想起唱这首歌时陪伴在身边的罗青山。他现在在哪里？是不是早就实现了他的理想？他变成什么样子了呢？会是那个人到中年的主任的样子吗？

前天晚上，她送突然发病的老人到医院抢救。那个值班的心脏内科主任请她在各种单据和家属知情书上签名，随后拿起来审阅，看完之后抬起头迅速上下打量了她一眼，问："家属关系栏你填的是父女？"

"是。"

"那怎么你父亲姓张，你姓李？"

"我……我随我妈姓，我妈妈姓李。"

"噢。"主任没有再说什么。

虽然只是匆匆一面寥寥数语，却让她对这个主任颇有好感，继而觉得与这位做事十分严谨的主任似曾相识。

主任诊断老人是心梗，对她说幸亏送医及时，只需在血管堵塞处安放一个支架疏通血管让血液顺利流通便无大碍。她悬着的一颗心这才落下，随即打电话告诉单位，说由她全权处理和陪护，老人的一日三餐她也会安排好。挂掉电话，她去办理了住院手续。她是在值班室接到电话赶到东风新村把老人送到医院急救的，身上还穿着警服。看到老人被护士从急救室里推出来，她赶紧迎上去，并下意识地正了正慌乱中扭歪的领带。整理好着装后，好安慰老人说只是小毛病。老人面色惨白，恐慌稍有缓解，刚想张口说些什么，被她竖起手指堵在嘴边做出"噤声"的手势给制止了。

第二天上午，在一楼主任的办公室里，被一群穿着白大褂的年轻医生包围的主任，指着 CT 片子、B 超检查结果、心电图、各种验血后的数据，告诉她老人心梗的成因以及治疗方案，讲得浅显易懂、科学严谨。即便不是学医的她，理论上基本全听明白了，她完全同意按照主任与各科会诊后的方案治疗。从抢救进行到这一步，她的心终于踏实下来。有年轻的医生提问，主任耐心地答疑解惑。趁着这个间隙，稍感轻松的她，抬眼从主任办公室的窗户向外望去，一大丛含苞待放的蔷薇花遮住了窗户，粉红色的花苞密密麻麻地缀在碧绿的叶子中间，像夜空中的点点繁星。这让整洁肃穆的医生办公室，多了些许浪漫和温情。蔷薇花勾起她记忆深处一个很久没有回忆过的场景，片刻的恍惚，多年前的往事蒙着岁月的尘土忽然涌到眼前，一幅回忆过无数次的画面一下子装满心间，几乎让她忘记了自己身在何处。此时，想起那些陈年旧事，显然不合时宜。

她赶紧偷偷地摇摇头回到现实中，走出主任的办公室，掏出手机给单位打电话请假，安排同事接手她正在办理的一些工作。

当天输液中途，老人的脸色忽然变得紫红，她赶紧按下呼叫按钮请护士去叫主任。等主任赶到，俯下身子问他哪里不舒服时，老人却不好意思地冲着她比画起来。她恍然大悟，连忙轻声问道："您是想去解手吗?"伴随着老人不停地点头，主任示意她躲开些，然后非常职业地搀扶起老人，举着输液瓶去了卫生间。她等在卫生间门口，看着主任一只手举着输液瓶，另一只手搀着老人的胳膊走出来。她想迎上前去接过输液瓶，主任却微微笑着摇摇头，把已经恢复正常脸色的老人送回病房。主任挂好输液瓶后，扶着老人坐在病床上躺下来，又用听诊器听了听他的心脏。十分娴熟地做完这一系列的动作后主任对她说，老人家抢救及时，正在逐步恢复中，等身体各项指标合格了就做手术，被堵住的血管部位安放支架后身体会更好，有什么需要帮助的可以随时找他。

送主任出了病房，她转身关上门，面对病床上的老人打着手语问道："您现在感觉好点儿了吗?"

老人点点头，伸出双手向她打着手语回应道："辛苦你了，孩子，是我拖累你了。"她急忙摆手示意："应该的，我是您的孩子啊。您安心养病吧，不要担心医疗费用的事情。"

老人不再争辩，闭上眼睛休息。她紧盯输液瓶，抽空瞅一眼假寐的老人，看到两滴眼泪从他紧闭的双眼里流出来。他转了一下头，让脸颊贴在枕头上，眼泪迅速滑落，被枕巾吸干不见了。她的心里热乎乎的，眼睛忽然也潮湿起来。

在医院的作息时间，跟她平时上班的节奏和面对的工作完全不一样，多年的职业素养起了作用，使她迅速进入角色适应变化。每天上午八点，主任会准时带着一群年轻的医生来查房。进一步观察，她看到处于工作状态的主任很像战场上的指挥官，胸有成竹、无坚不摧、指挥若定；更像她那些奋战在一线的同事，严肃、认真、一丝不苟。随后，主任领着那群年轻的医生们翩然而去。他们身上的白大褂像一朵朵洁白的云彩飘出病房，主任腰杆笔挺地走在年轻医生们的最前面。看着他们的背影，她有些走神，思绪随着云朵飘向久远的过去。她想起曾经的理想，脑海里幻化出自己穿白大褂的样子，埋藏于心底的那个年轻的身影又浮现出来……她很困惑，自从到了这家医院，不知为什么总是想起过去，想起罗青山。

病房走廊墙上的宣传栏里贴着很多医生的彩色大照片，有男有女，有穿西装照的，大部分是穿白大褂照的，几乎所有医生都戴着眼镜，照片下面有简介。她挨个儿看过去，学历不是博士后，就是博士、硕士，医学水平都很高的样子。而作为学科带头人的主任排在第一名，视线扫过照片下的名字时，她大吃一惊，吓得几乎跳起来。啊，罗青山！她揉揉眼睛，以为是自己总想着罗青山看花了眼，再次仔细看，还是那三个字。

怎么回事儿？那是她多么熟知的一个名字啊，在心里默念，在梦里轻唤，在日记里一笔一画用各种字体写下，在电脑里输入又删去的名字，现在就这么毫无防备地跳了出来，坦坦荡荡地出现在她的眼前。她下意识地举起右手攥成拳头捂住了自己的嘴，把那个分贝颇高的“啊”字堵在了喉咙里吞了下去。她左右望望，正是中午休息时间，走廊里空无一人。她再次回过头迅速找到主任的照片，盯着照片下的那三个字，“罗青山”，一字不差。可她熟悉的那个罗青山应该是个警察啊，而且怎么可能那么巧来到这个城市，在这家医院穿着白大褂当医生呢？

……那条弯弯曲曲的小路上，迎着夜风，有两个骑着自行车并肩前行的年轻人。小伙子满脸的自信，他说他的理想是考警校，将来做除暴安良的警察。他身边那个面色潮红的姑娘那么羞怯，只是偶尔偷偷看一眼踌躇满志的他，看见他与白日里的沉默寡言完全不同，好像变成了另外一个人。她的心情欢快起来，对他说，她的理想是考医学院，做救死扶伤的白衣天使。警察和医生，是多么受人尊敬的职业啊。他们一起畅想着美好的未来，两只年轻的手像两只洁白的鸽子飞向彼此，在碰触的瞬间，仿佛闪出噼啪作响的火花，惊异的片刻，两颗年轻的心更加剧烈地跳动着。那条崎岖不平、弯弯曲曲的小路上，撒下他们青春洋溢的笑声……

多年前的一个场景出现在她的脑海里，那小伙子和小姑娘就是十九岁的罗青山和十八岁的她。做梦都想当警察的罗青山，那时经常穿着一身不知从哪里得来的不带警用标志的橄榄绿色的旧警装，就像一个随时准备出征的战士一样。

高考后填报志愿，她毫不犹豫地选择了罗青山的理想！考入警校的那一天起，她就在所有能找到的跟公安有关的报纸、杂志、内刊里细细翻阅，认真查找他的名字，希冀某一日可以看到他立功受奖的消息，或是在电视上捕捉到他身穿警服抓捕犯罪分子的飒爽英姿。各地信息全国联网后，她踯躅良久，请在户籍工作的同事帮忙模糊查询过所有叫“罗青山”的人，由于时间久远，她说不清楚他的具体籍贯和出生日期，看着电脑上几百张叫“罗青山”的照片，圆脸或瘦脸，单眼皮或双眼皮，高鼻梁或塌鼻梁，谢顶或浓密的发型，她不敢肯定哪一个是他。即便如此，她也从来没有放弃过寻找。

曾经有个念头从心里掠过：和平年代身为共和国卫士的他们，每年都有几百名战友牺牲，那么多的英烈英雄，会不会……不不不，绝不会的！她拼命地摇着脑袋，不允许自己去那样想，把那个可怕的念头彻底从脑海里驱逐出去，坚信他一定活着！为此，她多么热爱警察这个职业啊，心中期盼有那么一天，她身姿挺拔穿着挂满勋章的警服，和罗青山巧遇在某个授奖台上，那时的她，会缓缓抬起右臂，忍住眼泪，向他敬礼……

轱辘辘的声音从走廊里响起，白衣天使们推着输液车开始忙碌。回过神来，她收拾起自己像野地里的荒草一般疯长的思绪，面对着宣传栏里齐刷刷看向她的名医们自信的眼睛，觉得把老人交给这位学识渊博、临床经验丰富的主任治疗，大可放心。

这些天每次见了主任，她总是陷入对过去的追忆之中。难道是因为换了不同的环境，相较日常工作特别轻松的缘故？周围没有那些熟悉的同事和朋友，就有时间胡思乱想面对自己真实的内心深处了？在单位，同事们都认为她是女强人，已经把自己献身给所热爱的事业了，仿佛她是不食人间烟火的异类。其实，每次在食堂吃饭听到女同事们谈起琐碎的家务事，爱人减肥、孩子升学、老人旅欧等的话题，她表面不动声色，却是一字不漏听了满耳，内心翻江倒海。她多想加入她们火热的聊天，她也想说说自己的爱人和孩子，说说从电视里学来的美味的家常菜怎样烹饪给所爱的人品尝……

可遗憾的是，这些日常琐碎的如路边小草似的普通话题，对于她来说，却像远挂在夜空的月亮一样遥不可及。闲暇时，见到人家夫妻双双散步、游玩，她形单影只；去街心花园跳广场舞，看着白发苍苍的老爷子跳完舞，等候他的老太太递过来一块洁净的毛巾和温热的水杯时，温情而又刺目的场景让她冲动地流下了眼泪，又趁着夜色拭去。仅那一次，她再也不去了，是她自己受不了那些幸福场面的刺激，宁肯独自在单位加班……

手术的日期定下来了。按照医院惯例，主任给她详尽地讲了全过程，以及术中若出现问题的各种应对措施。对于主任严格制定的老人手术方案她毫无疑义十分放心。谈话中，她的眼神一直在尝试着寻找和主任对视的机会，可专注于工作的主任没有看她。她想在主任的身上找到初恋罗青山的蛛丝马迹，可她对罗青山碎片似的记忆可靠吗？况且，一个人从青春时期跨越二十多年的岁月走到现在，容貌多少都会有些改变。看着埋头认真讲解的主任和他周围的年轻医生们，她不太自信了。

手术前一天，私下里她准备了一个红包，拎着一个空暖壶当道具，趁无人时，在主任办公室门口徘徊，犹豫着是不是进去。送红包当然是个借口，她还在寻找机会单独和主任接触一下，了解了解他的过去和求学经历，下决心去印证一下自己的猜测，他到底是不是自己的初恋罗青山呢？这是她心里多日来隐秘的想法。另外，她还想通过主任收受或是拒绝红包，验证他是否像宣传栏里介绍的那样优秀。她在心里暗忖，她的初恋罗青山，无论在什么工作岗位都绝不会收受任何红包的。可犹豫再三，想去敲门的手始终没有举起。如果是，会怎样？不是，又怎样？她内心煎熬纠结，矛盾重重，没有想好如何应对可能的某一个结果，只好拎着空暖瓶回到病房，思来想去搞得自己很心烦。兜儿里沉甸甸的红包也使她坐卧不安，就像揣着一团灼热的火，炙烤着她原本就焦灼不安的心。

晚上，等服过安眠药的老人睡着后，她虚掩上病房的门，下楼找到蔷薇花下的那处木椅子坐下。对着寂静的夜空，她深深地叹口气，人生为什么要有那么多的憾事呢？只能永远留在记忆里的遥远的家乡，病床上的老人，那双美丽却满含忧伤的眼睛，还有那个酷似初恋的主任。这些，在她心里缠绕在一起，如眼前蔷薇花架下，那些纠缠在一起的枝藤。她的职业决定了工作节奏快，高强度运转，一上班就像穿上了红舞鞋似的一刻不得闲，在医院看护老人的这段时间反而略显轻松。这样也让她能有时间静静地想想自己，想想总会让自己难忘和心悸的过往。

一股凉风吹过来，里面夹裹着土腥味，远处传来一阵轰隆隆的雷鸣声，这是要下雨的前兆。不经意抬头一望，忽然看见不远处一个人站在一大丛被风吹得有些摇晃的蔷薇花旁，仔细再看，居然是主任，她的心跳顿时慌乱起来，辨认了一下，被那丛蔷薇花遮挡的正是主任办公室的窗户，枝繁叶茂的蔷薇或许得到了更多的阳光和关爱，恣意生长着几乎遮住了全部玻璃窗。不知主任是在等人还是赏花。这是第一次见到不穿白大褂的主任，她差点儿没认出来。下意识地捋捋并不乱的头发，她按按衣袋，红包鼓囊囊、热乎乎地待在里面。这是一个绝好的单独接触主任的机会。她起身走过去，站在主任身后稳稳神，轻声道："主任，您好。再过几天，院子里的蔷薇花就全开了。"

主任转过身，嘴角往上弯了一下，眼神亮晶晶的。她不知道是不是自己的错觉，只见主任的眼睛里似乎有一道亮光闪了一下，也许是夜空中恰巧飞过一颗流星，映照在了他的眼睛里了吧？主任没有回答她的问话，反问："噢，17 床家属，是你？你怎么在这里？"

"明天的手术，拜托您了。"

"请你放心，为病患解除痛苦是我的职责，也是我的分内工作。"他一字一顿，定定地瞅着她。

“我想……”似乎不敢直视他明亮的眼睛，她垂下眼帘，嗫嚅着。

“天气预报说今天夜里要下大暴雨。这些花骨朵还没开，经不起打击。你帮我把这些蔷薇花遮住，好吗?”

她抬起眼帘，顺着主任的手指望向地面，这才发现主任的脚下有一堆塑料布和夹子，抬头望向夜空，星星全部隐藏到了厚厚的云层之外，不见了踪影，而远处传来的雷声更响了。她赶紧点点头，弯腰拿起一卷塑料布，和主任一起把随风摇摆的蔷薇花兜起来，遮盖得严严实实，用夹子夹好接头处。

“怎么没见你的家人帮着陪护?”主任一边忙着一边问。

“家人？我一个人没问题的，别人都很忙。”她撒了个谎。

“对了，你们不是本地人吧?”

“嗯，不是，我大学毕业后分配到这里工作。父母原本在另一个城市，退休后才到这里，跟着我生活养老的。”她很高兴在这种环境下轻松地聊天，而不是像平时公事公办那样和主任对话。

“哦，这样啊。好，时间不早了，早点儿休息吧。老人家的手术是明早第一台。”主任的声音温柔许多，“我已经通知后勤处遮盖其余的蔷薇花了。我再去检查一下，看看有没有遗漏的。”

说完，主任不等她回答，抱起剩余的塑料布和一袋夹子抬脚要走。

她没想到聊天这么快就要结束，顿时慌张起来，赶紧上前一步，掏出衣袋里的红包，一把塞进主任的手里，动作太猛，差点儿撞进了他的怀里，匆匆道：“一点儿心意，务必请笑纳。”说完，不等主任发声，她赶紧转身快步向住院楼走去。

没走几步，她不自觉地小跑起来，心脏紧张得怦怦怦直跳。

上楼推门进入病房，老人打着轻微的呼噜，睡得很踏实。她捂着胸口，想捂住慌乱的心跳，轻手轻脚来到窗前，往下看，围上塑料布的蔷薇花丛更像一朵奇异的巨大的花儿盛开在夜幕下，那巨大的花儿前，早就望不见了主任的身影。

原本想借着蔷薇花未开的话题展开聊天，谁料想因为暴雨雷声主任把话岔开了，还是没有抓住机会鼓足勇气询问。她在心里抱怨自己的惊慌失措，冷静下来又觉得其实是怕失望，可是那又能怎样呢？她不是一直在失望中让希望像一簇火苗似的始终燃烧着吗？而那点儿希望几乎温暖了所有漫漫长夜里她的孤独和寂寞。

窗外轰隆隆的打雷声大了起来，随后巨大的雨点砸了下来，打在玻璃窗上，发出噼里啪啦的声音。夜空被雨雾遮住，什么也看不清楚了，她关上窗户，暗自庆幸那些被关爱的蔷薇花能够平安度过这个暴风骤雨之夜了。主任怜花惜花的举动，也让她对他的好感倍增。

躺在租来的简易床上，她对二十多年前突然离去，没有跟罗青山道别一直内疚不已。在医院里天天看着悲鸣的救护车、肃穆的灵车进进出出，死亡是司空见惯的，她突然有种迫不及待的紧迫感，假如明天就是她在人世间的最后一天，那么最大的遗憾就是还没找到初恋罗青山。想到这里，她心潮澎湃，情绪很久才平息下来，她决定等老人出院后，一定再来找主任确认这件事。

按照平时的习惯，她打开手机浏览新闻。看到微信公众号里推送了一篇标题《耗尽一生等待你，就在原地，身心不离》的文章，心里动了一下，滑动着手机屏幕读下去。故事讲的是四年前，在内蒙古的克什克腾旗达尔罕小镇附近的达达线公路，北京游客与一只小狗失散的故事，四年来小狗一直等在那里哪儿也不去，而四年时间相当于一只狗的半生。文章呼吁，如果小狗的主人看到了这篇文章，赶紧去接它。她的眼泪一下子涌了出来，从不在文后留言的她忍不住写了一句："我也在等……"快天亮时，扛不住阵阵袭来的倦怠和困意，她眯了一会儿。迷迷糊糊中做了一个梦，梦里她和罗青山一起站在学校的野蔷薇花丛前。罗青山穿着笔挺的警服，她看着他警帽上的警徽发着光，伸出手想去抚摸，不等她的手落下，眼前的罗青山忽然变成了穿白大褂的主任，看了一眼她，一转身不见了……

早上醒来的第一个动作，就是拿起手机翻看昨晚的那篇文章。小狗的主人还没出现，她的留言已被采纳，被上千人点赞。

暴雨过后，天空湛蓝，满院子的蔷薇花越发娇艳。

手术很成功，主任微笑着对她说："祝贺！再观察几天，你们就可以回家休养了。"

她颔首感谢，看着主任镜片后略带血丝的双眼，对视了片刻，略感晕眩，赶紧慌乱地移开了自己的视线。

出院的日子到了，她去找主任签字办出院手续。办公室依旧聚集着一群穿白大褂的年轻医生，她拿着签好字的单子谢过主任，转身离开。

"请留步。"主任浑厚的嗓音从身后传来。

她转过头去，迎面的那群白大褂全都戴着眼镜，她分明看到镜片后面闪烁出的眼神让自己成为聚焦。

主任从他的白大褂口袋里掏出一个红包，微笑着面对她："这是你给我的红包吧。"

"这……"她的脸就像被谁扇了一巴掌后又浇上一壶开水，这样的尴尬境遇是这辈子都没有遇到过的。

"请你收回吧。"主任的声音十分坚定。

她低下头，老人手术的成功使她几乎忘记了红包这件事，没想到主任会当众这么做，这也太令人难堪了。尤其是那群白大褂全都在看着她，每一束目光都像一束伽马射线，那一束束的射线让她不知所措，让她如芒刺在背，让她呼吸急促。真恨不得这时地上裂开一道缝，或者突然发生日食让天猛然全黑下来，让她马上从眼前无比难堪的场面中消失！但这些都不可能发生。

她还没来得及掩饰自己的慌乱，那个熟悉又陌生的浑厚嗓音再次飘了过来。

"我理解所有病人家属的心情，如果我收红包能让你安心的话，手术前我愿意给你这个承诺。现在手术成功了，红包也该物归原主了。"

"不，不，我不是这个意思……"

"请听我把话讲完。"主任向前移步，把红包塞到她的手里，又从口袋里掏出一摞红彤彤的东西，上面还放着几张舒展平滑的糖纸，"这是你红包的利息，请收下吧。"

她茫然无措地接过来，双手翻看着糖纸和这一摞红彤彤的东西。学士、硕士、博士和博士后毕业证，户口本、房产证、存折，身体健康证明。日期上标注是前两天刚做的体检。

“你是……”她失声道。

她的心脏突然剧烈跳动起来，比刚才还要猛，频率还要快。

“这是多年来我写的日记，每一篇都是我给你写的信；每次想起你，我都会吃一颗大白兔奶糖，然后把糖纸存起来……”他的声音有些哽咽，“多年前你送我那么多的‘红包’，今天终于有机会回报了。还有，我的基本情况就不用介绍了，你在走廊的宣传栏里都看到了吧。需要向你说明的是，高考结束后我大病一场，向医科大学申请延迟一年入学。”

是的！他义无反顾地选择了她当初的选择，放弃了自己的理想。他寻寻觅觅，以为会在医学杂志上看到热爱写作的她的学术论文，或者在某个医学学术会上与她不期而遇。为了有一天能与她相见，每一个孤独的夜晚他都在努力，想让自己变得更加优秀、飞得更高，以他所能抵达的最优秀的状态与她相遇。还有一个秘密他从未对人说起，他的卧室和书房四壁挂满了各省的地图，他一直在给各地医院打电话，寻找她的踪影；甚至，他已经开始研究世界地图，他精通英语，还自学了法语、西班牙语，这都是为了在这个世界上寻找她而做的准备啊。为此，他从未觉得与她别离后的几千个日日夜夜多么孤独寂寞……

一阵眩晕袭来，脑子里有瞬间的空白，胸口有些憋闷，她捂住嘴，嗓子眼被堵住了，鼻子酸得厉害，眼睛生疼。是他！他就是那个罗青山！她的感觉和判断是正确的，而且他也认出了她……

二十多年前，西南腹地一个山城中学高三五班，每次老师要求购买课外书和学习资料时，有个女孩子总是买双份，她把其中一份趁人不备放到同桌的书桌抽屉里。不仅如此，她还把妈妈做的馅饼、用自己节省下来的零花钱买的大白兔奶糖，都悄悄放到里面，善良的她以为那样可以给瘦弱的同桌增加一点点营养。看到书桌抽屉里凭空冒出来的这些东西，收到礼物的那个男孩子的脸，总是红得像涂了颜料似的。

那个女孩子就是她，男孩子是罗青山。

那时，罗青山家搬进城不到一年，租住在老旧逼仄的民居里。他的父母读过初中，在西南腹地的小山村里，是属于有文化的人，也是有些想法的人，他们不甘心面朝黄土背朝天过一辈子，尤其是不想误了罗青山的前程。因为村学校的老师不止一次对他们说："罗青山很聪明，是块读书的料，大有前途，千万别把孩子耽误了。"望子成龙的他们怀揣美好梦想，义无反顾地背井离乡，可进了城的他们没有一技安身和生存之长。短暂的观察和思考之后，罗青山的父亲开始走街串巷收破烂，他的母亲在家里支起一台缝纫机给人缝缝补补，微薄的收入支撑了全家人的生活，每学期除去给罗青山交学费和生活费，家里所有的积蓄就像干净的米缸似的一见到底，再找不出分文。

作为同桌的她，以女孩子的细心和善良，发觉了他的窘迫和尴尬，想办法偷偷做些力所能及的事情来帮助他。每次做了好事，她都不敢去看他，自己跑到操场上待一会儿，情窦初开的她心里暗暗喜欢上了他俊朗腼腆的模样，更何况他那么好学上进，是品学兼优的好学生呢。

中学校园墙角处有一丛野蔷薇，含苞待放那个季节的每个晚自习后，她都踯躅在野蔷薇的花丛前，在心里哼唱"鼻中装满野花香……"等着作为班级劳动委员的他锁好教室门，一起默默骑自行车回家。他家比她家离学校近，每次都是先送她到家后，他再原路返回，大声背着英语单词、古诗词，骑一个多小时回家。他收到了那么多她送的礼物，却无法回报她的善良心意，只能用这种方式表达感谢。直到后来他们慢慢开始聊天，一起聊未来、聊理想……

那年，父亲原本就要把她转学到外省一个教学质量更高的学校就读，不知从哪里听说了她早恋的消息，而且在学校里传得沸沸扬扬。老师和家长都分别询问了他们，他们却都矢口否认了。为了阻止这场校园恋爱，父亲不让她再去学校上课，把转学的时间提前，暗中办好了所有手续才告诉她，而且立即就要带她去火车站。这消息来得特别突然和仓促，她根本来不及告诉他。急中生智的她在卫生间匆匆忙忙给罗青山写了一张纸条，在去火车站的途中借口买卫生用品，把纸条交给了街角小卖店漂亮的大辫子售货员姐姐，请她马上送给中学高三五班的罗青山。

火车站里，列车员和父亲催促了几次，一直向进站口张望的她，在列车启程前的最后一分钟才不情愿地登上了火车，她一直趴在车窗往外张望。离开山城前，她终究没有看到他的身影。而她没看见的情景是，当得到消息的罗青山骑着自行车狂奔到火车站冲进站台时，载着她奔向远方的那列火车刚刚离开，眼看着火车绿色的尾巴很快就消失在大山里，他徒劳地停下追赶的脚步，紧紧地抱着书包懊丧地蹲在地上埋头痛哭起来，书包里是满满一捧含苞待放的野蔷薇花，花枝上无数的小刺儿扎得他满手是血……

她走后不久，因一场著名的迁徙，他的全家随着大批移民从山城入湘安居。

从此，两个人断了联系。

大一那年暑假前夕，从不撒谎的她斗胆给父母写信，擅自把放假时间往后延迟了一个星期。她用积攒了一年的伙食费和零花钱，买了一张火车票来到离那个家乡山城最近的城市，再乘坐长途车赶到那个魂牵梦绕的山城。那里等待她的是什么呢？当一座波光粼粼的巨型水库呈现在眼前时，她有些眩晕，赶紧扶住身边一棵新栽种的瘦弱的龙眼树站稳脚跟。她往水面更深的下面看去。她看到了家乡那座山城，看到了学校，看到了那丛野蔷薇，看到了那洒落了无数美好回忆的回家小路，看到了两个少年羞涩单薄的身影。她闭上眼睛。喧嚣的人声呢？热闹的街市呢？曾经以为亘古不变的土地，散发着市井气味的家属区，那些熟悉和不熟悉的左邻右舍，蹲在家属区门口卖烤红薯的瘸子爷爷呢？街角那个小卖店和店里漂亮的大辫子售货员姐姐呢？都哪儿去了？

睁开眼睛时，她不再看脚下平静的水，向远方望去，只有连绵的青山依旧，而蓝天上自由的鸟儿，欢快飞翔，飘浮的悠悠白云，不停地变换着形态。失去的山城和失去的过去，永远消失了……

大移民、迁徙、库区，后来她无数次在网络上、书里看到这些词语，那么刺眼，每次看到都有短暂的眩晕，然后她的脑海里立即闪现的永远是那丛含苞待放的野蔷薇，还有蔷薇前两个情窦初开的少年，那个纯真年代的美好情感，多么令人怀想。

“对不起，我做了调查，你一直独身；我也是。我没有忘记自己曾经许下的誓言。瞧，认出你的第二天我去染了头发。我们别再错过今年的蔷薇花开……”他的声音再次响起，打断了她的回忆。

她的眼光略过他漆黑的头发，牢牢地粘在他的脸上，在上面找寻曾经熟悉的模样。渐渐地，那个日思夜想的少年罗青山慢慢出现在了眼前，和主任重叠在一起！时间可以改变一个人的容颜，但如果这个人有坚定的意志和信念，那是时间夺不走也无法改变的。从他的眼神里可以看出来，他依旧记得她，最重要的是他心里有她，还在等着她！他早就认出了她，却不动声色地隐藏了这么久。他的心真狠！她紧紧地盯着他，眼睛都不敢眨一下，只怕他从眼前消失，这肯定不是梦吧？她看着他摘下眼镜，去拭擦眼里涌出的泪水。

“我还知道你是一位孤胆英雄。你假扮孩子的妈妈，解救过被歹徒劫持的小女孩儿；你到毒贩子聚集的窝点卧底……你是全市唯一的女刑警队长，领着一群男刑警成功破获了很多案件。你取得了这么多不菲的成绩，我真为你感到骄傲。”

“我会把你离开后我所有的经历都慢慢告诉你。让我们一起照顾父母和老人。”说到这里，他停顿了一下，“我还知道，你护理的这位住院的哑巴老人，不是你的父亲。他唯一的女儿，是你卧底破获的那起贩毒案子里的主要犯罪嫌疑人之一，被你抓捕入狱服刑。你得知她的家庭状况后，不但经常到监狱里去看望她，教育她安心劳动改造，积极戒毒重新做人，还主动替她承担起照顾哑巴父亲和只有一只胳膊的残疾母亲的重担。为了让他们感受女儿的存在和温情，你们第一次见面，你就叫他们‘爸爸妈妈’……”他再次停顿，“从现在开始，有我为你分担所有重负，继续实现我们彼此的梦想，好吗？”

山城、誓言、从警，为侦办一起聋哑少年团伙盗窃案，她去聋哑学校学会打手语，戴着蓝宝石戒指的漂亮女毒贩子和她的哑巴父亲……无数画面交替着从她的脑海里一闪而过，或许只用了三秒钟。不知什么时候，眼前的罗青山，她日思夜想的人，从手里变出一大捧盛开的蔷薇花，并且已经举在她的面前，他的眼神那么热烈，真诚地看着她的眼睛。他将花簇放到她手里，然后举起双手向她打手语，并说道：“我向你求婚，请你嫁给我！”

每一个敲在她耳膜上的字，都好像有千斤的重量。那是这个世上最美妙动听的音乐！她接过那捧芳香扑鼻的蔷薇，紧紧抱在怀里，成串的眼泪滴落在花瓣上，像一颗颗清晨的露珠一般，闪闪发光，润泽着每一朵蔷薇花。她从口袋里掏出钱包，拿出夹层里那张当年没有邮寄到他手里的十八岁时的照片，那是一张定格了她的青春容颜和满怀初恋的照片，递给他。

视线模糊的罗青山翻过照片，在那颗依旧鲜红的心里、在她的名字旁边，一笔一画郑重其事地写下自己的名字……

“警官同志，答应吧！答应吧！”那群年轻的医生一起欢呼起来，声音悦耳动听。他们从各自的白大褂口袋里掏出一把一把的蔷薇花瓣，抛向他和她，办公室里下起了芬芳的花瓣雨……

她蓄积已久的眼泪再也控制不住了，就像决堤的海水一样奔涌而出，所有的等待和付出都是值得的！他和她想的、做的完全一致，都是为了对方，那还等什么呢？

她伸出双手，面向他，坚定地打出手语：“我愿意！我愿意……”

（原载《啄木鸟》2017 年第 3 期）

灰乌鸦

贾新城

1

孔老太太那双瞎了五十年的眼睛突然重见光明，红旗村乃至整个浪花乡都轰动了。大家一下子就都不谈论巴黎恐怖袭击了，它确实比 ISIS 好理解，有意思。

“繁花镇卫生院派黄明和王凤娟去了，”民警苏红说，“去开展医学调研。”说着，她把县局的一个文件放到乡派出所所长王木多面前的桌子上。王木多说：“王凤娟我知道，镇医院眼科的，这个黄明是干啥的？”苏红回答说：“黄明是卫生院的，也算是个医学专家了，他您可能不太熟，但他爹您应该认识。”王木多把烟头掐灭在烟灰缸内：“他爹谁啊?”苏红扑哧一声笑了：“黄半仙，给人跳大神那个，您处理过他。”王木多也跟着笑了：“这都哪跟哪啊?”

王木多啪嗒又点着支烟，长嘘出一口：“这几年咱们繁花镇净出新鲜事儿，服了。”苏红知道，她的王大所长又在悲天悯人了。他总是这样，总是能从别人看着稀松平常的事情里，看出些不寻常来，然后就摇头加叹气。苏红是派出所内勤，一般这种时候，她就会拿出手机，打开微信，给他读两个搞笑段子，或者看几个搞笑视频。王木多有时跟着开怀大笑，有时反而突然恼怒起来，嚷嚷着，这什么世道啊，什么什么的。这个年龄的人，可以理解。可是，一个七十多岁的农村老太太，年轻时生完儿子就瞎了眼睛，治一辈子没治好，老了老了快入土了竟然能看到东西了，这应该是件大好事，至少不能算是件坏事嘛，可他为什么又唏嘘上了呢？苏红了解他，这是一个让人难以了解的怪人。

苏红问王木多现在有啥事没有，王木多说没啥事，等雾霾散一散下乡转转。苏红就一屁股坐在他桌子前的沙发上，说：“王所，我给你普及点知识吧，省着你一天到晚疑神疑鬼的。”见王木多既没出声也没表情，她就知道这是默许了，便煞有介事地咳嗽了声，虚张声势地讲了起来。“人的眼睛，”苏红说，“无论角膜、晶状体、玻璃体，还是视网膜、巩膜、脉络膜和视神经，这些部位一旦受损，都可能导致失明。就拿视网膜来说，视网膜动脉或者静脉阻塞，如果治疗不及时，就可能导致永久性失明。还有，诸如玻璃体积血，急性充血性青光眼……”王木多朝她一挥手：“小鬼丫头，脑瓜子还真好使，你也别在那块儿玻璃球子啊，膜啊孔啊的，这眼睛啊，瞎好瞎，好可不容易，可它咋就跟诈尸似的，说好就好了呢？这显然是大白天明目张胆地闹鬼啊!”

苏红被抢了白，眼睛翻白，说：“咋还至于闹鬼了，要不然咱们立案得了，侦破一下。”王木多突然动作夸张地左顾右盼地找东西，苏红一见，急忙跳起来，朝门口蹿去，果然身后啪的一下，类似书本什么的东西摔在地上：“就交给你了，不破案看我怎么收拾你。”

话音未落，副所长张良走到门口，跟苏红俩人你让我、我让你，左右躲闪着绊住了。王木多大叫一声：“鬼打墙了是不?”横空来的一嗓子很管用，两个人便顺利地互相绕开了。张良进屋就说：“王所，走吧，去红旗村。”王木多一皱眉：“咋的了?”张良说：“有个叫仉银的偷了东西，被村长他们堵在家里，说是怕他急了，操刀子什么的，堵不住。”王木多说：“这个人我倒是有印象，也不像那号人啊，你们去看看吧。”张良说：“得你亲自去，只有你镇得住。”王木多深深叹了口气：“这点儿屁事，我实在是懒得动弹。”

苏红突然从门口闪进来，抓住王木多的胳膊往起拽。“王所，”她飞快地扭着屁股说，“红旗村，红旗村啊，你懂的。”王木多使劲瞪了她一眼：“就你精。”

2

汽车沿着穿过成片农田的砂石路行驶，两侧土地上爬行着条条火龙，天空上的浓烟遮住了繁花镇11月初接近正午的太阳。张良看看左边，又看看右边，就说起了烧荒。二十五岁当警察之前，张良还是一个纯粹的农民呢，他对农业的了解，真的就像农民了解大粪一样。张良原来也不相信雾霾能跟烧秸秆挂得上关系，可近几年他也画魂了，毕竟那黑烟跟演西游记似的。但是话说回来，你不让他们烧，怎么办?以前，农村家家都是依靠牛马耕种和运输，谁家都有三两头大牲畜。那时候秋收以后，地里的苞米秸秆得抓紧往回拉，是抢收的一项呢，要不然大家的牲畜往外一散放，你就只有哭的份儿了。秸秆拉回家里，用铡刀——后来用铡草机——切成碎块，拌些玉米麸子或豆饼糊，基本上够自家牲畜吃一冬的。如果当年苞米种得少，就供不应求了，就得隔三岔五将牲畜散放出去，到地里打打野食。你就是收拾得再利索，也难免会遗落许多秸秆啊、豆荚啊、苞米棒子什么什么的，散放的牲畜一天回来，都能划拉个饱。讲到这里，张良感慨万千地说：“那时候，你真得往家抢啊。”

这时，前方路边一个一身白衣的男孩儿吸引了大家的目光，灰蒙蒙的轮廓若隐若现。他身高一米五左右，蹦蹦跶跶的，时而跳跃起来，双手做着标准的投篮动作。

王木多对司机小霍说："这小子应该是回村里的，一会儿把他捎着，这又蹦又跳的，成了吸尘器了。"说完，回过头说，老张你说到哪儿了？苏红一笑："张所是想说，以前秸秆是个宝，谁也不舍得用火烧。"一句话，把大家都逗乐了。张良接着说："在早是，可现在是垃圾了，家家都换成拖拉机了，什么 20 小四轮啊，35－4 拖拉机啊……"王木多打断他说："真不错，农业现代化嘛。"说着，示意小霍停车。

停了车，王木多打开车门，朝着小男孩招手，示意他上车。小男孩儿打量着蓝白相间的警车，问："你们是干啥的？"王木多差点儿被气乐了："反正不是强盗，你上来吧。"小男孩儿说："你们上谁家啊？"王木多说："去老仉家。"小男孩儿乐了："原来是上俺家的。"后排的苏红打开门："那还不快上来，跟雾都孤儿似的。"小男孩儿上了车便东瞅瞅西望望，很骄傲的样子。

汽车重新启动，王木多再一次回过头来："老张，刚才说到哪儿啦？"张良嗫嚅道："台柱子也被你整迷糊了，不说了，台词忘了。"

小仉带着王木多等人进屋的时候，他爹仉银正背对着门，举着一支长杆，刷刷地滚刷墙壁呢。村长张国森和另外一个胡子拉碴的人一边一个站着，都背着手，仰着头，好像两个徒弟跟师父学技术似的。张国森的脑袋还随着仉银的动作，上下左右地移动。移动过程中，张国森到底发现了王木多，连忙叫了声王所，从一个石灰袋子上跃过来，跟王木多握手。王木多象征性地握了一下，目光越过他，看着仍然在那刷墙的仉银，问："咋回事啊？"张国森说："他盗窃村里的石灰，你看，他正在使用赃物。"小仉一听，跑了。

张国森是今年四月当的村长。刚一上任，便做出了统一全村住房外观形象的决定，即房顶统一用绿色的彩钢瓦铺盖，外墙壁统一涂刷白色石灰。他在就职大会上讲话的题目，就是《向建设绿色新农村阔步迈进》。说干就干，会后他通过个人关系，从镇上赊回来十五吨彩钢瓦，二百四十袋白灰，堆到自家院子里，准备过两天平均发放给全村六十户人家，赶在上冻前全部改造完毕。就在这个当口，今天上午，有人当面向张国森举报，仉银昨晚偷走了两袋石灰。张国森一听，放下饭碗，跑出去数那垛石灰袋子，一数，还真是少了两袋。待跑到仉银家一看，这小子在那一板一眼地刷屋子呢。

让张国森没想到的是，仉银当即就承认了。他的意思是石灰早晚要分给个人家，他无非刚好急着用，没有错。张国森不干啊，他咬住一个理，未经允许私拿公家东西，便是盗窃。仉银反驳说大家多年爷们儿处着，两袋石灰不值得赖，当时村里人来人往，他也没避着谁，显然不是盗窃。他还打比方说，如果女的愿意，就不叫强奸，顶多叫搞破鞋。张国森红着脸驳斥他偷换概念，说退一万步讲，就算提前拿走应得，那也是要刷外墙的，不可以粉刷内墙，至少属于违反规定，挪用物资。仉银似乎早有准备，当即表明他家房子小，外墙顶多能用上两袋，到时候剩下两袋，还是要刷里屋。这是正当防卫，仉银最后说。俩人僵持不下，于是张国森就报警了。

仉银听到使用赃物的话，转过身啪的一下把杆子往地上一扔："张国森你作为国家干部，你这是诽谤，是诬陷，是血口喷人，你比法律还大了？你是公安局啊？你是法院啊？"

屋子里一下子就静了，像书上写的那样，空气好像都凝固了。

张国森的眼睛瞬间红了，他刚想说什么，被王木多摆手制止："老张啊，让他刷，刷完再议，咱去你家喝酒去。今天难得张所来一次，把你家那只长脖子大鹅给张所炖了。"然后用手一指仉银："你先刷着，好好刷，回头咱俩好好谈，谈谈你家金枝在镇里做的那些事。"说完一挥手，他先转身出了屋。众人再看仉银，这小子一下子就老实了。

路上，张国森甩了一把鼻涕说："他明摆着是给我出难题，竞选村长时，他比我少三票。"王木多说："如今大家法治意识强了，现在讲'对方辩友'，诡辩还相对什么主义呢。"张国森哭了："难道这世道没有是非啦？"苏红接着话头说："张村你放心，王所自有办法。"王木多就势瞪了她一眼。

3

到了张国森家，说了会儿话，包括大鹅在内的六个菜就摆好了。张国森一再说事先没啥准备，都是家常菜，说着，从柜里摸出一瓶陈年白酒，用手摩挲着商标："这个可是好酒啊。"王木多说："我们就不喝了，老张你喝吧。"张良咽了口唾沫说："你们不喝，我咋喝?"王木多说："你还有两个月就回家了，喝吧。"说完，瞅了瞅张国森："仉银的是非咱先放放，你给我讲讲老孔太太。"张国森一下子来了精神，用牙啃开瓶盖："孔老太太这个事还真是够玄乎的。"

张国森小时候跟他爹学过一阵子讲评书，他一讲起来，声情并茂的，保你听得明明白白。三天前，孔老太太早上起床，醒了就说能看到东西了。儿媳妇抻着脖子盯着她的眼珠子说，娘呀，你真能看到我了？老太太说，能啊，能啊，就哭了。儿媳妇指着自己灰色衬衣问她，娘呀，这是啥色的呀？老太太说，灰色，灰色的啊。儿媳妇一下子晕过去了，老太太急忙掐人中给掐过来了。消息一出，这两天天南地北的亲戚都回来了，虽然老太太一个都不认识，但听声音就能指出谁是谁，有关的陈芝麻烂谷子的事都能说得头头是道，哭了一场又一场的。中间有一些插曲，比如，孔老太太的大孙子孔秋，好好地用手机给奶奶拍起照来，然后再显摆给她看。这下不得了，连照相机都没见过的老太太一下子就爱上这玩意了，满屋子的物件，原来没见过的，像并排摆着的电视机、电脑啊，并排挂在一起的耶稣挂图、观音画像啊，什么的。自己看到了还不行，非得让孔秋给拍下来，拿过来看了再看，不舍得放下，就好像如果哪天又看不到了，拍下来就能装心里边似的。这样一来，老太太一天二十四小时不睡觉了，身边的亲戚只好轮流换班陪她，好在大家都学会了用手机拍照。但是，只有孔秋的拍照技术最能让老太太满意，喜欢得跟什么似的，所以孔秋值班时间就长，困得哈欠连连的。反正，总之，老太太劲头足，势头猛，要不是因为瘫痪在炕上，没准儿要跑野地里撒欢儿呢。

王木多咽了口菜："怎么没听你说她老伴和儿子呢？"张国森说："爷儿俩都没熬过她，全驾鹤西游了，现在一家三口，两个老太太加一个大小伙子。"张良呷了口酒："这组合有意思。"苏红笑了笑说："这儿媳妇真不赖，调研组有什么结论吗？"张国森介绍说，来的那一男一女两个专家进行了深入研究，先后用仪器测，用放大镜照，但毫无结果。张国森说："说起调研，还有个乐子呢。"专家在调研过程中，详细询问最近老太太有无饮食变化，有无服用某种药物，有无突然受到惊吓，精神上有无受到刺激等。儿媳妇问，啥叫刺激？那个男的说，比方说惊喜啊、悲痛啊、受气啊、发火啊之类的。儿媳妇一听，就不乐意了，说，你看你这话说的，发啥火呀？我嫁到这个家三十年，就伺候了瞎老太太三十年呀，喂汤喂饭，端屎端尿，娘儿俩从没拌过嘴，你问他大孙子，俺啥时候给过他奶气受呀？那个孔秋说，我奶说了，她俩都没红过脸。张国森边讲边哈哈大笑："这个王八犊子，我真服了，瞎老太太能看到脸红不红吗？"

苏红笑得花枝乱颤："他们回镇里了？"张国森回答说："是，回去了。"王木多说："你说的那个孔秋，是不是在镇里东街桥头卖烤串的那个？"张国森连连点头："对对对，就是他，那小子挺不是物的。啥都敢烤、敢吃，什么蛇啊、蝎啊、蛙啊，什么狗崽子、猫崽子、耗崽子，就差烤人崽子、吃人肉了，丧天良的玩意儿。"王木多说："我就说嘛，闹鬼了。"

吃过饭，王木多让张良在张国森家睡觉，他要跟张国森出去四处转转。他交代苏红，让她跟小霍去孔老太太家，给老太太拿五百元钱，用他给她的那个红信封装上，就说是乡妇联领导的意思，把这个慰问带到，然后再陪她多聊天。苏红调皮地闭上一只眼，给他做了一个 OK 的手势："明白，保证调查清楚。"

4

走到村边小东山脚下，王木多放眼望去，地里清一色种的都是苞米，一片接一片，铺天盖地。某一片已经收割完毕，某一片还挂着棒子立在那。烧荒在继续。看火的人手拄着家伙什，支撑着弯腰驼背的瘦身材。一阵风起，火红烟旺。烟熏火燎中，那些立着的苞米秆像一排排站在硝烟中的士兵，悲伤地看着倒在地上正在浴火的伤亡战友。谁都知道，在以前，是绝对不可能出现这种情况的。同一块地年年种苞米，是农民最忌讳的重茬，影响产量不说，大家一窝蜂肯定卖不上好价钱，基本上是苞米和黄豆轮着种。那么，现在为什么大家都不种黄豆了呢？张国森解释说，近几年来，黄豆大量从国外进口，咱们的黄豆就受到冲击，每斤 2 元钱左右，平均一亩地收 400 斤豆，一亩就是 800 多元钱。种苞米呢，虽然每斤 1 元多钱，但平均一亩能收 1700 斤到 1800 斤粒，那结果就显而易见了。虽然政府提倡农民种黄豆，还允诺给予补贴，但算来算去，算到底也不如种苞米收入多。

王木多咳嗽着说："所以秸秆只能烧，现在都机械化了，科技发展了，农业进步了，那堆先进的铁器不吃秸秆，是吧？"张国森说："对，你说得太对了，只能烧，而且是被逼着烧，外人不知情的，以为烧了秸秆能增加土地养分，其实正好相反，它是破坏土壤的，可又有啥招，还不是走一步算一步。"王木多点点头："烧晚了呢，下雪就给盖住了，明年春天烧呢，又点不着了。所以都拼命赶这几天烧，跟抢着在十字路口烧纸一个道理，给鬼过节呢。你瞧瞧那些农民，看着不就是在祭奠吗？"张国森说："你咋说得恁对呢。"

正说着呢，山里边树丛里扑棱棱飞过几只灰色的大鸟，哇哇地叫，一听就不是什么好鸟。"乌鸦。"张国森说。

沉默了一阵子，王木多盯着张国森的眼睛说："你说，这乌鸦都灰了，老孔太太的眼睛可不就好了？"张国森甩了把鼻涕说："听不懂，你们搞公安的，思维隔路。"

王木多摇摇头："得了，咱们回过头来，说说这个仉银吧。"

张国森告诉王木多，仉银原来是大家公认的干将，有力气、肯吃苦，但凡农闲时期，撂下农具，他一准都要到镇里边打工去，无论冬夏，风雪不误，什么装沙子、卸石头、背麻袋、扛木头，什么挖沟、打眼、刨坑、砌墙，啥活赚钱多干啥，谁给钱多给谁干，只赚不花，几年下来，赚了一笔血汗钱，据说不下五十万元。三年前，也不知他跟谁学会了炒股。家里还专门买了电脑，接了网线，整天跟个侦探似的，盯着那些密密麻麻的数字和七扭八弯的曲线图看，就好像电脑显示器里随时都有可能往外蹦金子，生怕错过了时机一样。别说，前两年还真是让他给掏上了，具体多少谁都不知道，反正他媳妇金枝跟别人说过，有时候那数字一蹦，仉银就兴奋得嗷嗷直叫，再一蹦，又嗷嗷叫，吓人倒怪的。大家就分析，这小子可能赚大发了。然而，天有不测风云，股市大有风险，近两年他一输再输，直到半年前，他一下子输了个精光，血本无归。这以后，他就发神经了，媳妇金枝也发神经了，病症基本一样，犯病的时候浑身发抖，先是轻微的，如果不及时处置就越来越严重，直到口吐白沫抽死过去，邪病。

王木多说："这个有点儿玄幻了，邪啥病啊，这不就是典型的癫痫嘛。"张国森说："倒是挺像癫痫，但是这病不用药，犯病后，抓一把硬币，往他身上一撒，硬币噼里啪啦一响，那边伸出双手一顿乱抓，一会儿就好了，就像刚做过一场噩梦一样。这么说，它还是癫痫吗？"王木多嘴一歪："那不是了，这是邪病。"张国森接着说："所以，他俩人兜里总是要揣着一大把钢镚儿，以便应急。"王木多扑哧一声乐了："速效救心丸啊，这事还真没人跟我反映，闹鬼了。走，咱俩现在就去找他。"

路上，张国森问起金枝在镇里的事。王木多犹豫了下，说："老张，你权当掌握情况，该瞒着的还得瞒着。"

原来，上个月金枝和仉银俩人双双犯到了王木多手里。王木多以前就知道这个金枝，打她第一次到镇上歌厅做陪唱，就进入了他的视线。城里兴起的娱乐活动引入乡镇，某种意义上说，采纳的只是游戏规则，在供求双方人员的构成上，其实还是当地人员的组合。说白了，还是当地人跟当地人做游戏，那些在城里流通的身材高挑、如花似玉的妙龄女郎，这帮人哪找得起。后来王木多了解到，一开始，金枝是不同意去镇上捞这种外快的，但随着同村一些姐妹们渐渐都添置了好多衣物，她的心才开始动摇的。可是，任何一项工作都要讲究艺术，金枝虽然长得并不丑，可往往都是无功而返，空手而归。这令仉银恼怒不已，他说，那些比你丑的去了都挣钱，你差啥？人家老爷们都穿上了皮夹克，我差啥？人怕激，马怕骑，后来金枝慢慢地也上路了。然而，一来二去，这两口子耍小聪明，想着捞大的了，开始越轨了，唱着双簧往皮肉生意上奔了。而且，还是在王木多管内。王木多可不容这个，得到信息后，带人当场就给拿下了，未遂。王木多抽了两个小时的烟，最终要了二人的对天发誓，就没往死了追究，他们也真就没敢再造次。王木多说："这么说，当时，应该正是他们家股票清仓的时候。"

说着话，就到了。仉银洗了头，换了一身衣服出来迎接。张国森瞥了他一眼："皮夹克不赖啊。"仉银红着脸说："村长你别埋汰我了，啥不赖啊，不是真皮的，还不值一袋石灰钱呢。"

进了屋，王木多鞋一脱，上炕就盘了腿，说："现在就咱仨，仉银，你小子得支持村长工作啊。这石灰尚未分配，就依然是公家物品，不用法院，我就可以判，你这就是盗窃。"仉银站在那，赶紧低下头："是，王所。"王木多哼了一声，接着说："你记着，正的邪不了，邪的正不了，靠那些臭氧层子，不好使。"仉银连连点头认错。

正说着，咕咚，里屋突然传出一声巨响，紧接着门被撞开，金枝满脸白沫扑出来，趴在地上。仉银跳起来，手就往兜里伸，准备抓硬币。王木多大叫，你让开。说着跳下炕，来不及穿鞋，捡起地上的一个瓦工抹水泥用的木托板，照着金枝的屁股拍将下去。金枝大叫一声，一翻身坐了起来，好了。

那边仉银和张国森忙活金枝，这边王木多收到苏红的一条短信：一切顺利，套出实情；因吃蝎子，瞎眼复明；继续采证，以正视听。王木多笑出了声："好，跟我想的一样。"

收了手机，王木多大声说："仉银你正常按照村里的要求办，如果最后石灰不够，你自己掏钱补。老张你跟我走，咱们去孔老太太家看看。"张国森摸摸脑袋："咋的，你还要亲自慰问啊？"王木多说："实话实说，我今天重点是冲着老太太来的，职业病。"

5

进了孔老太太家院子，俩人与正往外出的三个中年妇女擦肩而过。张国森说：“王所你看，都是好看戏儿的，老轰动了。”王木多笑着说：“保不齐过两天电视台都得来，你那些绿盖子得抓紧往房子上扣啊。”

进了屋，见苏红正坐在炕沿上跟老太太聊着呢，一双手握着老太太的一只手。小霍坐在板凳上，用人家的电脑打游戏呢。见王木多和张国森进来，苏红和小霍急忙站起来，坐在板凳上的一个中年妇女也跟着站了起来。张国森介绍说：“她就是老太太的儿媳妇，孔秋的妈。”苏红抢先跨出一步，向儿媳妇介绍王木多：“这位就是乡妇联的领导，王主任。”然后朝王木多和张国森挤眼睛。

孔老太太颤颤巍巍地往前移，声音沙哑地说：“真是难为你们了，快让俺看看领导同志。”王木多便坐过去：“大娘啊，您辛苦啦。”说完，王木多觉得这话有点不伦不类，连忙打着圆场说：“大娘啊，屋子冷不冷啊，光烧秸秆能行吗？”老太太主动抓住王木多的手，左右摇晃着脑袋说：“烧啥秸秆啊，家里不用烧那玩意，房子外墙贴了泡沫板，屋里安了小锅灶的暖气，过冬一点儿问题都没有。这村里马上要再次进行房屋改造，给房子穿新衣裳呢，俺这把老骨头啊，又焕发新生机了呢。”

老太太一席话把大家都说愣了。老太太一撇嘴：“你还以为俺真瞎啊。”一句话又把大家都逗乐了。

正在大家有说有笑时，张良脸色铁青地推门进来，指着身后他死死揪着的一个满头红发的小伙子，大叫道：“正好张村长也在，这个龟孙子说是老孔家的，是吗？”老太太一见，忙叫：“是我大孙子！”张国森说：“他是孔秋啊，咋的了？”王木多都坐不住了，站起来说：“张所，你这是干什么？怎么回事？”

张良告诉大家，他在张国森家睡醒之后，感觉头晕脑涨，眼前模糊，便决定到小山坡上溜达溜达，看看景、透透气。没想到，深秋的山林一片萧索，不但无法让人心旷神怡，一阵凉风吹过，枯黄的草木竟还发出了阵阵哀鸣，令人顿觉伤感。突然，他一阵腹痛，四顾无人，便就地蹲于一丛厚草之中。未曾想刚蹲下，就被一个飞奔过来的人踹趴下了。来人也被绊倒了，趴在他的身上，两个人都被吓得啊啊大叫。张良讲到这，一指孔秋："就是这个兔崽子，他这是在山上套鸟呢。你猜怎么着，他说是要到镇里烤了卖钱。你瞧，这手里拿的不就是。"

实际上，在张良叙述的过程中，大家已经发现了孔秋手里拎着的两只大鸟，看上去灰蒙蒙透着黑。那鸟被缚于状如白丝的网中，虽然一直没有放弃挣扎，扑棱扑棱地扇动翅膀，但由于双踝都被铁丝紧紧缠住，它们的努力就成为了一种徒劳。

孔秋一把挣脱被抓的胳膊，连网带鸟扔在了屋地中间，发出沉闷的响声："我就是要套乌鸦，乌鸦也是保护动物吗？警察，警察还管这个吗？"

老太太一听，伸手抓起身边木制的方形烟笸箩，向孔秋砸去："你个孽种，乌鸦也可以吃了？再说，那哪里是乌鸦？"

孔秋灵活地一跳，闪开身子躲开："你睁开眼睛看看，这不是乌鸦是什么？"

老太太大叫："放屁，天底下哪有灰色的乌鸦？"

孔秋呸地吐出一口唾沫："现在的乌鸦都被雾霾熏灰了，你知道个啥！"

老太太一愣："啥叫雾霾？"

孔秋一咬牙，三步化作两步，噌地一下蹦到炕上，刷地扯开遮挡了三天的窗帘，喊道："咱也别怕见光了，反正早晚得见。奶奶现在你能看到了，你看看，这满天飘着的不就是雾霾？"

老太太本就倚着窗台，一回过头，就看到了外面。她盯着那天空看了看，急忙转过身捂住双眼。待到她拿下双手时，张良一下子就发现，老太太的眼睛也变成了两只混凝土球球。老太太怔怔地坐在那里，嘴里喃喃着："不看了，不看了。"

一切来得都太突然。大家正不知所措呢，王木多一挥手，把大家都招呼走了。

临上车前，他对张国森说：“我判断老太太的眼睛，是又瞎回去了。实在不行，就再给她吃点儿烤蝎子试试，烤乌鸦也行。”

张国森望着远去的汽车，傻了。

（原载《中国铁路文艺》2017 年第 4 期）

强 弩

余丁未

“如今这叫个什么世道呢？真是不像话，竟然有女儿羞辱老子的！”当这个念头从孔和平脑海里划过的时候，他心里就不是那么气愤了，那种“唯我独尊”的气势，眨眼间就从心底里直溜溜涌现出来，让他面色红润，让他说话有了底气。他一改刚才说话有气无力、蔫巴巴的模样儿，环顾了四周，咳了咳嗓门儿，游泳划水一般，把两只手往旁边、往后一扒，仿佛要把压抑着他的种种不愉快的场景统统消灭掉，把克制着他聪明才智发挥的那些个“居高临下”的人物全都置于死地。

他气宇轩昂地说：“重在参与嘛，我有时间、有精力就来玩玩。我家里有事我就得走了。有什么说不过去的呢?”孔和平说的“参与”，实际上就是打麻将！如今街头小门面房后头的那一部分、社区里的“老年人活动中心”，都是大家乐于前去打麻将的场所，不过叫“牌铺”更为直截了当一些。打麻将本是四个人的消遣方式，但现在流行“打晃晃”，五个人才可以玩起来。大家玩起来的时间更为灵活机动，有事可以随时离开，输了钱心情不好可以随时离开，赢了钱也可以随时离开。孔和平现在说“家里有事”要走，人家不是傻瓜，知道他是赢了钱想见好就收。还没有半个小时，最多也就是玩了十把，孔和平起码和了八把。他走了，就没人“晃”了，有可能“拆摊子”。就算没人“晃”了，四个人愿意定在那里也可以打，免得输了钱的人心里不痛快！

同桌子的人挽留他，说话没个好气色，眼睛望都不望他，自顾自地说:“接着玩吧，玩吧。这么短的时间就要走?有事你先就别来了!”孔和平不答话。又有人想留住他，接着说:“你也不可能总是赢啊，你要是输了，还不是巴不得人家多玩一会儿。这么简单的道理，说穿了没意思的。”孔和平还是不答话，但他心里可是酸酸的。他心里的话外音，只有他自己才听得见:“我输了，你们陪吗?巴不得我输个倾家荡产才好！你们有那么善良?我不信!”孔和平又不是第一次到牌铺来玩，不说千万次灵与肉的洗礼，他确实是身经百战了。什么样的场合他没有见过啊，输了没钱欠着的，上次欠的这次抵账结果吵得脸红脖子粗的，更有甚者发生了肢体冲突大打出手的，还有被辖区派出所抓着了不是罚款就是行政拘留的……哪一样，他孔和平没有亲身经历过呢?刚才听到有人劝他、留他，他还是面带微笑的，现在他大约是嗅出了一点儿对他不太有利的气息，他不说，也不笑，脸色差不多要下沉了。

有很多女人，遇事总是强调别人要顾及她的感受，可是她自己始终不知道“换位思考”，不知道权衡“此时此刻”别人的心理。现在就有一个这样的女人，听她说话就像挨棒子，两头一般粗！是冷是暖，自己去体会。她现在既不是和颜悦色，也不是气急败坏地说道:“你娘养你就这么聪明啊?练就了这种手艺，不如每天来搓两把，那可是比卖工、出苦力强多了。”也许她是怕孔和平听到了这话，马上就变脸，所以她自己还没说完，脸色就首先柔和起来了，腔调首先圆润起来了。“伸手不打笑脸人”“好男不和女斗”，这样“刷”孔和平两下子，看他能怎么地！

孔和平的脸色，即刻就由阳转阴，刚才还有一点儿血色，仅仅一句话的工夫，他的脸就失去了颜色。看起来，他的脸并不像四十出头的中年人那般苍老，但他的脸上同样凝聚了岁月的侵蚀和风霜。此时，孔和平那张写满人生阅历的脸，白森森的，让人看了就觉得可怕。旁边桌子上打牌的人，眼光一齐向着孔和平看过来，还有从头到尾都没有打牌、只是在这里看热闹的两三个人，他们也朝孔和平看过来。

“物质文明和精神文明严重脱节啊，长幼尊卑，完全没有！”孔和平心里愤愤不平地想道。

山雨欲来风满楼。老板娘就是一个恰到好处的“二传手”，她脚下的位置非常灵活，她担负的角色，“生旦净末丑”一应俱全！人家孔和平是老顾客，那个说话挑是拨非的女人也不好惹。但是，再怎么地，孔和平四十多岁，这么说他，真的不如说一个三岁小孩儿。他家的独生女，出落得如花似玉的，快二十岁了，据说今年要参加高考。不管怎么说，现在是“和谐”社会，有人因为打牌在她这里吵起来、打起来，这种场面老板娘是绝对不允许发生的。人家租个门面做点儿小生意，她可全是靠“牌”支撑着呢，打牌图的是个娱乐，她也要混个生存！

“哎，大家都是开玩笑，说着玩的，你莫当成一回事。来来来，过来坐，喝口热茶吧，我去倒。”老板娘不望孔和平了，她的眼光迅速朝室内扫视了一圈，特别把那个说“狠话”的女人，狠狠望了几眼。没想到，那女人正眉开眼笑地望着老板娘呢。接着，那女人又把暧昧的眼光投向孔和平，见孔和平不动声色，她的注意力迅速集中到自己手中的牌局上。老板娘说：“是啊是啊，家里真的有事就不玩了吧。”老板娘脚下生风，就像阿庆嫂一样，眨眼间就倒来了茶水，随手搬过来一把塑料椅，让孔和平静静地落座。“我说你啊，女儿大了，成绩好，又听话，今年考上大学绝对没问题的。老婆顾家，你又会赚钱捞外快。今天你不忙，手气又好，接着玩一阵吧。有什么事比赢钱更来菜呢?”

孔和平心中那个“不甘现状、垂死挣扎”的魔鬼，又要跳出来了。多少次，他赢了没走，一心恋战，赢到手的钞票，全都吐出去了，老本也输了。这还不说，失财又丢人啊，因为人家赢了，要及时闪身，谁愿意一再“陪练”呢?

孔和平口里便这样说：“不了不了，来玩的机会多的是，希望好运天天有。”也许是怕别人再次“口误”伤害了自己，他赶快说：“我想买点卤菜回去，犒劳一下女儿。”说完，他就从椅子上站起来，往门外走去。大家不再留他，只有老板娘，不知道出于什么心理说道：“趁火上呢。今儿个你火势这么旺，走了可惜。”

孔和平此时已走出门外，他回头看了老板娘一眼，原来她长得不难看啊。现在还不是最热的时候，但她穿的是一件宽松的柔软而飘忽的纱质上衣，里边的胸罩时隐时现。看着她那饱满的前额和丰满的腰身，孔和平忽然有一种很强烈的冲动：他要冲上去，把老板娘丰满的屁股摸一把、拧一把!

但他不敢，这是个法制社会。他若胆敢上去摸一把，真的会脱不了身的！孔和平落荒而逃，就像是挨了打，或是欠债被人追赶一般，气喘吁吁的。

他总是这样，自己把自己搞得无比难堪！回去有什么事呢？他真的是要犒劳女儿吗？婚姻，是他的父母为他做主的。老婆生下的是女儿，他千般不高兴可又有什么办法。不管女儿是否上大学，反正不包分配，他没关系也没钱财为女儿的工作去打点人脉!

哎！人到中年了，他能做主什么呢？除了不想打工、老想打牌这两件事，他可以自己做主之外，他为他的生活，能够做主什么?

现在还没到夜晚，但孔和平就像个夜游神一般，一脚高来一脚低、漫无目标地向前走着。赢了钱，仿佛给他注射了兴奋剂，他想放声大唱，但是不能，人家会说他是神经病。这点自制力他还有，他不能让人家流言蜚语，他的人生一定要保持正常轨迹。

说到“正常”，他想哭了，他哪一点不如人家呢？但他就是过得不如人家惬意，他没钱没工作，每天过日子混天。他不甘心这样没质量的生活，想奋斗一下、争取一下，却又不知道从哪里下手。他就这样魂不附体地走着。他觉得十分压抑，特别难受。

他禁不住站住，刚才他说过要“犒劳”一下女儿的。他今天赢钱了，犒劳一下自己也是可以的。老婆从不打牌，累死累活顾家，对他打牌一直是放任自流的态度，他感激着呢，犒劳一下老婆也应该的。他足足站了有一两分钟，好不容易判断清楚菜场在哪个位置，他径直往那个方向走过去。

孔和平站着的地方，正好是马路中央等待红绿灯的地方，那里的地势明显比车道要高一些，而且他正好站在了遮阳伞的下方，当时他没有环顾前后左右，而是毫不犹豫、拔脚就走。现在正是红灯！孔和平没注意到，偏偏又走得急！

那是一辆豪华的“奔驰”车！奔驰的标志，孔和平闭着眼睛也能识别。驾驶这辆车的司机，是个三十五六岁、神情淡定的男人，头顶已明显秃得没有一根头发，但四周的头发却稀稀拉拉略显旺势，他眼疾手快，在肉眼观察车离孔和平至少有20公分的时候，他就果断而且沉着地踩下刹车了，随着孔和平的身体慢慢倒下去，他一脚把刹车踩死。车况良好，并没有出现让人听而生畏的刹车的呼啸声。

然而，孔和平还是倒下去了。当他用眼睛的余光看到有车奔驰而来的时候，脚步退回去已是不可能，猛地一脚跨过危险地带也是不可能，他的脑海里立刻涌出了千种万种无法用语言表达的想法和念头。但人求生的本能，还是让孔和平的身体微微前倾了一下，当奔驰车最前沿一条线的那一部分触及孔和平身体的时候，他明显感觉到了右腿膝盖上下方侧边那一片区域有了一股不大不小的外力，在压迫、挤压或者是撞击着他。本来他身体前进的方向是向着正前方，现在他的身体受到来自右边的撞压，他无法控制地朝左边倒了下去。奔驰车已经稳稳地停下，不然，整个车辆将会从他的身体、他的头部碾压过去。现场将是一种什么样的状况，他的尸体将会怎样的面目全非，将会引起包括家人在内的众人怎样的恐慌，他真的无法想象！也许是因为惊恐，也许是因为喘不出气，也许是因为不甘于生命就这样草草结束，但绝对不是因为疼痛，孔和平把眼睛闭着，呼吸困难，却大气也不敢喘一声。他的眼中没有泪水，只用了几秒钟的工夫，他就睁开了因为恐惧而不甚清晰的眼睛，还好，没有血迹，他的手上没有拿任何东西，现场一点也都不混乱。

在至少十秒钟的时间内，现场连风声都没有。车主没有下车，也许是他的内心强大，也许是没出人命案……

孔和平直挺挺地躺在地上，他的头刚刚还略微抬起、上扬，他在打量周围的阵势，身上麻酥酥的感觉，现在还没完全消失，但比事故开始的时候，已经好了很多。他身体的右侧面和奔驰车亲密接触的部位，也没怎么疼痛，就是那种“被接触”的感觉还在。我的妈呀，这么短的时间，让人大喜大悲、让人出生入死谁受得了？

孔和平的思维迅速恢复了正常，忽然有一点儿后悔没有留在牌铺继续观战，就是不打牌在那里“八卦”一下也未尝不可啊。好事一眨眼就变成了坏事，真的是祸福相依、生死相连啊。所以，他只能躺在地上不起来，装死埋活也罢，管不了那么多了。

倒是车上的人沉不住气了，缓缓地打开了车门，闲庭散步似的走下来。出乎孔和平的意料，车主在说刚开始的一两句话的时候，竟套起了近乎：“哎呀，原来是和平哥啊，让你受惊了。伤着没有，伤着没有？”停顿了一两秒的时间，面对着孔和平的双眼，车主又说：“没有受伤，还好吧？要不我送你到医院去看看？现在就去，身体是革命的本钱啊。”孔和平原本是没有动静的，他的眼睛闭了又睁开。他看见车主低着头，弯了腰，贴近他的身体看他，忽然就伸出了自己的手。事后，孔和平真的搞不清当时是出于一种什么样的想法，是什么理念，让他当时大脑一片空白地伸出了他的手。是友好吗？未必！是好说好商量吗？也未必。但他就是伸出了自己的手。车主也许是想和孔和平握握手，但更多的想法是拉他起来。他也没受什么伤，就这样赖在地上可没有什么意思，对方的态度很友好，他们两个人原本就是熟人，关键还不是他们有多熟，而是因为光头车主是位老板。这么想着，躺在地上的孔和平竟无比自卑起来，他年龄比光头大，学历比光头高，可是他一无所有！他可真是瞎了狗眼啊，奔驰的标志，他就是闭着眼睛也能识别出来，那么，在自己倒地之前的那一个眨眼间，为什么就不定睛瞧瞧车主是谁呢？幸亏在这短短的时间内，没有任何一个外人经过，否则人家会笑话他的。就是找富人扯皮拉筋，也得有个方法吧？人家说话多么友好、多么和颜悦色，不用他敲啊诈啊，人家主动就会送他去医院检查。那你还能说什么？所以，趁富人主动拉他的手，孔和平乖乖地从地上爬起来了，他乐得就此“相逢一笑泯恩仇”。

富人名叫秦凯歌，经营的行当极具诱惑力和挑战性。孔和平刚刚被老板炒了，或者说是他主动炒了老板的鱿鱼。也许以后，他可以去秦凯歌的公司谋得一份生存的饭碗？这个念头是来得快去得也快的风声，但是极大地圈定了孔和平说话的内容、腔调和语气，“我说凯歌啊，说话怎么这么客气呢？是我乱闯红灯，我负主要责任呢。”但是他在心里对自己说：我说孔和平啊，你就是一个小丑，居然是你这么低姿态说话，你撞车白吃亏了，你倒地白现丑了，还有你一身的名牌不知道被撞破没有。

但是秦凯歌很够意思，他没像孔和平那么想问题，尽管他们平时只是认识，深层次的接触不多，但都是街坊邻居，无缘见面不相识的人天天都能遇到，怎么着今天也是他让孔和平摔倒在地的。不过，今天没下雨，地上没污渍，孔和平的衣服上只沾染了些灰尘，拍去灰尘，他仍是一个有轮有廓的“老帅哥”。所以，当他听到孔和平主动揽责的话，他先是笑而不语，接着开口就说：“今天不管我有什么事，我都先放下，我们一块去喝杯茶，赏个脸可以吧？”

现在过红绿灯的车辆，都是从奔驰车的旁边经过，陆续有三三两两的行人从此路过了。孔和平灵活机动地说：“我们在这里说话影响别人正常通行了。我们先把车开到旁边停下再说，好不好？”“好啊，上来吧。直接开去茶楼得了。”千年等一回，他孔和平终于聪明了一次，一个“我们”无疑是把他自己摆在了车主的位置；一个“开到旁边停下再说”，无疑是只有他在车里坐下了，才可开到旁边。他孔和平的大度和城府都显现出来了，还有什么不可能？

奔驰车有条不紊地开着。街灯已经悄然点亮了，性急的个体商户们早就摆好了夜市摊，有一个年轻的“追星族”正在试穿一件胸前印着足球明星图像的T恤。卖鞋的、卖化妆品的、卖帽的、卖各类饰物的……应有尽有。各式各样的人们，就像是辽阔大地上一株株生机盎然的小草，努力地占据着属于自己的一丝空间，各施其才、各使其力。孔和平坐在副座上，他并不急于和秦凯歌说话。

车子拐了一个弯，新世界大型购物商厦的大门上方，一个硕大的投影仪牢牢占据在那里，明星、代言人闪亮登场，生活用品、家居用品、车子、房子，都是向市民推介的对象，每一方空气里都弥漫着浓浓的商业气息，每一寸土地都蕴含着无限商机。

孔和平的手机忽然收到了一个信息提示音，原来是老婆发给他的信息：今天报纸上登出了一本院校的最低录取线，女儿的分数比最低线高出了整整88分。后面就没有了。那么，女儿想上一个什么样的学校呢？是需要他的建议？还是女儿自己做主？

不管怎么说，在女儿去大学报到之前，他们家肯定是要摆酒庆祝了。他在报纸上看过，现在各级纪检督察部门，治庸问责很严的，借婚丧嫁娶、升学就业之机，大肆宴请各路宾朋、下属以及有业务关系的同行，收受礼物、礼品、礼金的，不仅要退还财物，还要被通报批评、记过处分。不过没关系，他又不是公务员，哪有那么多的条条框框呢？那些对他不适用。他以前送过太多的礼给别人，现在自家终于有了机会。

今天，他主动请辞了工作，心里窝着一肚子的火，心里老想着怎么投机取巧赢他一笔，才没有及时看到报纸，否则早就知道女儿会考上一本了。老婆总是这样，有什么事，不是直接打他电话，而是发信息。她说这是节约资源。他却以为她是小钱精明、大钱糊涂。她是怎么个糊涂法呢？她把她打工的工资，用来过全家人的生活，他的工资用来缴纳她和他的养老统筹、医保，然后再把多余的积攒下来。可是他长期在牌铺。他在心里承认自己好逸恶劳，他想巧取豪夺，可是没有办法，他丧失了前行的斗志。他做梦都想过有品质的生活，但他所有的开支、他的衣食住行，似乎都和赌、和麻将有着千丝万缕的关系。

悲哀！

秦凯歌好像知道孔和平在想什么，他问了一句：“是你家女儿要上大学了吗？哪个重点？省内还是省外？”生意人就是这么精明，就是这么有悟性的吗？别人什么也没说，他就能钻进别人心坎坎上。孔和平稀里糊涂说了一句：“是啊是啊，她的分数超过了，不过录取通知书还没来，估计不会太久的。”秦凯歌问：“到时办喜酒了，看得起做兄弟的，就通知一声。”说完，他意味深长地对孔和平望了一眼，然后不动声色地笑了。是那种心领神会的微笑。孔和平说：“现在没想那么远，到时再说吧。”隔了没一会儿，秦凯歌又问：“你目前在干什么？还行吗？你对自己的生活状态还满意吗？”

孔和平内心深处最柔软的地方，似乎被人触动，但是，他不能轻而易举地表现出来。他不能给老婆和女儿想要的生活。女儿只有考大学，才能改变她以后的人生道路。老婆呢？虽然是父母为他选定的，没有为他生个儿子，他也老大不高兴。但二十世纪九十年代，独生子女政策执行得相当严厉。他能怎么样呢？他只有怨天怨地怨自己。老婆是典型的贤妻良母，是最适合做妻子的女人，她从不埋怨他，只说他不抽烟、不喝酒、不在外搞女人就好！如果一定要说世上还有爱情，他对她，分明是还有爱的。他只恨自己无能。

想到这里，孔和平的眼泪来了，他感性的一面，总是这么容易适时适地表现出来。

“要不，你跟我一起干吧？”秦凯歌停了一下，车速也不见得减慢，他定定地望着孔和平，足足有三秒钟的时间。孔和平怀疑自己听错了，待秦凯歌又重复了一遍，他心里就紧张起来了，有两三秒钟的时间是高兴：瞎子要人牵，跛子要人扶。我贫穷了半辈子，现在终于有贵人搭救了！有两三秒钟的时间是疑虑：没有任何道听途说，没有任何人推荐中介，没有任何实质准备，保守一点儿说，秦凯歌不是千万富翁，也是百万富翁啊，和他孔和平这个彻头彻尾的打工族一起投资，不是拿钱打水漂吗？他心里就这么高兴和疑虑交织在一起，一会儿高兴占上风，一会儿疑虑占上风。

在孔和平不知所以的时刻，秦凯歌已经在一家五星级酒店门前的停车位上停好了车，他动作娴熟，神情镇定，出入这种场所，对他来说是家常便饭吗？轮到孔和平受宠若惊了。

在秦凯歌的引领之下，他们两个人很快就在一间包厢里坐了下来。地面是地毯，除了餐桌，旁边还放了一个小茶儿，灯光晕暗得令人想入非非。墙面是用地毯之类的布料装修的，壁灯很好看，里边是灯，外面却是一个古装仕女图像。对面墙上显示的则是一个策马扬鞭、英姿飒爽的女英雄。包厢的顶端，是一幅构思精美的图画，一个圣母样的女人站在水中，露出自己白皙的手臂，端着一个盛水的圆罐；围在她周围的，是一群天真烂漫的小人儿，每个人都面对着圣母，那样的虔诚，那样的专一。

秦凯歌动作麻利地为孔和平倒了茶，没有一点儿生疏，没有一点儿隔阂，就像他们天天见面那么自然，就像他生来就是孔和平的秘书一样。孔和平一直被“受宠若惊”的情绪笼罩着，他不知道说什么才好，他也不知道秦凯歌葫芦里卖的是什么药，只有傻乎乎地望着他。秦凯歌一边给自己倒了一杯茶一边说：“先喝口茶吧，菜等会儿就上来。”孔和平只有傻笑。秦凯歌说：“你女儿上大学要走了，以后只有你和老婆在家，过日子应该是没有问题的。”孔和平觉得秦凯歌在笑话他，他忽然有点后悔自己不问青红皂白就跟着秦凯歌来到这里。表面看起来，是秦凯歌为他孔和平赔礼道歉，谁又难保这不是孔和平自取其辱呢？但他不敢把自己的内心完全表露出来，他只好挪了挪离秦凯歌稍微远了一点儿，然后把自己的脚朝椅子里边收了收。

“你放心，兄弟我是掏心窝子说话，没有半点儿把你看外的意思。”秦凯歌仿佛知道孔和平想什么似的，见他不说话，又自顾自地说：“我是说，人要居安思危，日子一天两天过不了。”孔和平还是不说话。秦凯歌又说：“我的经营也不景气啊。要不，你做我的业务员吧？”他的言辞那么恳切，他的语气那么诚恳，他的表情那么柔和，孔和平有点儿动心了：“跑什么项目的业务员啊？我能行吗？”秦凯歌的恳切和诚恳，也带出了孔和平的恳切和诚恳。他表面上是这么说的，可是话一说出口，他内心就开始责怪自己了：你说的什么鬼话！过了这一村，还有这个店吗？机会稍纵即逝。

秦凯歌的模样好像一下就伤感起来，他说他每月要负责房租水电、工人的工资，老婆现在成全职太太了，家里家外什么都是他一人负责。还好，老婆没有出轨，孩子还小，还能把控得住；但是，同行相轻，竞争激烈，钱是越来越难赚了。他是树大招风、应酬繁多、各方面需要打点，他只有另找项目、另开财路。说到这里，秦凯歌接了一个电话，断断续续听到了几句，好像是有人邀请他去哪个地方喝酒，他说他现在正在桌子上。刚刚挂了这个电话，他的电话又来了，那个人问他联系得怎么样了。秦凯歌诡秘地望着孔和平笑了笑，只说了一句“回头我再跟你联系”，就挂了电话。

孔和平经常是一天接不了几个电话，忽然可怜起眼前的秦凯歌来。这么年轻就秃顶，是他用脑过度、休息时间长期得不到保证、生活长期不规律引起的吧。他忽然想抱住秦凯歌的头，好好安慰他几句。不管秦凯歌对他孔和平提出什么样的要求，他想他会答应。

但是，秦凯歌却不急于马上说出来这是一个什么项目。秦凯歌不厌其烦地问道：“以前你打工有工作的时候，一个月工资多少呢？”孔和平如实相告：“三千多。”秦凯歌说：“那我给你四千，行吗？”停了停，他又说：“当然，如果你做得好，月月有业绩，你的工资可以从五千起步。”孔和平有点儿诚惶诚恐了：“那还要凯歌你的抬举啊。”秦凯歌说：“不过，我们会一直单线联系，你不必找别人，什么事你只用对我说说就行。人多了，麻烦。猪嘴管得住，人嘴管得住吗？”孔和平有点五体投地了：他有何德何能，让秦凯歌这么赏识呢？这不是“机不可失，时不再来”又是什么？

孔和平的手机铃声响了，他一看，好像是牌铺老板娘的电话。能有什么好事，人家赢了走了，他才不会去填那个坑呢。他自己，不也是赢了就走吗？他按下了电话。

秦凯歌说：“你知道这个东西吗？”孔和平说：“什么啊？”秦凯歌说：“就是那个吃了让人精神倍增、神气活现的，吃了会去找女人的——什么什么啊？”孔和平还没有明白，秦凯歌说：“当然，更多的时候，人是会上瘾的。还有很多人，因此而委靡不振、四肢无力。”孔和平好像有点儿明白是怎么回事了。眨眼工夫，他的心开始往下沉了，信心一动摇，他看秦凯歌的目光变得朦胧起来。

秦凯歌用手比画开了，他把两手往里一包围，形成一个圆圆的壶状，再用手往壶里插什么东西，那东西一头连在壶里，一头伸进自己的嘴巴里。而他脸上的神色，看不出有什么太高兴或太无助，走过场一般，平淡得很，麻木得很。

孔和平的手机又响了，他低头一看，仍然是牌铺老板娘的电话。他想打牌的话，自个儿不请自到，从来都是如此，不见得要老板娘三番五次邀约的。这个关键时刻，她打来电话，真是让人心烦！

秦凯歌眼睛根本就不看孔和平，轻描淡写地问了一句：“明白了没？”孔和平不说话，是因为不敢说话。其实他还是有一些好奇的，不仅想知道秦凯歌为什么会经营这个行当，他还想知道那个东西人吸食了之后到底会是怎样的情形。他内心隐隐约约地想尝试一番。秦凯歌现在看孔和平的眼光笔直了，他面无表情地说：“不过这个东西是个无底洞啊，我不沾的。家破人亡谁负责？”孔和平想说一句：“你知道结局会是家破人亡，那你为何要找我当替死鬼呢？”可是，他不敢说。他周围就有不少人“吸”这个东西，要沾他早沾上了，还用得着今天秦凯歌来动员他？让他去犯法，他去犯死罪，而秦凯歌坐收渔翁之利，真是天大的笑话！孔和平的心里稍稍有些愤怒了。不过，他不想说出来，他还想看看秦凯歌的这出戏到底想怎么个演法。“平哥，我们当一次中国合伙人吧。不过，事先说好了，有福同享，有难同当；愿者入行，绝不强求！”孔和平懦弱的一面此时完全占了上风，他不敢据理力争，更不敢严词拒绝，他只敢在心里说：“要钱不要命，要钱送人命！”

隔壁包房的门没关还是怎么地，酒吧的“靡靡之音”一会儿强、一会儿弱地飘荡到他们坐的包厢，一句一句有气无力的歌词，飘落在秦凯歌上下嚅动的嘴巴上。这些软绵绵的唱腔，温柔地袭击着孔和平的神经，让他难受。当秦凯歌再一次说着“平哥，我们怎么怎么”的时候，孔和平完全就听不进了。他心里一下充满了内疚：别人再好，再有钱，关他什么事呢？女儿立志通过高考改变自己的命运，老婆兢兢业业地顾着这个家，他孔和平为老婆和女儿又准备什么了呢？除了好高骛远、坐享其成、摸牌赌博，他还有什么特长？他感到了前所未有的羞愧，他现在只想陪伴在老婆和女儿身边，和她们一起经历过日子的酸甜苦辣。

他忽然明白了：秦凯歌为什么会找他，为什么会对他一见如故、宾客相待！人不可貌相啊，秦凯歌算计得毫厘不差，差点儿走入对方设置得那么精美的圈套。

牌铺老板娘的电话再一次不屈不挠地打了进来，孔和平接了，他心里没有不胜其烦，反而觉得这也许就是他“合情合理消失”的理由。可是，老板娘的声音，再没有了那种温婉可人，她说话的声音急急的，孔和平甚至能感受到她的焦躁和龇牙咧嘴。她竟说出了让孔和平刹那间就跌入十八层地狱的话：“我说小孔啊，你干吗一直不接电话呢？真把老娘我急死了！”孔和平不说话。“你在哪里啊，赶快回来！”孔和平还是不说话。老板娘再一次急了，她急抓心地说了一声：“赶快去医院，你老婆被一辆黑麻木（三轮摩托车）撞了。城区早就禁麻了，哪来那么多的黑麻木、黑出租啊？”

孔和平的天塌了！他来不及也顾不上跟秦凯歌再说一个字，仿佛他是被警方通缉的窃贼一般，一个箭步就跨出了包厢门外。然后，他三步并作两步，走出了五星级酒店的大门。他的身影，迅速消融于五光十色的灿烂夜景。

也许是出于见怪不怪的麻木，也许是出于大智若愚的镇定，也许是出于对老板娘谎报军情的搞笑，孔和平的心理即刻恢复了常态。他在心里盘算着老板娘怎么就知道他和秦凯歌在一起呢。这事不宜张扬。不过，以她那种性情，她跟秦凯歌“合伙”倒是很相宜的。

想到秦凯歌，孔和平就气不打一处出：“如今这叫个什么世道呢？真是不像话，竟然有儿子逼老子犯法、送老子去见阎王的！”

（原载《湖北警察》2017年公安文学专号）

采药人

湖 广

他躲在大山上，已经三天了。饥饿难忍之中，他想下山弄点儿吃的东西，却又害怕村民看见向警方举报，更害怕落入警方布下的口袋里，因此，他几次走到半山腰就又折回来了。这天，饥肠辘辘的他，看见崖边山楂树上，挂着几颗青皮山楂，迫不及待地探出身子伸手去摘，不料脚底一滑，哧溜一下，从崖坡上滚下去了。

崖坡下有个采药人，坐在灌木丛的隐蔽处抽烟、小憩，这伙计正好落在采药人背后，差点儿就砸到采药人身上去了。采药人吓了一跳，慌忙避到一边。

“伙计，你是怎么搞的，想吓死我啊?”

“大叔，对不起啊！我不是有意的，我是从

山上掉下来的。”

“哦！你要干什么，怎么从山上摔下来了？”

他看见采药人身边的背篓里装有药材，灵机一动说：“大叔，我跟你一样，也是在山上采药。”接着，他又说他是在舅舅家为母亲借钱治病，但没有借到；回来的路上，想顺便采些药材去市场上卖，好补贴母亲看病；还说他就只有母亲一个亲人。

采药人看他那肮脏可怜的鬼样子，心一下子软了，就伸手将他扶了起来，问他摔坏了没有。这伙计见采药人挺好的，还关心他，就想跟随采药人一起搭个伴在山上采药，就说：“大叔，你采药，我帮你背篓，跟你做伴好吗？”

“只要你愿意，当然可以。”

他没想到采药人这么爽快地就答应了，便又说：“大叔，你上山挖药材带没带吃的东西或矿泉水在身边呢，给我吃点喝点好不好？我有好几天没吃饭了，都快饿死了。”

这家伙说话显然矛盾。刚才还说他去舅舅家借过钱的，怎么就好几天没吃饭了呢？难道他不会找舅舅要吃的吗？但采药人没理睬这个。采药人心中有数呢！只是告诉他篓子里面有饼干和矿泉水，背着篓子跟随着就行，边走边吃，想吃多少就吃多少，不用客气。这伙计没想到大叔待人这么友善，感动得快掉眼泪了。

他们不停地从山的高处往山腰走，顺便寻找些药材，有说有笑，一时间他们仿佛成了好朋友。但这伙计是个爱多事又好斗的人。他之所以躲在山上，就是因为好斗，帮别人打架，将一个老头子打得头破血流，倘若不是抢救及时，早出人命案了。此时，他看见一条黄色的、头上有个“王”字的蛇，从他面前不远处溜过去，本也无事的，他却偏要多事。他抓起一块两斤来重的大石头，猛然砸向它。那蛇少说也有五六尺长，生性野猛，受到惊吓之后，昂起头来呼啦一下，蹿到旁边一棵小树上去了，速度快得惊人。紧接着，它又呼啦一下，飞到他身上来了，并疾速地往他颈部缠去。他吓得一声狼叫，倒在地下，竭力想喊救命，但他的声音已经沙哑，失去了张力。眼看这伙计就有生命之虞：即使不被蛇缠死，也会被蛇吓死。采药人还很少遇到过这种险情。幸好采药人年少时跟随父亲在山上捉过蛇，还卖过蛇呢，父亲给他传授过一些怎样对付和处置蛇类攻击人的方法和狠招。于是，采药人胸有成竹地走上前去，快速掐住蛇的颈部，一顿反搓，将蛇从这伙计颈部抽出，控制在两只手腕中，进行一阵盘旋、颠倒、扭动，然后像勒绳子一样，使劲勒几下、抖几抖，再往地上一丢。那蛇就像晕了、脊骨架散了似的，躺在地下，一点劲儿都没有了，想动也动不了了。过了一大阵，它才缓过劲来，昂起头，狠瞪了他们几眼，呼啦一下蹿走了，速度同样快得惊人。

他死里逃生，非常感动，没想到采药的大叔还有这么好的一身功夫。他心想若不是大叔功夫好，舍命相救，他的命或许就丢在这大山上了。他赞叹不已，佩服得五体投地，立即有了一种求艺的想法。他想拜采药人为师，跟采药人学采药和抓蛇的本领。采药人哈哈一笑，故意逗他说："年轻人，你倒想得很美呢，世上有那么容易收徒的吗？你想拜师，那还得要看大叔我愿不愿意呢。不过，你若真的要大叔收你为徒也可以，我需问你几句话。你若回答得好，我也满意了，大叔就答应收下你；你若回答得不好，我不满意，大叔就不会答应收你为徒。你看怎么样？"

他听了，没加思索就说："行，行，随便你问什么。"

采药人又说："心诚则灵，不许说假话的啊。"

他使劲点了点头："好吧，大叔，你就快些问吧，我绝不说假话就是了。"

"你是不是姓朱？"

这伙计愣了一下说："是的，我是姓朱。"

"你家是不是朱家垄村的，叫朱茂林，今年二十一岁？"

他又愣了一下说："是的，我是朱家垄的朱茂林，今年二十一岁。大叔你认识我呀？"

"听我把话说完。"

"那好吧。"

"你是不是做了不该做的事情，害怕警察，躲在山上不敢回家？"

"大叔，你真的认识我呀？那你就救我一把吧？"

“刚才不是已经救了你吗？还把饼干、饮料给你吃喝。但你得先说清楚啊，你是不是做了违法的事情呢？”

“大叔，我要说了，那你一定要帮我啊！反正这山上的日子，我也待不下去了，不饿死也会被蛇吓死，一想到那蛇，我浑身的骨头就软了。那天我帮朋友打架，一时冲动，失手将一个老头子的头砸伤得很厉害，是用砖头砸的，流了好多血。我怕他死了，就一直躲在山上不敢回家。大叔，你猜对了，我真的是做了犯法的事情。”

“可是，你为了逃避法律处罚，老是躲在山上也不是办法啊！这能长久吗？大山是藏不住你的，懂不懂！警察迟早也会把你抓到。你信不信？”

“信，当然信！我知道这大山是藏不住我的，可我又害怕。那我该怎么办呢，大叔？你帮帮我吧！”他后悔得要哭了。

“唯一的选择，就是主动到公安局找警察投案，争取从宽处理。”

“大叔，我把人打死了，可是要抵命的啊。我要是被枪毙了，就什么都完蛋了，母亲也没人照看了。大叔，只要不枪毙我，怎么处理我，我都会接受。”

“法律不能讲价钱！坦白从宽，抗拒从严。不过，你可以争取从宽处理。千万不要抱着一种侥幸心理东躲西藏，更不能一抗到底。我听说那老头子因抢救及时，已经没有生命危险了。不过，你要上门赔礼道歉，赔偿损失，取得被害人的谅解。”

他忧心忡忡、半信半疑，但已经没有退路了。那黄色的蛇，总在他眼前晃动，挥之不去，让他时时刻刻处在恐惧和战栗之中；饥饿也无时无刻不在压迫他。思来想去，唯一的选择，就是跟随大叔一起下山，主动去公安局投案，争取从宽处理。结果，来到山下，他看见路边村子前面就停着一辆警车。采药人让他上了警车，他这才恍然大悟。但他又很疑惑，不明白大叔咋就认识自己，知道自己是逃跑出来的。

“大叔，你原来就是警察啊？”

“看见警车，就说我是警察；那要看见拖拉机呢，是不是就说我是种田的农夫？”

“大叔，你真逗。那你咋知道我躲在山上呢？”

“这不是太简单了嘛，哈哈！你看你身上有什么记号没有，就是它们告诉我的。”

“大叔，你越说越逗了！我身上哪有什么记号呢？”

“有啊！其一，你见人神色慌乱，眼睛躲躲闪闪。其二，你精神疲惫，衣服肮脏邋遢。其三，你还有饥饿症，问我上山采药带没带吃的东西和矿泉水在身边，说你有好几天没吃饭了。其四，你还说了假话。我猜你根本就没有去你舅舅家为母亲借钱治病。如果去了，你不会不找舅舅要吃的东西吧。这四点就是你身上的记号。你看我说得对不对？”

“大叔，你说的这四点是有道理，但也不能确定我就是打人凶手吧，大叔你说是不是？”

“当然！破案与解析几何题有相似之处，首先是要获得已知数的。我上面说的就是我从你身上得到的已知数。接下来，我将要对你进行阅读和解析。所以，我要问你姓名、年龄、住址、因何事躲在山上等。我再让你看看这张照片，你看像谁啊？”

大叔拿出一张备好的照片放到他面前。

面对照片，他惊讶地点了点头：“大叔早就知道我的身份了，还拿着我的照片在手上。那警方是咋知道我躲在这山上的呢？”

“你没听说过警察有千里眼、顺风耳哦？”

他点了点头不再吱声。他明白大叔讲的是技侦一类的东西，不能明说，说明了就失密了。不过，他并不后悔。他还再三感谢大叔呢。“如果没有大叔的挽救和开导，他的回头路还不知道该怎么走，说不定还会逃到更远的地方去流浪呢！”

原来，采药人是受命扮装上山侦查的刑警。

警方综合各方面的情况，判断凶手可能就藏匿在这片人迹罕至的大山之中。这位刑警果然神机妙算、身手不凡，让凶手轻轻松松、毫无察觉地走进了他设置的口袋里。同时，也让他自己再一次赢得了战友们的称赞。

（原载《中华文学》2017 年第 2 期）

真　相

梁路峰　郭建平

“又发生医闹了，肖钧的媳妇袁静到镇卫生院生娃，因为难产，大人没保住，小孩儿危在旦夕，现在死者家属三十多号人围住医院讨说法，你赶紧到医院来!”

刚刚结束警衔晋升培训回到派出所的钟岩，便接到所长刘强风风火火的电话。

还没来得及放下行李，钟岩带上单警装备，风驰电掣地赶往三和镇卫生院。

钟岩刚到卫生院门口，一眼便瞧见院子里密密麻麻地围着一大群人，训斥声、咒骂声、哭闹声不绝于耳。

钟岩穿过人群，来到刘强身边，刘强满脸愁云地向他介绍了事情的来龙去脉后，满怀期许地望着钟岩，因为钟岩是这里的片儿警。

三和派出所有五名警力，所长刘强、教导员郭亮、三和责任区民警钟岩、五里屯责任区民警刘旭、户籍内勤民警王璇，这次医闹事件发生后，除了留在所里值班的王璇，其他警员都出动了，出事的三和卫生院正是钟岩的责任区。

钟岩四十出头，这是他担任三和责任区民警的第五个年头，平日里，钟岩常常到群众家里串串门，为他们解决一些磕磕绊绊的家长里短的事、邻居纠纷事，三和镇的村民们都很信任他，大事小情没有他不知晓的。这次医闹事件，镇政府、派出所、医院方都派人进行斡旋，可死者家属均不买账。因此，刘强第一时间便把钟岩召集到了现场。

在人群里，钟岩看到了一个熟悉的身影——三和镇小有名气的吴七拐。

钟岩心中不免生出几分厌恶，吴七拐这个人他最熟不过了，四十六七岁的样子，身材中等，相貌猥琐，他是一个四进宫的老油条了。吴七拐十六岁开始偷鸡盗狗，敲诈勒索，坑蒙拐骗，可谓无恶不作，四次被警方抓获获刑，四次刑释后依然我行我素，整天游手好闲，至今还是个人见人嫌的单身汉，成为三和镇有名的无赖。在三和镇，每一次打架斗殴，闹访、突发事件都有他的份儿，社区屡次矫正，却是屡教不改，一副死猪不怕开水烫的赖皮相。

吴七拐就像一只苍蝇，哪里有“臭味”他就出现在哪里。

“吴七拐，你在这里凑什么热闹?”钟岩追上吴七拐质问。

“原来是钟警官啊，我还以为是谁呢，怎么啦，我又犯什么法啦?还是哪条法律规定我不能出现在这里吗?”吴七拐流里流气地回答。

“我警告你，别跟我生事端!”

“什么叫生事端啊，钟警官，今天当着这么多人的面把话说清楚，医院把人给治死了你不管，却来管我，你和医院是一伙的吧?”经吴七拐这么一煽动，死者家属顿时情绪又激愤了几分。

“走，派出所不管，我们就到院长办公室去闹!”不知谁喊了一句，顿时人们结群冲向医院三楼的院长办公室。

刘强立即召集现场工作人员吩咐道："目前家属情绪激动，如果强行阻止，可能效果适得其反，可以让他们到院长办公室商量事情的处理，但我们也要警告他们别做违法的事，大家要用执法记录仪记录好过程，并确保医院正常行医秩序。"

现场处置人员听从刘强分工后各司其职开展劝导工作。

院长办公室，家属们正义愤填膺地数落院长对医院管理不善，更有情绪激动的家属要打砸办公桌上的东西，所幸现场民警及时制止。这时，一名护士跑过来向吵吵嚷嚷的家属人群喊道："小孩儿情况危急，需要输血，谁是小孩儿的家属请过来一下！"

肖钧听见后，抹了抹眼泪，疯了一般地跑向了护士："我是小孩儿的父亲，抽我的血吧！"

家属们突然缓过神，停止了无休止的咒骂，所有人也匆匆来到婴儿抢救室门口，在外面焦急地往里面张望。

几分钟后，肖钧耷拉着脑袋从抢救室出来，家属们以为抢救无效，顿时愤怒的叫喊声又闹起来，当几个年轻人正要砸打院长办公室的东西时，又听见护士的高声叫喊："大家别吵了别吵了，血型不匹配，其他家属做好验血准备，要立即为小孩儿输血！"一时，小孩儿的叔叔、伯伯、爷爷、姑姑等家属们一个个进去，又一个个失望地走出来。

突然，吴七拐像幽灵一样闪进验血室，缠着要护士为他抽血。

几分钟后，吴七拐同样脸露失落的表情走了出来，小孩儿潜在的危机随着时间一秒一分地流逝而越发紧张，家属们也显得越发焦急不安。

正当死者家属十分忧虑之时，一位中年男子匆匆闯了进来，原来是小孩儿的舅舅袁权，他来到护士跟前说："我试试吧！"

"跟我来！"

几分钟后，验血室传来好消息，袁权的血型和小孩儿的匹配，且健康！

"准备输血！"

手术室一阵忙碌，室外一片寂静……

半个小时后，医生告诉家属：“小孩儿经过输血后情况趋于稳定，已脱离生命危险！”这时候大家都松了一口气！

小孩儿得救，给死者家属的医闹局面带来了根本的转变，家属对医院的敌意明显削减了许多，于是双方就这次医疗事故开始了协商赔偿。

一回来就遇上了这样难缠的医闹，通过劝导，几经折腾，转闹为和，钟岩暗自感叹自己运气不差。经过几个小时的谈判，双方就赔偿金额讨价还价，这对钟岩来说已经见怪不怪了，毕竟人死不能复生，死者家属希望的是想要多赔偿点儿钱，这也是可以理解的。

谈判一直持续到凌晨3点，总算达成了一致，了却一件医闹事件，回到所里后，钟岩没来得及洗漱，倒头便睡。

迷迷糊糊中，钟岩似乎看到肖钧妻子袁静那幽怨的眼神和她欲言又止的神情，还真是活见鬼了，钟岩一向不相信鬼神这东西，但那次医闹后，吴七拐似乎一下就浪子回头了，也不到处耍横无赖了。醒来后，他在梦中看见的东西却越发清晰。这让他很是郁闷，他扪心自问没有做过亏心事，也不怕鬼敲门，但隐隐之中，他就是感觉哪里不对。

至于吴七拐到底为什么有如此大的转变，村里人谁也不知道，有的村民甚至猜测是因为钟岩狠狠地教训了煽动医闹事件的吴七拐。对于村民的传闻，钟岩只能一笑而过，他才没有如来佛祖那种普度众生的能力呢。不过可以肯定的是，吴七拐的转变与这次医闹事件是分不开的，只是这个谜底他也无法解开。

妻子袁静去世后，肖钧整天愁眉苦脸，时而唉声叹气，时而喜怒异常，家里人都以为他是因为思念亡妻而情绪不稳定，纷纷安慰他。他也不说什么，总是摇摇头，眼神里不时透露出恍惚和愤怒。

傍晚，钟岩吃过晚饭与往常一样，沿着派出所附近的河岸散步。在河边的垂柳下，他看到了一个熟悉的身影，那不是肖钧吗，这小子又坐在那里发什么呆呢？

钟岩朝着肖钧走过去，拍了一下肖钧的肩膀。肖钧顿时吓得跳了起来，原来他完全没有察觉有人走过来了。

“怎么啦，一个人坐在这里发呆啊?”

“原来是钟警官，吓我一跳呢。”肖钧讪笑道，“我没事就在这坐坐!”肖钧似乎在极力隐瞒自己的尴尬！钟岩和他寒暄了几句，沿着河边继续散步。

接下来的日子里，肖钧似乎和钟岩约好了一般，钟岩每天散步都能遇见肖钧，还是那样坐在垂柳下一言不发，怔怔地望着清澈的河水。钟岩心里琢磨着这该是一个多么痴情的男人，心中不觉升起几分同情和凄凉。

直到有一天，肖钧看见钟岩后，主动过来攀谈：“钟警官，我有一件事想请你帮忙。”

“什么事情呢?”

“我想请你帮我查一下肖衍的亲生父亲是谁。”

“开什么国际玩笑，你不就是肖衍的亲生父亲吗?”

“我不是。其实一开始我也不知道，肖衍出生那天需要输血，但我的血型竟然不匹配，回去后我就越想越不对劲。前些日子带肖衍到省城看病时，我偷偷地做了一个亲子鉴定，结果肖衍果然不是我儿子。我一直相信我老婆不可能做对不起我的事，但是事实摆在面前，如今她已经不在世了，我恐怕永远也不会知道事情的真相了!”钟岩看得出肖钧心中的痛苦和纠结，心里还真不是滋味了。钟岩想安慰他几句，可又说不出口。

“钟警官，我知道你有办法，你能不能帮我找出那个男人是谁?”

钟岩一怔，肖钧说了这么多，最后一句话才是他想说的。

“钟警官，我活在这个世上还有什么意思，连自己的女人被谁黑了都不清楚，我活着不踏实啊。”肖钧好像看透了钟岩的心思，言语间几乎在哀求他。钟岩望着肖钧那期待的眼神，最终还是点了点头，说：“我尽力而为吧!”

可是，钟岩回到派出所后，为自己鲁莽地答应肖钧的事而懊悔不已。钟岩再三思量，又觉得有必要弄清这件是是非非的事儿。

二十多年的从警经历，养成了钟岩打破砂锅问到底的习惯，如果这件事情案中有案呢，或是涉嫌犯罪呢？假如查出真相而引发纠纷怎么办？想到这里，钟岩感到责任重大。

本着为当事人的隐私保密的原则，钟岩对自己知道的情况守口如瓶，开始着手调查袁静的私人生活和隐情。

钟岩秘密走访袁静生前的左邻右舍和亲朋好友，大家对袁静的评价一致很好，从来没有谁听说过袁静有绯闻，钟岩感觉事情并不是那么简单。

昨晚，钟岩做了一个奇怪的梦，袁静那幽怨的眼神和欲言又止的神情让他再次心乱如麻，莫非袁静在暗示我她有冤情？想到这里，钟岩无奈地摇摇头，为自己的想法感到可笑，现在已经是二十一世纪了，又不是在拍悬疑片。

连续一周的调查毫无进展，这让钟岩很是受挫。回到所里，他仔细回想着这些日子发生的事情。医闹、吴七拐不正常的表现、肖钧的苦衷、袁静幽怨的眼神，一遍又一遍地回放着奇异的场景，钟岩思索了许久，始终没能找到查明真相的突破口。

吃过晚饭，钟岩照例出去散步，经过吴七拐家门口时，他习惯性地朝屋内看了看，发现吴七拐躺在床上痛苦地呻吟着。

“吴七拐，你怎么啦？”钟岩推门进去，看见床边地上有点点血滴。

“钟警官，是你啊？”

“我路过这里，听见你咳嗽得厉害，就进来看看，看你情况不容乐观，看医生了没？”

“没用了，肺癌晚期！”说着他从枕头下抽出一张病情诊断书，“肺癌晚期”四个字显得异常扎眼，“什么时候发现的？”

“前些日子，我是罪有应得，不过我的儿子从此没有父亲了！”

“我没听错吧，你儿子？”

“反正也是要死的人了，不瞒你说，肖衍就是我儿子！”

“这，可能吗？怎么回事？”

“对，我也觉得不可能，但是老天可怜我，给我留了个后，哈哈！”

“别跟我在这绕弯子，赶紧把话说清楚！”

“肖衍出生那天找不到匹配血型，我去验了血，结果发现我的血型匹配，但是因为我是大三阳携带者，所以不让献血。”

“咳咳咳……”

“回来后我想了很久，刚好那天看电视看到了一个孩子不是父亲亲生的故事，联想到我之前对袁静做的事情，我开始想象着要是肖衍真的是我儿子该有多好啊！”

“你对袁静做了什么？”

“我强奸过她！”

这让钟岩无比愤怒：“你这个……”钟岩想说脏话，但是终究没有说出来，“法律会让你付出代价的。”

“我都是要死的人了，还害怕什么法律吗？咳咳咳……”

“你说，是怎么回事儿？”

“第二天，我偷偷地到医院偷了一点儿肖衍的血样，到省城进行了亲子鉴定，鉴定结果证明肖衍是我儿子！”

“你是什么时候强奸袁静的？”

“去年的一个傍晚，袁静在地里干活，我看到四下无人，就把她拉到村头的树林里强奸了。我说如果她敢报警，我就杀了她全家，而且全村人都会知道她是个不干净的女人了，她果然没敢说出去。后来我又有过几次，袁静也一直没有报警。一段时间后，肖钧回来了，我就再没有找过她了，这件事也就不了了之！”吴七拐一口气将所有的真相和盘托出，让钟岩异常震惊，这些只有在电视里才有的故事，竟然活生生地在自己的眼皮底下上演了。

“钟警官，我可能活不了几天了，或许就在今晚，我就要去向袁静赔罪了。如果你现在要抓我去坐牢，我也心甘情愿，咳咳咳……”钟岩摸了摸身上，处警带在身上的手铐还在，他抽了抽手铐，终究还是没有拿出来，他思考了一会儿，然后转身离去了。

第二天一大早，钟岩再次来到吴七拐的住处，发现吴七拐已经没有生命迹象了。在吴七拐的桌子上，钟岩发现了两封信，一封是给肖钧的，还有一封是他的投案自首自诉书……

接着，吴七拐死于肺癌的消息立即在三和镇传开了。大家都说，这是恶有恶报，吴七拐死不足惜。

钟岩带着那封信来到了肖钧家，将信交给了肖钧。肖钧看完信后，将信撕得稀巴烂，一句话也不说，安静得令人可怕。许久，肖钧终于说话了："钟警官，肖衍不是我的亲生儿子这件事，请你帮我保密好吗？你放心，我会像对待自己的亲儿子一样对待他的。他是袁静的儿子，也是我的儿子。袁静真傻，是我错怪她了！"

"我一定保密！"

"谢谢你……"

几天后，恰逢县局人事调整，钟岩被调至县局刑侦大队工作。几年后，他听说肖钧一直没有再娶，对肖衍也视如己出，悉心照料，很是幸福满足。而这个不为人知的秘密，也一直被善良地保守着……

（原载《中国乡土文学》2017 年第 4 期）

手　铐

宋庆华

夜入阑干，窗外只听得见稀稀疏疏的风声和雨声，大地一片寂静。

咚！咚！咚！一阵急遽的敲门声响起，还夹杂着一片人声，值班的信访处长王健从睡梦中惊醒。拉开信访接待大厅的门，一群人连同一股寒风呼啦地蹿了进来。没等他看清来人，突然听见“咚隆”一声响，中间一个女人跪倒在地，双手抱拳高举过头不停地弯腰作揖磕头，头手落地把水晶砖地板磕得砰砰作响，一个劲儿地撕心裂肺般连哭带号：“大官儿，冤枉啊！他们冤枉好人啊！我男人是好人，你可要为民做主啊！”哭声还伴着清脆的金属撞击声。

“莫下跪！现在不是从前了！”女人身旁的男人大声地吼，双手要拉她起来，他腕上戴着一副锃亮的钢手铐，钢链哗哗地响。

王健急忙跨步上前伸手将她扶了起来，忙不迭地说：“怎么回事儿？怎么回事儿？起来说话。”

那女人站起身，指指身旁的男人，说：“大官儿，这是我男人，他冤啊！”王健把目光转向僵直站着的那男人，见他可真瘦，瘦得颈项上青筋毕现，面黑，头发蓬乱，一张怒容满满的脸胡子拉碴。

那男人紧抿着嘴，紧闭着眼，脸色黑里泛青，不言不语只顾喘粗气。那女人也埋头抽抽搭搭地呜咽。待安静下来，王健才看清进屋的七个人中间还有俩警察，因为淋了雨，湿漉漉的警服变成了黑色，满头满脸的雨水遮掩不住无奈无辜还有些尴尬的神情。他拿眼瞪了瞪俩警察，手指着年轻的一个以命令的口吻说：“你去拿杯子，给大家倒杯水，让大家热乎热乎，不要弄感冒了。”回头盯住另一个中年警察说：“你说说，这是怎么回事？”

中年警察欲言又止，面露难色。王健说：“那好吧，你跟我进来谈。”捩身对着大厅说，“大家伙儿先坐会儿啊，喝点儿水，暖和暖和。”

进了办公室，王健掩上门说：“我是市公安局信访处的处长王健，你是谁？戴手铐的那个人是谁？这是怎么回事？”中年警察闻言，啪，一个立正，右手举起行了一个礼，声音洪亮地说：“王处长好，我是白山县公安局陈家桥镇派出所的所长，叫刘勇。”接着，他噼噼啪啪竹筒倒豆子一般把事情讲得清清楚楚。

前天傍晚，派出所接到报警说是有个叫朱少理的逃犯潜回了家，家人杀鸡宰鸭正犒劳他。派出所民警迅速核查，资料显示：朱少理，男，39 岁，陈家桥镇朱家村二社农民。2006 年因为扒窃被判刑一年，以后多次因为盗窃被治安拘留；2010 年因为贩毒被判刑两年，2013 年在市强制戒毒所强制戒毒期间脱逃。现因参与贩毒团伙被江城市江州区公安分局网上追逃。刘勇所长立即率民警前往擒人。“我们赶到朱家的时候，一家人正围成一桌高高兴兴地吃晚饭。民警抓了朱少理，一家人肯定也吓坏了。等我们出示手续说明情况时，朱少理突然晕倒了，这下炸了营，他家里人吵吵嚷嚷地就不让我们带人走。好不容易把人带到派出所，他的家人、亲戚来了一大堆，说什么的都有。讯问朱少理，他一言不发，问急了，就一句话，要见江城最大的警察，不然，什么都不会说。”

“他要见局长，你就带他来了？他要见总理，你也带他上北京？”王健当了几十年的警察，没见过这样办案的，他愤愤地盯住刘勇。

“王处长，我们当时也这样想，跟他熬了两天什么招数都使了，不灵，迫不得已才上市局来了！”

刘勇是有苦难言，出门前做的工作够多了：一边在镇卫生院给他检查身体，一边通知江州分局来接人，但对方没动静。派老民警讯问他，他只说要见局长。去村里做深入调查，也不见端倪。要图省事，他可以直接把人给江州分局送去，不过，刘勇这人也很犟，看着朱少理那副驴头噘嘴的样儿，他还不想放手了。“你犟我比你更犟！我不输这口气，哪怕我在县局遭人冷眼，挨批评，我也要弄清这人这案！”

“整个过程中，警察有什么过错没有？动手没有？打人没有？”

“没有，绝对没有。现在谁还敢搞逼供！”刘勇又摇头又摆手，目光坚定，不容置疑。

王健掏出烟抠出一支递给刘勇，自己也点燃一支猛吸了一口说：“刘所长，从我们掌握的情况看，朱少理是逃犯，但了解他的人认为他是好人，对吧？”

刘勇掏出打火机点燃烟，点点头。

“问题就在这儿。”王健沉思半晌，一支烟抽完又说，“如此看来，最直接有效的路子是见局长。”

“对的，最直接但也是最难的！”刘勇目不转睛地将一切希望寄托在这位处长身上，他有理由相信市局的处长应该比基层派出所所长更有招数。

这时门外的信访接待大厅里又响起一阵嘈杂的声音，有个大嗓门在问：“刘所长在哪里？谁是朱少理？”

王健刚拉开门，一个高大魁梧的警察立在眼前，一双手热情地伸了出来，不无歉意地说：“嗬嗬，不好意思，王处长，一个逃犯怎么会惊动您老人家啊？”王健见是江州分局主管刑侦的副局长李大奎，上去就是一拳擂在他厚实的胸脯上，说：“你个大奎，好久不见，这么个小案咋会惊动你呀？”

李大奎宽阔的眉毛竖立，瞪圆眼睛，刻意压低嗓门说：“一个特大贩毒团伙案就差朱少理一人结不了案，而且他还算主犯之一。我们上网追逃，八方缉捕，耗了多少人力、物力呀。”李大奎调高了嗓门，又说，“这下好了，人家刘所长帮了咱一个大忙，得好好谢谢人家，也得谢谢您呀。”他使劲握住王健的手，还用力摇晃着。

王健痛得龇牙咧嘴，使劲抽出一只手指指身旁的刘勇，说：“李局长，这才是你要感谢的刘所长。”

“哦，您就是刘所长，我们电脑系统坏了，今天修好后才见到你们发的信息。呵呵，兄弟，您帮了我们一大忙啊。分局老大把咱们骂惨了，骂得狗血淋头啊，为了一个朱少理，我那帮弟兄们那个急哟，差点儿上了墙……”李大奎转身两步跨进门，一个熊抱把刘勇揽进怀里紧紧抱住，嘴里顺溜出一串热情洋溢的话来。

王健招呼他俩坐下，李大奎从兜里掏出一包软中华，抽出两支烟一一给他俩点上。刘勇走过去把门关上，坐下来又把事情的来龙去脉说了一遍。听完，李大奎眉头一挑，蛮横地说：“朱少理是犯罪嫌疑人，是毒贩，对吧？你说他死不开口，对吧？我不管他家里人怎么闹，人我要带走。”又说，“对啦，我带了四个荷枪实弹的刑警，在大厅里把朱少理控制住了，不管怎么说，人我得带走，得逮捕。”他乜了刘勇一眼，加重语气说，“你们没办法叫他开口，我有的是办法叫他开口。再说，他死不开口也得把他捕了判了。”

“哼！我把他抓住带回派出所，又从派出所带到市局，一点儿问题都没出，需要你来控制住？”刘勇对他的说法显然不满，至少对他有些轻蔑的语气不服，又说，“就你有本事，你能让他开口？我倒想看看你的道法。”刘勇显然是故意要将李大奎的军。

这话李大奎是听懂了的。他逞能似的挥舞了一下粗壮的胳膊，说："试试？这辈子就干了警察，什么蟊贼没见过。茅坑里的石头又臭又硬，到了老子手里都得变成泥团。"李大奎不无得意地冲着门外大喝一声，"猴子，把朱少理带进来。小张，你来做笔录。"

几个刑警嘁里咔嚓就把朱少理拎了进来，扔在一张椅子上。外边的家属一起来阻挡，吵嚷声一片。刘勇挡住："别吵，到里边问话呢，没事儿，大家安静点儿。"

房间里安静下来，王健介绍了李大奎的身份，在"局长"两字上加重了语气，而且省略了"副"字。

李大奎挺了挺腰，开始问话："你，叫什么名字？"

"问了多少遍了，还问？"朱少理耷拉着脑袋，一副爱答不理的样子。

刘勇拍了桌子："朱少理，抬起头来，放规矩点儿。这是市局，这是李局长。"

"叫什么名字？"李大奎提高了嗓门，声色俱厉。

终于还是姓名、年龄、性别那套程序，问答流畅地过了。李大奎睥睨刘勇一眼，那意思就是你看看这不是开口了嘛。

"你知道你为什么被抓到公安局的吗？"

"你们抓的我，还问我为什么。"朱少理徐徐地吐气，像在做深呼吸。

"你自己做的事，你不清楚？"

"我清楚呀，我没做坏事，更没做犯法的事。"

"没做犯法的事，警察会抓你？"

"我怎么知道你们为什么抓我。"

"那，我们冤枉你了？"李大奎的口气有些戏谑，还有些嘲弄。

"冤枉不冤枉，你们清楚。"

"我们清楚得很，现在是要问你。"

"既然你们清楚，还问我干吗？"

"就是要你认罪，你懂吗？"

"我什么都不懂，只懂我什么坏事都没干。"

"你什么坏事都没干，警察怎么会抓你？"

嘭！李大奎气恼地拍了桌子，动起了粗口："朱少理，你他妈的绕圈子又绕回来啦！"李大奎捋了捋衣袖，嘭嘭嘭地把桌子拍得山响，嗓门更高。

王健仔细打量朱少理，见他的眉眼并不刁钻，目光里没有戾气，反倒像两汪可以一眼见底的清水，但清水里荡起的涟漪看得出来有怨恨也有敌视的波纹，皮包骨般的脸黝黑精瘦，布满的皱纹显示出至少比他实际年龄超出十多岁的苍老。答完问题他立刻垂下头，用他凌乱但质地很硬的头发对着人。

这时，他看到刘勇侧眼瞅着李大奎，一副不以为然的神情。他觉得这个来自基层的警察经验丰富，不可能对朱少理没个基本认识，否则他不会阻挡不住一个犯罪嫌疑人到市局上访，但他隐而不发又是为什么呢？

刘勇的腮帮子抽搐了一下，似乎想笑却被克制住了，仍旧岿然不动的模样。这个细节被王健瞅见了，他给刘勇递了个眼神便起身往外走，身后还听见李大奎一个人在骂娘，知道他恼羞成怒了。

走出办公室，穿过信访接待大厅，进到另一个房间，刘勇跟了进来，王健转身就毫不客气地责问开来："你高兴啦？这是猫戏老鼠，还是老鼠戏猫？都是警察，看谁的笑话呢？刘所长，你老实告诉我，对朱少理你们没个基本判断？这明明是个老实巴交的农民工嘛，他要上访，你们就阻挡不住？"

刘勇一愣怔，稍一回神立马笑嘻嘻地说："我……我这不是没招儿了嘛。这案肯定有蹊跷，这人肯定有隐情，可他口口声声要见江城警察最大的官，见了就什么都招了，这不，连李局长都搞不定……"

"你把他引来了，就把麻烦交给市局了，对吧？你倒是想走捷径图个交差了事。"王健恼怒地说，"咱局长是副市长，是市领导，不是什么人说见就能见的，再说呐，这夜半三更天寒地冻的，怎么好去惊动大领导啊，你这不是叫我为难吗？"愤怒之下，王健用手指戳了戳他的头，恨恨地说，"就是局长来啦，随便问几个问题，你要是答不上来，该做的活儿没做好，你头上这顶乌纱帽戴不成了不说，还得给你个处分，你想想这个后果啊。”

刘勇看来并没被镇住，脸上还挂着笑意说：“我来之前有过思想斗争，连最坏的结果，我都有准备。”又说，“这样，我们都图省事，就把人交给李局带走了事！”

王健想了想说：“不能这样，这案子有问题，暂时不能交人。我单独和他谈谈，看他能不能泄点儿真货。”

刘勇看了看王健，会意地笑了。

临时充当询问室的办公室里，李大奎还在不停地说理、问话、骂娘，王健挥手止住了他，见朱少理还是低着头一声不吭，就说：“你们出去吧，我和他单独谈谈。”刘勇指着王健说：“朱少理，抬起头来，我告诉你，这位是市公安局信访处的王处长，这就是今天晚上能见到的最大的官了，有什么冤，有什么苦，你要如实讲，他才能给你做主，知道了吗？”

朱少理举起戴着铐子的双手，用手指擤了一下鼻涕说：“他们抓错人啦，我什么坏事都没干。”

“你不是朱少理？”

“我是朱少理，可我没干过坏事，我是好人呐。真的。”

“我看过你的材料，那些记录在案的事儿，怎么解释？你说你没干过坏事，那你说这些坏事是谁干的。”

“你问我，我问谁？”

王健心里咯噔一下，这圈子又绕回来了，怎么给绕出去得费点儿神。

朱少理瞪大了小眼睛，疑惑地问：“你是局长？”

“不是，我是处长。你放心，我一定会秉公处理。”

朱少理拨浪鼓似的摇头，手铐在椅子的边缘上磕碰发出稀里哗啦的响声：“你做不了主的。你不是局长。我认识你们局长，圆圆的脸，大眼睛，有神，颜色跟我一样，黑黑的，叫郝敬，是个好人，是个青天，能为民做主。你请他来，我要见他，见了他我什么都说。”

王健瞪大眼睛，不无揶揄甚至是嘲讽地说：“你以为你是谁啊？

咱郝局长啊，一万多江城警察的头儿，你撒泡尿照照，你这样儿？”

朱少理一本正经地说：“我是谁？一个农民工，但我是一个公民，一个守法的公民，你们局长是人民的公仆，公民见见公仆，不会有错吧？”顿了顿，又说，“好歹我在南方大城市熬了十多年呢，见过的事多了，我懂法，知道现在是法治社会，什么都讲法，你们也不可能办冤案，是吧？”

这话从眼前这个有些萎靡、有点儿邋遢的人嘴里说出来，让王健吃惊不小。他心里嘀咕，真是个难伺候的主儿，还是个一根筋。但嘴上却说：“局长是公仆，没错。我们都是公仆，可公仆有分工啊，郝局长有他的事，我现在就管你的事。”说着说着，心里泛起一阵烦躁，又说，“朱少理，你少跟我兜圈子，我最后问你一句，你是不是不跟我说实话，你是不是非得见局长才说？”

“我早就听说郝局长是个好官，我知道我的事，所以我特别要见见他，看他是否像老百姓口中传说的那样。”说完，朱少理把戴着手铐的双手高举过头，那样儿如指天发愿。

王健没辙了，只好叫刘勇把他押了出去。夜很深了，王健现在明白了刘勇为什么要带朱少理到市局见局长的无奈心境了。现在办案真不比从前了，老百姓的法治观念增强了，公安机关再也不敢蛮干，像李大奎那样还使蛮劲的法子，已经行不通了。但开口就要见局长，也是个难事呀！我往上报，局长怎么看我，会不会被郝局长臭骂！但转念一想，刘勇一个所长搞不定朱少理这样的人，也是正常的。现在的人有太多太复杂的心思了，他开始同情起基层的民警了。

试试吧，也许……

他拿起桌上的电话，给市局指挥中心把这里的情况作了汇报。一会儿，电话回了过来，王健一听，忙不迭地说：“对不起呀，丁副局长，这么晚了打搅您，属下无能，这点儿小事还惊动您了。”电话那端说：“这么晚？这么早哦，天都要亮啦。你们肯定熬夜了，你们辛苦。我说怎么着？这么一个普通的案子，这么个普通的人，非得要见郝局长？我来见见，行不？”

“不行！”王健急了，话一出口觉着不妥，又说，“领导，这人一根筋呀，我们什么话都说尽了，他是油盐不进呀，实在是没法子才向您请示。”

“那好吧，我试试看，昨天郝局长去南江县看现场研究案子很晚才回来。”丁副局长在电话里叹了一口气，挂了。

放下电话，王健也长叹一口气，心中忐忑不安，便从烟盒里抠出一支烟点燃，猛吸了一口慢慢地吐出来，稳了稳神。他走到窗户边，拉开绒布窗帘打开玻璃窗，凛冽的寒风扑面而来，不禁打了个寒战，确实，天边已晨曦微露。

丁零零，桌上的电话响起，王健急忙扑过去抓在手上，听筒里说：“王健啊，我是郝敬，我到了。”话音刚落，王健已经听见大门外汽车引擎的声音，忙招呼刘勇、李大奎一起出门迎接。

郝敬在头里走进大门，大厅里旋即开锅了，朱少理刚撑起半个身子立马被两个警察按了下去，就举着双手，手上的钢铐哗啦啦地响，喊道：“郝局长，我在这里，他们抓错了人，您要为我做主啊。”郝敬走到他面前，平静地问：“你就是朱少理？”朱少理想站起来又被摁了下去，说：“我是，郝局长，我认识您。”郝敬皱了皱眉：“你认识我？”朱少理又想站起来，警察把他摁了下去，郝敬摆摆手示意警察把他放开，他就站起身来说：“我听说了好多您亲民爱民的事儿，在电视上见过您，您是好人呐，我有话跟您讲。”

郝敬满脸和蔼地笑道：“那好吧，你进来，我们谈谈。”说完，带头往里边办公室走去，朱少理在两个警察伴随下跟了进来。

刚坐下，郝敬就问：“你的情况我基本上都清楚了，你有什么话，直接跟我讲，好吗？”朱少理情绪有点儿激动：“他们把我抓错了，我是好人呐，郝局长。”

郝敬很冷静，耐心地问：“抓错了？错在什么地方？你实话告诉我，好吗？”

朱少理有些迟疑，木讷地回答：“我……我也不知道错在什么地方。”

郝敬安慰他，语调很轻松：“你别紧张，实话实说，有理说理，有事说事。”

朱少理两眼盯着他，充满期待，语气恳切：“郝局长，我不想骗您，也不想给您添麻烦，我是朱少理，但我不是你们的犯罪嫌疑人，明白吗?”

郝敬心里突地震颤了一下，试着问：“大概是有人冒用你的名字干了坏事，是这样吗?”又问，“如果是，那你说有可能是谁。”

朱少理垂下目光，手指摩挲着腕上的铐子，像是沉思，也像是犹豫。

“感谢你对我的信任，我来了，你却无话可说，看来你还是不信任我。”说话间，郝敬的眼光捕捉到两个细节：一个是朱少理的眼眶里泛潮，如果他不强力克制，一定会有泪水流下来；再就是他手指摩挲铐子时很有规律，左手食指一下，右手食指一下，一点儿也不乱。郝敬判断这是个意志力很强、做事有条不紊而且考虑问题比较周密的人，便说：“你找我肯定是有话说的，我相信你会对我说真话，说出真相我们才能帮你，才对你有利，对不对?”

朱少理抬起头，泪花在眼圈里打旋儿：“郝局长，您真会帮我?我就一草根哟!”

郝敬郑重地点头，目光如炬：“草根、树根都是根，法治社会讲平等。”

朱少理正眼望着郝敬，目光明亮：“郝局长，您也是副市长，是我们江城人的父母官，我有个不情之请，也许不合适，我说出来，请您不要拒绝。”又说，“我就想请您到我们村子去看一看，行不?”

郝敬略一思忖，以商量的口吻说：“有什么话在这里讲不好吗?到你老家去讲同在这里讲有区别吗?我看，就在这里讲吧，如果你说的事情需要调查，市里还方便一点，对吧?”

朱少理昂起头犟起脖子，以不容商量的口气说：“市长，您去村里看了，不用我说，就什么都明白了。”

“去了，就明白了?”郝敬想了想，笑了，“那好，咱们就去你老家瞧瞧。”

朱少理也笑了，举起双手用手背擦擦眼睛，千恩万谢一般："谢谢市长，谢谢郝局长！"

朱少理举起的手铐有些扎眼，郝敬说："要不要把你的手铐摘了？"

朱少理摇头，笑笑说："不用，不用，警察把我铐了带走，全村人都知道，没事儿。"

王健给大家安排了简单的早餐。郝敬把王健、李大奎、刘勇叫到一块儿，一边吃一边商量了面儿上和下乡的调查工作。刘勇心里直打鼓，虽然局长提的几个问题他都答上了，局长也说大家在这么短的时间把事干成这样也尽心了，但现在看来这个朱少理肯定是抓错了，这个结怎么解他心里没数。

天色大亮，阳光普照，但冬季的天意昭示的还是寒冷。

汽车沿着沱江左岸的高速公路疾驰，晌午时分，车抵村边，朱少理满脸堆笑，抢先站起身来："市长，这里是村西头，我家在东边，我们下去走走，看看新农村。"

"好啊。"郝敬欣然答应，"看什么？你头里走，指点指点。"

走在水泥硬化了的村道上，郝敬看见庄稼地里蒙上一层白茫茫的霜，满山遍野的树木凋零草丛枯萎，但见村道两旁和半坡上一溜黑瓦或红墙或青砖的农舍，错落有致，挺有型的，禁不住问："哎，怎么老乡们的房子修得这么漂亮，都是新的？"

朱少理在两个警察伴随下走在头里，此时停步捩身等郝敬走近了，说："村里大部分青壮年都出去打工去了，剩下的老弱病残孕什么都干不了，大片庄稼地撂荒。这些房子都是打工仔寄回来的钱修的。"

郝敬若有所思："他们出去都干些什么呢？"

"脏活累活什么都干，当然，也干了见不得人的事。这年头的人想钱都想疯了，人人向钱看，人人都想捞钱，只要能捞钱什么坏事脏事都干得出来。"朱少理脸上明显露出愤懑、鄙夷、无奈的神色，且越说越激动，"不瞒您说，市长，有的人走出去，卖淫、诈骗、偷盗、贩毒、赌博什么都干，您看啊，有的房子是新的，但也是脏的。”

朱少理说这番话时的神情极自然，不像是危言耸听装出来的，郝敬在琢磨他的表情。

走近村东头，郝敬远远地就看见路边一个很大的庄园：用红砖砌起的一个四方阔院，中央是一栋四层高的楼，贴了淡黄色的瓷砖，墙面在阳光的折射下闪着一晃一晃的光芒，几株银杏树泛黄的树叶与高楼相映相衬倒显得十分和谐。走近了看，高大的门楼下绿色的大铁门半掩着，可以窥见院子里绿色掩映下的昏暗。这与一路走来看到的没有围墙只有一层顶多两层楼的其他农舍相比显得更加不同凡响，气派、辉煌、张扬、高大上。他不由得问道：“小朱，这家恐怕是村里的首富吧？这是谁家呀？”

朱少理的脸上有点儿惊诧：“什么首富啊，这是我堂兄朱少勇的家。他跟我一样是个打工仔，这几年不知道在外面做什么生意，发啦。不过，他家里还是很遭罪，他父亲，也就是我伯父，去世得早，母亲长期卧床不起，弟弟是个智障，他出去十多年没回过家，只听说寄回来很多钱，他媳妇拉扯着两个十来岁的孩子，这么大一座宅子空荡荡的。”又说，“郝市长，请您进去看看吧，关心关心老百姓的疾苦。”

朱少理推开大门，喊着：“伯母，大伯母，大领导来看您来了。”然后领头穿过庭院走进东厢房的一间卧室。郝敬跟了进来，见一张大床上躺着一个干瘦、小个儿的老太婆，听见有人在喊叫，正使劲地撑起身子，问：“谁呀？”“是我，少理。伯母，您看，郝敬市长专门来看您来啦。”朱少理连忙上前几步，到床边搀起老太婆。

老人迷糊着眼睛。“市长？看我？”她瞅见朱少理双手被铐着，眼睛一下子睁大了，“哟，少理哟，你怎么戴着铁枷呢？”

郝敬躬下身子，说：“老人家，听说您病得厉害，我们路过进来看看您，没什么事的。”

老太婆哎呀一声松了神，瘫倒在床上，有气无力地说：“市长啊，我们一家子都得感谢少理啊。他是个好人啊，朱少勇跟他出去打工，现在生意做大了，赚了钱才建了房子，养活了一家人呀。”老太婆呻吟了一阵，又说，“少理这孩子是个好孩子呀，老实、勤快、肯帮人，村里人都知道。”

出了院门，郝敬眉头紧锁得像是一个大大的问号，说：“小朱，你带我看你堂兄家，什么意思？你堂兄是做什么生意的，家里这么有钱？”又对刘勇说，“这些外出打工人员的情况，你们掌握多少？”

朱少理说：“市长，您看看就明白了。您比我更明白，对吧？”

郝敬点了点头。

刘勇说：“农村在外打工人员太多了，但重点人头的情况我们是知道的。这家朱少勇出门十多年了，我们确实没掌握什么情况。”

横过村道，爬几步坎就上到朱少理家门前的院坝，一家人把朱少理围住，问长问短的。

这时，白山县公安局局长苟巨桦气喘吁吁地赶到了，身后跟着的好几个人也是喘着粗气一溜小跑，隔老远他就扯起嗓门喊：“郝市长，您来怎么也不吩咐一声啊？我怎么也得去迎接您呀。”转头把跟来的几个人介绍给郝敬，有镇党委书记、镇长、村支部书记。郝敬笑盈盈地说：“鼻子挺灵的，这么远就嗅到我来到你的地盘了。”他瞅见刘勇低下了头，又说，“是谁走漏了风声？”

苟巨桦自嘲：“狗鼻子嘛，咋能不灵呢？”众人皆笑。

王健在院坝边的黄果树下接听电话，又给郝敬招手示意。郝敬瞅见，起身走过去，王健递给他一份电传，说：“这是苟局长送来的，是南方城市公安机关查证朱少理的情况报告，苟巨桦怕挨剋不敢直接送给您，叫我转呈。”郝敬接了，就一页纸，一目十行看完，说：“哼！他做错了事，还怕我剋。”王健接着说：“市局那边只查到朱少勇2007年5月因为扒窃被南江区公安分局治安拘留七天的违法记录，在江宁区查到了他最新的暂住地址。”郝敬果断下令：“全力找到朱少勇，抓紧采样、比对、核实，一有进展马上给我汇报。”又说，“告诉他们，我在这里等，不出结果我不会回城。”

时过晌午，寒风乍起。郝敬把王健、苟巨桦、李大奎和镇长、书记召集到朱家正中的堂屋碰头。情况集中后，分歧落在对朱少理是放还是不放上面，郝敬拍板："放，当场释放。"李大奎问："谁去执行?"郝敬说："谁铐的，谁去解铐。"苟巨桦说："好，叫刘勇去，解铃还须系铃人。"郝敬说："但我们得等那边朱少勇的情况核查落地之后。"苟巨桦郑重地点头。

刘勇和村长带着饭店的伙计送来了盒饭，白花花的米饭上面浇盖了肉丝、酱菜、大白菜，热气腾腾，香味诱人，大家人手一盒狼吞虎咽地吃了起来。

吃完午饭，王健从屋子里出来，走到朱家院坝上，对坐在石磴边的郝敬附耳报告："朱少勇已被市局禁毒支队抓获，初审，已经供认是他冒用了朱少理的名字。"

"刘勇!"郝敬大声道。

刘勇站上前来："到！局长!"

"该你的事了!"郝局长领头，身后是王健、苟巨桦和民警们，对面同样站着的是镇长、村长以及朱少理的一大家人，还有些看热闹的乡亲。

郝敬笔直地站立着说："朱少理，你的事我们弄错了，该怎么赔偿依法办，咱们不含糊。作为江城警察最大的头儿，我有责任，我先给你赔礼，我们立刻把你的铐子摘了。"说完，站直身体给朱少理鞠躬，他身后一拨警察也齐刷刷地躬下了腰。

朱少理从没见过这阵势，心慌慌地连说："受不起，受不起！我的郝局长，拿钥匙来我自己摘!"

郝局长这个鞠躬是屏息着缓下缓起的，就像电影里的慢动作一样，久久地停留在老乡们的视线里。当他抬头站正，所长刘勇已经跨步上前，走到朱少理的面前，钥匙捅进锁孔，铐子张开龇牙大口，金属链环丁零响处，朱少理的双腕露出来了!

郝敬接过刘勇递过来的手铐，一手举起手铐，一手搂着朱少理，在院坝中间站定，大声说："我宣布，白山县公安局陈家桥镇派出所把朱少理同志铐错了，应当纠正，现在这个铐错的手铐已经摘下来了!"

"郝局长，我的事怎么弄错了?"朱少理不解地问。

郝敬说：“你这个堂兄朱少勇很不地道，他在很多年前第一次犯案时，就盗用了你的名字。”

朱少理一听，泪水夺眶而出，握住郝敬的手一个劲儿地说：“谢谢，谢谢，要不是你们，我这黑锅不知要背到哪年哪月！”

这时，一个中年农妇凑近，说：“我家里有鞭炮，我去放一串，高兴高兴，也去去晦气，郝局长您批不批？”刘勇插话：“她是朱少理的老婆，就是在市局信访处一直哭哭啼啼的那个婆姨。”那女人红了脸：“人家不是觉着冤，心里着急嘛。”

郝敬举起右手说：“放鞭炮不用我批，但我赞成。”

噼噼啪啪的鞭炮炸响，房前屋后栖息的鸟儿被惊动，叽叽喳喳地在树梢上空盘旋，久久不见离去。

（原载《绝对现场》，群众出版社 2017 年版）